EMPATH(Y)

心理学的にありえない

上

アダム・ファウアー

矢口誠［訳］

ADAM FAWER

文藝春秋

人は相手のいったことやしたことを忘れてしまうことがある。
けれど、そのとき自分がどんな気持ちにさせられたかは、決して忘れない。

マヤ・アンジェロー

目次

装幀・石崎健太郎

相手のちょっとした仕草や表情、身体の動き、声のトーンの変化などを読みとることで、ほとんどの人間はその相手に感情移入することができる。

感情移入（エンパシー）は天から授けられた驚くべき能力だ。この力があるからこそ、人は愛する者と喜びを分かち合うことができるし、深い同情を相手に伝えることができる。もちろん、感情移入能力が高ければ聖人だというわけではない。シャーデンフロイデ――他人の苦痛に喜びを感じること――やサディズムなどもまた、感情移入の一種であることを忘れてはならない。

この能力と表裏一体をなすのがカリスマ的資質――他者とのあいだに感情的な絆をつくりだす生来の才能を駆使し、磁石のように人を引き寄せる信じがたい力――である。ただし、カリスマ的な資質もまた諸刃の剣だ。この力を使えば、周囲の人々に信じがたいほど慈悲深い行動をとらせることもできるし……反対に暴力的な行動をとらせることもできる。

感情移入能力とカリスマ的資質。わたしたちはそのふたつを兼ね備えている。では、天から授かったこの力でいったいなにをすべきなのか？　それはわたしにもわからない。ただし、ひとこと「気をつけろ」とだけはいっておく。きみたちの決断が、とてつもなく怖ろしい事態を引き起こすことも考えられるのだから。

ラズロ・クエール（一九九一年一月三日）

主な登場人物

【現在】

イライジャ・グラス……………………市場リサーチ・コンサルタント
ウィンター・ロイス……………………天才ヴァイオリニスト
スティーヴィー・グライムズ…………イライジャの従兄　元国土安全保障局のハッカー
キャロル・ロイス………………………ウィンターの母
マイケル・エヴァンズ…………………ウィンターの元恋人
テリー・ソーンダーズ…………………イライジャが助言をする下院議員のスタッフ
ラズロ……………………………………謎の盲目の男
ダリアン・ライト………………………ラズロと行動をともにする女
ヴァレンティヌス………………………カルト教団〈グノーシス〉指導者

【一九九〇年】

ジル・ウィロビー………………………悪魔憑きとされた少女　孤児
ダリアン・ワシントン…………………〈研究所〉のために働く女
サマンサ・ジンザー……………………〈研究所〉の所長
エリオット・ディートリッヒ…………同研究者
イライジャ・コーエン…………………中学生　他人の感情を読む能力をもつ
ウィンター・ベケット…………………イライジャの同級生　同右
クエール…………………………………イライジャとウィンターの通う中学校の教師
サリヴァン神父…………………………ジルの暮らす孤児院の院長

プロローグ

二〇〇五年十月八日　午後十一時九分
（最後の審判の夜まであと二年と八十四日）

エリオット・ディートリッヒ博士は、雨のなかを自宅の玄関ポーチまで走っていくと、ぎこちない手つきでポケットのなかをまさぐり、キーをとりだして鍵穴に差しこんだ。しかし、キーをひねっても、ボルトのはずれる音は響いてこなかった。

鍵が……もうあいている？

胃の底からすっと力が抜け、ディートリッヒはキーを握ったまま身体を硬直させた。いまやすっかり薄くなった髪が、雨に濡れてぺしゃんこになっている。出かけるときに鍵を閉め忘れたはずはなかった。誰かがこの家に入ったのだ。それどころか、まだなかにいるかもしれない。

いますぐ逃げろ！　頭のなかで大きな声が響いた。車に乗ってここから離れるんだ！

しかし、いったいどこへ？　こうして見つかってしまったからには、たとえ逃げても、また見つかってしまうにちがいない。第一、人生をまた最初からやりなおすことなどできるだろうか？　いまよりずっと若かったあのころでさえ、並大抵の苦しみではなかったではないか。それをこの歳でもう一度？　いや、そんなことはぜったいに無理だ。

恐怖が万力のように心臓を締めつけた。

だが、たんに鍵を閉め忘れただけだったとしたら？　もしかしたら、ついうっかりしたのかもしれない。バカげた思いちがいかもしれないのに、これまでの人生をすべて捨てて逃げだすのか？

ディートリッヒは頭を振った。ここまで怯えるなんて、ちょっと病的だぞ。自分はもう、恐怖に怯えながら生きる必要などないのだから。

ほう、ほんとうにそう思っているのか？　だったら、どうしていまだにそのネックレスをしているのかな？

ディートリッヒはシャツの襟の下に手をやり、不安げにネックレスをいじった。あまりにも長いこと身につけてきたせいで、普段はそこにあることを意識することさえなくなっていた。

家のなかに誰もいないと確信があるなら、なぜそのネックレスをはずさない？

ディートリッヒは妥協することにした。ネックレスはこのままつけておく。しかし、逃げるのはやめだ。そう決心すると、大きく息を吸いこんで重いドアを押した。内側に向かって開くにしたがい、ドアは軋(きし)んで音をたてた。こんな音がするのに気づいたのははじめてだった。もちろん、死の恐怖に怯えながらこのドアを開けるのもこれがはじめてだが……

一歩なかに足を踏みだすと、濡れた靴が床の上でグズッという鈍い音をたてた。壁を手探りし、明かりのスイッチを入れた。そのとたん、心臓が止まりそうになった。げっそりとやつれた男が目のまえに立っていたのだ。しかし、はっと身を引きかけたところで、それが玄関の鏡に映った自分であることに気がついた。

ディートリッヒは声をあげて笑った。しかし、その声は虚(うつ)ろでビクついていた。なかに入ってドアを閉め、すばやくデッドボルトをひねって鍵を締めた。

「誰かいるんだろう？」弱々しい声が家のなかに響いた。「こっちにはちゃんとわかっているんだ。もう警察にも通報してある。すぐに出ていったほうが身のためだぞ」

耳をそばだてた。しかし、あえぐような自分の息のほかには、窓をたたく雨の音しか聞こえない。やはり考えすぎだったのだろうか？　もし誰かいるとしたら、いまごろなにか行動に出ているはずだ。

それとも——

ディートリッヒは小さな家のなかをゆっくりと見てまわった。靴を脱ぐのが不安だったので、床が雨水で濡れるのもかまわず、そのまま歩いていった。部屋をすべて調べ終わると、震えながら大きく息を吐いた。ここにいるのは自分だけだ。ディートリッヒは玄関に引き返し、コートをかけるためにクロゼットのドアを開けた。

その瞬間、殴りつけられたような衝撃が下腹を襲った。叫び声をあげたが、両手で首を絞められ、すぐに途切れた。見間違いではなかった。彼を見つめているのは、これまで何年間も悪夢に見てきたあの顔だった。

ディートリッヒは死がすばやく訪れることを祈った。そして、そのまえに目を潰されないことを——

第一部　イライジャとウィンター　二〇〇七年

第一章

二〇〇七年十二月二十八日　午前九時九分
（最後の審判の夜まであと八十六時間五十一分）

ラズロは顔をまえに向けたまま、身じろぎひとつせずにすわっていた。傷ついて視力を失ったふたつの目は、黒いサングラスが隠している。眼球を引き裂かれたときに爆発した色彩のオーケストラと、ギザギザの爪を突き刺されたときに駆け抜けた激痛のことは、いまでもまざまざと思い出すことができた。

ラズロは顔をしかめて記憶を振り払い、がっしりした手で灰色の無精ひげが生えた顎をなでた。ただし、ひげの色が実際に見えているわけではなかった。その感触は、まだ黒かったころとまったく変わっていない。しかし、盲目の人間にとって、色になんの意味があるというのか？

なにもありはしない。

しかし、ダリアンはちゃんと目が見えるんだぞ。

ラズロはぐっと奥歯を噛みしめた。彼女のことを考えると、それだけで緊張してくる。主人の緊張を察し、足もとにうずくまっていた大きなジャーマン・シェパードが立ちあがった。

「だいじょうぶだよ、サッシャ」ラズロはそっとささやきかけ、ピンととがった耳の後ろをかいてやった。

　サッシャのハッハッという大きな息と、コーヒーショップの硬い木の床によだれの垂れる音が聞こえた。ラズロはなんとか気持ちをリラックスさせ、周囲の世界を吸いこんだ。挽きたてのコーヒー豆、この秋に発売されたばかりの新作の香水、大学時代を思い出させるコロン、トーストしたベーグル、開いたままの入口のすぐ外に立っているホームレスの鼻につんとくる体臭。

　ラズロはテーブルにおかれたラージサイズのカップを手のひらで包みこみ、なかに入ったカプチーノの温かさを楽しんだ。ダリアンが約束をすっぽかす可能性は考えないようにし、周囲の会話に心を漂わせた。エスプレッソ・マシンのたてるシューッという大きな音、ステレオのスピーカーから流れてくるケイト・ブッシュのささやくようなメランコリックな歌声、その歌声の向こうから響いてくる会話。

　突然、覚えのある香水の匂いが鼻をついた。花のようなその香りと、ブーツのスパイクヒールがたてる鋭いカツカツという音が、ダリアンがようやくやってきたことをラズロに告げた。向かいの椅子が引かれ、脚が床をひっかく音がした。サッシャが激しく警戒し、ラズロの靴から顎をあげた。

　ダリアンはラズロの頬にそっと唇をあて、軽くキスをした。

「また会えて嬉しいわ」声は無愛想だったが、その裏には優しさがあった。

「わたしもだよ」ラズロはかすかに肩をすくめた。「顔が見えるわけじゃないが」

　シュッという音がかすかに聞こえ、顔にちらっと熱を感じた。つづいて柔らかなシューッという音が響き、擦ったばかりのマッチの燐（りん）の匂いがした。ダリアンがゆったりとしなやかに息を吐きだし、ラズロの顔を温かい雲が吹きすぎていった。息を吸いこむと、パーラメントの煙が鼻の奥をくすぐった。

「煙草なんか吸ったら、店の人間が顔をしかめるんじゃないか？」

「マンハッタンには禁煙区域があるんだってこと、すぐに忘れてしまうの」

ラズロは、ダリアンの鼻から二本の細い煙が吹きだしているところを頭に思い描いた。

「でも、追いだされはしないわよ」

「罰則がどうこうって問題じゃない」十六年も会っていなかったのに、すぐまたこうして気安く言葉を交わしていることに、ラズロは驚きを覚えた。「礼儀の問題だ」

「わたしがそのふたつをどう思っているかなら、ちゃんと知ってるはずでしょ」

「たしかに」

懐かしさが湧きあがってきて、ラズロは口もとにかすかな笑みを浮かべた。ダリアンがどんなに美しいかはよく憶えていた。チョコレート色の肌。悪魔の後光のように顔を縁取っている、赤みがかった茶色い髪。大きな笑みと、狡猾な猫を思わせる暗い目——いまではその顔にも、十六年の年月がはっきり刻印されているはずだ。自分自身の顔がそうであるように。

ラズロは咳払いをし、ポケットから折りたたんだ新聞を抜いて差しだした。

「教えてくれ。このヴァレンティヌスって男は、わたしたちがかつて知っていた誰かに似ているかい？」新聞紙がかすかにカサカサと音をたてた。「うわべに惑わされてはいけない」ダリアンがとまどっているのを察し、ラズロはいった。「たぶん、目を見れば正体がはっきりわかるはずだ」

ほとんどすぐに、ダリアンがはっと息を飲んだ。

「どうしてわかったの？　この男が……誰だか」

「彼がナショナル・パブリック・ラジオの番組に出演したとき、声を聞いたんだよ」ラズロは噛んで含めるようにゆっくりとしゃべった。「それで、先週シカゴに飛び、直接当人の声を聞いた。そして確信したんだ」

「ありえないわ」

ラズロはダリアンが真実をうけいれるのを待ちながら、あの最後の夜の出来事を思い返した。これは自分の犯した過ちを正す最後のチャンスだ。ただし、今回の代償は両目くらいではすまないだろう。

ダリアンはそわそわと腿をたたき、煙草を大きく吸った。

「しかし、これでは彼と戦うことはできない」ラズロはサングラスの下の視力を失った目を指さした。「すくなくとも、わたしひとりでは」

一分ほど、どちらも口を開かなかった。ラズロは黙ったまま、ダリアンがなにを考えているかを想像した。驚き、恐怖、そして……失望。

「あなたはイライジャとウィンターを探している。二人に力を借りるために」

「きみにも手を貸してほしいと思ってるんだがね」ラズロはそう口にするまで、いまの自分がどれほど彼女を必要としているかに気づいていなかった。

「手を貸すって、なにに？　ヴァレンティヌスを殺すこと？」

「そう。もしその必要があるなら」ラズロには、ダリアンのパニックが物理的に存在するもののように嗅ぎとれた。「きみには貸しがあるはずだぞ、ダリアン。わたしを引きこんだのはきみだ。今回はわたしを導いてくれ」

ダリアンからはなんの音も聞こえてこなかった。彼女が怒りっぽい子どものように目を伏せ、唇を噛んでいるさまが目に浮かんだ。やがて、ダリアンはラズロのほうに身を乗りだした。強い香水の匂いが鼻をつき、熱い吐息が感じられた。ダリアンはぐっと声を落としたが、そこにこもった感情の鋭さは、周囲の雑音をナイフのように切り裂いた。

「わたしをひねったりしないほうがいいわよ」

「そんなことをするつもりはない」

「なぜ？」ダリアンは苦々しく訊いた。「わたしはあなたをひねったのに」

そのひとことにラズロは心の痛みを覚えたが、なにもいわなかった。

「どこを探せばいいかわかってるの？」

「二人ともこの街にいる」

「そして、どちらもネックレスをつけている？」

「そうだ」その声には罪悪感と後悔の念がこもっていた。

「なら、まずはあの二人を連れ戻しましょ」


ヴァレンティヌスはその会話をもう一度聞きながら、スクリーンを漂っていく色のついた影をぼんやりと見つめた。青緑の立方体が溶けて黄色っぽいピラミッドになったかと思うと、どんどん明るさを増していき、こんどは血のように赤い球体に姿を変えた。

ラズロは明らかに怖れているが、自信も持っている。すでに準備を整え、いつでも攻撃に移れる態勢にある。しかし、ダリアンのほうは話がべつだ。ダリアンは心から怯えきっている。あの女は弱い。ラズロほど頭が切れるわけではないし、身体が強靭なわけでもない。実際にダリアンと会ったことはほんの数えるほどしかないが、あの当時でさえ、彼女がラズロのアキレス腱(けん)であることはわかっていた。

三年間ひたすらラズロを探しつづけ、すべてが徒労に終わったとき、ヴァレンティヌスは標的をダリアンに切り替えた。もちろん、ダリアンもしっかり身を隠しているはずだった。しかし、ヴァレンティヌスには財力も手段もあったし、なによりも強い意志があった。皮肉なことに、私立探偵を何人も雇って五十万ドル近い金を注ぎこんだというのに、ヴァレンティヌスがダリアンを見つけたのは朝食のテーブルの上だった。

新聞を開くと、そこに彼女がいた。スポーツ欄からこちらを見つめていたのだ。ダリアンはドジャース球場の最前列にすわり、外野手のケニー・ロフトンが九回にフェンス際で鮮やかなキャッチを見せたとき、それを六十センチ後ろで見ていた。すこしばかりピントがずれていたし、ヴァレンティヌスが最後に見たときから十六年もたっていたが、それが誰であるか、疑いの余地はなかった。

ダリアンの顔は、あの最後の日に目にしたすべてのものとともに、ヴァレンティヌスの脳に永遠の傷となって刻印されていた。

正午までには、彼女がチケットを買うのに使ったクレジットカードを信者たちが突きとめていた。さらに十二時間後、ヴァレンティヌスは現在ダリアン・ライトと名乗っている女性について、知るべきことをすべて知っていた。彼女は裕福な女性で、銀行の口座には、金持ちとの結婚と離婚をくりかえして手に入れた二千万ドル以上の預金があった。

ヴァレンティヌスはダリアンとの対面をずっと待ち望んできた。しかし、ほんとうに手に入れたいのはラズロだった。そこで、私立探偵とバウンティ・ハンターのチームを雇い、ダリアンを二十四時間体制で監視させることにした。一年半後、彼女のもとに、ヴァレンティヌスが待ちつづけていた電話がやっとのことでかかってきた。会話は一分もつづかなかった。正体不明の男は、ただ時間と場所を告げただけだった。しかし、ヴァレンティヌスがその声を聞き間違えるはずはなかった。

翌日の夜、ニューヨーク市アスター・プレイスの〈スターバックス・コーヒー〉の清掃スタッフは、全員がヴァレンティヌスの監視チームにとってかわられた。すべてのテーブルと椅子の下にくわえ、トイレと用具室にも盗聴マイクが設置された。当日の午前中、腰をおろして二人の会話がはじまるのを待っているとき、ヴァレンティヌスはなにを聞いても驚くことはないと思っていた。しかし、ラズロはまったく予測していなかったことを口にした――イライジャとウィンターがいまどうしているかだ。

ラズロによると、イライジャとウィンターは、かつて自分たちが人生の一時期をともに過ごしたことさえ覚えていないという。いったい二人になにが起こったのか？　おめでたい無知な人間だけに許される、幸せこのうえない人生を送っているのか？　それとも、ラズロのしでかしたことが原因で、二人とも気が狂ってしまったのか？

ヴァレンティヌスはラズロに見棄てられてからの自分の人生を思い出し、両手を固く握りしめた。そして、腕を大きく引き、拳を壁に叩きこんだ。痛みが全身を駆け抜けた。ヴァレンティヌスは目を固く閉じて痛みを味わい、過去を押しやった。いまは精神を集中しなければならない。

鍵はネックレスだ。計画が頭のなかで形づくられていくにつれ、笑みが浮かんだ。迅速に行動すれば、ラズロとダリアンを始末することができる。二人が死ねば、あとはきたるべき最後の戦いに精神を集中するだけだ。目的を達成するのはとてつもなく困難だが……不可能ではない。

ヴァレンティヌスの最終的な目的は、神を殺すことだった。

第二章

二〇〇七年十二月二十九日　午後二時四十六分
(最後の審判の夜まであと五十七時間十四分)

イライジャ・グラスはマジックミラー越しに目を凝らした。マジックミラーの向こうにいる者たちは、自分が見られていることを知っている。しかし、それを気にしている気配はまったくない。イライジャは首を横に振った。自分から進んで赤の他人と肩を並べて椅子にすわり、それをまったくの赤の他人に観察されるなんて……

そう考えると、そばかすの浮いたイライジャの蒼白い肌に、ハチの巣のような斑点が浮いた。イライジャは目をぎゅっと閉じ、まぶたの裏を泳いでいる不定形の紫や黄色や緑色の斑点に意識を集中した。それから、首にかけたネックレスの銀の十字架に人差し指の先を押しつけ、ほっと息をついた。その温かい感触は、いつものように安心感をあたえてくれた。

イライジャはぴかぴかに磨きあげられたマジックミラーに視線を戻した。向こう側の長方形の部屋にいるテリー・ソーンダーズが、こちらに背を向けたまま銀色のリモコンを手にとり、五十四インチのプラズマテレビに向けた。考え抜かれて構成された十二人のグループ(男性六人、女性六人／白人七人、アジア系一人、ヒスパニック二人、アフリカ系アメリカ人二人)は、すなおにテレビのほうを向いた。

イライジャはくしゃくしゃの赤毛を耳の後ろにかきあげ、自分のノートパソコンに目をやった。パソコンの画面は、おなじ大きさの正方形に十二分割されている。それぞれの正方形には、真正面を向いた顔が映しだされており、どことなく『愉快なブレイディー一家』のオープニング・クレジットを思わせる。巨大なプラズマテレビを見つめている十二の顔を眺めていると、だんだん心臓の鼓動がおさまってきた。

テレビはイライジャが心から愛している唯一のものだった。重度の不眠症である彼は、毎晩八時間、長方形に区切られたテレビ画面のなかの世界を眺めて過ごす。ほとんどなんでも見るが、好きなジャンルはかなりはっきりしている――ファンタジー、SF、リーガル・サスペンス、犯罪ドラマ、映画、政治番組。それにもちろん、素人参加型のリアリティ番組だ。

イライジャがなによりも情熱を傾けているのは、現実(リアリティ)を研究することだった。当然のことながら、『アプレンティス』や『サバイバー』といったリアリティ番組はすっかり編集されていて、そこには厳密な意味での〝現実〟などありはしない。しかし、おたがいを裏切り合う競技者たちの姿は、他人の不幸を喜ぶ快感を心ゆくまで味わわせてくれるし、自分はひどい変人なのだという気持ちをすこしだけ軽くしてくれた。

だが、いま目のまえにある現実は、まったく編集されていない。自宅でネット・サーフィンをしているときは適当にしか画面を見ないが、いまのイライジャは完璧に意識を集中していた。十二の顔をしっかりと見つめ、額にしわを寄せたり、目を細めたり、口もとを歪めたり、鼻をひくつかせたりといった表情の動きを、なにひとつ見逃さない。そうした動きは、それぞれひとつだけではなにも意味しない。しかし、すべてを組み合わせると……さあ、そこからがイライジャの才能の見せどころだ。

顔動作記述システムを学んだイライジャは、人の表情をどう読むかを知っている。心理学者のポール・エクマンが一九七六年に考案したこのシステムは、三千種類もの表情を識別し、そのそれぞれがどんな感情を伝えるかを明らかにしたものだ。エクマンはこのシステムをつくるにあたり、四十六カ所の筋肉の動きを分類し、これを動作ユニットと名づけた。エクマンの五百ページにもおよぶマニュアルを暗記したイライジャにとって、顔は文字どおりページを開いた本も同然だった。

心のこもっていないただの営業スマイル――機械的に唇の両端をあげるだけ（動作ユニット12）――と、ほんとうに心のこもった笑み――動作ユニット12と頬の隆起運動（動作ユニット6）の組み合わせで、目じりにしわが寄る――のふたつを、イライジャは簡単に見わけることができる。

また、恐怖（動作ユニット1、2、15、および20――眉毛の内側と外側を憂鬱げにあげ、唇を横に伸ばす）も、嫌悪（動作ユニット4、9、および17――額を下げ、鼻にしわを寄せ、顎をあげる）も、怒り（動作ユニット2、4、5、および25――眉毛の端をあげ、額を下げ、上まぶたをあげ、上唇を上げて口を開く）も知っている。

唐突にビデオが終わり、テリーが部屋の被験者たちにテリー・スペシャル――完璧に無表情な顔――を向けた。彼女のくすんだブロンドの髪は、ごく平凡な顔を完璧に縁どっている。エキストラとして『ロー&オーダー』の陪審員席にすわらせたら、さぞぴったりだろう。細い鼻、小さな口、ぼんやりした茶色い目のまわりのとても細いしわ。信じられないくらいありがちな顔という以外、そこにはこれといった特徴がまったくない。

テリーの特徴のうち、目立っているものがひとつだけあるとすれば、それはありえないほどの穏やかさだった。彼女の冗談めかした皮肉っぽいふるまいの下には、論理的でちょっぴり冷たい心が脈打っている。テリーにはまったく感情というものがない。イライジャにとって、それはこの世でもっとも美しいものだった。

「それで」テリーはなにやら考えこむような顔で被験者たちに訊いた。「どう思いましたか？」

被験者のなかで唯一のアジア系の女性が口を開いた。イライジャは彼女にミン・ナとあだ名をつけ――『ＥＲ』に出ている女優のミン・ナに似ていたからだ――話を聞きはじめた。しかし、耳はしっかり傾けたものの、話の内容にはほとんど注意を払わなかった。

イライジャが意識を集中したのは、ミン・ナの声だった。トーン。抑揚。言葉の調子。そうした声の響きを手がかりに、めまぐるしく変化する表情（動作ユニット6、11、および12）を読み解くことで、イライジャは必要な情報をすべて手に入れた。

ほかの被験者たちも、テリーの微妙で執拗な質問にひとりひとり答えていった。最後に答えたのは粗野な感じのヒスパニックの男で、イライジャはＨＢＯ制作の『ＯＺ』に出てくる囚人役のルイス・ガツマンを思い出した。ガツマンはとげとげしく、どういうわけか緊張していた――唇を強く引き結んでいるし（動作ユニット23）、目もどこか不安げだ。

イライジャはマジックミラーを覗きこみ、ガツマンがテーブルの下でしきりに足を動かしているのに気がついた。イライジャは即座に悟った。この男はなにかの依存症なのだ。もちろん、なにに依存しているかはわからない。麻薬かもしれないし、煙草かもしれないし、酒かもしれない。しかし、それは問題ではない。重要なのは、ガツマンが質問に意識を集中できずにいることだ。

イライジャはヘッドセットのマイクに向かってそっとささやいた。「その男は無視しろ」

被験者たちには気づかれないようにテリーはそっとうなずき、指示が聞こえたことをイライジャに伝えた。セッションはそれからさらに五十七分つづいたが、イライジャは時間の経過をほとんど意識していなかった。セッションが終わり、被験者たちが椅子からいっせいに立ちあがると、イライジャは疲労のあまり、グリーンの革椅子にぐったりと沈みこんだ。

すぐ脇におかれたコップをつかみ、なかの冷水をたった三口で飲みほしてから、目を閉じて心をさまよわせた。そのとき、暗い部屋のドアが突然開いた。イライジャはビクッと身体を起こし、自分の個人空間に入ってきたよそ者の襲撃に備えた。しかし、入ってきたのはテリーだった。

「ごめん」と、テリーはいった。「ノックするのをつい忘れちゃうのよね」

イライジャは肩をすくめ、ノートパソコンに目を落とした。「だ、だ、だいじょうぶだよ」

テリーは顔から表情を消して腰をおろした。二人の距離は三メートルほどあるが、イライジャの好みからすると近すぎる。しかし、正気を失ってしまうことはないだろう。テリーがふたたび口を開き、ビルから飛び降りようとしている男を優しくなだめるかのように、ゆったりと落ちついた口調で訊いた。

「で、どう思った?」

イライジャは自分のメモに目を落とした。黄色い筆記用紙には、ほとんど判読不能な青と赤と緑の文字が殴り書きされている。イライジャは直観像記憶を持っているから、ほんとうはメモなど必要ない。しかし、自分の歪んだaやギザギザのtを見ていると、妙に心が落ちつくのだ。頭のなかには、メモよりも多くの情報がつまっている。

ただし、イライジャがいま落ちついているのは、目にしているもののおかげではなく、目にしていないもののおかげだった。イライジャはテリーに好意を持っている。そのため、まっすぐに目を見ることができない。相手が見知らぬ他人なら見られるのだが、この二カ月のあいだ親密に仕事をしてきたテリーとは、実質的に友人になっていた。

そこで、イライジャは質問に答えながらも、黒いフェルトペンで書いた極彩色の文字から目を離さなかった。実際には文字が黒いことはわかっている。しかし、イライジャの目には虹のようにカラフルに見える。自分にしか見えない穏やかで心安らぐ色彩に浸りながら、イライジャは分析を開始した。

「最初のコマーシャルは知的すぎる。全員が退屈してた。二番目のは悪くないけど、狩猟用ライフルを持った下院議員たちのショットには、女性の何人かが不快感を覚えてた。三番目には被験者のほとんどが好意的だった。あれがいちばんだな。ただし、まだ手直しは必要だ」

イライジャは目をあげた。ほっとしたことに、テリーは携帯用端末の画面に意識を集中していた。ちょこちょことすばやく手を動かし、イライジャの言葉をひとつもらさずタイプしている。明るい小さな画面から目をあげずにテリーはいった。

「わかった。じゃ、つぎはスケッチに色をつけてみて」

イライジャはテリーが意識せずにジョークを口にしたことに笑みを浮かべ、今週テストしてきた十組のサンプル・グループを観察して気づいたことを、性別、人種、年齢、収入などの項目にそって分類していった。テリーはほとんど口をはさまず、イライジャが四十二分にわたって独白をつづけているあいだ、確認の質問を二、三しただけだった。

イライジャには、自分の話に飛び抜けて意外なものがあるとは思えなかった。そもそもテリーは非常に有能な司会者だし、イライジャと同様、バックグラウンドとなる心理学や組織行動学についても詳しい。しかし、こと分析に関しては、イライジャのほうが一段上だ。イライジャの生まれながらの能力は黄金だった。一般大衆がほんとうはどんなふうに感じているかを知りたいとき、人はイライジャ・グラスを呼ぶ。そして、わずかな例外をのぞき、彼らが失望することはほとんどない。

過去五年間、イライジャは映画製作会社やテレビのネットワークからひっぱりだこだった。ハリウッドの重役たちは気むずかしいスターに慣れているので、イライジャの奇矯さもすんなりとうけいれた（彼の常軌を逸した行動は、〝誰とも握手しない〟から、〝目に見えるものだろうとなんだろうと、とにかくいかなるものにも触れない〟へとエスカレートしていた）。それどころか、イライジャの奇行は、感情移入の天才としての名声に、さらなる箔をつける結果になった。

三カ月前まで、イライジャは娯楽産業以外のクライアントはすべて断わっていた。そこに電話をかけてきたのがテリー・ソーンダーズだ。テリーはとても断わりきれない条件を提示した。ニューヨーク州でもっとも若い下院議員――所属政党の者たちは〝期待の新星〟と呼んでいた――の専属スタッフとして働けば、イライジャの標準的な報酬の四倍を支払うというのだ。

「今年の秋に行なわれる州知事選では、当選間違いなしといわれているわ」と、テリーはいった。「そのつぎの停車駅は、大統領執務室じゃないかしら」

イライジャは懐疑的だった。自分とほぼおなじ歳の人間に、それほどの重責が背負えるとは思えなかった。しかし、下院議員のスピーチを録画したDVDをテリーに渡され、イライジャは意見をひるがえした。

それはすばらしいの一語につきた。下院議員は目を瞠るほどの雄弁ぶりで、レーガンやクリントンを思わせる否定しがたいカリスマを持っていた。一週間後、イライジャは契約書にサインした。だいたいのところ、この仕事は楽しかった。しかし、雑踏ひしめくニューヨークでのキャンペーンがいかに長期間にわたるかを事前に知っていたら、たぶんハリウッドを離れはしなかっただろう。

　頭からその考えを押しやり、イライジャは三番目のコマーシャルのどこを修正すべきかを説明した。イライジャの話が終わると、テリーは携帯用端末を終了し、ハンドバッグに入れた。

「急がなきゃ、公式晩餐会に遅れちゃう」テリーはため息をついた。「あなたがこなくて、下院議員はがっかりするはずよ。キャンペーンの上級メンバーのうち、下院議員がまだ会っていないのはあなただけだから」

「どう説明してあるんだい？」

「ほんとのことを話したわ——マジックミラーの裏の天才はイノクロフォビアでファフィフォビアだから、マンハッタンがあんまり好きじゃないってね。だけど、下院議員は恐怖症なんかとは無縁だから、そんな単語は知らないわけ。わたしはパントマイムで伝えようとしたんだけど、群衆恐怖症（イノクロフォビア）とか接触恐怖症（ファフィフォビア）とかって、ひとりでパントマイムするのはむずかしいでしょ。つぎの機会のために、なにかアドバイスはない？」

「指を二本立てて、ふたつの恐怖症を表現する。つぎに、テーブルの下に隠れて泣くんだ」

「そんなことするの、ちょっと抵抗あるかも」

「パントマイムはそもそも簡単じゃない」

「そのうえ楽しくもない」

「たぶん、フランス人が考えついたのさ」

　イライジャは目を伏せ、かすかに震えている両手を見た。「まじめな話——行けなくてすまない。こいつはたんなる……その……わかるだろ？」

「気にしないで」と、テリーはいった。「あなたのおかげで、世論調査の結果が五ポイントもあがったわ」

「まだ予備選挙じゃないか。それに、きみはぼくがいなくてもうまくやってたはずだ」

「優しいのね。もしあなたがほかの誰かだったら、ぎゅっとハグしてるとこよ。でも、あなたはあなただから、投げキスで我慢しておく」

テリーはてのひらを上に向け、口もとまで持ちあげ、唇をすぼめてフッと息を吹いた。イライジャは手をのばし、彼女のキスを空中でつかむと、ポケットにしまった。

「とっておいて、あとでゆっくり楽しませてもらうよ」

「変態」テリーはちらっと笑みを浮かべ、ドアのほうに向かいかけた。しかし、急に振り返ると、目を床に向けたまま訊いた。「あなたの恐怖症、どんどん悪化してきてるんじゃない?」

「どうしてわかった?」イライジャはほっとすると同時に、恥ずかしさを覚えた。

「わたしはあなたほどすぐれてるわけじゃないけど、これでも人からはけっこう勘がいいっていわれてるのよ」テリーはそこでひと息ついてからつづけた。「それに、管理マネジャーに訊かれたの。きょうあなたが朝の五時にここへきたのはなぜだって」

イライジャは顔が赤らむのを感じた。人混みを避けるためならイライジャがなんでもすることを、テリーは知っている。しかし、彼の最近の行動は、これまでよりもさらに極端になっていた。警備員に足どめされ、けさはロビーで三時間も待たなければならなかった。しかし、通勤者でごったがえす朝のミッドタウンを避けるためとあらば、それくらいなんでもなかった。

「こんど盗みに入ろうと思ってね。建物の下調べをしてたんだ」イライジャはジョークでごまかした。「手を組むかい?　きみなら見張り役をやれるよ」

「だめ。わたしはパントマイムの練習をしなきゃ」テリーはいったん言葉を切った。「なら、つぎに会うのは一月三日、ラジオ・スポットの新作をチェックするときね」

「待ち遠しいよ」

「そうでしょそうでしょ。じゃ、またね。よいお年を」テリーは振り返ることなくそそくさとドアを出ていった。

「よいお年を」イライジャは空っぽの部屋に向かってつぶやいた。それからしばらくのあいだ、彼は宙を見つめたまま、首にかかっている銀の十字架をぼんやりもてあそんだ。ふと気づくと、シャツの下からネックレスを引きだしていたが、べつに驚きはしなかった。

数週間前、この神経質な癖に気づいたテリーから、そのネックレスはどこで手に入れたのかと訊かれた。おかしなことに、成人してからというもの、ずっと肌身離さずつけているのに、イライジャは思い出せなかった。きまりが悪くなり、昔のガールフレンドにプレゼントされたのだと答えた。しかし、それは嘘だった。接触恐怖症の人間は、ロマンティックな恋愛関係とはほとんど縁がない。

ちがう、この十字架は誰かほかの人間にもらったのだ。しかし、それが誰なのか、イライジャはまったく憶えていなかった。


ウィンターは目を閉じ、息を吸った。

自分のまえにいる人々が、目をこらし、耳をそばだて、待っているのが感じられた。いったい何人いるのだろう？　二千人？　三千人？　ウィンターは思い出せなかった。でも問題はない。彼女は舞台恐怖症とは無縁だ。反対に、観客が多ければ多いほど、演奏がダイナミックになる。

ときどき、自分は感情の吸血鬼ではないかと思うことがある。ウィンターは大勢の観客から活力を吸いとり、そのエネルギーをひとつにして、感動的な聴覚的景観をつくりだすことができる。いまの名声を得られたのも、この能力のおかげだった。彼女が考えにふけっているあいだに、クラリネットとフルートの音が、ヴァイオリンとヴィオラの音とともに、クレッシェンドでどんどん大きくなってきた。

あともうすこし。

ニューヨーク・フィルハーモニック・オーケストラの木管楽器と弦楽器が、軽くすばやいステップを思わせるアレグロ・モデラートで、チャイコフスキーの〈ヴァイオリン協奏曲ニ長調〉の序奏部を終えようとしている。ウィンターは幸運のお守り――胸にかかっている銀の十字架――に触れたいという衝動を抑えつけ、かわりにぐっと息を吸いこんだ。胸が大きくふくらむと、温くなった十字架が肌の上をすべり、安心感をあたえてくれた。

まぶたを開いたとたん、信じられないほど明るいスポットライトの光が、淡いブルーの瞳に鋭く突き刺さった。悲しげな笑みを浮かべ、ウィンターはヴァイオリンをかまえて弾きはじめた。ソロの最初の一音を奏でた瞬間、純粋で豊かな音に満ちあふれた至福の喜びに、心臓が跳ねあがった。

燃えあがるような演奏で第一楽章を駆け抜けると、すぐにアンダンテまでテンポを落とし、美しくメランコリックな第二楽章に入った。中盤にさしかかるあたりで、曲のムードは明るくなる。それから、金管楽器や打楽器とともに、激しくリズムの速い第三楽章に入り、百二十五年前にロシアで生まれた旋律を奏でる。

クラリネット、フルート、トランペット、打楽器をバックに、ウィンターの弓は愛器ストラデイヴァリウスの弦を縦横無尽に駆け、熱狂的なフィナーレの最終楽句まで、ほとんど不可能としか思えない疾走とジャンプをくりかえす。演奏中、ウィンターの心にはいかなる思念も浮かばない。そこにあるのは、生々しい純粋な感情の鼓動だけだ。

一度、《ニューヨーク・タイムズ》の記者に、コンサートを終えたあとの気分を訊かれたことがある。ウィンターは磁器のように白い顔をさっと赤く染め、床に目を落とし、漆黒の長い髪で顔を隠した。この感覚を説明しようと思ったら、セックスのあとの余韻に似ているとしかいいようがない。へとへとで、幸せで、疲れきり、満ち足りている。

今夜も例外ではなかった。

ウィンターが弓をおいてからも、ほんのわずかのあいだ、オーケストラの奏でた最後の和音はまだ宙を漂っていた。サウンドは完璧だった。ウィンターはぼうっとし、その音が消えるまで、観客とつながっている感覚を楽しんだ。

観客の拍手が、浴槽の温かいお湯のように身体をつつんだ。ウィンターは自意識過剰気味になりながら、膝を曲げてお辞儀をした。観客が立ちあがり、口笛と歓呼の混じった賞賛の拍手がさらに大きくなった。彼女はもう一度お辞儀をし、人形を思わせる寂しげな顔に、晴れやかな笑みを浮かべた。

タキシードを着た男がステージの階段を駆けあがってきて、赤い薔薇の花束を差しだした。ウィンターはそれをうけとり、頬に軽いキスをうけながら、大きな偽物の笑顔をつくった。その花のせいで——とてもきれいだったが——胸の悪くなるような嫌悪感に満たされたからだ。

ウィンターは客席の最前列に目を走らせた。とはいっても、ひと目見たくらいで、新しいストーカーを見つけられるわけもない。彼女のファンは、びっくりするほど層が広いからだ。クラシック音楽の典型的なファン――妻を同伴した上流階級の白髪の紳士たち――に混ざって、たくさんの十代の若者や、二十代から三十代にかけてのさまざまなタイプの者がいる。その多くは、身体のピアスや刺青を見せつけるような露出度の高い服を着ていた。

もう一度お辞儀をしかけたとき、通路にいるひとりの男が目にとまった。しかし、ウィンターの注意を引いたのは、男の身なり――鉄灰色の髪、ごつごつした肌、ほんのりと浮かんだ無精ひげ、サングラス、花崗岩のブロックのような顎――ではなかった。男の足もとに従順にすわっているジャーマン・シェパードでもない。

それは、自分はあの男を知っているという強い感覚だった。それに……ウィンターには確信があった。

その盲目の男は、まっすぐに彼女を見つめていると。

第三章

二〇〇七年十二月二十九日　午後四時五十八分
（最後の審判の夜まであと五十五時間二分）

イライジャはマジックミラーの向こうの空っぽの部屋を見つめながら、五番街にあるこの高層ビルからホテルの部屋へ瞬間移動（テレポート）できればと考えていた。歩いてこのビルから出ていくのはぞっとしなかった。通りは渋滞しているだろうし、タクシーなど拾えるはずもない。クリスマス旅行客がまだ街にいるいまはなおさらだ。

もちろん、地下鉄は論外だった。地下を走る満員の車両につめこまれているところを想像しただけで、冷たい汗がどっと噴きだしてきた。群衆恐怖症の人間にとって、ニューヨークの地下鉄は神がつくった最悪の拷問部屋だった。

そのとき、突然ドアが開き、チャコールグレイのスーツを着た背の高い男が現われた。イライジャは来訪者の温かい目に無理やり自分の目を向けた。磨き抜かれた黒い革靴から、ボーイッシュなブロンドの乱れた髪まで、男は全身から自信を発散させていた。まるで『明日に向って撃て！』に出たときのロバート・レッドフォードのようだ――いや、この場合は『候補者ビル・マッケイ』のときのレッドフォードといったほうが当たっている。

「下院議員」イライジャは無意識のうちに壁のほうへあとずさった。

「お噂はかねがね、ってわけか」下院議員は微笑んでイライジャのほうへ歩いてきた。「きみがテリーだけを窓口にしているのは知っているんだが、伝説の人物にどうしても会っておきたくてね」

「あ、あ、ありがとうございます」イライジャはほかにどういっていいかわからなかった。目をそらしたかったが、下院議員にはなにか人の注意を引かずにはおかないもの——いや、注意を強く要求するもの——があった。

「で……テリーの話では、きみの天才的なマーケティング能力は、精神科医になる勉強をしたことが基礎になってるそうだね」

「医学部には行きましたが、医者にはなりませんでした」

「政治家のコンサルティングのほうが、ずっと金になるってわけかな?」

イライジャは、大学三年のときにはじめて精神科病棟を訪れた日のことを思い出した。そのとき彼は、精神的に折れてしまったのだ。

「ええ。そんなところです」イライジャは靴に目を落とした。

ぎこちない沈黙が流れた。

「さてと、きみは忙しいんだろうな。しかし、自己紹介もせずにここを出ていくわけにはいかない。ご存じのとおり、わたしは政治家なんでね。われ握手をす、ゆえにわれあり」

下院議員は手を差しだした。一瞬、イライジャも手をあげかけた。手はただ自動的に動いたように感じられたが、もちろんそんなはずがないのはわかっていた。頭のなかで、イライジャはその動きの裏にある神経活動をすべて列挙していった。

まず、大脳皮質の前頭葉にある黒質が、電気化学的なメッセージを発信する。そのメッセージは、ミエリン絶縁された長い神経突起を通り、何百万ものニューロンを旅し、筋肉のなかの樹状突起に行きつく。手が動くまでには、体内でこれだけの神経活動が起こっているのだ。

こうした医学情報は、イライジャ専用の特別科学番組が脳内で放送されているかのように、頭のなかを流れていった。目のまえに迫った身の毛もよだつ恐怖――他人に触れること――から気をそらすための単純な精神反応だ。

イライジャはさらに三センチほど手をあげた。しかし、そこで勇気は消え失せた。彼は腕をおろして一歩後ろにさがり、背後の椅子にぎこちなく身体を押しつけた。

「すみません、ぼくは、その……黴菌(ばいきん)が怖いんですよ」

下院議員はそのまま手を宙に差しだしていたが、やがてうなずいた。

「ああ、わかるよ」下院議員は気まずそうにいい、がっかりした顔をした（動作ユニット1、2、および4）。「とにかく、会えてよかった」

「ええ。ぼくもです」

下院議員が部屋を去ってしまうと、イライジャはどさりと椅子に腰をおろした。テリーのいうとおりだ――彼の恐怖症はどんどん悪化してきている。しかもイライジャは、なにをするでもなく、ただそれをうけいれている。残っていた数少ない知人とも接触を断ち、家族からも遠ざかり、恐怖症に身をまかせてほかのすべてをあきらめている。そうすれば、『ロー＆オーダー』と『CSI：科学捜査班』からスピンオフしたシリーズをすべて見るだけの〝社交生活〟を送っていても、『チャンス』でピーター・セラーズが演じたチャンシー・ガーディナーの現代版になれると自分に言い聞かせて。

しかし、心の底でははっきりわかっていた。ここでなにか手を打たなければ、自分はいつの日か思いもよらない症状に襲われ、恐怖症にすっかり支配されてしまうだろう。近いうちに、働くことさえできなくなってしまうはずだ。そして、それから？　イライジャは大きく息を吸いこみ、ノートパソコンをパシッと閉め、ショルダーバッグのなかにしまった。彼は決断を下した。もう隠れるのはやめだ。恐怖と真っ向から対峙するのだ。まずは、外へ出ていくことからはじめよう。

ウィンターは白いホルタートップにするりと身体をすべりこませた。コンサート用の衣裳を脱げてほっとする思いだった。そのすぐ横には母親のキャロル・ロイスが立ち、楽屋のテーブルにおかれた花束にとがめるような目を向けている。

「これは彼から？」母は〝彼〟という一語を、ジプシーの呪いの言葉かなにかのように、吐きだすように口にした。

「ちがうわ」ウィンターは椅子にどさりと腰をおろした。

「だったら、誰？」母は答えを待つことなく花束に添えられたカードをひったくり、すばやく目を通して天井を仰いだ。「恋に狂った男がまたひとりってわけね。あなたはもうツアーをやめなくちゃだめよ」

「ママ、その話はもう終わったはずでしょ」

キャロル・ロイスは娘のまえにひざまずいた。「ね、この騒ぎが終わるまででいいから。一歩身を引いて、世間の目から逃れるの」

「わたしは逃げたりしない」

「でも、こんな生活をつづけられないでしょ！」

「ママの望むとおりの生活だって送れないわ」

ウィンターは涙をこらえた。自分の感情をコントロールできることを、彼女はいつも誇りに思っていた。しかし、こと母が相手だと、正気の縁をよろめき歩いているような気分になる。

「母さんはよかれと思っていってるのよ」母は床に目を落とし、いつもの繰りごとをまくしたてはじめた。あまりの早口に、言葉がまえの言葉を追い越してしまいそうだ。「マイケルの件で母さんのいうことさえ聞いていれば、こんなことには――」

「ママ！　もうたくさん！」

その口調は、自分でもびっくりするほど激しかった。ウィンターは大きく息を吸い、ゆっくりと吐きだした。そして、すぐには話をつづけず、自分はもう大声を張りあげないと確信できるまで待った。それには、すくなくとも数秒以上かかった。

「ママ、わたしは三十なのよ」ウィンターは穏やかだが確固とした口調でいった。「当然、ときには自分で判断を下すこともある。そして、今回はツアーをつづけることに決めたの」

「母さんはただ心配なだけ。もしまた誰かにあなたを連れ去られたら……」母の目の端から涙があふれた。ウィンターはまえに進みでて母の身体に両腕をまわし、ぐっと引き寄せた。

「さあさあ、もう黙って」ウィンターは母の耳もとでささやいた。「誰もわたしを連れ去ったりなんかしない――」

また？　〝また〟っていうのはどういう意味？

そのことは考えちゃだめ。

「――気をつけるから。約束する。いいでしょ？」

母はウィンターの首に顔を押しあてたまま大きく鼻をすすり、もう一度娘をぎゅっと抱きしめてから身体を離した。

「愛してるわ、心から」

「わたしもよ、ママ」

「こんなにすばらしい娘をさずかるなんて、わたしはどんないいことをしたのかしら?」

「パパがいってた。ママは悪魔と取引をしたんだって」

「あら、面白いこと」母の口調は皮肉っぽかったが、ウィンターがこっそり目を向けると、唇の隅には笑みが浮かんでいた。実際、それはいかにも父がいいそうなセリフだったからだ。父が死んで、もう五年近くになる。しかし、まだきのうのことのように感じられた。母はハンカチで鼻を拭き、ウィンターの頰にそっとキスをした。

「母さんはラウンジにいるわ」

ドアがカチッと閉まる音が聞こえた。そのとたん、いきなり感情の堰が切れた。すぐに涙が流れだし、なめらかな頰を伝い落ちていった。ウィンターは声を立てずに一分ほど泣いた。気がすむと、涙をぬぐい、泣いていたことを母に気づかれないように、入念に化粧を直した。

鏡に映った自分を見つめ、マイケルの件で母のアドバイスに従っていたらどうなっていただろう、と思った。たぶん、いまのように自分の行動をすべて監視される生活はしていなかっただろう。とはいえ、べつのストーカーが現われて……状況はもっと悪くなっていたかもしれない。

第四章

二〇〇七年十二月二十九日午後五時十八分
（最後の審判の夜まであと五十四時間四十二分）

イライジャはようやくのことで一階についた。両脚の筋肉が燃えるように痛んだものの、五十六階分の階段を歩いて降りた甲斐はあった。満員のエレベーターを避けるためなら、なにをしても惜しくない。つぎにクリアすべき障害物は——ロビーに通じているドアだ。ドアを抜ける勇気をかき集めながら、イライジャは古いウォークマンをひっぱりだした。ｉＰｏｄも持っているが、あれにはソニーのウォークマンが備えている重要な機能——テレビ音声の受信器——がついていないので、めったに使うことがない。

イライジャはプリセット・ボタンをすばやく押していき、気分を落ちつかせてくれるなじみの番組を探した。チャンネル11で『となりのサインフェルド』をやっていた。自分を取り巻く環境のすくなくとも一部はコントロールできたことに気をよくし、イライジャは息を吐きだした。セリフをひとつ聞いただけで、それがどのエピソードなのかわかった。イライジャはぎゅっと目をつぶり、ジュリア・ルイス＝ドレイファス演じるエレインの怒りに満ちた顔を思い浮かべ、気をまぎらわした。

「彼女の手、ありゃバケモノだよ」と、サインフェルドがぼやく。
「バケモノ？」と、エレインが訊く。
「すくなくとも女の手じゃないね。ギリシア神話に出てくる怪物みたいなもんさ。彼女は半分女だけど、半分は怖ろしい獣なんだ」

イライジャはドアを押しあけ、人でごった返しているロビーに入っていった。チャイムが鳴ってエレベーターのドアが開き、洞窟のような空間にさらに大勢の人間を吐きだした。ロビーの人たちはフロアを行進していき、回転ドアを通り抜け、建物の外の群衆に飲みこまれていく。それを見たとたん、一気に脈が速くなった。イライジャはめまいを起こしてドアから目をそむけ、気づいたときにはビルのクリスマス・ディスプレイを見つめていた。

高さ六メートルのツリーの下に、五十個以上の色とりどりの箱が高く積んである。イライジャは銀や赤や金の包装紙でラッピングされた箱に結ばれた紫色のリボンに視線をすべらせていき、大きな緑の枝のあいだから射している細い光に目をとめた。

不自然で人工的だが、ツリーは美しかった。イライジャはまだ子どもだったころのクリスマスの朝を思い出した。いつも夜明けまえに目を覚まし、ダース・ベイダーのデジタル時計を見つめ、表示が〈7：00〉になるのを待ったものだ。七時になれば、ベッドから出てプレゼントを開いていいことになっていたからだ。

その記憶は、これまでに見てきたさまざまなクリスマス映画やテレビドラマの場面と混ざりあっていた。『ファミリータイズ』で、アレックス・P・キートンがヤドリギの下でエレンにキスをする場面。『ザ・ホワイトハウス』で、ジョサイア・バートレット大統領が前庭でクリスマス・キャロルを歌う場面。『グリンチ』で、グリンチがシンディ・ロウ・フーの両親を盗んでしまう場面。『クリスマス・ストーリー』で、ラルフィー・パーカーが凍りついた金属製の旗竿に舌をくっつける場面。『三十四丁目の奇蹟』で、フレッド・ゲイリーが法廷で誇らしげにクリス・クリングルを弁護する場面。

息がようやく落ちついてきた。イライジャは通りのほうに向き直り、無理やり回転ドアに目を向け、ジョージ・コスタンザのキーキー声に意識を集中した。問題はなにもない。『となりのサインフェルド』の音声に意識を集中しているかぎり、騒音の渦巻く街を歩いてホテルまで帰りつけるはずだ。

イライジャはぴったりした黒い革の手袋をはめた。凍えるような寒さにもいい点がひとつだけある——自分の肌を覆い隠す言い訳になるところだ。回転ドアのなめらかなスチール・フレームに身体を押しあて、外に向かって足を踏みだした。ほんの一瞬、イライジャは天国と地獄の中間にいた。ここは建物のなかでも外でもない。外でなにが起こるかわかっていたら、回転ドアをそのまま押しつづけ、ロビーの安全圏に退却していただろう。

しかし、イライジャはそこになにが待ちかまえているか知らなかった。そこで、通行人でごったがえしている歩道に足を踏みだした。チョコレート色の肌の黒人女性が通りの反対側から自分を見つめていることには、まったく気がついていなかった。

楽屋の化粧鏡に映っているドアがかすかに開くのが見えた。ウィンターがさっと振り返ると同時に、男がひとり楽屋に入ってきた。男のかけているサングラスを見た瞬間、ウィンターはさっき観客席にいたあの盲目の

（目が見えないのは生まれつきではない）

男だと確信した。しかし、すぐに男の肌が目に入った――褐色で、美しく、染みひとつない。その顔は灰色のスウェットパーカーのフードにほとんど隠されていたが、たとえどこで会ったとしても、ウィンターには男が誰だかわかっただろう。

「マイケル」

男はフードを後ろにずらし、サングラスをはずした。黒い瞳が光った。

「やあ、ウィンター」

「どうやって警備をすり抜けたの？　誰かを傷つけたんじゃないでしょうね？」

「もちろんそんなことはしないさ」マイケルはおずおずと足を踏みだし、手を差しのべてウィンターの顔にさわろうとした。ウィンターはさっと身を引きながら、あすの朝、殴られて痣をつくった警備員にまた訴えられることになるのだろうか、と思った。

「そのことは考えるな」ウィンターの心を読んだかのように、マイケルがいった。「ぼくたちのことを考えるんだ」

「なにが〝ぼくたち〟よ。あなたは結婚してるじゃない。忘れた？」

マイケルがまた手をのばしてきた。ウィンターはもう身体を引いたりせず、挑むようににらみ返した。かつては、マイケルに触れられるたびに欲望の蜘蛛の巣にからめとられてしまったが、いまはもうそんなことにはならないという自信があった。

しかし、愛撫されたとたん、昔の気持ちがすっと甦った。

マイケルはウィンターのうなじにぴたりと手をあて、一瞬たりとも彼女の瞳から目をそらさずに、頬をなでた。それから、指をそのまま横にすべらせ、唇をそっとなぞってからキスをした。やがて指先は下におりていき、顎をかすめ、首の曲線をたどった。しかし、マイケルが銀の十字かわった。

架のなめらかな表面に触れたとたん、ウィンターの熱い欲望は、すぐさま激しい嫌悪感にとって

わたしはなにをしているの？　彼はわたしに嘘をついた。また誘惑に乗ったりしてはだめ。ぜったいに。


ウィンターは邪険にマイケルを突き放した。

「出てって」

「ウィンター、ぼくはきみを愛して――」

「そのセリフは奥さんにいって」

「ぼくは結婚してない」

「そりゃすばらしいわ！　なら、《ニューヨーク・ポスト》の一面で泣いてた女は誰？」

あの見出しを見たときに感じた、深く裏切られた気持ちを、ウィンターはけっして忘れないだろう。


新妻の涙の裏に、魔性の天才ヴァイオリニスト！


「フェリシアとは別れた。だからもう、ぼくらはいっしょになれる」

「ひとつだけ問題があるわ。わたしはいっしょになりたくないの」

マイケルはまたウィンターの顔に手をのばした。しかし、ウィンターは彼を突き放した。

「出てって。本気よ」

そのとき、母のキャロルがドアを押して部屋に入ってきた。

「ウィンター、ちょっと忘れてたんだけど――」マイケルを見たとたん、母はぽかんと口をあけた。「うちの娘に近寄らないで！」

「ぼくらの邪魔しないでくれないか、キャロル。きみは関係ない」

「大ありですとも」

母はずかずかと部屋に入ってくると、元恋人たちのあいだに割って入ろうとした。しかし、マイケルは彼女を乱暴に押しのけた。母は後ろによろけ、頭を壁に打ってその場にくずおれた。

「ママ！」ウィンターはマイケルのわきをすり抜けようとした。しかし、マイケルは彼女の両腕をつかみ、無理やり自分のほうに顔を向けさせた。

「ウィンター、お願いだよ！　ぼくはきみを愛しているんだ」

マイケルの指が痛いほど腕に食いこんだ。

「離して！　痛いじゃない！」

「離すわけにはいかない」マイケルはウィンターを揺さぶった。「なぜそれがわからないんだ？」

「もうあなたのことは愛してないの！　そっちこそ、なぜそれがわからないのよ！」

マイケルは腕を振りあげ、力いっぱいウィンターの顔を張り飛ばした。ウィンターはがくんと頭をのけぞらせ、歯で舌を切った。

「ぼくはきみのためにすべてを投げうったんだぞ！」マイケルはもう一度手をあげ、ウィンターの顎を平手打ちすると、彼女を壁に叩きつけた。「ぼくを捨てることはできない！　きみはぼくのものだ！　きみがぼくを愛してることはわかってる！　きみの演奏を聴けばわかる！」

「いまのあなたは普通じゃないのよ、マイケル」ウィンターはあえいだ。心臓が早鐘（はやがね）を打っていた。「わたしを離して。そしたらすべてうまくいくって約束する」

「いいや。きみをぼくのものにできなけりゃ、なにもうまくなんかいきっこない」

マイケルは自分の唇をウィンターの唇に押しつけようとした。しかし、ウィンターは顔をそらした。怒りに駆られ、マイケルは彼女の顎をつかむと、無理やり自分のほうに顔を向けさせた。マイケルの顔は汗でびっしょりになり、その目は小刻みに震えていた。

「きみはぼくを愛してる」と、マイケルはささやいた。「ぼくにはわかってる」

ウィンターは首を横に振ろうとした。しかし、顎を強くつかまれているため、顔を動かすことができない。

「あなたは病気なのよ、マイケル。お願い、わたしが力になってあげるから」

「ぼくは病気なんかじゃない！」マイケルは金切り声をあげた。そして、片手でウィンターの喉をつかみ、絞めあげはじめた。「ぼくは病気なんかじゃ……」

激しい痛みに、ウィンターは息をしようとあえいだ。

「病気なのはきみだ」マイケルは唸（うな）った。「ぼくを誘惑しやがって！　ぜんぶきみが悪いんだ！」

ウィンターは手をのばし、化粧台の上をまさぐった。首を絞めるマイクルの手にさらに力がこもり、目のまえに黒い点がいくつも浮かんできた。

「ぜんぶきみのせいだ！」

ウィンターの手が冷たい金属にさわった。ハサミだ。

「ぜんぶきみの――」

ウィンターはハサミをつかみ、マイケルに突き刺した。刃が肉に沈みこんでいく感触につづき、すぐさまマイケルの手から力が抜けた。ウィンターはぜいぜいと息を吸いこんだ。自分の首から突きだしている銀色のハサミに触れたマイケルは、驚きに目を見開いた。一瞬、どちらも動かなかった。ウィンターの視線は、マイケルの首から細くしたたり落ちている血に釘づけになった。

マイケルがはっとわれに返り、ぞっとするような音をたてて首からハサミを引き抜いた。そして、血に濡れた刃に目を落とし、ふたたび目をあげてウィンターを見た。その目には、信じられないという表情が浮かんでいた。マイケルはなにかしゃべろうとしたが、口のなかに血があふれ、出てきたのはゴボッという湿った音だけだった。マイケルは咳きこみ、血だらけの首をつかんだまま痙攣(けいれん)するようにあとずさり、目を剝いて床にくずおれた。

「そ、そんな」ウィンターは怖いくらい震えていた。「わたしったら、なんてことをしてしまったの?」

第五章

二〇〇七年十二月二十九日　午後五時二十三分
（最後の審判の夜まであと五十四時間三十七分）

イライジャはぐっと歯を噛みしめ、凍りついてすべりやすくなった歩道を急ぐ人の群れのなかに足を踏み入れた。氷のように冷たい風が頬をなぶった。いまのイライジャには、刺すような痛みがありがたかった。周囲の群衆から気をそらしてくれるものならなんでも歓迎だった。イヤホンのなかで、ジェリー・サインフェルドのガールフレンドの声が弾けた。

「**あたし、手を洗ってくる**」

「**そりゃいい考えだ。ビーチタオルならラックに入ってるよ**」

録音された笑い声がどっと響いた。イライジャは冷たい空気を吸いこみ、歩きつづけることを自分に強いた。しかし本能は、手近な建物の外壁にへばりつけと叫んでいる。息がつまるほど強烈なその衝動を噛み殺し、足をまえに踏みだすことだけにエネルギーを注ぎこんだ。さらに足を速め、旅行客や買い物客、ビジネスマン、子ども連れの母親などを縫うように進んでいった。とにかく、パニックに襲われるまえになんとしてもホテルにたどりつきたかった。

頭のなかをぐるぐるまわっている妄想から逃れるために、いつのまにかほとんど駆け足になっていた。車道に足を踏みだしたとたん、タクシーのけたたましいホーンがいっせいに鳴った。はっと飛びのくと、タクシーが溶けかけた雪を跳ね飛ばして通りすぎていった。イライジャは凍りついたようにその場に立ちつくした。背後で信号待ちの通行人がどんどん膨れあがっていくのがわかった。

自分の後ろで押しあいへしあいしている人たちのことは考えないように努め、そばを走りすぎていく車に意識を集中した。あとからあとからやってくる何台ものタクシー、鮮やかな赤と緑の絵が描かれた白い配達用のヴァン、ぴかぴかに磨き抜かれたリムジン。そして、雪を頂いた普通車やSUVのパレード。

リラックスしろ。ニューヨークはそれほど悪いとこじゃない。この街を舞台にしたテレビコメディのことを考えるんだ。『となりのサインフェルド』『コスビー・ショー』『フレンズ』、『ザ・ジェファーソンズ』『あなたにムチュー』『アーノルド坊やは人気者』『二人は友だち? ウィル&グレイス』『セックス・アンド・ザ・シティ』それに『キャロライン in NY』。

でも、すべてが明るく楽しいわけじゃないぞ。『真夜中のカーボーイ』はどうだ? 『狼よさらば』や『タクシー・ドライバー』は? もちろん、誰もが愛してやまないカート・ラッセル主演の傑作『ニューヨーク1997』を忘れちゃいけない。

信号はいつまでたっても変わらなかった。イライジャは『となりのサインフェルド』の音声に意識を集中しようとしたが、頭のなかをさまざまな考えが駆けめぐるのを押しとどめることはできなかった。

クリスマスシーズンの午後五時過ぎのミッドタウンよりひどい場所など、この世にあるだろう

か？

　そうだ、ひとつある。大晦日のタイムズスクエアだ。イライジャはそのイメージが頭に浮かんでこないことをとっさに祈ったが、すでに遅すぎた。ネオンきらめく空の下で百万近い群衆が押しあいへしあいしているさまが頭に浮かんだとたん、ロビーで築きあげたはかない心の平安は、一気に消えてしまった。実際、イライジャの耳には、大晦日恒例のテレビ番組『ニュー・イヤーズ・ロッキン・イブ』のステージに立ったライアン・シークレストの声が聞こえていた。シークレストが興奮した群衆を煽ると——

　3（スリー）!!……2（ツー）!!……1（ワン）!!

　ハッピー・ニュー・イヤー!!!

　——新年を祝う人々の叫び声がいっせいにあがる。派手な照明と騒音と寒気のなか、色のついた感情が爆発して洪水のようにどっと襲ってくる。どこを見ても人、人、人。誰もが跳ねまわり、押しあい、手を差しのべ、抱きあい——

やめろ！　落ちつくんだ！

　イライジャは頭を振った。パニックがエスカレートしてきている。このままではぷっつり切れてしまう。恐怖症の幻覚が頭のなかで

これは恐怖症の幻覚なんかじゃない！　現実だ！

　どんどん大きくなっていった。イライジャはきょうのうちに、血も凍るような最期を遂げるだろう。ホテルには帰りつけない。自分は——

　そのとき、突然信号が変わり、ぐるぐると落下をつづけていたイライジャは、はっとわれに返

った。歩行者用信号機の点灯表示は、さっきまでの赤い手から、白い男に変わっている。それを見て、イライジャは『CSI』の犯罪現場にチョークで描かれた死体の輪郭を思い出した。自分がいまここで群衆に踏みつけられて死んだら、警察は彼の死体のまわりにこれとおなじ線を――

やめろ！

イライジャは歩道から足を踏みだし、戦闘におもむく兵士のように、大勢の歩行者の先頭に立って歩きはじめた。横断歩道の反対側から、目のさめるような黒人の美女――『ストレンジ・デイズ』に出演したときのアンジェラ・バセットに似ている――が、こちらに向かって歩いてくるのが目に入った。

ツンと立ったショートヘアが、染みひとつないチョコレート色の肌をいっそう引き立てている。二十五歳にも四十五歳にも見えるタイプの顔で、若々しいが、それでいて険しさもある。足どりは堂々としているといっていいほど自信に満ちており、あたかも王女――さもなければ兵士――のようだ。黒人女性はこちらに向かって歩きながら、イライジャの目をひたと見据えた。

普通なら、あんな厳しい目で凝視されたら目をそらしていただろう。しかし、いまのイライジャは、輝かんばかりに美しいその女性に心を奪われていた。自分でも驚いたことに、革の手袋で手を覆っていることが残念に思えた。彼女の手に触れ、肌の感触を味わいたいという欲望は、あらがいがたいほどだった。

そのときだ。謎めいたその女性とすれちがった瞬間、誰かの手が後ろからイライジャの襟をぐいと引っぱった。その手はスカーフの下に入りこみ、氷のような指ですばやく首をまさぐった。

イライジャはさまざまな感情の奔流に圧倒された。ひとつひとつの感情が頭のなかで花火のように爆発した――興奮、焦り、攻撃心、喜び。なにかが鋭く首に食いこみ、つづいてピキッと音がした。イライジャはさっと首に手をやりながら振り返った。

そのスリ（団子鼻のでっぷりした男で、指は太くて短く、『ＮＹＰＤブルー』に出てくるシポウィッツに似ていた）は、イライジャの目のまえに銀の十字架をさっと差しあげた。凍てつく十二月の夜の闇のなか、通りすぎる車のヘッドライトに照らされて十字架がきらめいた。なすすべもなく、イライジャはそのお守りを見つめた。つぎの瞬間、スリはすばやく彼のわきを走りすぎ、例の美しい黒人女性を肘で押しのけてその場から逃げ去った。

なにがなんでも追いかけたかったが、茫然自失のあまり動くことができなかった。血がドクドク流れていく音が耳にこだましている。一瞬、目のまえが何百万ものけたたましい色に満たされ、そして――

はっと現実が戻ってきて、周囲の風景に目の焦点が合った。のろのろと足をまえに踏みだしたが、スリはすでに姿を消していた。イライジャは首に手をあてた。銀の十字架がほんとうになくなってしまったことが信じられなかった。あれを最後にはずしたのは、いったいいつだろう？　思い出せなかった。あの十字架はいつもここにあった。自分という人間の一部だった。

イライジャは過呼吸におちいった。浅い息をせわしなくくりかえし、ゼイゼイとあえぎながら、なにかをつかもうと手をのばした。つかめるものならなんでもよかった。指先が探りあてたのは、黒人女性の腕だった。つぎの瞬間、イライジャはいまおちいっているパニックよりもさらに激しいパニックの渦に投げこまれた。なぜなら、その黒人女性が――

手をあげてイライジャの顔に触れたからだ。驚いたことに、その手を振り払いたいという気にはならなかった。彼女の手の軽い感触は……心地よかった。なんだか漂っているような気分だ。まるで――

車のホーンがいっせいに鳴り響いた。信号が変わったのに、イライジャはまだ通りのまんなかに立っていた。黒人女性がイライジャの腕をつかみ、すばやく歩道に引っぱっていった。

「あ、あ、ありがとう」イライジャはあえいだ。いったいなにが起こったのか、まだはっきりわかっていなかった。たったいま感じた優しい平穏な気持ちにとまどったままだった。歩行者がつぎつぎとわきを通りすぎていったが、黒人女性の猫のような瞳を見つめていると、なぜか穏やかな気分が湧きあがってきた。

「だいじょうぶ?」

「たぶん」イライジャはこの出会いをなんとか引きのばしたかった。

「よかった」と、黒人女性はいった。「気をつけて」

イライジャが答えるよりも早く、謎めいた女性は交差点に引き返し、雑踏のなかに姿を消した。もし頭がぼんやりしていなければ、ネックレスをしていないことがどんなに不快かを考えていただろう。もしくは、無理やりネックレスを奪われたのに、なぜ神経衰弱を起こしていないのかを。さもなければ、大勢の人間に囲まれているのに、なぜかパニックを起こす気配さえないことを。ところが、いまのイライジャの頭にあるのは、あのきらきら光っていた女性のことだけだった。

しかも、もう姿はどこにも見えないのに、イライジャは彼女がすぐそばにいてこちらを見ているという感覚を振り払うことができなかった。

救急救命士がくるまでの時間が、ウィンターには永遠にも感じられた。まずはチェリストのひとり――ローラという名前の静かでぱっとしない若い娘――が九一一に電話し、母の頭にできたこぶに当てるための氷を持ってきてくれた。そのあいだ、床に倒れたマイケルの両脇には、二人の打楽器奏者が周囲を威圧するように立っていた。

マイケルを乗せた台車付き担架を押して救命士たちが部屋から出ていくのを見送りながら、ウィンターは両腕で自分の身体を抱きしめた。マイケルの顔は酸素マスクに隠れてほとんど見えなかったが、恋の病に冒されたその目は、ウィンターの心を刺し貫いた。ハサミの傷は深刻なものではないと救命士はいった。しかし、そう聞いても、ウィンターはどう感じていいのかわからなかった。

そのとき、部屋に閃光が走った。開いたままになったドアのほうを本能的に振り返ったウィンターは、連続して焚かれたフラッシュに目がくらんだ。まぶたを閉じると、漆黒をバックに明るい青や赤の斑点が浮かんでいるのが見えた。いったいなにが起きたのか、彼女ははっと気づいた。

「カール！」

名前を呼ばれた打楽器奏者が、足音も荒くドアに向かって走った。しかし、カメラマンはその目のまえでピシャリとドアを閉めた。カールは急いでドアをあけて外に出たが、すでに遅かった。パパラッチは姿を消していた。

「ミス・ロイス？」

ウィンターと母親のキャロルは、ドア口に現われた見知らぬ男のほうをそろって振り返った。男は四十代のはじめで、あばた面に赤い団子鼻が乗っていた。安物のグレイのスーツは、腰のあたりがひどくきつそうに見える。まるで、いまより十キロほどやせていたころに買ったかのようだ。

「パストレーリ刑事です」と、男はいった。「あなたは医師の手当てをうけなくていいんですか？」

「ええ」ウィンターの声は死んだように冷たかった。「わたしならだいじょうぶです」

「なら、すこし質問させていただけますかね？」

「いますぐじゃないとだめなの？」と、母が訊いた。

「できましたらね」

「この子になにを質問するっていうんです？　マイケル・エヴァンズはサイコパスなの。あの男がこの子を襲い、この子は自分を守った。それで話はおしまいよ」

「そこのところをはっきりさせたいのですよ」

「ママ、もういいわ。ラウンジで待ってて。事情聴取が終わったら、すぐホテルに帰りましょ」

キャロル・ロイスはうなずくと、娘の額に優しくキスし、怒りに満ちた目でパストレーリ刑事に一瞥をくれた。

「すぐ外にいるわ」母はひとことそういってドアを閉めた。ウィンターはティッシュで目をたたき、鼻をかんだ。

「もうすこし待ちましょうか？」と、パストレーリが訊いた。

「いいえ。だいじょうぶです」

「ここで起きたことを説明してくださいますか？」刑事はそう訊きながら、らせん綴じの小さなノートをとりだした。

「マイケルとわたしは話をしていました。そこに母が入ってきて――」

「なにを話していたんです？」

「彼はよりを戻したがってました」

「で、あなたのほうの気持ちは？」

「もうつきまとうのはやめてほしいと」

「ふむふむ」パストレーリはそういってなにかをメモした。

「彼は母を突き飛ばし、わたしにキスを迫ったんです」

「あなたはキスにこたえた？」

「いいえ……ただ、彼が入ってきたときにはしました。でも――」

「では、キスをしたんですね。それから、彼を刺した」

「彼が襲ってきたんです」

「あなたはミスター・エヴァンズに対して接近禁止命令を出してますね」

「あれは母の考えなんです。わたし自身は、マイケルがわたしを傷つけるとは思っていませんでした」

「なら、ミスター・エヴァンズは、あなたにストーキング行為を働いていたわけではない？」

「さっきもお話ししたとおり――」ウィンターはいったん言葉を切ってからつづけた。「わたしたちは一年ほどまえからつきあいはじめました。そのとき、わたしは彼が結婚していることを知らなかったんです」

「ふむふむ。トム・マードックは？　それに、サム・ウィットフォードもいるし、グレイス・リーもいる。彼らもあなたをストーキングしていたんですよね？　それとも、彼らに対する接近禁止命令も、お母さまの考えなのかな？」

ウィンターは腕を組んだ。

「ひとりのコンサート・ヴァイオリニストを、なぜそんなにたくさんのストーカーが追いまわすんですかね？」

「わたしの音楽は、聴く人にある種の効果をおよぼすんです」

「なるほど、たしかにそうらしい」と、パストレーリはいった。

「なにがおっしゃりたいんです？」

「お訊きになるまでもないはずですがね。わたしの理解しているところでは、三人の裕福な既婚男性が――さらにはひとりの女性も――あなたのツアーを追いかけるために家族を捨てた。彼らはあなたにをディナーに招待し、高価なプレゼントを贈った。ところが、彼らの妻や夫が失踪届けを出すと……ドカン！　あなたは〝ストーカーだ〟と叫び、彼らに接近禁止命令を出した」

「そんなんじゃないんです！」ウィンターは怒りを爆発させた。「タブロイド新聞は、わたしが他人の家庭を壊してばかりいると書き立ててます。でも、ちがうんです！　わたしはただのヴァイオリニストにすぎません。それだけです。人がなにをするかなんてコントロールできません。あの人たちがみんな結婚してるなんて、ぜんぜん知らなかったんです。それがわかったとき、わたしは関係を絶ちました。彼らがつきまとってくるのは、わたしのせいじゃありません。だからこそ接近禁止命令を出してもらったんです。あの人たちは、頭がおかしいんです」

「ミスター・エヴァンズもですか？　彼も頭がおかしいと？」

「マイケルは性格の激しい人です」ウィンターは口調をやわらげた。「でも、情緒が不安定だと感じたのは、今夜がはじめてでした」

「なら、なぜ接近禁止命令を？」

「さっきも話したじゃないですか。あれは母の考えだったんです。マイケルに接近禁止命令を出してもらわなければ、世間の人たちはほかの人たちのことも信じてくれないだろうって」ウィンターはパストレーリの目に軽蔑の色を見てとった。「そんな目で見ないでください」

「そんな目とは？」

「まるで嘘つきを見るみたいな」

「そう思ってるのはあなただ」パストレーリは肩をすくめた。「わたしじゃない」

ウィンターは刑事をにらみつけた。「もしわたしを逮捕なさるんでなければ、もう引きとっていただけません？」

「ふむふむ。あなたのボーイフレンドが意識を取り戻して事情聴取に応じられるようになるまで、街から出ないでください」パストレーリはノートを閉じ、ドアに向かいかけたが、途中で足をとめて振り返った。「ところで、それはミスター・エヴァンズから贈られたんですか？　それとも、誰かべつのストーカーから？」

「それって？」

「ネックレスですよ」

ウィンターは目を下に向けた。いつしか指先に銀のチェーンを巻きつけていた。「これは母がくれたんです」彼女はそっけなく答えた。

パストレーリは数秒ほど黙っていた。「なぜ嘘をつくんです、ミス・ロイス？」

ウィンターはうろたえることなく、刑事の鋼のような目を見返した。「さよなら、刑事さん」

「ふむふむ」

パストレーリが楽屋を出ていくまで、ウィンターは唇を噛んでいた。それから、振り返って鏡に映った自分を見つめた。しかし、その視線はすぐに顔から下に向けられ、首から下がっている銀の十字架にとまった。

さっきウィンターは、一瞬、パストレーリがこれを奪うつもりなのではないかと思い、激しい恐怖に駆られた。そして、その瞬間、ウィンターは知った。あの刑事がこれを奪おうとしたら、自分はどんなことをしてでもそれを阻止しただろうと。

たとえ殺してでも。

最高セクシーでクール！

ウェブに出回ってるヴァレンティヌスのビデオをいま見たとこなんだけど、あれマジで激ヤバ。ヴァレンティヌスってハンサムだし、見てるだけでドキドキ。女子なら必見だよ。それにあの声がさ、なんかシルクの手ざわりみたいでサイコー。ただ、ビデオは音を消して見るのがオススメかな。っていうのも、彼ってちょっとその、、、なんていうか、、、メッチャ狂ってるから(なに？ “メッチャ狂ってる”は政治的に正しくない？――だったら訴えれば？)。

ちょっと説明すると、彼が広めようとしてるグノーシス主義って、宗教のひとつなわけ。なもんだから、世界の見方が変わってんの。たとえば、神はたいした仕事なんかしちゃいないって考えてんのよ。それに、アメリカのテレビ番組はどれも、いまだに『アメリカン・アイドル』を越えられずにいるって。ま、たしかにそうかも。おっとゴメン、話がそれちゃった。

要するに、ヴァレンティヌスはホットだってこと。

スパイガール……これにて報告終了！

2007/02/02（金）11:19 | ヴァレンティヌス | グノーシス主義 | アメリカン・アイドル

第六章

二〇〇七年十二月二十九日　午後五時二十六分
（最後の審判の夜まであと五十四時間三十四分）

なんだか気分がおかしい、とイライジャは思った。というのも――なぜかすごく気分がよかったからだ。

恐怖感は消えてなくなっていた。パニックを感じるどころか、胸のなかには穏やかで幸福な歌が流れていた。大きく息を吸い、新鮮な氷霧を思わせる空気で肺を満たすと、数秒ほど息をとめてから吐きだし、勢いよく口から流れだした二酸化炭素が宙に消えていくのを眺めた。

それから、その場でぐるっと身体をまわしてゆっくりと振り返り、すぐそばを通りすぎていく歩行者を見つめた。なかにはいぶかしげな視線を投げてくる者もいた。おそらく、イライジャが大きな笑みを浮かべていたからだろう。ここはマンハッタンのどまんなかだ。歩道の雑踏のなかでニタニタ笑っている人間はめったにいない。しかし、イライジャは気にしなかった。そのまま見つめつづけ、なんの恐怖も感じることなく、通りすぎる人の目をまっすぐに見返した。

いまなら世界を相手にできる気がした。歓喜を内に秘めていることができず、声をあげて笑った。イライジャにはいまだに信じられなかった。自分はいま屋外にいる。しかも、周囲を行きかう大勢の人々が、ひっきりなしにぶつかってくる。なのに、恐怖はまるで感じない。

何年にもわたるセラピーも効果がなかったため、これまでイライジャは、自分は普通の人間のようにはなれないのだという事実をうけいれようと努力してきた。友だちをつくることもできない。女性に触れることもできない。いつもひとりぼっちだった。それでも希望は捨てず、心理学や精神病に関する本を何百冊も読んだ。しかし、ゴールには近づくことさえできなかった。いまのいままでは。

自分は
（自由だ）

治ったのだ。

一瞬、恐怖のあまり大声で叫びそうになったかと思うと……つぎの瞬間には気分がよくなっていた。この気分は、あの驚くほど美しい女性に顔をさわられた直後からつづいている。まるで、あの女性がイライジャの心から恐怖をポンと弾き飛ばしたかのようだった。彼女がまだどこかにいるのではないかと思い、イライジャはもう一度あたりを見まわした。しかし、姿はどこにも見えなかった。

イライジャは首を指先でなでた。恐怖が消えたのは、ネックレスを盗まれ、あの女性に顔をさわられてからだ。しかし、もしそうだとすると、いったいどういうことなのか？　ふたつの出来事のどちらかが、イライジャの恐怖症が消えたことと関係しているはずだ。しかし、どうしてそんなことがありうる？　それに、原因はふたつのうちのどっちなのか？

どちらもありえそうになかったが、ネックレスを盗まれたことのほうがより可能性は低そうだった。結局のところ、ネックレスなどただの金属でしかない。そのうえ、イライジャはあのネッ

クレスを

（叫び声があちこちであがり……肉の焦げる臭いが）

はっきり覚えていないが、子どものときからずっとしていた。一方、恐怖症が激化したのは、ここ数年のことでしかない。しかし、これがただの偶然とは思えなかった。あの女性、スリ、ネックレス――この三つはすべてつながっているにちがいない。

もちろん、これほど信じがたい話もない。ただし、信じるしかない事実がひとつだけある。それは――これが真実だということだ。だとすれば、もしかしたら自分は

（爆発、さまざまな色）

自分でも理解していないなにかに関係しているのではないか？　そこまで考えて、イライジャはひどく奇妙なことに気がついた。『X－ファイル』じみた陰謀に巻きこまれたのであれば、怖いと思うのが当然だ。しかし、実際には怖いという気はまったくしない。それどころか、ハッピーな気分だった。

ハッピーで……ブルーだ。といっても、気分がブルーなのではない。色がブルーなのだ。跳ねるようで、深くて、澄んだブルーだ。

こいつは現実じゃない。おまえは誰か別人の目から世界を眺めているんだ。

イライジャは息を吸いこんだ。すると、ほんの一瞬だけ古いイライジャが――本物のイライジャが――戻ってきて、茫然とするほどの恐怖の波が胸に押し寄せてきた。胃がぎゅっと収縮し、さむけが走り、脇の下と背中に汗がにじんだ。しかし、イライジャには、いまの自分のほうがいかにも自分らしく感じられた。

そこへ、ふたたび幸福感がどっと戻ってきた。イライジャは頭がくらくらした。なくなってし

まったネックレスやあの女性のことなど、なぜくよくよ考えているんだ？　こんなに気分がいいなら、そんなことは関係ないではないか。いまはこの瞬間を楽しむべきなのだ。なのに、なにかがおかしいと頭をひねって時間を無駄にしている。自分は恐怖症から自由になった。いまならなんでもできる。文字どおりなんでも。

なにかすることはないかと、イライジャはあたりを見まわした。できれば、これまではやれなかったことがいい。振り返ると、黒地に鮮やかなネオン――緑、黄色、紫、赤――が並んだ電飾サインが目に飛びこんできた。そこで点滅している単語を一時間前に思い浮かべたとき、イライジャは吐き気をもよおした。しかしいまは、その単語に心惹かれ、挑発に乗ってやろうという気分になっていた。

通りに飛びだし、自転車に乗ったデリバリー中華の配達員とタクシーのあいだをすり抜け、反対側に渡った。なにも考えないようにしながら、手袋をした手でなめらかな銀色の手すりをつかみ、階段を一段おきに駆けおりた。

薄汚い踊り場につくと、一瞬だけ疑念がよぎった。しかし、イライジャは不安を押しのけ、大勢の通勤者にまみれながらまえへと急いだ。回転式改札口を飛び越え、湿った薄汚い階段をさらに駆けおりた。そこへ、あたりを揺るがすような轟音とともに、金属が軋るけたたましい音が響いてきた。

車両がガクンと停止し、ゴムの緩衝材のついたドアがシュッと開いた。どっと吐きだされてきた乗客をかきわけ、イライジャは車両のなかをめざした。数秒後、彼は満員の車両のなかで押しつぶされそうになっていた。つづいてドアが閉まり、車両は線路を加速しはじめた。

イライジャはひっかき傷のついたガラス窓の外をのぞき、駅が視界から消え、間隔をおいて設置された黄色いライトの照らす漆黒にとってかわられるのを眺めた。その瞬間、自分は怖ろしい間違いをしでかしたのではないかという疑念が頭をよぎった。

地下鉄の車両は、群衆恐怖症から回復したばかりの人間にうってつけの場所ではない。

なにがどうあろうとも。

息を激しく切らし、ダリアンは薄汚いプラットホームに駆けこんだ。しかし、N列車はちょうど駅を出たところだった。

「クソッ！」ダリアンは叫んだ。「ああ、クソッ、クソッ、クソッ！」

尾行は失敗だ。

漆黒のトンネルを見つめながら、ダリアンは思った。より危険なのはどっちだろう。イライジャか……それとも、車両に乗り合わせた乗客たちのほうだろうか？

第七章

二〇〇七年十二月二十九日　午後五時三十一分
（最後の審判の夜まであと五十四時間二十九分）

地下鉄に乗りこんだときの高揚感はすでに消えていた。しかし、パニックを起こしてはいない。代わりにイライジャは……自分が分裂してしまった気がした。自分のなかで起こっていることを説明するのに、ほかの言葉は思い浮かばなかった。まるで、いちどきにすべてを感じているかのようだ——幸福悲嘆激怒平穏興奮退屈高揚——どの感情もそれぞれちがう色につつまれている。曇ったブルー、ネオンのような黄色、目もくらむような白、けばけばしい赤。

色／感情は、教室のなかで金切り声をあげている子どもたちのように、イライジャの脳のなかでやかましく騒ぎたてた。自分がたったひとりの人間ではなく、大勢の人間になった気がした。多重人格をテーマにした映画やテレビ番組のタイトルが頭のなかを駆けめぐった。そのなかに、明るい未来を期待させる内容のものはひとつとしてなかった。『イブの三つの顔』『レイジング・ケイン』『多重人格／シビルの記憶』『サイコ』。

列車がガクンと揺れて停車し、イライジャは手すりを握る手にぐっと力をこめた。ドアが甲高い音をたてて開くと、大勢の乗客が車両から降りていった。しかし、ざっと見た感じでは、降りた乗客よりも乗ってきた乗客のほうが二倍は多そうだ。イライジャは外に出たかったが、四方八方から乗客に押され、身体が麻痺して動かなかった。毛布でしっかりくるんだ赤ん坊をかかえた女性が、ほとんど隙間のない車内に無理やり身体をねじこんだ。その背後で、ドアがバンと閉まった。

突然、赤ん坊が泣きはじめた。その金切り声は、あたかも実体を持つ物質のように車内を切り裂いた。イライジャはほかの乗客の顔に苦痛の表情が浮かぶのを見た。と同時に、彼らの顔は苛立ちで黄色くなった。

「シィーッ。いい子だから、泣かないでね」ジェニファー・ロペスをもっと細くしたような母親がやさしくささやいた。彼女の頭はブルーの困惑ときらきら光る疲労につつまれている。赤ん坊はさらに大きな声をあげはじめた。

イライジャは突然暑くなってきた。汗が頬を伝い落ちていくのがわかった。それを無意識にぬぐうと、身体のほかの部分からどっと汗が噴きだした。数秒もしないうちに、イライジャのシャツは肌にべったりと張りついていた。まるで、脇の下に水道の蛇口でもできたかのようだった。赤ん坊の泣き声がさらに高まり、十人ほどの乗客が怒りの目を向けた（動作ユニット2、4、5、および25）。

いまや手のひらにまで汗をかいていた。素肌をさらすのは嫌だったが、手袋を脱がないことには暑くてやっていられなかった。イライジャは急いで手袋をはずし、それを床に落とした。暑さがさらに激しくなった。周囲の乗客の怒りに満ちたライムグリーンは無視し、イライジャは肘をあげ、身体をよじりながら必死にコートを脱いだ。

汗が滝となって顔を流れ落ち、目が焼けるように痛んだ。イライジャはあえぎ、ボタンがはじけるのもかまわずにシャツのまえをはだけた。すると、周囲の乗客が気味悪そうに身体を引き、イライジャのまわりにぽっかりと小さな空間ができた。

「どうしたの？　ミルクがほしいの？」

赤ん坊はヒステリックに泣き叫び、ときどきあえぐように息を吸った。

列車がガクンと揺れてとまった。イライジャはよろめきつつドアのほうに向かった。行く手に立っていた年配の女性が、イライジャの汗に濡れたむきだしの胸を見てあとずさった。イライジャとドアをむすぶ線上に立っていた乗客がさっと道をあけた。イライジャは目のまえにできた道を歩いていった。とにかく車両を降りたくて必死だった。泣き叫んでいる赤ん坊のわきを通りすぎるとき、彼は一瞬立ちどまった。赤ん坊はフードのついた冬用のコートを着せられ、厚い毛布にしっかりくるまれている。外気に触れているのは真っ赤になった顔だけだ。その顔はくすんだオレンジ色の不快感で脈打っていた。

「暑いんです」イライジャはだしぬけに口走り、泣き叫んでいる赤ん坊を指さした。「暑すぎるんですよ」

母親は汗まみれになったイライジャの蒼白い顔を見上げ、赤ん坊をぐっと抱き寄せた。頭のおかしな人間だと思われたのはすぐにわかった。しかし、彼女は赤ん坊に巻いた毛布をそっと解きはじめた。イライジャがホームに降りると同時に、背後でドアが閉まった。落書きだらけのガラス窓ごしに、母親が赤ん坊のコートのジッパーをおろすのが見えた。イライジャはほっとため息をついた。

電車が暗いトンネルのなかへと消えてしまうと、急に寒くなってきた。イライジャははだけたシャツの上にコートを着こみ、手袋を捨ててしまった自分を罵った。そして、たったいま起こったことは考えないように頭から閉めだし、出口に向かって歩きはじめた。とつぜん既視感が襲ってきたのは、それからしばらくしてからだった。自分でも理由はわからないまま、イライジャはいきなり振り返り、大勢の通勤客に押されながら、タイムズスクエアの地下にあるコンクリートの階段を下へ下へと降りていった。

周囲ではさまざまな思考が混ざり合い、ありとあらゆる色が乱舞し、無数の――幸福悲嘆倦怠恐怖激怒退屈朦朧自棄陶酔――感情が入り乱れている。そのとき、イライジャは臭いに気がついた。鼻をつんとつくこの臭いは――間違いない、洗濯もせずにおなじ服をずっと着つづけている人間の体臭だ。あたりを見まわし、イライジャはひとりのホームレスに目をとめた。年齢はまったく見当がつかなかったが、たぶん二十歳から四十歳のあいだだろう。

男のかぶったスキーキャップの下からは、汚れきってもつれた髪が突きだしていた。もともとは赤かったらしいスキーキャップは、いまではすっかり薄汚れて茶色になっている。顔を覆っているひげは濃さがまちまちで、顎の下は濃いが、頬を覆っている狼のようなもみあげは薄い。目の下は肉がたるんでしわが寄り、黒い隈(くま)ができている。

男は壁に寄りかかり、両手で強く握りしめたゲームボーイを食い入るように見据えていた。ひどくやせこけているらしく、古いトレンチコートの下のどこに身体があるのか、ちょっと見ただけではほとんどわからない。男の横には、メッセージが手書きされたボール紙がおかれていた。

ブッシュが憎い？　だったら行動で示せ！　貧乏人に施しを（おれにってことだよ）。

ボール紙の横には、有名な緑と白のマーメイドのロゴマークが入った、スターバックスの大きな白いカップがおいてあった。カップのなかには、一セント硬貨や五セント硬貨や十セント硬貨がぎっしりつまっていた。

いつもの夜だったら、そのホームレスのことなど、視界から消えないうちに忘れていただろう。しかし、今夜はちがった。今夜のイライジャは、その男から目を離せなかった。急ぎ足で通りすぎるかわりに、一メートルほど離れたところで立ちどまった。焼けつくようなピンクの空腹感が身体を突き抜け、かすかにめまいがした。

その空腹感はイライジャの全神経繊維を満たし、心臓が鼓動するたびに脈打ち、ほかのありとあらゆるものをかすませた。ただひたすら食べつくしたいという圧倒的な欲望に、思考と感覚はすべてかき消された。イライジャはその空腹感を振り払おうとした。それが本物の感覚ではないことが、なぜかわかっていたからだ。しかしそれは、たったひとりの力で海流をとめようとするようなものだった。

自分の欲望を満たすものはないかあたりを見まわし、数メートル先の売店に走った。そして、列になって順番待ちをしている客を押しのけ、売り場のキットカットをつかむと、震える手で包装をはぎ、チョコレートで覆われたウェファースを猛烈な勢いで口のなかに押しこんだ。咀嚼する暇さえ惜しかった。つぎの数秒でこのキットカットを飲みこんでしまわなければ、言語に絶する飢えのせいで頭がおかしくなってしまうとわかっていたからだ。

「おいおい、ちょっと！」と、黒人の店員が叫んだ。「金を払えよ！」

イライジャは答えることができなかった。いまの彼は腹をすかせて凶暴になった動物も同然だった。キットカットをほとんどまるごと飲みこみ、満腹感が訪れるのを待った。しかしそれは、イライジャという存在の核にある深い穴を埋めることはできなかった。それどころか、いたずらに味覚を刺激し、空腹感をさらに激しくしただけだった。

これじゃ足らない。もっと必要だ。イライジャは財布から二十ドル札を二枚ひっぱりだして店員に投げつけ、ハーシーのチョコレートをカートンごとつかんだ。そして、いきなりその場に膝をつき、カートンの中身を床にぶちまけ、最初の一枚を手にとると、包み紙をやぶって無理やり口に押しこんだ。

光沢のある冷たいチョコレートを食いちぎり、嚙まずにそのまま飲みくだした。チョコレートは途中で喉にひっかかった。食べるのをやめたくはないが、息もできない。イライジャは咳きこみ、唾液でつるつるすべるチョコレートを手でうけとめた。

大きく息を吸い、吐きだしたチョコレートをふたつに割って片方を口に押し戻した。痛いほどの欲望はいまだに消えることなくショッキングピンクの光を放っている。イライジャは助けを求めて狂ったようにあたりを見まわした。しかし、ちらっとでもこちらを見ようとする者はいない。ほかの通勤客は目をそらし、急ぎ足でそばを通りすぎていく。

イライジャをまともに見ているのはただひとり――ホームレスの男だけだった。男はもうゲームボーイを見ていない。ギラギラした欲望をむきだしにして、チョコレートの山を見つめている。そのとき、いきなり答えが――ただしひどく非論理的な答えが――ひらめいた。イライジャは残っていたチョコレートをすべてかき集めると、ホームレスのまえに走っていき、それを差しだした。

男はゲームボーイをすばやくポケットにしまい、イライジャの手からチョコレートを一枚かっさらった。そして、黒と銀の包み紙をはぎとり、一口食べて飲みこんだ。つづいてもう一口。さらにもう一口。男がチョコレートを食べ進めるにつれ、イライジャの猛烈な飢餓感はおさまっていった。男の口のなかにハーシー・チョコレートがさらに二枚消えたところで飢餓感は完全に去り、イライジャはふたたび自分自身に戻った。それを感じとったかのように、ホームレスの男がはじめて口を開いた。

「ありがとよ、イライジャ。ひさしぶりだな」

イライジャは目を見開いた。たったいま起こったことよりも、男が自分の名前を知っていたことのほうが衝撃だった。

「おれが誰だかわからないんだろ？」男は薄ら笑いを浮かべた。

「どっかで会ったことがあったかな？」

「放課後によく遊んだじゃないか。おれのお袋とおまえのお袋は姉妹だ。ピンときたか？」男はちょっとだけ間をおいてつづけた。「おれだよ、ボケ！　スティーヴィーだ」

「なんてこった」相手が誰なのか突然気づき、イライジャは息を飲んだ。すっかり薄汚れ果てた男は、従兄（いとこ）のスティーヴン・グライムズだった。「スティーヴィー」

「正真正銘のな」

「それにしても、いったいどうしたっていうんだよ」

「おいおい、そういう自分だって、健康そのものには見えないぞ」スティーヴィーはぴしゃりといい、目をぐるっとまわしてみせた。「なあ、道々ゆっくり旧交をあたためるってのはどうだ？この二カ月ってもの、おれはずっとチーズバーガーの夢を見てたんだ。本物のチーズバーガーが夢んなかのチーズバーガーくらいうまいもんなのか、たしかめてみたいんだがな」

「いいとも」と、イライジャはいった。なんだか、自分が『アウター・リミッツ』の世界に足を踏み入れてしまった気がした。

　スティーヴィーと階段をのぼっていくにしたがって、イライジャの超現実的な混乱は、だんだんと喜びに変わっていった。しかしその喜びの下には、恐怖が底流のように流れていた。なぜなら、心の奥深くで、イライジャは真実を悟っていたからだ。
いま感じているこの喜びは、自分自身のものではないことを。

第八章

二〇〇七年十二月二十九日　午後九時三十一分
（最後の審判の夜まであと五十時間二十九分）

かすかなカチッという音が響き、ウィンターは暗いホテルの部屋で目を覚ました。ベッドに入るまえに飲んだ睡眠薬のせいで、頭にはまだ真綿のように濃い霧がかかっている。そのとき、恐怖の波が駆け抜け、胃がぎゅっと締めつけられた――誰かが部屋にいる。

マイケルだ。マイケルが戻ってきたのだ。

男の息づかいが聞こえた。かすかだが不気味なその音が、頭のなかで雷鳴のように反響した。男はウィンターが眠っている姿を見ているだけなのだろうか？　それとも、なにか私物を盗むつもりなのか？　このまま寝たふりをしているのと、起きあがって立ち向かっていくのと、どっちのほうが危険だろう？

心臓の鼓動が速まり、血管が激しく脈打った。睡眠薬のせいでいまだにぼんやりとしていたが、ウィンターは筋肉に力をこめ、いつでもベッドを飛びだせる態勢をととのえた。

突然、革の手袋をした手がぱっと口に押しあてられた。叫び声をあげるより早く、首に針が刺さる鋭い痛みが走った。もがいて逃れようとしたものの、襲ってきた男の力にはかなわなかった。

ウィンターは男に向かって手をのばした。しかし、そこでいきなり力が抜け、二本の腕は折れた枝のようにぱたりとベッドに落ちた。

黒い影が一瞬動きをとめた。それから、ベッドのわきのナイトテーブルに注射器をおき、ウィンターの口に押しあてていた手をゆっくりと離した。ウィンターは叫ぼうとしたが、かすれた音がかすかに漏れただけだった。まるで、とてつもなく巨大な猫が胸の上に乗っているかのようだ。恐怖を感じるべき場面なのはわかっていたし、実際に怯えてはいたが、いまは感情さえもが麻痺していた。

心臓が早鐘を打ってもいなければ、全身にびっしょり汗もかいていない。恐怖すべきときだという認識があるだけで、実際にはなにも感じていなかった。恐怖はただ心のなかを漂っていき、普通ならあって当然の肉体的な反応を、なぜかまったく引き起こさなかった。

いくら叫ぼうとしても、口からはかぼそいささやき声しか出てこない。男がこちらに身を乗りだした。窓から差してくる光をうけ、その手に握られた金属製の鋭いものがきらめいた。男はもう一方の手をウィンターの首にのばした。男の指をつつんでいるなめらかな革がひんやり冷たく感じられた。男は彼女の顎を押しあげ、さらに身を乗りだした。ウィンターは泣ければいいのにと思ったが、涙は出てこなかった。

これで終わりだと確信し、ウィンターは心のなかで悲鳴をあげた。わたしはたまたま泊まったにすぎないこの見知らぬホテルで、誰に殺されたのかも知らずに死ぬのだ。この男も頭のイカレたファンのひとりなのだろうか？　それとも、昔の恋人が復讐にきたのか？　自分にのしかかっている男が顔見知りの人間だという気はしなかった。しかし、はたして自分に、ほんとうに知っていると心からいえる人間などいるだろうか？　そもそも——

鋭いパチッという音が響き、なにかがうなじを軽くすべっていくのを感じた。なすすべもなく、ウィンターはベッドのヘッドボードを見つめた。いったい、男はなにをしたのだろう――そして、これからなにをするつもりなのか？　逆光をうけて影だけを浮かびあがらせた男は、彼女の頭を持ちあげて枕から降ろした。

ジーッというかすかな音がした。ジッパーを降ろすような音だ。男の手に握られた銀色のものがちらっと見えたが、それはすぐに男のポケットに消えた。男はふたたび身を乗りだし、ナイトテーブルからペンチをとりあげた。一瞬、歯を抜かれるのではないかと思い、ウィンターは恐怖に駆られた。

しかし、男はペンチを持ったまま視界から消えた。のしかかられていたときよりも、姿が見えないいまのほうが怖かった。かすかな足音が聞こえ、部屋のドアを開け閉めするガチャという音が二回響いた。ウィンターは耳をすましたが、聞こえるのは自分の荒い息だけだった。

いま部屋にいるのは自分ひとりだ。

天井を見つめ、侵入者が注射した薬の効き目が消えるのを待った。永遠とも思える時間が過ぎ、やがて感覚の戻ってきた腕がちくちく痛みはじめた。ウィンターはあえぐように大きく息を吸うと、一気に身体を起こした。ジェットコースターから降りたときのように、部屋がぐるぐるまわって感じられた。彼女は手をのばし、手探りでベッドサイド・ランプのスイッチを探した。

ランプの柔らかな光が、部屋を金色で満たした。ウィンターは裸足のまま床に足をおろし、よろめきながら立ちあがった。なにかがいつもとちがうことに気づいたのはそのときだった。

ネックレスに触れようと、ウィンターは首もとに手をのばした。しかし、そこにネックレスはなかった。間違いなくなくなっていることはわかっていたものの、よろめくようにバスルームへ行き、鏡で確認した。それから、男が自分に顔を近づけたときに五感で知覚したことをすべて頭のなかで再生し、それをひとつに組み立てた。ペンチがネックレスを切るパチッという音、チェーンが首をすべっていく感触――

どんよりとしたパニックが胸に湧きあがってくるのを感じながら、ウィンターは自分の首を見つめた。これまでネックレスをしていなかったことなど、記憶にあるかぎり一度もない。あのネックレスは指とおなじくらい大切な、彼女自身の一部だった。どんなときだろうとはずしたことはない。シャワーを浴びるときも、ステージで演奏するときも、愛を交わすときさえも。ぜったいに。はずそうとしたことさえ、たった一度しかない。

あれは十七歳のときだ。そんなダサいジュエリーすんのやめなさいよと友だちにけしかけられたウィンターは、ある日、ネックレスを頭から脱ぐようにはずしてみた（留め金がどうしてもはずれなかったのだ）。しかし、それをナイトテーブルの上においたとたん、とてつもない吐き気が襲ってきた。

しかし、胃のなかのものが喉にこみあげてきたときも、ウィンターはバスルームに駆けこまなかった。かわりに、銀の十字架をつかんで胸に押しあてた。その直後、胃の中身が口から激しく噴きだし、白いドレッサーにかかった。しかし、そんなことなどどうでもよかった。

頭からかぶるようにしてネックレスを首にかけると、安堵感が全身に広がっていった。その後は、もう二度とはずす気を起こしたりしなかった。そのネックレスが……そのネックレスがいまなくなってしまったのだ。

心の一部はそれを取り戻したがっていた。しかし、べつの部分――ウィンター自身、そんな場所が存在することさえ知らなかった部分――は、歓喜の声をあげていた。なぜなら、ウィンターの意識が理解できないことを、その部分は理解していたからだ。
十字架がなくなったいま、ウィンターは自由だった。

幕間 Ⅰ

二〇〇七年五月二十日　午前十時三十一分
（最後の審判の夜まであと二百二十五日）

スーザン・コリンズはとびきり温かい（と同時に、とびきり偽物の）笑みを顔に貼りつけ、ステージに駆けていった。獣じみた歓喜の表情を浮かべたマヌケな観客でいっぱいのスタジオには、いま番組のテーマソングが流れている。スーザンは笑みを浮かべたままオープニングの愚にもつかないトークを終え、２カメのほうを向いた。

「さて、では番組のきょうの内容をご紹介しましょう。けさお迎えするゲストは、みなさんもよくご存じ、いまアメリカを席巻している新興宗教〈グノーシス〉の指導者です。彼のことをカルトの教祖と呼ぶ人もいます。しかし、教団の人たちは、自分はこれまでこんなに幸せだったことはないと断言しています。拍手でお迎えください、ヴァレンティヌスです！」

たしかにヴァレンティヌスは、タブロイド新聞の一面を飾りつづけている時の人だ。しかし、スーザンはこのイカレた宗教家をゲストに選んだゲイリーを殺してやりたかった。尊大なウスノロがステージに登場すると、観客がどっと歓声をあげた。ヴァレンティヌスは微笑んで小さく手を振った。自信とはにかみが絶妙にブレンドされたその仕草が、整った顔立ちや少年っぽさとあいまって、会場の女性をさらに熱狂させた。

ヴァレンティヌスはスーザンに歩み寄った。普通、スーザンは他人が自分の個人空間に入ってくるのを好まない。しかし、この男にはなにかがあった。その瞳は灰色で、緑色の小さな斑点がちらばっている。ここまで人を見通すような目を、スーザンはこれまで見たことがなかった。まるで、魂を直接のぞきこまれているような気分だ。

いつもなら、スーザンが惹かれるのはクロマニョン人みたいなタイプの男だった。しかし、ほとんど両性具有的とさえいえるこのゴージャスな男は、性的な魅力にあふれている。官能的な肌は信じられないくらいなめらかで、十五歳の少年のようだ。しかも、ウェイヴのかかった長い髪さえもがセクシーだった。ほかの誰かがこんな髪型をしたら、ビージーズみたいに見えるだろう。しかし、鋭角的で美しい頬骨と細い顎のおかげで、ヴァレンティヌスの場合にはすごく魅力的だった。

ヴァレンティヌスはほっそりした腕をスーザンの身体にまわし、ぎゅっとハグした。スーザンは身体をまかせながら、目を閉じて鼻から大きく息を吸った。ヴァレンティヌスは特別な匂いがした。汗の臭いとはちがう。まったくちがう。それでいて、どこか汗の臭いに似ている。さもなければ、麝香(ムスク)の匂いか。さもなければ……セックスの匂いだ。その匂いをかいだとたん、スーザンはヴァレンティヌスのシャツをはぎとりたい衝動に駆られた。シャツの下に隠れているはずのなめらかで引き締まった胸を愛撫し、長く豊かな髪をつかみ、自分の上に引き倒し……

ヴァレンティヌスが一歩後ろにさがった。スーザンはメモを書いたカードで顔を扇(あお)いだ。

「さて」スーザンは3カメに目を向けた。できることなら、ヴァレンティヌスの灰色の瞳に目を戻したいと願いながら。「いまのですっかり目が覚めました。朝のコーヒーなんか目じゃないくらい。うらやましいでしょ、女性のみなさん?」

場内が笑いにつつまれたところで、スーザンは自分たちの後ろにおかれたふたつの小型ソファのほうを手で指し示し、ヴァレンティヌスとともに腰をおろした。

それからの四十二分間、スーザンはヴァレンティヌスの謎めいた組織に関する噂をすべて俎上にのせ、はっきりした話を聞きだそうとした。しかし、ヴァレンティヌスは巧みで、百戦錬磨の政治家よりも観客のあつかいがうまかった。酒池肉林の乱交パーティを笑い飛ばし、入会勧誘集会に参加するのに必要だとされる伝説の〝シルバー・チケット〟を否定し、これまでに集めた寄付金の額に関する話題をはぐらかした。

ヴァレンティヌスは質問にひとつとしてストレートに答えなかった。にもかかわらず、インタビューが終わる頃には、スーザンはこれほど誠実な人間には会ったことがないと感じていた。あいつは悪魔だと非難する人もいるが、それはちがう。スーザンは彼に好意を持たずにはいられなかった。ただしそれは、ヴァレンティヌスが生まれながらにして持った性的エネルギーのせいではなかった。

彼の近くにいるとなぜか……守られている気がするのだ。

スーザンは楽屋の壁にヴァレンティヌスを叩きつけた。その激しい勢いに、クリントン大統領の直筆サインが入った写真の額が床に落ちて派手な音をたてた。シャツの上から触れたヴァレンティヌスの肩が華奢なのには驚いたが、そんなことはどうでもよかった。あそこが細くないかぎり、問題はなにもない。

スーザンはヴァレンティヌスのあどけない顔を両手ではさみ、舌を突きだして味わった。キスは電撃的だった。ヴァレンティヌスは両手でスーザンの身体を強く抱きしめると、彼女をむさぼり、唇の内側を舌でゆっくりとなぞった。

心臓が早鐘を打っている。スーザンはすでに濡れていた。普通ならこうなるまでに時間がかかるのだが、きょうはさっきのインタビューがじゅうぶんな前戯になっていた。スーザンはスカートをまくりあげ、Ｔバックを引きおろした。

ヴァレンティヌスの手がスーザンの胸をまさぐり、薄いシルクのブラジャーからくっきり浮きでるほど固くなった乳首を愛撫した。スーザンは大きく目を見開いた。エクスタシーの波が全身を伝わっていく。信じられないことに、もうすでにイキそうになっている。ジャックが相手のときは、二回に一回は達しもしない。なのに、いまはキスだけでクライマックスを迎えそうになっていた。

スーザンは我慢した。イクのは彼が入ってきてからにしたい。しかし、それは不可能だった。彼女はすでに波に乗っており、身体が容赦なくまえへまえへと運ばれていく。スーザンが達しそうになっているのに気づき、ヴァレンティヌスは両手を胸から腰へ這わせ、濡れた指先でクリトリスをそっとなぞった。

「ああ、だめ！　もうだめ‼」スーザンは叫んだ。オルガズムが爆発し、心と身体に伝わっていく。もう押しとどめることなどできない。あそこをヴァレンティヌスの手に押しつけ、発情した雌犬のように前後に動かし、なめらかな肌にこすりつけた。頭がのけぞり、首が弓ぞりになった。スーザンはクライマックスの最後の名残が身体を震わせるのを感じながら、目を閉じ、長々と息を吐きだした。

筋肉から力が抜け、身体がぐったりとまえに倒れた。ヴァレンティヌスは彼女をうけとめ、片手を腰の後ろにあて、もう一方の手を両腿のあいだに押しあてた。いったいどれくらいその姿勢のままでいたのか、スーザンにはわからなかった。わかっているのは、それが至福に満ちていたことだけだった。

しばらくして、ヴァレンティヌスは両手を離して彼女をソファに連れていった。セックスの余韻を味わいながら、スーザンは目を閉じたままそこに横たわった。それから、ようやくのことで身体を起こし、これまでの生涯でもっとも強烈なオルガズムをあたえてくれた男を見つめた。

「じゃ、話してちょうだい」スーザンはもつれたTバックを蹴るように脱ぎながらいった。「あなたはトークショーの司会者といつもこんなに親しくするの？」

「きみはどうだと思う？」ヴァレンティヌスの目はかすかに笑っていた。

「トーク番組の司会者は強烈なオバサンが多いから、さぞかし大変なんじゃない？」

「おいおい」

スーザンは微笑み、スカートを腿に押しつけてしわをのばすと、立ちあがって鏡に目をやり、ブラウスをととのえて髪をそっとかきあげた。ヴァレンティヌスがポケットから銀色の名刺をとりだし、テーブルの上においた。

「また近いうちに会えることを願ってるよ」

答えを待つことなく、ヴァレンティヌスはドアをあけて出ていった。

「クソ生意気なやつだと思わない？」スーザンは自分に向かってつぶやき、住所を見るために名刺を傾けた。文字は地の色よりも薄い銀色で印刷されていた。

そのとき、スーザンはそれが名刺ではないことに気がついた。これは招待状だ。ヴァレンティヌスがインタビューのときにそっけなく否定した、あの有名なシルバー・カードだ。スーザンはプロデューサーに電話しようと携帯をさっと開いたが、そこではたと手をとめた。噂がほんとうなら、もしこの招待状のことを誰か人に話せば、ヴァレンティヌスはスーザンの入会を拒否するだろう。

しかし、どうしてわかるはずがある？　自分はこれまで、尻尾をつかまれることなくたくさんの嘘をついてきた。ヴァレンティヌスのささやかな洗脳集会に招かれたほかの人間嫌いたちとちがい、自分はけっして心を読まれたりはしない。でも……

スーザンはパシッと携帯を閉じた。この招待状のことは誰にも話さないほうがいい。万一のことを考えて。

第九章

二〇〇七年十二月二十九日　午後十時三十一分
（最後の審判の夜まであと四十九時間二十九分）

「ウィンター、どうしたの？」キャロル・ロイスがドアをあけ、廊下に立っている娘を見つめて訊いた。ウィンターは照明を落とした大きな部屋に入っていき、乱れたベッドにぼんやりと腰をおろした。

「泥棒に入られただけ」

「泥棒っておまえ！　怪我は？」

母はウィンターを無理やり立たせ、骨折や出血がないか確かめるように、背中や腕をさすった。それから身体をくまなく調べていき、やがて娘の首に目をとめると、ローブの胸元を開いてはっと息を飲んだ。

「ネックレスはどこ？」

「盗まれたの」

「誰に？」

盲目の男よ。きょうの午後からわたしを見張っていた盲目の男。

ウィンターはそういおうとした。しかしそのとき、頭のべつの部分で――ほとんど意識の声さえ聞こえてこないずっと奥深い場所で――ささやき声がした。

ラズロ。

しかし、ウィンターはそっけなく答えた。「わからない」

「嘘おっしゃい」

「嘘？」

「誰が盗んだの？」母は声を張りあげた。いまやその顔は蒼白になっていた。

ウィンターは本能的に両腕で自分の身体を抱き、一歩後ろにさがった。

「ママ、落ちついて。あれはただの……」ジュエリーじゃない、といおうとして、ウィンターは言葉を飲みこんだ。なぜなら、それは嘘だったからだ。たとえ母がヒステリックになっていないときでも、ウィンターはあのネックレスをそんなふうに考えたことは一度もない。突然、すべてがはっきり理解できた。

これまでウィンターは、母が銀の十字架を見ているのに気づくたびに、たぶんこのネックレスが気に食わないのだろうと思っていた。しかし、母の声にこもった激しい恐怖は、それがまったく間違っていたことを明かしていた。

「あのネックレスのなにがそんなに重要なの、ママ？」ウィンターは母親に一歩にじり寄った。

「わたしはあれをどこで手に入れたの？」

「そ……そ……それはいえないわ」

「なぜ？」

「この日がくることはわかってた」母はウィンターではなく自分自身に語りかけるようにつぶや

いた。「あなたをコンサートに出演させたりすべきじゃなかった。だから彼らに見つかってしまったんですもの。わたしは――」

「ママ、いったいなんの話？　彼らって誰？」

「ラズロにあなたを連れてかせたりはしない」母の声はいまや震え、さっきよりもさらに大きくなっていた。「もう二度と」

突然、ウィンターの身体に汗が染みだした。腹からすっと力が抜け、血の流れるドクドクという音が耳を聾し、鋭く叫ぶ哀れっぽい声が頭を満たした。

「ママ！　気味の悪いこといわないで！　ラズロって誰なの？」

母は狂ったように何度もうなずいた。

「あいつにあなたを傷つけさせたりはしない。わたしは……わたしは……ああ、なんてこと」

キャロル・ロイスは魚のようにパックリ口をあけ、前のめりに倒れた。ウィンターはその身体を支え、なんとか床に横たえた。その間にも、母の顔はどんどん紫色になっていく。ウィンターはひったくるように電話をつかみ、〝0〟を押した。ほとんど間をおかずに、電話口に男が出た。

「母が心臓発作を起こしたんです！　救急車を呼んでください！」

ウィンターは受話器を落としてその場にひざまずき、心臓マッサージをはじめた。

一。二。三。

「わたしの目のまえで死んだりしないで、ママ」

一。二。三。

「息をして、ママ！　息をして！」

それからの七分間は、まるで永遠のように感じられた。

ようやくのことで、救急救命士が二人、ドアからどっとなだれこんできた。すっかり疲れきったウィンターは後ろに飛びのいた。専門用語を大声で叫びながら、救命士のひとりが母の顔に酸素マスクをかぶせ、もうひとりが皮下注射の用意をした。

「倒れるまえ、お母さんはなにをしていたんです？」救命士のひとりが顔をあげずに訊いた。

「母は……わたしと……口論してました」

そう説明しながら、ウィンターは真実に気がついた。母はたんに昏倒したのではない。なにがどうなっているのかはわからないが、母がこうなったのはウィンターが原因なのだ。そんなつもりはなかった。しかし、だからといって真相は変わらない。母の心臓発作を引き起こしたのが自分であることに、ウィンターは確信があった。

しかもその原因は、大声で怒鳴ったことではない。

「ああ、ウィンター！　あなただいじょうぶ？」

ウィンターが答えるよりも早く、エージェントのレジナルドは骨ばった両腕で彼女をつつみこんだ。女っぽいレジナルドは、薔薇水のような匂いがした。しばらくして、彼はウィンターをぎゅっと抱きしめ、抱擁したままますこしだけ身体を離した。

「なにかできることはある？」

ウィンターは首を振った。「きてくれてありがとう」

「お母さまの容体は？」

「ママは……」ウィンターは口を動かしたが、言葉は出てこなかった。彼女はまだ信じられずにいた。救命士が到着したときには、なにもかもうまくいくだろうと思ったのに、そうはならなかったのだ。「……亡くなったわ」

「まあ、なんてこと」レジナルドはウィンターを強く抱きしめた。彼の同情は陽気な歌のようにウィンターの心に染みわたった。ようやくのことでレジナルドは彼女を離し、後ろにさがった。

「どうするつもりなの？」

「わからない。ほかに家族はいないし……たぶん……わからない」

「こんなことをいいたくないんだけど……今夜はソニーのコンサートが……」

ウィンターはすっかり忘れていた。レジナルドはソニー・クラシックスと交渉し、ライヴ・レコーディングの話をまとめてくれたのだ。交渉には六カ月かかり、会場が決まるまでにさらに二カ月かかった。スケジュールを再調整するのはさぞかし悪夢だろう。

「無理よ」ウィンターは目を落とした。「できないわ」

しかし、そういいながらも、ウィンターは心が揺れた。マイケルと泥棒と母の件がたてつづけに起こったせいで、この十二時間はずっとストレスにさらされていた。いまはなにか気分転換が必要だ。そして、ウィンターが気分転換できるのは、演奏をしているときだけだった。

「あたしだってこんなこと頼むのはイヤなのよ。でも、このあいだのマイケルとの一件を考えると……」レジナルドはいったん言葉を切って息を吸い、一気につづけた。「もしあなたが今夜演奏しなければ、ソニーは契約を解消するはず。これは大きな転機なのよ、ウィンター。こんなチャンスはもう二度とめぐってこない。あなたをここまで育てるのに、お母さまがどれだけ苦労なさったか。お母さまは、自分のせいであなたがコンサートを中止することなんか望んでいないはずよ」

レジナルドのいうとおりだ。しかし、演奏などできるだろうか？　母は死んだ。死んだのだ。

「でも無理」

「ねえねえ、どうかお願いだから考えなおして」レジナルドはウィンターの指をきつく握って哀れっぽい声を出した。「今回のコンサートをキャロルに捧げることもできるわ。とにかく演奏することよ。なにがなんでもやらなきゃ」

風鈴が鳴るように、突然欲望がどっと湧きあがり、ウィンターのなかを駆け抜けていった。レジナルドのいうとおりだ。わたしはこれをやらなくてはならない。母がいなくなったいま、自分はひとりぼっちだ。しかし、彼女には音楽がある。顔を伏せ、ウィンターはすばやくうなずいた。

「わかった」

レジナルドはウィンターを抱きしめた。風鈴の音は消え、霧笛のような低いブゥーンという音にとってかわった。ウィンターはレジナルドから離れてあたりを見まわした。

「いまの、聞こえた?」と、いぶかしく思い、ウィンターは訊いた。

「聞こえたって、なにが?」

第十章

二〇〇七年十二月三十日　午前二時十一分
（最後の審判の夜まであと四十五時間四十九分）

スティーヴィーがうめき声をあげて寝返りをうった。一瞬、そのまま起きだしそうに見えたが、しばらくすると、ふたたびいびきが聞こえてきた。イライジャはほっとして、不眠をつづけた。従兄が目を覚ますまえに、なにが起きているかをよく考える必要がある。スティーヴィーが起きてしまったら、あれこれ要求をつきつけられ、それに対処するだけで精一杯になってしまうはずだ。

気がつくと、イライジャはまた首に手をやっていた。あのネックレスを盗まれてからも異常な出来事はいろいろあった。しかし、意識はどうしてもあの決定的な瞬間に戻っていく。ネックレスを盗まれたあとで、イライジャの頭にはさまざまな思念が駆けめぐった。しかし、そうした思念は――感情といったほうが正しいだろうか？――明らかにどれも自分のものではなく、あの赤ん坊やスティーヴィーのものだった。とくにスティーヴィーの感情は耐えがたいほど強く、イライジャはそれに従うよりほかになかった。

地下鉄の駅を出ると、スティーヴィー・グライムズはイライジャの先に立って歩道をずんずん歩いていった。でっかい笑みを浮かべたホームレスと蒼白い顔をした赤毛の連れを避けようと、道行く人たちは誰もが二人に道をゆずった。

「どこに行くんだい？」と、イライジャは訊いた。長いあいだ音信不通だった従兄に遅れまいと道を急ぐイライジャの胸には、飢餓感と期待が混じりあった感覚が渦を巻いていた。

「約束の土地さ」スティーヴィーは黄色く輝いている巨大なMのネオンを指さした。「マクドナルドだ」

騒々しい店内に入ったとたん、おなじみの強烈な匂いが鼻孔を直撃した。フライドポテトやバーガーやオニオンやチーズの匂いだ。イライジャは口に唾液が湧いていることに気がついた。

「ほらほらほら、ちょいとごめんよ！」スティーヴィーはレジカウンターに並んでいる客を乱暴に押しわけながら叫んだ。「飢え死にしそうなホームレスのお通りだ！　道をあけてくれ！」

スティーヴィーの悪臭とイカレた態度に怖れをなし、列に割りこまれて文句をいう者はひとりもいなかった。十代のぽっちゃりしたレジ係のまえまでたどりつくと、スティーヴィーはいらっしゃいませの挨拶をさえぎってまくしたてた。

「クォーターパウンダーのバリューセットにマックナゲットの九ピース、マスタードとトマトソースを両方つけてくれ。あとはアップルパイとマクドナルドランド・クッキーを一箱、それにダイエットコーク——まずさしあたりそんなとこかな」

「コークはスーパーサイズになさいますか？」

「あったりまえだろ！」スティーヴィーはドンドンとカウンターを叩いた。それから、イライジャのほうを振り返った。「おまえもなんか頼むか？」

「ぼくもおなじものを」と、イライジャはいった。そんなに大量のファストフードをぜんぶ食べることを考えると、思わず胸が悪くなった。しかし同時に、どうしても食べたいという薔薇色の欲望が強烈すぎて、従兄のオーダーを真似ないことなどとても考えられなかった。

「そうこなくっちゃな」スティーヴィーはイライジャの背中をドンと叩いた。「そうだ、二人でビッグマックを半分ずつ食わないか？」

「いまの注文はぜんぶやめて？」

「追加すんだよ」スティーヴィーはこれほどマヌケな質問を聞くのははじめてだという顔をした。それから、レジ係に向かって、「ビッグマックを一個追加だ、ベイビー」と叫んだ。

二分後、二人はそれぞれのトレイを持ってピンクとグレイのテーブルに向かった。どちらも時間を無駄にしなかった。二人は白と黄色の紙箱をまったく同時にあけ、クォーターパウンダーをまったく同時にとりだし、まったく同時にかぶりついた。

イライジャはこれほどうまいものを食べたことがなかった。鼻につんとくるケチャップ、すっぱいマスタード、うまみたっぷりのビーフ、濃厚なチーズ、甘いバン。それらがすべて口のなかで爆発し、純粋な満足感の波となって広がっていった。咀嚼して飲みこむこと以外、いまはなにもできない。つぎの一口が待ち遠しくてしかたなかった。

二人はクォーターパウンダーを一気に平らげると、ふたつ一組になったケチャップの容器をあけ、赤い箱に入ったマックフライポテトにかけた。そして、無言のままひたすらポテトを口のなかにつめこみ、つぎにマックナゲットにとりかかった。

スティーヴィーにならって、イライジャは黄金色のチキンをドロリとした蜜色のソースに浸け、口のなかに放りこんだ。胃はもう満腹だと悲鳴をあげていたが、脳はまだ要求している。イライジャはさらにナゲットをむさぼりつづけた。最後のナゲットを平らげたところで、ようやくステイーヴィーが食べるのをやめた。イライジャは大きく息をついた。

　スティーヴィーは座席の背にもたれかかり、口をあけてカエルの鳴き声のようなでっかいゲップをもらした。近くのテーブルの若い黒人のカップルがこちらに目を向けた。

「知ってるか？」スティーヴィーは微笑んだ。「フランスじゃ、ゲップはシェフへの賛辞なんだぜ」

「フランス人は嫌いなはずだろ」

　スティーヴィーは肩をすくめ、カーブを描いた長方形の紙箱をポンとあけ、なかからアップルパイをとりだした。イライジャもすぐさまそれにつづいた。カリカリの皮に嚙みつき、熱くてとろりとした甘いアップルソースを口いっぱいに頰ばり、巨大なカップに入った冷たいダイエットコークをズルズルすすって飲み下した。

　最後に、スティーヴィーはマクドナルドランド・クッキーの箱をあけ、中身をトレイの上にぶちまけた。そして、しばらくクッキーをつつきまわし、ようやくのことで探していたものを見つけた。

「おれはいつも、いちばん最初にハンバーグラーの頭を食うことに決めてんだ。ほかのクッキーどもに、誰がボスなのかわからせるためにな」

　イライジャは従兄の真剣な顔を見つめ、自分と従兄と、より狂ってるのはどっちだろうと考えた。すると、スティーヴィーがいきなり大きな笑みを浮かべた。

「おいおい、冗談に決まってんだろ。いちばんのボスがマックチーズ市長なのは、誰だって知ってる」スティーヴィーは残ったクッキーをむさぼりながら、自分のジョークに笑みを浮かべてみせた。イライジャはスティーヴィーに遅れまいとベストをつくした。

「おっと、デザートを忘れるとこだった！」スティーヴィーは袋のなかに手をつっこみ、ビッグマックをとりだした。

イライジャの胃が怖れをなしてうめいた。

「情けない顔すんのはよせよ、イライジャ。ゴールは間近だ。ここでおれを見棄てないでくれよな。ここは一発、ソロモン王のやり方を真似しよう――バーガーをまっぷたつに割って……」スティーヴィーは汚れた両手でハンバーガーをつかみ、ふたつに引きちぎった。「……おまえが好きなほうを選べ」

イライジャはちょっとだけ小さく見えるほうに手をのばした。そして、二人同時に食らいつけるように、スティーヴィーが自分のぶんを口もとまで持っていくのを待った。二人は最後のハンバーガーをたった五口で食べ終わった。

スティーヴィーはシートにもたれ、もう一度ゲップをした。それから、ダイエットコークの蓋をポンとはずし、残っていたコークを三口で飲みほした。

「信じられないね」と、スティーヴィーはいった。「ビーフ百パーセントのパテが二枚、スペシャルソース、レタス、チーズ、ピクルス、それにオニオンとゴマをまぶしたバン。とくにスペシャルソースがマジでうまいんだよな。あれになにが入ってるか、考えたことあるか？」

「大豆油、ピクルス、蒸留ビネガー、水、卵黄、高フルクトース・コーンシロップ、砂糖、オニオンパウダー、コーンシロップ、スパイスエキス、塩、キサンタンガム、マスタード粉、アルギン酸プロピレングリコールエステル、安息香酸ナトリウム、ソルビン酸カリウム、マスタードブラン、ガーリックパウダー、タンパク加水分解物、カラメル色素、パプリカエキス、ターメリック」

「ま、〝スペシャルソース〟って呼んだほうがうまそうだな。そっちのほうがずっといい」それから――「おまえの直観像記憶は相変わらずだな。しかし、なんだってそんなもんを憶えたんだ？」

「何年かまえに、マクドナルドのためにマーケット・リサーチをしたんだ。映画とのタイアップでね」

「そりゃすごい」スティーヴィーは歯で氷を噛みくだいた。「いうまでもないかもしれんが、おれは熱いシャワーが浴びたい」

「わかった」イライジャは通りの真向かいにあるホテルの日よけを見つめた。「行こう」

いまはクリスマスシーズンとあって、たったひとつだけあいていた部屋は一晩二千八百ドルもした。イライジャはその部屋をとった。ドアマンにチップを握らせてスティーヴィーをエレベーターに乗せ、ペントハウスに向かった。ドアをあけて百七十平方メートルのスイートを目にしたとたん、イライジャは目もくらむような興奮と歓びが心のなかで膨れあがってくるのを感じた。

「こりゃすごい」スティーヴィーが声をあげた。あたかもおなじひとりの人間のように、二人はそろって部屋を眺めた。四十階下に広がる街の息を飲むような景色。ビロード張りのスカイブルーの大型ソファと、その左右におかれたオレンジ色の二人用ソファ。深い茶色のマホガニーのデスク。磨き抜かれた黒い石のカウンターがついたホームバー。チャコールグレイのふかふかしたカーペット。

「おれはちょいとシャワーを浴びてくる。そのあとで、おたがい近況を話し合おう」

「ああ、ここで待ってるよ」イライジャはそういって小型ソファのひとつに腰をおろした。

スティーヴィーはバスルームに入ってドアを閉めた。数秒後、お湯を流す音が聞こえてきた。

さらに一分ほどすると、イライジャはイエロー・オレンジの強烈な安堵感につつまれた。熱いお湯が肌を流れていくと同時に、身体じゅうのかすかなうずきや痛みがすべて消えて去っていく気がした。

お湯が肌をって、スティーヴィーの肌のことか？

イライジャは頭を振った。なにが起こっているのかまったくわからない。ソファにもたれ、身体の力を抜き、スティーヴィーが浴びているシャワーを自分のことのように楽しんだ。いまだかつて、こんなに楽しい気分を味わったのははじめてだった。

シルバー・チケットが欲しい！

「パパ！　あたしウンパ・ルンパが欲しい。いますぐ欲しい！」

『チャーリーとチョコレート工場』に出てくるベルーカって、ほんと腐ったタマゴだよね（ティム・バートン版の映画が好きな人には、腐ったナッツって言ったほうがわかりやすいかも。ま、あたしはアレ好きじゃないけどね。ジョニー・デップは超好きだけど）。それはさておき、ミスター・ホットのシルバー・チケットの最新ニュースはもう聞いた？　そう、いまあたしがいちばん好きな男、ヴァレンティヌスの話（ごめんね、ジョニー）。

噂だと、カレの"集会"に参加するには、シルバー・チケットを手に入れるしかないらしいんだよね。9ページもある申込書を書いて送れば、世界でいちばんセクシーな宗教家のお話をナマで聞けるラッキーな選ばれし者のひとりになれるかもしれないわけ。

じゃ、悪いけど、あたしは申込書の小論文を書かなきゃなんないから。じゃーね！

2007/05/21（月）12:08 | ヴァレンティヌス | グノーシス主義 | ベルーカ・ソルト | ティム・バートン | ジョニー・デップ

痛ッ！

まだ申込書を書いてんだけど、ちょっといわせてもらうと、これってラクじゃないよ。プロであるこのあたし（エッヘン！）がいうんだからホント。こんなに大変なのって、高校んときに『ユリシーズ』の感想文を書いたとき以来。ゲロゲロ。

2007/05/21（月）02:52

第十一章

二〇〇七年十二月二十九日　午後八時十一分
(最後の審判の夜まであと五十一時間四十九分)

ようやくバスルームから出てきたスティーヴィーは、厚いコットンの白いバスローブに身をつつみ、まるで別人になっていた。髪はまっすぐ後ろになでつけられているし、ふぞろいなひげも、さっきまで全身を覆っていた垢や汚れも、いまやすっかり消えている。彼は手にした薄いビニール袋をできるだけ身体から遠ざけるように、腕を目いっぱいまえに突きだしていた。

「おれの服だ。だいぶ熟成が進んでる。ホテルの客室係に新しい服を買ってこさせたいんだがな」

「ぼくが電話するよ」

「ありがたい」

スティーヴィーは弾むような足どりでドアまで歩いていき、悪臭を放っている服の入った袋を廊下に投げ捨てた。それから、リビングルームに戻ってソファに横になり、イライジャのほうを向いた。

「さて、肝心の話をいつまでも先のばしにするのはやめよう——おまえ、地下鉄の駅で狂ったみたいにチョコレート・パーティをやってたが、ありゃいったいなんだったんだ？」

「そ……それが……自分でもわからないんだ」イライジャは自分に起こっていることを真正面から見つめる準備ができていなかった。言葉にして口に出したら、もう引き返せなくなる気がして怖かったのだ。

「オーケー、だったら質問を変えよう。これまでの十七年間、おまえはいったいどこにいた？」

「どういう意味だよ」と、イライジャは訊いた。

「ミスター・クエールの推薦でおまえが例の特別学校に入ってから、おまえの家族はこの地球上からすっぱり消えちまった。おまえら家族がどこに行ったのか訊くと、お袋はいつもおれを子ども部屋に追い返したもんだ。いったいなにが起こったんだ？　殺人かなんかを目撃したのか？」

「いいや」イライジャは眉をひそめた。「っていうか……そうは思わない。正直いって、あの当時の記憶はちょっとぼんやりしてるんだ」

「そりゃすごい――典型的な記憶消去じゃないか。シュワルツェネッガーの『トータル・リコール』みたいだ」スティーヴィーは微笑んだ。「まさにアメリカならではの話だな」

「ああ」イライジャは記憶をテーマにした映画をかたっぱしから思い浮かべた。『ペイチェック』『フォーガットン』『ＪＭ』『ゴシカ』『メメント』『バニラ・スカイ』『アイデンティティー』『エターナル・サンシャイン』『ロボコップ』『影なき狙撃者』。

　たしかなことがひとつだけある――記憶を消去されるとロクなことにはならない。

「むかし住んでた町のことで、最後に憶えてることは？」

「記憶に欠落があるなんて、気づいてもいなかったよ。さっき、ミスターなんとかっていう人の名前を聞くまでは」

「ミスター・クエールだ」

「クエール」イライジャはくりかえした。どういうわけか、頭のなかをいくら探っても、その名前がぴたりとはまる場所は見つからなかった。まるで、外国語の知らない単語を耳で聞いたときのように、とらえどころがなくて意識に引っかからない。

「なら、八年生のときのことはなにも憶えてないのか?」

「八年生っていえば、ぼくがカイロ中学に転校したときだよな」

「カイロ? そりゃエジプトか?」

「カンザスだ」

「ウゲッ」スティーヴィーは唸った。「どっちのほうが悲惨な土地か判断に苦しむな。エジプトならすくなくともピラミッドがある。カンザスにはなにがあるんだ?」

「ま、たいしたもんはないね」そう答えながら、イライジャは家族で引っ越しをしたときのことを思い出そうとした。荷物を積みこんだ車に一晩じゅう揺られていたことは憶えている。父はバックミラー越しにイライジャを見つめていた。あたかも、突然イライジャが消えてしまうことを怖れてでもいるかのように。

「イライジャ・コーエン――カンザス育ちのユダヤ人、ってわけか」

「いったいなんの話だよ」イライジャは胃がぐっと落ちこむのを感じた。「ぼくのラストネームはグラスだ」

「なんだそりゃ?」スティーヴィーが身を乗りだした。「やつら、おまえの名前まで変えたのか? たまげたな、そりゃマジでヤバイって。おまえ、ほんとにギャングの殺人を目撃してないのか? たぶん、政府のやつらはおまえに宣誓証言をさせてから記憶を消し、家族ともども田舎に送りこんだんだ。こいつは『トータル・リコール』なんかじゃない——『刑事ジョン・ブック』だ！」

「たまには真面目になれないのかよ」

「みたいだね」スティーヴィーはミニバーに行き、一瓶十四ドルもするハイネケンの蓋をあけ、ひと息に飲みほした。

「ちょっと待ってくれ」イライジャの頭のなかで、突然すべてがはっきりした。「なんでぼくがきみのいうことを信じなきゃならない？　気を悪くしないでほしいけど——」

「はいはい、わかったよ。すべて浮浪者のせいにすりゃいいさ。おれは路上生活をしてて、身体はションベンみたいに臭い。たぶん頭もおかしいんだろ」

「いいかい、スティーヴィー、ぼくがいいたいのは、どっちの話のほうが筋が通ってるかってことだ。誰かがぼくの記憶を消し、名前を変えたか。それとも……きみの記憶が間違ってるか？」

「ほう、自分じゃお利口なつもりみたいだな。だったら答えてみろ。おまえの両親は、なぜ親類と完全に連絡を絶ったのか？　おまえの親父は、なぜウォールストリートの仕事を捨ててまでカイロに引っ越したのか？」

イライジャは口を開きかけ、自分には答えられないことを悟った。なぜ家族そろって引っ越したのか、自分はまったく知らない。ブルックリンを去ってからというもの、父は何カ月もそわそわと家のなかを行ったりきたりし、学校は家からたった一・五キロほどしか離れていないというのに、毎日イライジャの送り迎えをするといってきかなかった。母はことあるごとに後ろを振り返り、ほんのかすかな物音にも飛びあがった。

しかも、なんでサリー叔母さんやマイルズ叔父さんやおばあちゃんや頭のイカレた従兄のジェシーに電話しちゃだめなの、とイライジャが訊くと――

「当ててやろうか。おまえは思い出せないんだ。ちがうか？」

「ああ」イライジャはうなずいた。自分の記憶に穴があることに、なぜこれまで気づかなかったのかいぶかりながら。「思い出せない」

「試合終了だな」スティーヴィーはぐっと腰を落とし、バスケットボールをシュートする真似をした。そして、想像上のボールの軌跡を目で追っていき、勝ち誇ったように両腕を挙げて叫んだ。

「ナイス・シュート！」

イライジャは立ちあがり、全面ガラス張りの窓のほうへ歩いていくと、車の赤と白のライトがブロードウェイを南北にゆっくり動いていくのを眺めた。それから一歩さがり、ガラスに映った幽霊のような自分の姿を見た。これまではいつも重い十字架が下がっていた胸に、いまはなにもない。

ネックレスがあった場所を指先でなぞり、イライジャは振り返った。

「ちょっと質問があるんだ。八年生のとき、ぼくは銀の十字架のネックレスをつけてたかい？」

「十字架って、おまえはユダヤ人だろうが」

「半分だけだよ」イライジャは訂正した。

息子をどう育てるかで両親は意見をすりあわせることができず、イライジャはキリスト教教会と地元のユダヤ教礼拝堂の両方に通った。イライジャはいつも、自分はどちらの世界でも最低だと感じていた――祈りも二倍なら、罪悪感も二倍だった――ただし、十二月にはプレゼントを二倍もらうことができたが。

しかしそれも、カイロに引っ越すまでの話だった。カイロでは、家からいちばん近いユダヤ教礼拝堂まで六十キロもあった。こうしてキリスト教が――すなわち母が――壮大な戦いに勝利をおさめ、ヘブライの神は、神と子と精霊においてきぼりを食らったのだった。

「十字架を憶えてるかい？」イライジャはもう一度訊いた。

「基本的に、おれは男がどんなアクセサリーをしてたかなんて憶えちゃいない。でもな、もしおまえがそんなもんをつけてたら、おれはさんざんからかっただろうし、そのことを憶えてるはずだ。だから、答えはノーだな。どうしてだ？」

「ぼくはこれまで、ずっと十字架のネックレスをしてたんだ。きょうの午後そいつを盗まれて、それからすべてがすこし……」

「イカレてきた？」

「ああ」

「なら、それまでおまえは他人の感情を傍受できなかったんだな？」

「傍受って……どうしてそれを知ってるんだい？」

「おれはノータリンじゃないんだよ、イライジャ。おまえが日頃からハーシーのチョコレートをよくむさぼり食ってるんだとは思えない。最初、おれは気が狂ってるのかと思った。しかし、マックでおまえがおれとまったく同時に食うのを見て、こりゃなにかあるってピンときたんだ」

スティーヴィーはビールを飲みほしてつぎの瓶をあけ、緑と白のボトルキャップを部屋の反対側に弾き飛ばした。

「あんなことがまえにあったことは？」イライジャは期待をこめて訊いた。

「ないね。あったらよかったのにとは思うけどな。そうすりゃ、きょうまで七週間もゴミ箱を漁る生活をつづけないですんだんだ」

「いったいなにがあったんだよ」イライジャはうっかり訊いてしまった。「すまない。べつに悪気は――」

「おまえがいいたいのは、どうして地下鉄の駅で暮らすところまで身を落としたのかってことだろ?」

「ああ」

「ま、おれ自身のせいじゃないっていっても、信じないだろうな」

「ああ、たぶんね」

第十二章

二〇〇七年五月二十一日　午前一時十三分
（最後の審判の夜まであと二百二十四日）

それはよくある平凡な退屈からはじまった。それ以上でもなければ、それ以下でもない。スティーヴン・グライムズは自分の傑作を完成させたとき、自分の創造行為の裏になにか高尚な動機があればよかったのにと思わないでもなかった。もし自分がつかまれば、誰もがおなじ質問をするだろう。なぜそんなことをしたんだ、と。

なぜだめなんだ？

そうとも。グライムズは無意識に笑みを浮かべた。なぜだめなんだ？　世間のやつらは激怒するだろう。もしすべてがうまくいけば（しかも、うまくいかない理由はない。シミュレーションを十八通りもやってみて、すべておなじ結果だったのだから）、グライムズの返答は人々を怒り狂わせるにちがいない。

そして、それこそグライムズの望んでいることだった——人々を怒らせることが。

自分でもなぜそんなに面白いのかわからない。しかし、面白いのだ。何千人もの電気通信技術者が頭をかきむしり、グライムズが引き起こした問題を解決しようと躍起になり……ひとことでいって、そいつは極楽だった。

グライムズは高級ワークチェアにもたれかかり、無意識にグミをもてあそんだ。それからグミの頭を噛み切ると、窓の外を眺めながら残りも口に放りこみ、ゴムのような菓子をグチャグチャと噛んだ。窓ガラスの向こうの雲ひとつない透きとおった青い空は、ちらちら光るターコイズ色の水の上で揺れているように見えた。

最初、二十七歳で引退してメキシコに引っこむのは完璧な人生に思えた。しかし、実際には二週間もすると飽きてしまった。スペイン語は話せないし、二日酔いの頭をかかえて毎朝散歩するのはうんざりだし、日焼け止めをこってり塗らないと白い肌がすぐ真っ赤になってしまうからだ。

メキシコにきて二カ月になるころには、一日のほとんどを部屋のなかで過ごし、電子機器をいじって過ごすようになっていた。最初は最高級オーディオ・システムに金を注ぎこんだ。高さが一メートル五十センチもあるタワー・スピーカーを一組、サラウンド・スピーカーを二個、センターチャンネル用のスピーカーを一個、それに巨大なサブウーファーを買いこみ、最後にいちばんでかいプラズマテレビ——65インチ——を買った。この怪物のようなテレビはとてつもなく重く、壁にかけるだけで三人の男が必要だった。

しばらくのあいだ、グライムズはそのホームシアターに熱中していた。しかし、『グッドフェローズ』を三十七回見たところで、彼は自分が引退などしたくないことに気がついた。いまはなにより、もとの生活のリズムを取り戻し、コンピュータにログインし、現実世界とおさらばしたかった。そこで彼は、自らに課したサイバースペース追放令にあっさりピリオドを打った。

そしたらどうだ。故郷ってのはやっぱりいいもんだ。

グライムズは人生を生きるより、人生を眺めるほうが楽しかった。国家安全保障局でプロの覗き屋として七年間働いていたせいで、そのときの習慣が染みついてしまったのだ。他人を覗き見し、彼らの秘密をつきとめ、過去を暴くことが懐かしかった。国家安全保障局の仕事で唯一好きになれなかったのは、官僚的なタワゴトをあれこれ並べたてるクソいけ好かない上司どもだけだった。

そこでグライムズは、上司だけは抜きにして、自分の好きな仕事をまるごとすべて再現した。まずはインターネット・カフェに行き、とびきりのシステムを注文した——エイリアンウェアのエリアー51 ＡＬＸ、１ＧＢデュアルチャンネルのＤＤＲ2 ＳＤＲＡＭ ＰＣ１６００、148ＧＢハードドライブ１００００ｒｐｍ ＳＡＴＡ ＲＡＩＤ ０、そして16ＭＢのキャッシュ。いやほんと、ＡＬＸは最高だった。グライムズは国家安全保障局のメインフレーム・コンピュータに残してきた侵入口（トラップドア）にハッキングし、すぐにまた覗き見をはじめた。

ところが、以前のようなスリルを感じることはできなかった。国家安全保障局では、つねに目的があり、いくつかの作戦が進行中だった。任務がないと、他人が携帯電話で話すのを盗み聞きしたり、ＣＥＯの個人的なＥメールを読んでも、おなじ興奮は味わえなかった。誰かを脅迫することも考えたが、金ならすでにたっぷり持っていた。

そこで、こんどはチャットルームを覗いてまわった。そうして行き当たったチャットルームのひとつで、グライムズ（ネット上ではハンドル名の大鎌２１１２で知られている）は、ステファン・アルツ（ハンドル名マッド・クラウト）というドイツ人のティーンエイジャーと知り合った。このくらいの歳のコンピュータ・オタクはたいていそうだが、マッド・クラウトもハッカーになりたがっていた。実際、「大混乱を引き起こすんだ」というのがこの若者の口癖だった。

話が面白くなってきたのはそれからだ。

グライムズはずっとコンピュータ・ウイルスのファンだった。ただし、それまではたんに傍観者として拍手を送っていたにすぎなかった。突然、これまで探していた〝目的〟が目のまえに現われた――究極のコンピュータ・ウイルスをつくり、そいつをばらまき、ゆったりくつろぎながら世間の罵声に耳をかたむけるのだ。

グライムズはウイルス関連の資料をかたっぱしから読んでいった。その歴史、製作法、アンチウイルス・ソフトウェア、コーディング。

史上最初のコンピュータ・ウイルスをつくったのがほんの子どもだと知ったときも、グライムズは驚かなかった。発明者はリチャード・スクレンタという十五歳の少年だった。一九八二年、スクレンタはアップルⅡのオペレーティング・システムに感染する簡単なプログラムを書いた。その後生まれた子孫たちとはちがい、スクレンタのウイルス――名前はエルク・クローナ――は、深刻なダメージを引き起こすわけではなかった。その唯一の目的は、コンピュータを起動させると五十回ごとに画面上に一篇の詩を表示し、ユーザーをいらつかせることだった。

それはあなたのディスクにくっつく
あなたのチップにしみこむ
そう、それはクローナ！

接着剤みたいにあなたにくっつく
ＲＡＭまで書き替える
クローナを送りこめ！

そのアホな詩がスクレンタの遺産だったとは、グライムズには信じられなかった。一九八六年に史上最初のPCウイルスをつくったパキスタン人の兄弟も、このスクレンタと五十歩百歩だった。アムジャッド・ファルーク・アルヴィと弟のバジットは、〈ブレイン・コンピュータ・サービス〉という店を経営していた。二人は自社製品の不正コピーを防止しようと、自社ソフトの不法コピーを起動すると著作権――ⓒＢＲＡＩＮ――を表示するウイルスをつくった。

ブレインはどちらかといえば良性のウイルスだったが、その後、これを真似た悪意あるウイルスの波がどっと押し寄せた。ブレインは新種のウイルス――いわゆるステルス・ウイルス――の第一号だった。ステルス・ウイルスはディスク・アクセスのリクエストをインターセプトし、ユーザーに偽の情報を供給することで自分自身の存在を隠してしまう。ハッカーたちはこの自己複製する悪魔に触発され、次世代ウイルスを製作しはじめた。

これに対抗し、ソフトウェア・プロバイダはウイルス駆除ソフトをリリースした。しかし、いかにプロバイダが努力を重ねても、プログラマーたちは検出と駆除がさらにむずかしいウイルスをつくりつづけた。

ドイツで生まれたカスケードは史上最初の暗号化ウイルスで、感染するたびにコードを変えた。さらに、リーハイ、マイアミ（南アフリカの十三日の金曜日）、エルサレムといった亜流ウイルスが現われた。しかし、ウイルス駆除ソフトの製作者たちは、さほどしないうちに、暗号解読ルーチンを探すことで暗号化ウイルスを検出できることに気がついた。

その後、一九八九年にダーク・アベンジャーが登場した。これは最初の〝遅発性ウイルス〟で、長い期間にわたってシステムに侵入し、検知されるまえに最大限の被害をもたらした。それからすぐに、はじめての〝時限爆弾ウイルス〟がイスラエルで見つかった。『指輪物語』の主人公からフロドと名づけられたこのウイルスは、フロドの誕生日である九月二十二日になるとハードドライブを破壊するようにプログラムされていた。

ハッカーたちがつぎに開発したのは、ウイルスが新しいプログラムに感染するたびにウイルス自体のコードがランダムに変化するポリモーフィック型ウイルスだった。つづいて、マクロ・ウイルスが登場した。これはマイクロソフト・オフィスの内的言語を使ってプログラムされており、ウイルスに文字どおりなんでも――ハードドライブの書き替えさえ――させることができた。

Eメールの発達で、ハッカーたちは好き勝手ができるようになった。一九九九年にはメリッサが猛威をふるった。これは大量メール送信ウイルスで、アウトルックに登録してあるメール・アドレスにウイルス感染した文書を送るようにプログラムされていた。つぎに登場したのは二〇〇〇年のアイ・ラブ・ユー・ウイルスだ。このウイルスはパソコンに命じ、ユーザーネームとパスワードが入っているEメールをすべてウイルスの製作者――フィリピンに住む専門学校生――に送信した。この専門学校生は逮捕されたものの、のちに無罪になった。フィリピンにはコンピュータ・ウイルスを拡散したことに対する法律がなかったからだ。

それからの数年間、EUがサイバー犯罪条約を採択したり、FBIがサイバー犯罪部を創設するなど、取り締まりが強化された。しかし、ウイルスの数も増えつづけた。コード・レッド、クレツ・ワーム、ニムダ、ソービッグ、スラマー、スカルパー、フィザー、そしてグライムズのいちばんのお気に入りであるエグゾンブなど、新しいウイルスが毎月のように現われた。

ウイルスに関する知識をできるかぎりすべて消化すると、グライムズはマッド・クラウトに手を貸した。まず教えてやったのは、ウインドウズXPにはいくつか穴があることだった。しかし、マッド・クラウトは勉強をしたがらなかった。プログラミングを学ぶ気などまったくなく、ただウイルスをばらまきたいだけだった。グライムズは喜んで願いを聞き入れてやった。

それからの一週間、グライムズはワーム・ウイルスの作成にはげんだ。シンプルだがエレガントなこのウイルスは、まずヤフーのドイツ・サイトに侵入し、サイトにアクセスしたすべてのパソコンに自分自身をダウンロードする。これはまさに天才の作品だった。いったんダウンロードされたウイルスは、ユーザーがブラウザを起動するたびに、パソコンを再起動してしまうのだ。

このワームの唯一の問題は、やたらと大きな足跡を残してしまうことだった。しかし、グライムズは気にしなかった。自分でそれをばらまくつもりはなかったからだ。彼はそのワームを、チャットルームの掲示板経由でマッド・クラウトに届けた。

マッド・クラウトが放った〈アナーキー・マシン〉は、第一日目だけで世界十九カ国の二千万台のコンピュータに感染した。ヤフーはウイルスを駆除するための修正モジュールをサイトに掲載したが、ときはすでに遅すぎた。ウイルスに感染したユーザーは、ブラウザを開くとコンピュータが再起動してしまうため、ヤフーのサイトに行けなかったからだ。

ヤフーはとんでもない悪評にさらされたうえに、何百もの訴訟を起こされ、ドイツに住むパソコン所有者のほとんどに解毒プログラムを焼いたCDを郵送しなければならなかった。不運なのはマッド・クラウトことステファン・アルツも同様だった。テクノロジーの無政府状態(アナーキー)を引き起こそうという計画がはじまって一日もたたないうちに、皮肉にも警察が部屋のドアをノックしたのである。

厳しい刑期に直面したステファンはすぐに口を割り、ウイルスのほんとうの生みの親は大鎌2112であることを自白した。しかし、警察当局は大鎌2112の記録を見つけることができなかった。グライムズがステファンのコンピュータと掲示板のサーバーをハッキングし、オンラインチャットの記録をすべて消去したからだ。

もしCNNインターナショナルのニュースさえなければ、グライムズがウイルスを製作するのはおそらくそれが最後になっていただろう。CNNインターナショナルはその晩、〈アナーキー・マシン〉のニュースを九十秒放映した。自分のウイルスを擬人化したグラフィックが画面に映ったとたん、グライムズはすっかり虜になってしまった。

こうして、新しい趣味が生まれた。

それからの六カ月間、グライムズは世界百九の国々にウイルスをばらまき、二億台のコンピュータを感染させた。彼がつくったウイルスはじつにさまざまだった。ユーザーがウイルスのコードを解読することを妨げる武装型ウイルス、ある特定のプログラムを使おうとするとコンピュータを乗っ取るブートセクタ感染型ウイルス、ブート記録とファイルの両方に感染するブート／ファイル・ウイルス、自分自身をアンロードするまえにすぐさまファイルを攻撃する直接行動ウイルス、作動しているプログラムをすべて汚染する敏速感染ウイルス、つねに変異して検出を不可能にするポリモーフィック型ウイルス、行く手にあるものをすべて破壊する上書きウイルス——などなど。

しかし、なにより楽しいのは、新しいウイルスが完成するたびに、ハッカーになりたがっている素人のカモを罠にはめることだった。まもなく、ネットじゅうのハッカー・チャットルームで、死の商人（別名＝大鎌２１１２、リーパー０Ｕ８１２、リバー・スティックス、ハデス６６６）の存在は伝説になっていった。死の商人のウイルスをばらまいて捕まらなかった最初の人間になりたくて、ハッカーたちは彼を探しはじめた。

しかし、グライムズはつねに一歩先を行っていたし、ネットでウイルスをばらまいているハッカーの正体はすべてつかんでおくように気をつけていた。また、ＦＢＩのメインフレーム・コンピュータに侵入し、サイバー犯罪部がファイルした状況報告書にも毎日目を通した。たいていの場合、ＦＢＩはグライムズが罠にはめたカモを見つけることができた。しかし、彼らが壁に突き当たったときには、グライムズ自身が情報をタレこんだ。

だが、最終的にグライムズは飽きてしまった。なにかこれまでに例のない斬新なウイルスがほしかった――世界中のニュース番組やポッドキャストがこぞって注目するようなやつが。

しかし、どんな？

〈アナーキー・マシン〉は何百万もの人がウェブにアクセスするのを妨害した。〈ホーリー・ゴースト〉はワード文書に聖書からの引用を混ぜ合わせ、さらに多くのユーザーを震えあがらせた。〈チリ・タコ〉は世界中のパソコンに屁の音を出させた。〈アラーム・クロックス〉は夜中の三時にノートパソコンの電源を入れ、ビーッという不快な爆音を鳴り響かせた。

スティーヴン・グライムズは何億何千万の人々を不安にさせ、怖がらせ、イラつかせ、苦しめてきた。しかし、どのウイルスも、古くて退屈なテーマのバリエーションにしかすぎなかった。メインディッシュには、なにかどでかいものがほしかった。

しかし、どんな？

そのとき携帯電話が鳴り、グライムズはこれまででもっともはた迷惑なウイルスのアイディアを思いついた。

第十三章

二〇〇七年十二月二十九日　午後八時三十七分
（最後の審判の夜まであと五十一時間二十三分）

「ってことは」イライジャはスティーヴィーの話をさえぎって訊いた。「自分の人生のまるまる一年を、他人を悩ませるウイルスの製作に費やしたのか？」

「正確にいえば、二年に近いな」

「中学のころより、さらにイヤなやつになったんだな」

「ま、努力はしてるよ」

「うちのパソコンが〈アラーム・クロックス〉に感染したときは、一週間近くまともに寝られなかったんだぞ。いまでも、ベッドに入るまえにバッテリーをはずしてるくらいだ」

　スティーヴィーの顔が誇らしげに輝いた。

「で、結局はＦＢＩに捕まったってわけかい？」

「いいや」と、スティーヴィーはいった。「運命ってやつはアバズレ女だってことさ。刑務所でハッキングを勉強したマッド・クラウトが、出所してからおれを見つけだしたんだ。おれもまたアホでね。がっちりファイアウォールを築いておいたのは、おれ自身とハンドル名のあいだだけだった。マッド・クラウトのやつは、おれが掲示板から自分の情報を消したそもそものところから足跡をたどり、正体をつきとめた。そして、なにもかもメチャクチャにしやがった。おれの銀行口座をすべて空にし、クレジットカードを無効にし、親父とお袋の資産まで消しちまったんだ」

「なぜ警察に行かなかったんだ？」

「行ってなんていうんだ？　マッド・クラウトがおれを追ってたのは、おれがあの悪名高い〈死の商人〉だからだってか？　そしたら求刑百年だ。それに……おれの財産は合法的に手に入れたもんじゃなかった」

「おいおい」

「ただし盗んだんじゃないぜ――とはいえ、国税庁にきちんと申告もしてなかった」スティーヴィーはいったん言葉を切った。「とにかく、おれは親父とお袋に説明した。誰かが親父たちの個人情報を盗んだんだから、銀行が担保権を行使する権利はないってな。原因がおれにあるって気づいた親父は、おれを追いだした。細かい点はぼやかして話しといたからいいようなものの、さもなきゃ警察に突きだされてただろうよ」

「不幸中の幸いってわけか」

「だな」スティーヴィーはそういうと、ホテルの部屋に用意してあるプレッツェルの袋をあけた。プレッツェルは十五ドルもするくせに、中身は炭水化物よりも空気のほうが多かった。「かえすがえすも残念なのは、最後のウイルスの完成まであとひと息だったことだ。ほんと、マジですごいウイルスでね。おれはそいつを携帯電話経由でばらまくつもりだった。実行してれば後世に名前が残っただろうにな。しかし、マッド・クラウトのおかげで、おれは大家に部屋を追いだされ、コンピュータ機材をすべて売られちまった」

スティーヴィーは顔をしかめ、首を振った。「ゲームボーイを持っててよかったよ。さもなきゃ、気でも狂ってたとこだ」

「家賃を滞納したくらいで、大家に入居者の家財を売る権利なんかないはずだ」

「偽の逮捕状がありゃできるのさ。しかも、入居者が逃亡犯ならな」

「そこまでやられたのか」

「そうとも。マッド・クラウトはおれを破産に追いこんだ。それも共和党のやつらが法を改正したあとでだぜ。まったく、ありがとクソッたれましたさ。そのうえやつは、警察におれを追わせやがった。いまやおれの社会保障番号は、うっかりさわれば命が危ない劇薬も同然だ。だもんで、数週間まえから地下鉄の駅で生活をはじめ、新しい身分を手に入れるために金を貯めてたんだ」

スティーヴィーはミニバーのカウンターの上によじのぼり、ドラマチックに両腕を広げた。

「そしていま、おれは炎のなかから甦った。不死鳥のごとく！」

「コミックの読みすぎなんじゃないのか？〈Xｰメン〉とか」

「かもな」スティーヴィーはうなずいた。「で、おまえのほうはどうなんだ？　この十七年間に、なにか面白いことはあったのか？　癌から生還したとか、スーパーモデルとヤったとか」

「たいしたことはなにもない。いまは市場リサーチの仕事をしてる。グラス・コンサルティングって会社を起こしてね。〈わたしたちは無色透明、誰にも見えない仕事をしています〉」

「グラスだから透明か。気がきいてんじゃないか」

「お褒めにあずかって嬉しいよ」

「ならおまえは、夕食どきに電話をかけてくるあの迷惑なクソッタレの仲間なんだな？」

「いいや。ぼくの専門はフォーカス・グループだ」

「本職の読心術者ってわけか」

「ちょっと直感がすぐれてるだけさ」

クライアントからおなじような質問をうけたとき、イライジャはいつもそう答えて適当にごまかすのがつねだった。自分は人間の欲望に対する並はずれた洞察力を持っている有能な心理学者にすぎない。心から科学を信じているし、超能力の話をもちだされるとイライラしてしまう。

しかし、いまのイライジャは、そうした話にもいくばくかの真実がこもっている気がした。スティーヴィーの向かいに腰をおろし、従兄の感情をすべて感じているいまは、もはや現実を否定するのがむずかしくなっていた。自分はたんに〝ちょっと直感がすぐれてるだけ〟ではない。もっと大きな力を持っている。


その晩、イライジャとスティーヴィーはそれ以上あまり話をしなかった。スティーヴィーは二十ドルもする缶入りのピーナッツを食べてしまうと、おやすみもいわずにソファの上でいきなり眠ってしまった。

そしていま、イライジャはこうして宇宙の中心を――長いこと会っていなかった従兄を――見つめている。ただし、行方不明になっていたのはスティーヴィーではない。イライジャのほうだ。自分がなぜブルックリンからカンザスに引っ越したのか、その記憶が
（**安全な場所に身を隠したのだ**）

まったくない。

ふと気づくと、イライジャはまたおなじことを考えていた。自分とスティーヴィーはなぜ〝つ

ながった〟のか？　これはなんらかの精神異常なのか？

いや、ちがう。もっとぴったりな言葉があるはずだ。ここはひとつレターマンのやり方を真似してみよう。レターマンのことは憶えてるだろ？　子ども向け番組の『エレクトリック・カンパニー』に出てくる、言葉を変えるスーパーヒーロー。悪者スペルバインダーをいつもやっつける。

「転がるOよりも速く、黙字のEよりも強く、大文字のTもひとっ飛び。言葉だ。計画だ。いや、レターマンだ」

なら、psychotic の場合は？　oとtを抜けばいい。そのとおり。それが答えだ。

二人がつながったのは精神異常（psychotic）だからじゃない。ぼくが超能力(サイキック)（psychic）を持ってるからだ。

しかし、なぜスティーヴィーなのか？　おなじ血が流れているから？　しかし、それでは筋が通らない。その証拠に、両親と超自然的なつながりを感じたことなど一度もない。実際、イライジャは両親と親密でさえなかった。イライジャが大学生のときに二人は離婚し、以来、どちらともあまり顔を合わせていない。顔を合わせたら合わせたで、妙にぎこちなくなるのがつねだった。親がそばにいると、なんとなく鬱陶(うっとう)しい気がするのだ。

しかし、スティーヴィーがいっしょだと自由な気がする――すくなくとも、従兄がきちんと食事をしてからは。スティーヴィーの〝それがどうした、誰も気にしないさ〟という態度が、こちらにも伝染するかのようだ。一瞬、イライジャはスティーヴィーの精神的な召使いになりさがった自分の未来を頭に思い描いた。馬鹿ばかしく思えるが……はたしてそうだろうか？

従兄の奴隷になった自分を考えると怖くなったが、スティーヴィーが視界から消えてしまったときのことを考えると、おなじくらい怖かった。スティーヴィーの身にもしなにかあったら？

万が一――どうかそんなことがありませんように――死んだりしたら？　従兄の息がとまったあとの無を、自分は感じるのだろうか？　いったいどんな感じなのだろう？　人が死を迎える瞬間を感じ、それからもそのまま生きつづけていくのは？　ただし……

突然、イライジャは全身が冷たくなるのを感じた。

もし、生きつづけないとしたら？　スティーヴィーが死ぬとき、自分も死ぬのだとしたら？

幕間 Ⅱ

二〇〇七年八月二十四日
中央ヨーロッパ標準時夏時間・午後十一時五十七分
(最後の審判の夜まであと百二十九日)

入会勧誘集会を終えると、ヴァレンティヌスはホテルの部屋に戻ってシャワーを浴びた。シャワーの強いお湯が頭を叩き、汗に濡れた身体を洗い流していく。すっかり疲れ果てた彼は、壁に寄りかかった。勧誘集会はいつも疲れるが、今夜の疲れは特別だった。

スペインはカトリックが非常に盛んな国で、マドリッドの住民はその八十九パーセントがカトリック教徒だ。そのため、信者の獲得はいつにもましてむずかしかった。今夜出席した二十七人のうち、二十四人は熱心に教会に通っていた。彼らの信仰心は非常に篤かったが、ヴァレンティヌスはこれまでに幾度となくやってきたように、なんとかそれに打ち克つべく全力をつくした。カトリック教会のペテンを暴露し、それが真実を覆い隠すためにつくられた巧妙な煙幕にすぎないことを教えてやったのだ。

ヴァレンティヌスは大きく息を吐き、シャワーのヘッドを傾けて熱いお湯を顔に向けた。緊張をやわらげる必要があった。集会は非常に神経が高ぶる。感情のコントロールを取り戻し、いつもの自分に返らなくてはならない。

計画に精神を集中するんだ。

ヴァレンティヌスはひとりうなずき、これまでの進捗状況をチェックした。今回のヨーロッパ訪問では、すでにバルセロナやセビリアで信者を獲得している。あと都市を三つまわれば、スペインをあとにして最大の怪物――イタリア――に攻撃をかけることができる。あの国には最低でも五十人――全暗殺者のほぼ半数――の弟子が必要だ。ただ、ありがたいことにそのほとんどはローマに集中しているから、個別の集会を五十回開く必要はない。

イタリアのあとは、ヨーロッパのほぼすべての国をまわる。ラトビア、ベラルーシ、ウクライナ、ボスニア、クロアチア、スロベニア、オーストリア、ハンガリー、スロバキア、チェコ共和国、スイス、ベルギー、オランダ、英国、アイルランド、ポルトガル――訪れる都市は、それぞれの国につき一カ所か二カ所の予定だった。ただし、フランスとドイツとポーランドだけは、三カ所以上まわる必要がある。

ヴァレンティヌスはため息をつき、シャワーをとめ、バスタブから出ると、鏡に映った自分の白い身体をほれぼれと眺めた。彼は自分の身体を愛していた。物質的なものへの執着がないヴァレンティヌスにとって、これは唯一の弱点だった。この世界をあとにするとき、自分はこの肉体を失うことを残念に思うだろう。

第十四章

二〇〇七年十二月三十日　午前九時八分
（最後の審判の夜まであと三十八時間五十二分）

ウィンターはベルの音から逃れようとした。しかし、音はあらゆる場所で鳴っていた。やがて意識がゆっくりと戻ってきて、母の死という現実が魂をわしづかみにした。母がいなくなってしまったことが、ウィンターにはいまだに信じられなかった。

ベルがふたたび鳴り、ナイトスタンドの上で電話機がカタカタ音をたてた。ベッドから手をのばし、ウィンターは受話器をつかんだ。

「もしもし?」

「ウィンター……」

胃からすっと力が抜け、喉がからからになった。声は重苦しいささやきに近かったが、ウィンターにはそれが誰だかすぐにわかった。

「マイケル、わたしにかまわないで」

「待ってくれ!」マイケルは耳障りな声をあげた。「切らないでくれ。きみを愛してるんだ。それに、きみがぼくを愛してることもわかってる」

ウィンターはぎゅっと目をつぶった。自分はこんな男をほんとうに愛していたのだろうか？ あのころ、ウィンターは愛という言葉を何度も口にした。しかし、あれは本気だったのか？ それとも、マイケルに愛撫されるといつも感じるあのとらえがたい動揺を愛と勘違いしたのか？

「わたしはあなたに好意を持ってた。でも、それはもう過去のことでしかない。いまは……いまはただ怖いだけ」

「なぜ許してくれないんだい？」

「あなたが信用できないからよ。それに……」

それに、なんなの？ マイケルもほかの男たちと同様に狂ってると思ってるから。そうでしょ？ 彼がほんとうに自分を愛していると確信できれば、許すつもりだったんじゃない？ でも、彼が愛しているのはあなたじゃない。音楽よ。いつだって音楽なのよ。

「マイケル、お願い」ウィンターはすすり泣いた。「告訴は取り下げるわ。もうわたしにはかまわないで。お願いだから」

「きみのことが頭から離れないんだ。目をつぶると、いつだってそこにきみがいる。きみの音楽が聞こえてきて、ぼくは――」

「もう切るわ。もうあなたには二度と会いたくない。わかった？」

マイケルは数秒ほど沈黙した。しかし、ふたたび話しはじめたとき、そのかすれた声は躁的なほど早口になっていた。それを聞いて、ウィンターはさっと気持ちが冷えるのを感じた。

「きょうきみのコンサートに行くよ。最後にもう一度だけ話をしよう。ぼくは――」

ウィンターは受話器を叩きつけた。心臓が早鐘を打っていた。そのとき、突然ドアをノックする音が響いた。せわしないその音に怯え、ウィンターはもうすこしで叫び声をあげそうになった。しかし、すぐに馬鹿げていると思いなおし、シーツをさっとはぎとってベッドから飛びおりた。そして、だぶだぶのTシャツを着ただけの格好でドアまで歩いていき、覗き穴をのぞいた。

ほっとしたことに、廊下に立っているのはジョゼフ・ユッカーだった。ウィンターはドアをあけ、大柄なボディガードを見上げた。ユッカーは黒っぽいネイビーブルーのブレザーを着て、白いシャツに赤いネクタイを締めていた。いつものとおり、大柄な男はどこか居心地悪そうに見えた。まるで、身体の動きを制限する服にはどうしても慣れないかのようだ。

「お邪魔して申し訳ありません。しかし、ちょっと人がきているんですよ……ぜひあなたに会わせてくれといって」

ボディガードはちらっと右に目をやった。ウィンターはその視線を追い、ドアから身を乗りだした。そこに立っていたのは、あの男だった。まるで、たったいま夢のなかから歩みだしてきたかのように見える。さもなければ、悪夢のなかから。

大きなジャーマン・シェパードを従えた盲目の男。

ウィンターを不安の波が襲った。突然現われた新しいストーカーにいまここで対処している余裕はない。

「おひきとり願って」丈の長いTシャツしか身につけていないことが急に恥ずかしくなり、ウィンターは腕を組んだ。「もうきょうは誰にも邪魔されたくないの」

「いいんですか?」と、ユッカーが訊いた。「あの人のいうことには――」

「なにをいってようが関係ないわ!」ウィンターは爆発した。「わたしは帰ってもらいたいの。わかった?」

ユッカーはさっと背をのばし、肩を怒らせた。「はい」

「ありがとう」ウィンターは怒りにまかせてドアを叩きつけるように閉じた。

ドアの外から、早口だが激しいやりとりが聞こえてきた。盲目の男が通してくれとユッカーを説得しているらしい。言葉をすべて聞きとることはできなかったが、驚くことにボディガードのほうが折れつつあるようだ。ウィンターはぐいとドアを引きあけ、廊下に出ていった。

「どうしてひとりにさせてくれないの?」ウィンターは盲目の男に向かって叫んだ。それは質問というより命令だった。「ここから出てって! いますぐに!」

「ミス・ロイス、最後まで聞いてください」盲目の男がおずおずと一歩まえに出た。一瞬、ウィンターはたじろいだ。懇願するような男の声には、たんなる説得力だけではない、ほとんど催眠術のような響きがあった。それを聞いたとたん、ウィンターは頼みを断わりたくないという気になった。たぶんこの男が正しいのだろう。話を最後まできちんと聞くべきなのだ。聞いてなんの損がある?

そのとき、ウィンターははっとわれに返った。こんな狂ったことをいつまでもつづけていてはだめだ。彼女の一部をほしがるすべてのファンを楽しませるのはやめにしなければ。

「いいえ、聞く気はないわ」その声には強い決意がこもっていた。「わたしのいったことが聞こえたでしょ。回れ右をしてここから立ち去って。このホテルに戻ってこないで。もう二度と。さあ、帰ってちょうだい!」

盲目の男は口を開きかけたが、ウィンターはきっとにらみ返した。たぶん、その視線には物理的な力があったのだろう。自分がにらまれていることなど見えるはずがないのに、男はどういうわけかそれを感じとったらしく、あきらめて顔を下に向けた。

「おいで、サッシャ」それ以上はなにもいわず、男は犬とともにしっかりした足どりで静かに去っていった。

「あの人が建物のなかで迷わないようにしてあげて」ウィンターはそうユッカーにいいつけると、部屋のなかに戻り、ふたたびドアを叩きつけるように閉めた。そして、そのまま床にくずおれた。頬はすでに涙で濡れていた。ウィンターは十分近くも泣きつづけた。マイケルのために。母のために。いまやってきた新しいストーカーのために。そして最後に、自分自身のために。

しかし、目を閉じたとき、まぶたの裏に浮かんできたのは、その誰でもなかった。

心の中心で灼熱の太陽のように光を放っているのは、盗まれた銀の十字架のイメージと、あの十字架がなくなったいま、これまでの生活はもう二度と戻ってこないという確信だった。


病院の建物を出ながら、マイケル・エヴァンズはようやくのことで現実をうけいれた。自分とウィンターの関係は終わったのだ。あの磁器のような肌に触れることはもう二度とないだろう。あのなめらかな温かい身体を感じることも、愛し合っているときに響いてくるあの美しい音楽を聴くことも。

はじめての夜、ウィンターの楽屋でセックスをしたとき、マイケルはとてつもなくすばらしい曲を聴いた。最初は、べつの演奏家たちがどこかで演奏しているのだろうとしか思わなかった。しかし、なかばまどろみながらもう一度愛を交わしていると、おなじ強烈なリズムがふたたび聴こえてきた。愛の行為が激しさを増すにつれ、その音楽は徐々に大きくなっていった。やがてマイケルは、自分がそのベルの音を耳で聴いているのではなく、心で聴いていることに気づいた。

ただし、聞こえるのはベルの音だけではなかった。勝ち誇ったように鳴り響くその音の裏で、さまざまな音が鳴っていた。フルートを思わせる楽器の軽いメロディ。からかうような甲高いテナーのかすかな響き。遠くから響いてくる声が歌う豊かなメロディ。そして、この世のものとは思えないそのメロディを完璧に引きたてている、ガラスが割れるときの透明で鋭い音。

オルガズムが同時に爆発し、二人の身体はぐっと弓なりになって痙攣した。そして、まったく異なるいくつもの響きがひとつになり、震えるような熱い歓喜とともにクライマックスがやってきた。それはマイケルがこれまでに経験してきたどんな陶酔感も超えていた。

ウィンターが眠りに落ちたあとで、自分の胸に広がる彼女の長い黒髪を眺めながら、マイケルはもうフェリシアのもとには戻れないことを悟った。翌朝、従順な夫を装って家に帰り、いまもフェリシアのことを愛しているふりをした。しかし、それは滑稽な道化芝居にすぎなかった。

ウィンター・ロイスと愛を交わしてからというもの、マイケル・エヴァンズは誰かほかの女性に愛を感じることがいっさいなくなってしまった。それからの二カ月間、マイケルはウィンターのためだけに生きた。アメリカじゅうを旅してまわり、ウィンターのコンサートをすべて観た。彼女の至福に満ちたソロにわれを忘れ、それぞれの街の地元オーケストラが描いたシンフォニックな景色のなかで、彼女だけを聴いた。

毎晩、終演の明かりがつくと、ウィンターの音楽にこもった感情に心を揺さぶられた観客たちは、なかば茫然としたまま場内から出ていく。そのときマイケルは、観客の心の琴線に触れた女性は自分のものなのだという優越感で、ほとんど爆発せんばかりになった。

フェリシアに居所をつきとめられたとき、マイケルは事情を説明しようとした。しかし、妻は理解できなかった。妻は新聞社に行った。翌朝、泣きはらした妻の写真の横に、ウィンターとマイケルが手を握り合った写真が掲載された。

その記事を読んだウィンターは、マイケルと完全に連絡を絶った。しかもあのクソいまいましい母親が、裁判所に接近禁止命令を出させた。マイケルはウィンターのことを頭から追いだすことができなかったが、それでもフェリシアとよりを戻そうと努力した。しかし、いざセックスをしてみると、彼女とはいっしょにいられないことがわかった。ウィンターと愛し合ったときのエクスタシーを経験したあとでは、妻とのセックスは死体とファックしているかのようだった。翌日、マイケルは離婚申請の手続きをとった。

マイケルはウィンターが気持ちを変えてくれることを願っていたが、どうやらその見込みはなさそうだった。そこで、ひどく寒い歩道を歩きながら、マイケルは決断を下した。三十分後、自分のアパートメントに帰りついた彼は、空っぽのリビングルームを抜け（家具はすべてフェリシアが持っていってしまった）、ベッドルームに行った。

クロゼットをあけ、いちばん上の棚に手をのばし、埃の積もった表面を手探りした。数秒ほどで、指先が古いアディダスの靴箱に当たった。マイケルはベッド代わりに使っている積み重ねた毛布の上にその靴箱をおいて蓋をはずし、穴のあいた緑色のTシャツにくるまれた重いものをそっととりだした。

Tシャツをゆっくり広げていくと、なかからぴかぴかのスミス&ウェッソン三八口径が出てきた。射撃場に行ってこれを最後に使ったのは、もうずいぶんまえのことになる。しかし、心配はしていなかった。警官だった父は、マイケルが十歳のときに射撃を教えてくれた。はじめて引き金を引き絞り、大きな反動を感じ、人間の形をした標的に穴をあけたときの気分の高揚を、マイケルはいまでも憶えていた。

しかし、今夜引き金を引くときには、そんな喜びを感じることはないだろう。今夜穴があくのは、紙でできた標的ではない。ウィンター・ロイスの心臓なのだ。

第十五章

二〇〇七年十二月三十日　午前十一時八分
（最後の審判の夜まであと三十六時間五十二分）

二人が目を覚ましたとき、日はすでに高く昇っていた。スティーヴィーが身体を起こして大きくあくびをした。彼が口を開くまえに、イライジャは声をかけた。

「客室係に電話するよ」

「いいアイディアだ」

五分もしないうちに、宅配メニューのバインダーを持ったベルボーイがやってきた。スティーヴィーが注文したいものを声に出して読みあげはじめると、イライジャは真っ赤な飢餓感が自分の（**二人の**）胃に広がっていくのを感じた。彼は従兄の（**自分自身の**）要求をすべて満たしてやりたかった。そこで、スティーヴィーに携帯電話を放り、彼の（**自分の**）食べたいものをすべて注文させた。

〈四川大飯店〉から豚チャーハン。〈ブリート・エンポリウム〉からチキン・ケサディヤ。〈アトミック・ウイングズ〉から極辛バッファロー・ウイングズ。〈タジ・マハール〉からラム・カレー。そして、〈E・J・ランチョネット〉からブルーベリーパイ。おいしい料理の入った茶色い紙袋をたずさえ、配達員がつぎつぎとやってきた。

たった一回の食事にこれほどの歓びを覚えるのははじめてだった。きのうの晩のように、イライジャはスティーヴィーとまったく同時に食べていった。何度かシンクロがずれたときには、不協和音を聞いたときのような不快感を覚えた。

自分とスティーヴィーの不気味な精神的連鎖がいつまでつづくかわからなかったので、イライジャはできるだけ早く規則性を把握したほうがいいと考えた。おかしなことに、頭では状況の深刻さを認識しているのに、感情的にはまったく切迫感がなかった。それどころか、こんなに満ち足りた気分は生まれてはじめてだった。最初は混乱したが、やがて、事情がだんだんわかってきた。満ち足りているのは自分ではない――スティーヴィーなのだ。

そう気づいたとたん、のんきな気分は吹っ飛び、巨大な不安がどっと襲ってきた。突然、スティーヴィーがこちらに顔を向けてイライジャを見つめた。その目にはむきだしの恐怖が浮かんでいる。スティーヴィーに見つめられていると、イライジャの恐怖は倍になり、つづいて三倍になった。

胸がぐっと締めつけられ、肺から空気が漏れて空っぽになった気がした。息を吸おうとしたが、空気がなかった。これだ。自分はことの真相を知ることなく、不快ではた迷惑な従兄と精神的につながったまま死んでいくのだ。ふと見ると、スティーヴィーも喉をつかみ、息をしようと必死にあえいでいた。自分たちはこのまま死ぬ。いっしょに。

いっしょに死ぬいっしょに死ぬいっしょに死ぬいっしょ――

スティーヴィーがさっと手をあげ、イライジャの顔を張り飛ばした。頭がガクンと後ろにのけぞり、明るいグリーンの痛みが頬に炸裂した。震えながら息を吸いこむと、突然喉のつかえが消えた。しばらくのあいだ、二人はどちらも口をきかなかった。イライジャは息を吸いながらそっと顎をさすった。

「いまのはマジで強烈だったな」スティーヴィーがあえぎながらいった。「おまえの恐怖がおれにも感じられるくらいだった。いや、それどころか、おまえの両目からゾッとするような黄色い煙がたちのぼってるのが見えたくらいだ！」スティーヴィーはぶるっと身体を震わせた。「いやマジでビビッたね。しかし、そのときおれは気がついた。おまえはおれの恐怖を感じてるんだってな。そのせいで、おまえはさらに怖くなっちまったんだ。ありゃなんていうか――」

「フィードバック・ループ」

「そうそう、それだ！　おまえが息をつまらせると、こっちまで息がつまってきた。こいつがこのままエスカレートしたら、おれもおまえもマズイことになる。そう思って、おれはおまえをひっぱたいたんだ」

「おかげで助かったよ」

「ありゃマジでブキミだった」

　イライジャはうなずいた。

「こりゃ、『スキャナーズ』みたいに誰かの頭が爆発するまえに、いったいどうなってんのかつきとめたほうがいいぞ」

「ぼくもそう思う」イライジャは宅配レストランのナプキンで顔をぬぐった。「なにか考えはあるかい？」

「まずはそもそもの最初からはじめよう」と、スティーヴィーはいった。「イライジャの人生、カイロからクレイジータウンへ」

「わくわくするな」

「冗談なんかじゃないぜ。どう考えたって、おまえのその〝能力〟が突然わけもなく身についたはずはない。たしか、地下鉄に乗る直前にネックレスを盗まれたんだよな？」

「ああ」

「なら、まずはそこからだ」スティーヴィーは立ちあがって部屋のなかを歩きまわりはじめた。「そのネックレスはどこで手に入れた？」

「どこっていわれても——」

「よしよし。思い出せないと。いいぞ。だったら、おれたちが進んでる方向は正しいってことだ。じゃあ、もう一度詳しく考えてみようじゃないか。一九九一年、おまえはある特別な学校に転校した」

「カイロ中学は特別な学校なんかじゃない」

「カイロのことじゃない。どっかべつの学校だ。おまえは公立中学をやめるとき、特別な才能を持った子どものための学校に転校するんだって話してくれた。憶えてるか？」

イライジャは首を横に振った。

「いいぞ。そいつもまた手がかりになる。おまえになにかが起こったのは、その特別学校にいたときにちがいない」

「ぼくがきみに嘘をついたんだとしたら？」

「それはないな。もしそうだとしたら、おまえのお袋さんも嘘をついてたってことになる。おまえのお袋さんは、うちのお袋におなじ話をしたんだ。おかげでお袋は、おまえはどうして選ばれなかったんだって文句タラタラだったよ。それからの一カ月、おれは説教を食らいっぱなしさ。

『なんでおまえはもっと勉強しないんだ』ってな。とにかく、おれの記憶が正しけりゃ、おまえを特別学校に勧誘したのはミスター・クエールだ。あの男は、おまえが引っ越したのとおなじころに姿を消した」

イライジャはその名前を頭のなかでいじくりまわした。しかし、自分を勧誘した教師の記憶などまったくなかったし、特別学校で授業をうけた記憶もなかった。

「オーケー、で、おまえはいつカイロに引っ越したんだ?」

イライジャは目を閉じて記憶を探った。最初に思い出したのは、昔のジューシーフルーツのコマーシャルみたいに、一本のロープが水の上で大きく揺れている光景だった。

「夏だ。新しい家に引っ越してすぐ、湖のほとりで独立記念日の大きなパーティがあったんだ。なにもかもがテレビの『ビーバーちゃん』そっくりだなって思ったのを憶えてる」

「すばらしい。なら、これで時間線がつかめたわけだ。おまえは二月にブルックリンから引っ越し、七月にふたたび姿を現わした。ただし、過去五カ月間の記憶はなかった。そのとき十字架のネックレスはしてたか?」

「たぶん」

スティーヴィーはうなずいた。「となれば説明はただひとつ。おまえは取り憑かれたんだ」

「おいおい――」

「まあ待て、おれの話を聞けって。スカリーだって、たまにはモルダーのいうことを聞くだろ?」

『X-ファイル』のたとえにイライジャはぐるっと目をまわしてみせたが、従兄が先をつづけるのを待った。

「オーケー、おまえはまず悪魔（デーモン）に取り憑かれた。記憶がなくなったのはそれで説明がつく。つづいてそこに、ミスター・クエールが登場してくる。たぶん、ミスター・クエールは覆面デーモン・ハンターかなんかで、おまえが悪魔に取り憑かれたことをつきとめたんだろう。クエールはおまえを騙して――」スティーヴィーはいったん言葉を切り、指先で空中に引用符（クオーテーションマーク）を書いてみせた。「〝特別学校〟に入れた。彼はその〝学校〟でおまえから悪魔を祓（はら）い、古来から伝わるお守りの十字架をさずけた。そして、おまえを聖書地帯（バイブル・ベルト）に送りこんだ。ジ・エンド――。とっぴすぎるか？　たしかにな。ありえない？　答えはノ――」

「イエスだ」

　スティーヴィーは肩をすくめてブルーベリーパイをつまみあげた。「おまえだって、一瞬〝そうかも〟とか思ったろ？」

「いや、思わないね」

「ま、おれだって努力してんだ。そう責めるなよ。しかしまじめなとこ、なんていうか、たしかに『トワイライト・ゾーン』じみてるよな。おれたちは先入観を捨てなきゃだめだ」

「これにはきっと科学的な説明があるはずだ」

「そいつはスカリーがいつも口にするセリフだぜ。取り憑かれたどっかの女の頭が三百六十度回転するまでな」

　イライジャはなにもいわなかった。

「冗談抜きに、さっき起こったことはマトモじゃない」と、スティーヴィーはいった。「普通、おれはどっちかっていうと俗っぽい超常現象説に惹かれるんだ。エイリアンとか、政府の陰謀とかな。しかし、今回の件はぜんぶおまえの十字架に結びついてるらしい。それはおまえも認めるだろ？　で、第七シーズンまでつづいた『バフィ』を全話見たおれにいわせればだな、不死の怪物から身を守るには十字架と聖水がなによりも効果的なんだ」

「ってことは、いまのぼくは吸血鬼なのかい？」

スティーヴィーは首を振った。「例が悪かった。おれがいいたいのは、今回の件にはなにか宗教が関係してると考えてもそれほど狂っちゃいないってことだ。だってそうだろ？　この惑星には十億人のクリスチャンがいるんだぜ。それだけの信者がいるんなら、聖書にまつわるあれやこれやにそれなりの真実が含まれてたっておかしくない」

「きみにしちゃ、だいぶ話がまともになってきたじゃないか」イライジャは窓の外を見つめた。

「もしかして、世界滅亡の前触れか？」

「オーケー、ミスター魔法使い。そこまでいうなら、おまえもなにか仮説のひとつでも立ててみろよ。ま、おまえは中学のときから医学部生みたいだったもんな。医者になろうとは思わなかったのか？」

「医学部には行ったよ。だけど……中退したんだ」

「ほほう」スティーヴィーは愛情をこめてイライジャの肩にパンチを見舞った。「おれには昔からわかってたんだ。おまえのなかにはドジな野郎が住んでるってな。で、なにがあったんだ？　プレッシャーに耐えられなかったとか？」

「話せば長くなる」

スティーヴィーは頭の後ろで手を組んだ。「たまたまだが、いまのおれには予定がなにも入ってないんだ」

もしかしたら、スティーヴィーのいうとおり、まえに進みたければ過去を振り返るしかないのかもしれない。イライジャは精神科病棟に行った最初にして最後の日のことを思い出した。

第十六章

一九九九年九月九日　午前七時五十七分
（二〇〇七年の一月一日まであと七年と百十三日）

生まれてはじめて白衣を着ながら、イライジャは目を下に向けた。ダークブルーのシャツにはすでに汗の染みができている。たぶん、だから医者は白衣を着るのだろう――自分がどれだけ怖がっているかを、患者に見抜かれないために。

イライジャは深く息を吸った。いまこの瞬間を迎えるまで、彼はひたすら努力をつづけてきた。高校では卒業生総代。カンザス大学卒業のときには第二位優等。医学大学院進学適性テストでは満点に近い四十三点。そしていまはジョンズ・ホプキンス大学の三年生だ。きょうという日に必要な医学知識に関しては、誰にも負けないくらい準備が整っている。

なら、失禁しそうなほど怖いのはなぜだ？　たしかに、知識の準備は万全かもしれない。しかし、気持ちの準備のほうは、完全に心肺停止状態じゃないか。

イライジャは急ぎ足でトイレにいき、洗面台の蛇口を思いっきりひねり、凍るように冷たい水で顔を洗った。汗と混じった水が、つるつるした薄い膜となって顔を覆った。イライジャはステンレスの洗面台から顔をあげ、鏡を見つめた。

蒼白い濡れた肌が蛍光灯の強烈な光に照らされ、『ロスト・ボーイズ』でキーファー・サザーランドが演じた吸血鬼のようにギラギラとぬめって見えた。もしかしたら牙が生えているのではないかとなかば本気で思い、イライジャは口をあけてみた。しかし、見えたのはすこしばかり歯並びの悪い自分の歯だった。

茶色の硬いペーパータオルをつかみとり、こすりつけるように顔を拭いた。それから、不安をかかえたままトイレを出て、指導研修医(レジデント)のもとに向かった。

冷笑的な精神科のレジデントは、おまえらはなにも知らないカスだとイライジャたち学部生を罵倒してから、吠えるように質問を飛ばしはじめた。

「ドクター・グラス、情動(エモーション)はどう機能するのか説明しろ」

イライジャはどんなときでも人前でしゃべるのが嫌いだった。彼はレジデントだけに意識を集中し、これはたんなるテストなんだと自分にいいきかせた。テストなら得意とするところだ。イライジャは咳払いをした。

「まず、血圧、消化管の膨張、皮膚温、光、性的刺激などの情報が脳に伝えられます。すると、視床下部がそれらの情報を翻訳し、空腹、喉の渇き、プレッシャー、痛み、性的満足、怒り、攻撃衝動などを感じます。つぎに視床下部が、自律神経系を通して身体の各部位に命令を送ります」

「自律神経系を構成する三つのものとは?」レジデントが訊いた。

「交感神経系、副交感神経系、腸管神経系です」

「それぞれの機能は?」

「交感神経系は攻撃・逃避反応を引き起こし、身体を危険に備えさせます。また、瞳孔を拡大させ、まぶたを開かせ、汗腺を刺激し、大きな筋肉のなかの血管を広げ、血流を促進します。同時に、そのほかの血管を収縮させ、血圧をあげ、心拍数をあげ、気管支を広げ、消化分泌液を抑制します。さらに、副腎を刺激し、血流にエピネフリンを放出します。

副交感神経系はその反対の働きをします。瞳孔を収縮させ、唾液の分泌を誘発し、胃分泌を刺激し、腸を活性化し、気管支を収縮させ、心拍数を下げます」

「腸管神経系は？」

「胃の活動を調整します」イライジャは言葉を切り、こいつはちょっと皮肉だなと思いながらつづけた。「神経質になると気分が悪くなったり吐き気を催したりするのも、腸管神経系の働きによるものです」

「なら、情動は肉体的な反応として表出するんだな？」

「はい」

「反対の場合はないといいきれるか？」

「というと？」イライジャには質問の意図がわからなかった。

「卵とニワトリとどっちが先か？　怖いと感じるから身体が反応するのか？　それとも、身体が外界の刺激に反応し、それを脳が恐怖と認識するのか？」

「それは……」

「では――」レジデントはクリップボードに目を落とした。「――ドクター・ホッジ。ドクター・グラスに助け船を出してくれるかね？」

「はい」外科医志望の鼻持ちならないザック・ホッジは笑みを浮かべた。「情動がなにによってもたらされるかについては、ふたつの説があります。ひとつは、一八八四年に発表されたジェイムズ＝ランゲ説です。これは、〝脳の認識を司る部位が攻撃・逃避反応を引き起こし、脳が肉体的な反応を恐怖感覚へと翻訳する〟とする説です。いいかえれば、ぼくらが恐怖を感じるのは、心拍数の上昇や瞳孔の拡張などが原因だということになります。

この説に異を唱えたのが、一九二九年に発表されたキャノン＝バード説です。キャノンとバードは、視床が感覚器から送られてきた情報をうけとり、それを自律神経系に伝達することで肉体的な反応が引き起こされると考えました。いいかえれば、心拍数があがり、瞳孔が拡張するのは、人間が恐怖を感じた結果だということになります。

医学界は、このふたつの説のどちらが正しいかをいまだに決められずにいます。しかし、大多数はキャノン＝バード説を支持しています」

「よろしい」と、レジデントがいった。「いいかね、ドクター・グラス。自分がこれまでどこにいたかを知らなければ、自分が行く先を知ることはできない。それを忘れないようにしろ」

イライジャは真っ赤になり、レジデントに引き連れられてほかの学生たちとともに満員のエレベーターに乗りこんだ。ドアがすっと開くと、五人の学生は授業初日の怯えた新入生のように身を寄せあって外に出た。ただし、彼らは無力な新入生ではない。力のあるドクターだ。経験不足で危険だが、それでもれっきとしたドクターなのだ。

イライジャの頭を病院を舞台にしたテレビドラマの数々がよぎった。『ER』『シカゴ・ホープ』『セント・エルスホエア』『ギデオンズ・クロッシング』『Dr.マーク・スローン』。

三年生の第一日目はどのドラマでもおなじようなものだった。イライジャはそれを何百万回も見てきた。第一日目に不安を覚えるのはその学生が優秀な証拠だ。彼らは最後に勝利をおさめ、自分は医者になれると確信する。イライジャもそのひとりになるだろう。これからの十七時間を切り抜ければいいだけだ。

「オーケー、よく聞くんだ」と、レジデントがいった。「少数だが、なかには暴力的な患者もいる。しかし、まずい状況におちいってもパニックは起こすな。どんなときでも警備員がかならずいる。ほかの者から離れず、注意をおこたらないように。さあ、行くぞ」

レジデントが厚い鋼鉄のドアの窓をたたくと、背の低い黒人が内側からロックをはずした。ドアが開くと同時に、女性のヒステリックな叫び声が襲ってきた。

「精神科病棟にようこそ」

喉がカラカラだった。震える手を胸に押しつけ、シャツ越しに銀の十字架に触れたが、気分はすこししか楽にならない。全身の神経インパルスが逃げろと叫んでいる。しかし、イライジャは意志の力で無理やりまえに進んだ。一歩足を踏みだすごとに、苦痛はさらに膨れあがっていった。

大きな面会室に入ったときにまず頭に浮かんだのは、こりゃ長距離バスの発着所みたいだな、という思いだった。そこにいる全員が待っていた。患者との面会を待っている見舞い客。見舞い客を待っている患者。すでに家族と面会している患者たちも、静かに話をし、すべて問題がないようなふりをしながら、やはり待っている。

退院できる日を。病状がよくなる日のことを。

しかし、部屋を見まわしたとたん、さまざまな感情がどっと雪崩を起こし、イライジャの同情心はその下に埋まってしまった。患者は全員がゆったりしたパジャマを着ており、身体の形はほとんどわからない。ヴィクトリアズ・シークレットのモデルでも、こんなパジャマを着ていればセクシーさのかけらも感じられないだろう。顔は清潔にしているが、化粧のたぐいはいっさいしていないので、すっかり疲弊し、憔悴したように見える。髪は長いこと洗っていないらしく、ぺたっとして張りがない。

イライジャたちが通りすぎると、何人かの患者が顔をあげ、魂のない死んだ目を向けてきた。イライジャが感じとれた唯一の感情は、穏やかな嘆願だった。

お願いだからわたしを傷つけないで。わたしを正常に戻して。わたしをここから出して。

「イライジャ」押し殺した声が響いた。「早くしてよ」

イライジャは悲しげな患者から目を引きはがし、奥のドアのわきに立っている美人の女子学生を見た。イライジャと授業のパートナーを組んでいるアレックスは、いらだたしそうに首を傾げている。グループのほかの者たちはすでに面会室から出ていってしまったことに気づき、イライジャはアレックスにつづいて急いでドアを出た。

面会室が陰鬱だとしたら、病室が並んでいる廊下は自殺的だった。空気は重く淀み、壁には圧迫感がある。レジデントは壁にかかっているプラスティックのホルダーからクリップボードをとった。

「これから自分の患者と二人きりになって検査をしてもらう。時間は五分。それが過ぎたらグループに戻れ。最初は――」レジデントはカルテに目を落とした。「ロバート・〝ボブ〟・オリン中佐。砂漠の嵐作戦による外傷性ストレス障害。担当はきみだ、ドクター・グラス」

グループはつぎの病室に移っていった。重苦しい廊下にひとり残されたイライジャは、オリン中佐のカルテにすばやく目を通した。読み進むにしたがい、胃がでんぐり返った。色のついた文字がページから飛びだしてきた。幻覚……危険……凶暴……殺人者。

かすかに震えながら息を大きく吸い、鋼鉄のワイヤーが入ったガラス窓を覗くと、針金のようにやせた男が壁に据えつけられたテレビを眺めていた。男はゆっくりと振り返り、イライジャの目を見た。こっそり覗き見していたのを見つかった子どものように、イライジャはきまりの悪さを覚えた。

罪悪感を振り払い、ドアのロックをはずしてなかに足を踏み入れた。オリンが自分を見つめているのを――見通しているのを――感じることができた。突然、オリンのぼんやりした顔に、なにか普通ではないものを見たときのような、いぶかしげな表情が浮かんだ。

「おはよう、ミスター・オリン。ぼくはイラ――ドクター・グラス。調子はいかがです？」

「いつもとおなじさ――狂ってるよ」オリンはイライジャが手にしているカルテに向かって顎をしゃくった。「しかし、そのことならもう知ってるはずだな」それから、いったん言葉を切ってからつづけた。「おまえさんはほかのやつらとはちがってる」

「ええ」と、イライジャはいった。「まだ学部生なんです」

「そういうこっちゃない」オリンは首を振った。「おれがいいたいのは、おまえさんを見ても、色が見えないってことだ。なんていうか……そもそもここにいないみたいにな」

「どういう意味です？」イライジャは勇気をふりしぼり、頬がひどくこけた男に一歩近づいた。

「ほかの人間は……みんな光ってる。しかし、おまえさんは光ってない。おまえさんは目に見えない。まるで空気を見てるか――死んだ人間を見てるみたいだ」

「どんな色に光ってるんです、ミスター・オリン？」

「ボブと呼んでくれ。みんなボブと呼ぶんだ」

「ほかの人たちはどんな色に光るんです、ボブ？」

「そいつは、その人間がどんな気分かで変わってくる」と、元兵士はいった。「クエートにいたときにゃ、どえらくたくさんの色を見た。ただ、ほとんどは緑だったがね。暗くてカビ臭い緑。緑は恐怖だ。兵隊たちのほとんどは怖くないふりをしてた。しかし、おれにはわかった。おれにはいつだってわかるんだ」ボブはイライジャを見つめたまま首を傾げた。その目はイライジャに穴を穿（うが）った。「ただし、おまえさんは例外だ。おまえさんのことはわからない」

「色についてもっと教えてください」

「色を見ればその人間がほしがってるものがわかる。だからおれはパップ（イヌコロ）を殺したんだ」

「パップ？」

「ミズーリからきた哀れなガキさ。みんなはパップと呼んでた。猟犬みたいな目をしてたんでな。十五歳にもなってないように見えたが、これがどえらくタフだった。見通しのきかない角をいちばん最初に曲がるのは、いつだってやつだった。度胸がすわってたよ。

しかし、おれにはわかってた。戦場での生活が、誰よりもやつを蝕（むしば）んでるってことがな。たとえば、やつに目をやると、淡いブルーの靄（もや）が稲妻みたいに明滅してるのが見えるんだ」ボブは顔をしかめた。「やつを見るだけで脳ミソが痛んだもんさ。しかし、それよりもっと悪いのは、その下に見えるクソの色だった――まるで腐った古い歯みたいな色だ。

パップはひどい苦痛を感じてた……そいつがやつを内側からむさぼり食ってた……おれにはそれが見えた……感じることができた。テントんなかでやつの向かいにすわってるのが、苦痛でたまらなかった。そこで、ある晩、パトロールのときに、おれはパップの頭にベレッタをつきつけて引き金を引いたんだ。

死んでくときのあいつは……あいつは、イラク人たちとはちがってた。イラク人たちはどいつもむきだしで、怯えてて、ゲロ色の光の波につつまれてた。しかし、パップはため息をついただけだった。なんていうか、足に刺さった釘でも抜いてもらったみたいにさ。それから、やつの色は暗くなった。おまえさんみたいに」

イライジャの心拍数があがった。「ぼくは死んでませんよ、ボブ」

「証明してみろ」ボブは手をのばした。「さわらせてくれ」

イライジャは後ろにさがった。

「おまえは幽霊だ。そうだろ？」

「ちがいます」

「なら、どうしてさわらせてくれない？」

なぜなら、ぼくは接触恐怖症だからです。知らないんですか？　精神科医ってやつは（ぼくの場合は未来の精神科医ですが）みんな狂ってるんです。なんでぼくらが精神科医になったんだと思います？　もちろん、あなたが正しいんなら話はちがいますけどね。もしかしたらぼくは死んでるのかもしれない。ほら、映画によくあるじゃないですか。そういう話が。

ボブがいきなりベッドから飛びだし、イライジャの素手をつかんだ。イライジャは恐怖のあまりあえいだ。元兵士に手をがっしり握られたとたん、さまざまな色が目のまえで爆発した。

どんよりしたピンクっぽい無関心。強烈な夕陽を思わせるオレンジの好奇心。暗く病的な緑の恐怖。

「なんてこった」ボブはあえぎ、息を吸いこんだ。「なんてこったなんてこったなんてこった！」

ボブのつぶやきが、耳をつんざく怯えた悲鳴に変わった。痰のからんだざらついた悲鳴だったが、それは割れたガラスの破片のようにイライジャを切り裂いた。イライジャはボブの指をつかんで引きはがそうとした。しかし、どうしても引きはがせない。恐怖が二倍になり、頭のなかが不穏にきらめく青緑色の波に満たされた。

やがて、イライジャは自分も叫びはじめた。精神を病んだボブの瞳の奥から目をそらすことができなくなり、脳が不気味な色の巨大な波に飲みこまれた。イライジャはボブの手をふりほどいて自由になろうとした。しかし、気持ちがあせるばかりで、筋肉にまったく力が入らない。

ボブはがっちり手をつかんでしがみつき、イライジャと声を合わせて叫びつづけた。苦痛と苦悶と狂気の悲鳴がシンクロした。いったい自分がどれくらいそこに立っているのか、イライジャにはそれさえはっきりわからなかった。まるで永遠とも思えるほどのあいだ、イライジャの心はねじれ、裏返り、脈動しつづけた。その感覚は、いまだかつて

（十二歳のとき以来）


感じたことのないものだった。

突然、がっしりした二本の腕が、イライジャを背後から突き飛ばした。大柄な警備員がイライジャをボロ人形のようにわきへ押しやり、もうひとりの警備員がその巨体でボブを押しつぶした。ボブの手から解放されたとたん、頭蓋骨のなかに意識がどっと戻ってきた。脚がゼリーになり、イライジャは床にへなへなと倒れこんだ。

「ドクター！　ドクター、だいじょうぶですか？」

イライジャを立たせようと警備員が手を差しだした。しかし、イライジャはさっと身体をすくめ、見知らぬ他人の肉体から離れた。

「ぼ、ぼ、ぼくならだいじょうぶです」イライジャはあわてて後ろに逃げ、スチールの椅子を支えにして立ちあがり、きまり悪さをごまかすために白衣についたほこりを払った。

ボブは手首と足首に拘束具をはめられ、痛みに身をよじっていた。彼は首の血管を怒張させて

イライジャのほうを向き、そのやせ細った腕に警備員が注射器の針を刺すと、歯を見せて大きくニタッと笑った。

一瞬、目が大きく見開かれたが、やがてくっきりした茶色い瞳孔が焦点を失った。ボブは何回かまばたきをし、どんよりした目でイライジャを見つめた。

「おまえさんは死んじゃいない」無意識の世界へと転げ落ちる寸前、ボブはしわがれた声でいった。「なにかべつのもんだ」


「ってことは」と、スティーヴィーがいった。「十三年間も必死に勉強しつづけたのに、たった一回のバッド・トリップですべてをあきらめちまったってわけか？」

「それが一回だけじゃ――」

「医者っていうのはどれくらい女にモテるんだ？」

「そいつはぼくの最大の関心事ってわけじゃない」

「最大の関心事じゃない？　おまえは独身で、異性愛者で、二十九歳なんだぜ。ほかにどんな関心事があるんだよ」

「スティーヴィー、ぼくは接触恐怖症なんだ」

「ってことは？」

「ってことは、他人に触れるのが……好きじゃないってことだ」

「ありゃま……なら、おまえはまだ童貞なんだな？」

イライジャは自分の両手に目を落とした。顔の毛細血管が収縮し、血行が促進され、頬が赤らむのがわかった。いったいなぜスティーヴィーはこうも質問攻めにするんだろう？　他人をイライラさせる天性の超能力を持っているとしか思えない。

スティーヴィーはイライジャの膝をたたいた。「だったら、おまえに女を経験させてやんないとな！」

「そんなことより、なにが起こってるのかつきとめるほうが先だろ？」

「なにが必要かはわかってるぞ。おまえは溜めこんでるもんを出すべきなんだ」

「十秒でいいからまじめになれないのか？」

「おれはまじめだよ。たぶん、すべての原因はおまえの身体に――」

「スティーヴィー！」

スティーヴィーはさっと口を閉じた。イライジャは豊かな赤い髪を両手でかきむしり、頭をそらして天井を見つめた。ありがたいことに、スティーヴィーはイライジャが気分を落ちつけるまで、一分ほど黙っていた。

「たしかにおまえのいうとおりだ」じゅうぶんな間をおいてからスティーヴィーがいった。「今回の件は、おまえが童貞だってこととは無関係だろう」

「ありがとう」イライジャはいったん言葉を切った。「っていうべきなんだろうな」

「なら……いま起こってることは、精神病院のサイコ野郎に触れたときとおなじだっていうんだな？」

「そういう言葉はやめてくれ。精神障碍者っていうべきだ」

スティーヴィーは肩をすくめた。「ジャガイモっていおうが馬鈴薯っていおうが意味はおんなじだろうが。とにかく、おれは地下鉄の駅で腹をすかせてた。そして、おれを目にしたとたん、おまえは空腹になった。おまえが検診した精神科の患者は狂ってた。そいつに触れたとたん、おまえも頭がおかしくなった」

「頭なんかおかしくなってない。ぼくはただ……」

「その男が感じてることを感じた。おれのときみたいにな。唯一のちがいは、不気味ったらしいボブのときには身体に触れる必要があったが、おれのときにはワイヤレスだったってことだけだ」

イライジャは認めたくなかったが、従兄のいっていることは正しかった。

「すくなくとも、わかったことがひとつある。おまえの生殖恐怖症は――」

「接触恐怖症だよ」

「なんだっていいが、そいつは現実の恐怖に根ざしてるんだ。だってそうじゃないか。たぶんおれだって他人にさわるのが怖くなるだろうよ。人にさわるたびに相手の感情が伝わってくるんならな」

「ああ」

ネックレスを盗まれてからはじめて、イライジャはすこしだけほっとした。スティーヴィーは正しい。自分の接触恐怖症は筋が通っている。しかも、〝ワイヤレス〟になったいま、群衆恐怖症に関しても説明がつく。

これまでもずっと、自分の恐怖症にはなにか合理的な理由があるのではないかという気はしていたのだ。いまや理由がはっきりしたのだから、たぶん……恐怖症をコントロールする方法を学ぶこともできるはずだ。

「そこにコートが入ってる」イライジャはホテルの客室係が持ってきた袋を身振りで指し示した。

「ちょっと実験をしに出かけよう」

「よしきた。で、どこに行くんだ？」

「映画館だよ」

幕間　Ⅲ

二〇〇七年九月十日
中央ヨーロッパ標準時夏時間・午前八時三分
（最後の審判の夜まであと百十二日）

いまの仕事についてから、ゾーロトゥルン・ファイファー・フォン・アルティショーフェンははじめて遅刻をした。彼は急いで黒いベレー帽をかぶりなおし、正門を通りすぎると、くねくねした内部の迷路を抜け、ようやくのことで持ち場にたどりついた。

「ハウプトマン、遅れてすみま――」

「言い訳は無用だ」隊長のハウプトマン・セグミュラーが怒鳴った。「きょうはまだ大佐（オーベスト）がきてなかったことに感謝するんだな。もしきていたら、おまえはこの任務を解かれていたはずだ」

ゾーロトゥルンは神妙にうなずいた。いまなにをいおうと、隊長が許してくれるはずもない。それに、ゾーロトゥルンが口にした言葉は嚙み砕かれ、こっちに向かって吐きつけられるだろう。いまはただ黙っているのがいちばんいい。

「スイス衛兵に遅刻は許されない。とくに、おまえのような任務についている者はな。おまえももう子どもじゃないんだ。大人だったら大人らしく行動しろ」

「はい」

セグミュラーは鼻を鳴らした。「なら武器庫に行け。日暮れまでにすべての武器を確認しておくんだ」

「はい」

セグミュラーは必要以上に長い一瞥をくれてから立ち去った。ゾーロトゥルンは隊長が視界から消えてからも神妙な表情をくずさなかった。武器庫のチェックは懲罰を意味したが、ゾーロトゥルンにはむしろ嬉しいくらいだった。武器を使う訓練は大好きだし、高い殺傷能力を持つ最新型の銃や古い剣のそばにいるのも好きだったからだ。

きびきびした足どりで地下室へと歩いていくあいだも、ゾーロトゥルンは笑みを見せなかった。しかし、フランス人の女性観光客の一団がクスクス笑ってウィンクを投げているそばを通るときには、笑みを浮かべたい衝動に駆られた。しかし、ゾーロトゥルンの頭は花嫁探しよりも重要な問題に占められていた。けさはそのことばかり考えていて、いつものバスに乗りそこなってしまったのだ。

武器庫の担当は気が楽だった。単純な管理作業は警備任務よりもずっといい。警備の場合は、ほんのちょっとした油断がとんでもない惨事につながりかねない。ゾーロトゥルンは通路の角を曲がり、大きな長い部屋に入った。かすかに埃とオイルの臭いがした。ドアを閉めて斧槍の数をかぞえ、そのうちの一本を架台から持ちあげ、ずっしりした重みを楽しんだ。

斧の刃と、反対側に突きだしたギザギザの鉤爪を、そっと指でなぞった。斧の刃の上には、鋭くとがった長い槍の穂先が突きでている。ゾーロトゥルンは百六十センチの柄を両手で握り、重い武器を大きく振った。斧槍は危険なほどのスピードで空気を切り裂いた。心地よいビュンという音が響き、ゾーロトゥルンの力強い腕の筋肉が、かすかに引き絞られた。これが最初に造られたのは十四世紀のことだ。この見事な武器で実際に戦うのは、いったいどんな感じだったのだろう？

　いまよりもずっと素朴な時代。あまり頭は使わず、ただひたすら行動あるのみ。当時なら、自分は成功していたにちがいない。血にまみれた時代ではあったが、ゾーロトゥルンは戦闘で死ぬことを名誉に思っただろう。現在の平和な人生よりも、そのほうがいいと思ったにちがいない。殺戮者としてひたすら訓練されているのに、暴力のはけ口がないのはなんとも残念だ。

　ゾーロトゥルンは首を振った。おれはいったいなにを考えているんだ？　彼は頭（こうべ）を垂れ、われしらずイエス・キリストへの祈りをささやいていた。しかし、そのあいだにも、思いは昨夜出席した集会へと戻っていった。郵便でシルバー・チケットをうけとったときは、すぐに捨ててしまうところだった。《ラ・レプブリカ》に載った記事で、グノーシスとかいう例のカルト宗教の信者には、アメリカの映画スターも大勢いるという話を読んでいなければ、たぶん捨てていただろう。しかし、最終的にゾーロトゥルンは好奇心に負けてしまった。

　集会に行ってみると、参加者は驚くほどすくなかった。実際の話、これは自分だけのために開催されたのではないかと何度も思ったほどだ。それがナンセンスなのはわかっていた。考えてもみろ。自分のような敬虔なカトリック教徒を、いったい誰がターゲットにするはずがある？　しかも相手は、かの有名なヴァレンティヌスなのだ。

　ゾーロトゥルンのイエス・キリストへの信仰は、一瞬たりとも揺るいだことがなかった。一度として。しかし、それも昨夜までの話だった。ヴァレンティヌスは説得力があり、その論証は信じられないほど理にかなっていた。ゾーロトゥルンは引きこまれずにはいられなかった。四時間にわたる集会が終わったときには、カトリック教会どころか、キリスト教のすべてを捨てる用意ができていた。

スイス衛兵はカトリック教徒であることが義務づけられている。さもなければ、もうすでにキリスト教を捨てていただろう。しかし、ヴァレンティヌスはどんな形であれ、ゾーロトゥルンに感想を強要しなかった。ただ、またあすの夜ここにきて話を聞いてほしいと頼んだだけだった。ゾーロトゥルンは同意した。

結局のところ——話を聞くだけなら、なんの問題がある？


ヴァレンティヌスはローマでいちばん重要な集会を最後に残しておいた。完璧な兵士を勧誘するため、すでに三十万ユーロの資金を注ぎこんでいる。標的に定めた五人の男がそれぞれ自分に届いた銀の封筒をあけたとき、ヴァレンティヌスはこっそりその場に立ち会った。しかし、比類のない彼の〝影響力〟をもってしても、昨夜の集会に引き寄せられたのは、そのうちのひとりだけだった。

ゾーロトゥルン・ファイファー・フォン・アルティショーフェン。

きのうの夜、ヴァレンティヌスは部屋にいたほかの男女をほとんど無視し、オリーブ・グリーンの瞳をしたブロンドのスイス衛兵に意識を集中した。ほかの十三人の出席者が勧誘に応じなくても、どうでもよかった。彼らはたんなるにぎやかしにすぎない。海外での勧誘集会はたいていそうだが、今回の集会も、たったひとりの男のために開催したものだ。昨夜の標的はゾーロトゥルンだった。

昨夜の集会は非常に重要だった。ヴァレンティヌスはゾーロトゥルンの同僚を勧誘することにことごとく失敗していたからだ。しかし、もう問題はなにもない。必要なのは五人のうちの誰かひとりだったし、ゾーロトゥルンは任務を遂行するのに必要な接近手段を持っている。あの二十二歳の若者がおぼつかない足どりで会場から去っていったとき、ヴァレンティヌスはすでに彼が自分の手に落ちたことを確信していた。しかも、喜ばしいことに、啓発集会を今夜もう一回設定することができた。これで、あの若者をさらにがっちり押さえることができるはずだ。

自分の計画が成功することに、ヴァレンティヌスはなんの疑問もいだいていなかった。しかし、その実現をはっきり信じることを自分に許したのは、今回がはじめてだった。彼はベサニーがプリントしたリストに目を通して笑みを浮かべた。北米、南米、中米につづき、ヨーロッパもすでにカバーした。あと残っているのは、オーストラリア、ニュージーランド、アジアの十一カ国、アフリカの十六カ国だけだ。

この旅もあと九週間で終わる。そのあとは家に戻り、大晦日まで、アメリカ国内の信者をふやすことに専念できる。いや、大晦日というより、最後の審判の夜というべきか。すくなくとも、ヴァレンティヌス自身はそう考えるようになっていた。

第十七章

二〇〇七年十二月三十日　午後四時四十九分
（最後の審判の夜まであと三十一時間十一分）

ウィンターは暗い観客席に目を向け、悲しげな笑みを浮かべた。今夜演奏することにしたのは、やはり間違っていた。なにを考えても、母のことしか頭に浮かんでこない。ウィンターは母にいてほしかった。いつものように、あの観客席にすわっていてほしかった。はたして、いつかまたコンサートを楽しめる日がくるのだろうか？

息を大きく吸い、なんとか悲しみを追いやろうとした。いま大事なのは音楽だけだ。無意識に、ウィンターはぎっしり埋まった観客席に目を走らせた。最前列のなにかが目にとまった。ステージライトがまぶしすぎて、シルエットしかわからない。にもかかわらず、その黒い影は彼女をゾッとさせた。あれは……がっしりした大きな犬だ。

突然、盲目の男がそこにいるという確信が湧きあがった。あの男が自分の心を覗きこんでいる気がした。大きく息をして、空気を吸いこもうとした。こんなのは馬鹿げている。動揺して、想像力を働かせすぎているだけだ。あそこには犬なんかいないし、飼い主もいない。

ただ演奏するの。そうすれば、また感じることができる。

　ウィンターは落ちつかない気分で合図（キュー）を待った。オーケストラはいま、ジャン・シベリウスの〈ヴァイオリン協奏曲ニ短調〉を荘厳に演奏している。フィンランド人作曲家の傑作はウィンターのお気に入りだった。華やかなメロディがいくつも織り合わさっているのも魅力的だし、ヴァイオリン・ソロが信じられないほどイメージ豊かなところも好きだった。

　そして、ついにそのときがきた。ウィンターはヴァイオリンをかまえ、音楽が身体のなかを流れていくにまかせた。それからの四十三分間、ウィンターはいまだかつてないほど心をこめて演奏した。内なる悲しみと新たに見つけた自由が、魂のこもった鳥のようにホールを歌い巡った。ドラマチックなクレッシェンドにさしかかり、ストラディヴァリウスの弦に激しく弓を打ちつけると、涙が頬を伝い落ちていった。

　目がぼやけ、まえが見えなかった。しかし、問題はなにもない。曲は暗記しているし、いまやオーケストラをリードしているのは自分だ。指揮者は彼女のあとを追っているにすぎない。ほかの楽器の演奏が背後から洪水のように押し寄せ、ヴァイオリンの音色が通りすぎたあとの空隙をすべて埋め、たんなる音楽以上の音の壁を築いていった。それは感情そのものだった。

　純粋で、激しく、毅然とした感情が、ウィンターの魂から鳴り響いた。いいや、彼女の魂だけではない、楽団員全員の魂だ。感情の奔流を牽引しているのはウィンターだが、ひとりでやっているわけではない。悲しみも希望も欲望も、彼女ひとりからほとばしっているのではない。ウィンターを通して、シンフォニー全体からほとばしっている。彼らはもはやたんに楽器を演奏しているのではなく、自分たちの心を歌っていた。

　オーケストラが最後の一音を奏で終わると、ウィンターは背後にいる全員がいっせいに吐息をついた気がした。まるで、たったいま終えた仕事が、激しい疲労とカタルシスを引き起こしたかのようだった。ウィンターは弓をあげ、観客がそれに応えるまえのわずかな隙に、後ろをちらっと振り返った。

楽団員の顔が、どれも光って見えた。すぐにはなぜかわからなかったが、やがてはっと気がついた。演奏中に涙を流していたのは、ウィンターだけではなかったのだ。誰もが頬を濡らし、目を赤くしている。どうやら、全員が涙を流していたらしい。

なにが起こったのか問いを発するより早く、観客が大きなひとつの塊となったかのように、いっせいに立ちあがった。雷鳴のような喝采が大きな壁に反響し、強い衝撃とともに跳ね返ってきた。ウィンターは手の甲で涙をぬぐって微笑み、歓声が自分を包みこむにまかせた。

観客席から波となって押し寄せてくる賞賛と畏敬の念を浴びながら、ウィンターは深くお辞儀をした。そして、場内の明かりがつくと、顎をあげて二階席のバルコニーに目を向けた。そのとたん、ウィンターの顔に陰が差した。

三十メートルも離れていないバルコニーのボックス席に、マイケルがいたからだ。

第十八章

二〇〇七年十二月三十日　午後四時四十八分
（最後の審判の夜まであと三十一時間十二分）

マイケルのウィンターへの愛は、もはや苦い憎しみに変わっていた。なのに、彼はウィンターの音楽にすっかり陶酔し、演奏が終わったときには、われしらず歓声をあげ、手のひらが痛くなるほど強く拍手を送っていた。

今夜のウィンターの演奏の美しさは、これまでのコンサートとはまったくちがっていた。なぜあの女がどうしても心から離れないのか、自分はなぜあの女のために人生を投げうったのか、マイケルはあらためて思い出した。愛を交わしているときでさえ、ここまで強烈ではなかった。ウィンターの演奏はいつも息さえつけぬほどの感動をあたえてくれたが、今夜はそれをはるかに超えていた。

まるで、一音一音のすべてが、ほかならぬ自分だけのために演奏されているかのようだった。マイケルの耳もとでは、泣き濡れる天使たちのシンフォニーが響きつづけた。演奏中、マイケルはすべてのものを霞(かす)ませてしまう興奮(センセーション)の波に乗っていた。その鮮やかさは理解を超え、肉体に直接訴えかけてきた。ウィンターが最後の音を出し終わったとき、マイケルは息を切らしていた。

しかし、セックスのあとを思わせるほてりにつつまれて拍手をしながら、マイケルは自分がどんよりと暗くなるのを感じた……あたかも、誰かに身体のなかの感情をすべて吸いとられてしまったかのように。いまの彼は空っぽで、ひとりぼっちだった。ウィンターの音楽に道を示してもらわなければ、なにをどう感じていいかさえわからなかった。

そのとき突然、ウィンターに感情を奪われて真空になったマイケルのなかに、彼がこれまでに経験したありとあらゆる苦痛がなだれこみ、心のなかに響きわたった。ウィンターが自分のものになることはもう二度とない。自分は外に追いやられ、もうなかを覗きこむことしかできない。彼女の愛を経験したあとの人生は、永遠に冷たく空っぽのままだろう。

マイケルはポケットのなかに手を差し入れ、手のひらでつつみこむように三八口径を握った。すべすべした凶悪な金属が、指に温かく感じられた。計画では面と向かって直接対決するつもりだったが、いまここでケリをつけたいという気持ちにあらがえなかった。これ以上たった一秒でも、ウィンターが自分なしで生きていくのを許せなかった。

マイケルはポケットから銃を抜きだし、金メッキされた手すり越しに突きだそうとした。そのとき、ウィンターが顔をあげ……二人の目が合った。

ウィンターはマイケルを見つめたまま、目をそらすことができなかった。場内のエネルギーが消え去り、苦痛がどっと浮かびあがってきた。

自分に嘘をついたマイケルに対する深い憎しみ。憎んではいながら、彼にさわられることに抵抗できない自分への苛立ち。そして孤独――人生にずっとつきまとってきた孤独。ウィンターはいつも完全にひとりぼっちだった。わずかのあいだ、マイケルはその孤独をぬぐい去ってくれた。

しかし、彼に妻がいることを知ったとき、孤独は凶暴なまでの激しさで戻ってきた。苦痛に身体の内側を焼きつくされ、彼女は深く圧倒的な喪失感に押しつぶされた。

それから、ウィンターは母のことを思った。二人でいっしょにくぐり抜けてきたさまざまな苦難を。どんなときもかならず母が自分を守ってくれたことを。とてつもなく孤独なときも、憂鬱と戦っているときも、母はつねに彼女を愛してくれた。ロマンスが破局に終わったときには、いつもそこにいて、砕け散った破片を拾いあげてくれた。

しかし、その母はもういない。いまのウィンターは、たんに孤独感を覚えているだけではない。ほんとうにひとりぼっちなのだ。

深く響く音がウィンターの心を満たした。圧倒的な悲しみが、彼女の上にずっしりとのしかかってきた。そんなものなどほしくなかった。ウィンターは無意識にそれを払いのけ、自分のなかで響いている悲しみに満ちた音を、虚空に向かって投射した。

ウィンターを見下ろすマイケルの魂は、苦い怒りで熱くなっていた。そのとき、心のなかに陰鬱で悲しげな音が反響し、刺すような痛みが走った。

おれはなにをしているんだ？　あのすばらしい女性を本気で殺そうとしているのか？　いったいおれはどういう人間なんだ？

いまのマイケルには、胸の張り裂けるような音しか聞こえていなかった。その音が耳をつんざくような和音へと高まっていくにつれ、憎しみの感情は消えていった。自分はまだウィンターを愛している。ウィンターに拒絶されたときも、その愛が弱まることはなかった。すべては自分のせいだ。彼女を遠くへ押しやったのは自分のほうなのだ。

マイケルは銃を落とした。床に落ちた銃がドスッと大きな音をたてた。マイケルの心は、自分が失ったものに対する信じがたいほどの悲しみに満たされた。突然、行くべき道がわかった。彼は手をのばし、バルコニーの手すりをつかんだ。光輝く金属の手すりは、なめらかでひんやりしていた。

マイケルはもう一度ウィンターを見た。とても美しく、とても悲しげで、激しい痛みをかかえているように見える……鳴り響くように強烈な痛みを。その痛みにははじまりもなければ終わりもなく、耳をつんざくような永劫のなかへと永遠につづいている。なぜ人が自殺をするのか、マイケルはいまはじめて理解した。痛みに終止符を打ち、すべてを断ち切るためだ。

身を乗りだし、体重を上半身にかけた。一瞬、身体が金色の手すりの上で平衡をたもち、ぐらぐらと揺れた。それから、残忍な重力の力が上半身にかかった。一階の座席へとまっさかさまに落ちていきながら、マイケル・エヴァンズは神に感謝した――心のなかに反響している胸の痛むような音が、ようやくのことで終わりを告げることに。

マイケルの身体がオーケストラ・ピットの椅子に激突する寸前、観客の喝采がやんだ。衝撃の瞬間、身の毛のよだつような音が――木が割れ、骨が砕け、肉が裂ける音が――響きわたった。それにつづく静寂は耳に痛いほどだった。

しわぶきひとつしない。身動きする者もいない。聞こえてくるのは、劇場それ自体がたてる音だけだ。それはまるで、恐怖が吐息をついたかのようだった。最初に正気に戻ったのはウィンターだった。彼女はステージ前方の階段へと走った。木張りの床に靴音が響き、塩を含んだ涙が目を焼いた。

マイケルのねじれた身体を目にしたとたん、ウィンターは自分の愛人がもう息をしていないことを悟った。上半身は下を向いている。たくましい脚の一本は虚空(こくう)に向かって突きだし、もう一本は、壊れたおもちゃの兵隊の脚のように奇妙な角度で開いている。両腕は小枝のように折れて弱々しく左右に広がっているし、頭蓋骨は片側が砕け、血の海に沈んでいる。

マイケルの虚ろな目を見たとたん、心臓が喉までせりあがった。しかし、息がとまったのは、血糊のせいではなかった。マイケルの顔に浮かんだ表情のせいだった。

それは、安堵の表情だった。

第十九章

二〇〇七年十二月三十日　午後四時四十九分
（最後の審判の夜まであと三十一時間十一分）

ハーシーのトゥイズラーズと大型カップ入りのバター・ポップコーンと巨大なペプシを買ってから、イライジャとスティーヴィーは暗い劇場内に入っていった。すでに予告篇がはじまっていた。銀色の宇宙船が飛びすぎていくスクリーンのまえで、二人は座席を探した。スティーヴィーが通路際にふたつ並んだ空席をすばやく見つけ、ドスンと腰をおろすと、ポップコーンのバターの匂いをかぎながら満面の笑みを浮かべた。

イライジャは不安とともにあたりを見まわし、ほっと安堵の息をついた。混雑した空間でいつも感じる感情の雪崩は襲ってこなかった。イライジャは目を閉じ、温かいゼリーの海に沈んでいくようなゾクゾクする感覚が身体に広がっていくのを感じた。

気分は上々。こんなにいい気分はじつにひさしぶりだった。まるで、神経症が溶けて消えてしまったかのようだ。実験はうまくいくだろうか、とイライジャは思った。いまの気分からすると、すでに成功したも同然だ。イライジャが映画に行くと決めたとき、スティーヴィーはわけがわからないという顔をしたが、そこにはきちんとした理由があった。

イライジャは誰もがいい気分になっている場所――いわば感情の安全ゾーン――に行き、従兄以外の人間の感情も感じられるか確かめたかったのだ。座席に腰をおろすと同時にスクリーンがピンク色になり、アニメーションをバックに、オープニング・クレジットの文字が下から上に流れはじめた。

アニメーションの犬がモーフィングで本物の犬になり、物語がはじまった。登場人物のキャラクター設定はひどく陳腐だった。金はあるが女には縁がないオタクで神経質なビジネスマンと、女たらしで自信過剰な親友。そして、金はないがすばらしい身体と美しい心を持っているちょっと風変わりなシングルウーマンと、男にだらしない皮肉屋のルームメイト。

最初のセリフを聞いただけで、イライジャにはプロットがすべて読めてしまった。なのに、画面から目が離せなかった。セリフは俳優が口にするより先にわかってしまうくらいありきたりだった。にもかかわらず、そのどれもが新鮮で、かったるいジョークが死ぬほどおかしかった。

新聞配達の少年の投げた朝刊が主人公の股間を直撃したときには、思わずゲラゲラ笑いだしてしまった。それにあの犬！　いやもう、犬は底抜けにおかしかった……ドアから何度も走りこんでくるところなんか、もうおかしくておかしくて……

イライジャの笑いは耐えがたいまでに激しくなった。

へえ、あのシングルウーマンもペットを飼ってるのか……彼女が飼っているのは底意地の悪い猫で、とんでもなく大きな声でシューッと威嚇するものだから、新聞配達の少年は怯えて逃げてしまう。

イライジャは涙が出るくらい笑いころげた。

男にだらしがないルームメイトはうっかり犬の上にすわってしまう。そのときの彼女の表情に、場内は爆笑の渦につつまれた。

イライジャは髪をかきみだして大笑いした。

自分の反応が映画の面白さと比例していないことはわかっていた。しかし、笑いをとめることはできなかった。イライジャは股のあいだになまぬるい感触が広がっていくのを感じた。なんと失禁してしまったらしい。なのに、それでも笑いはとまらなかった。

頭はコントロールを取り戻せと叫んでいた。しかし、まったく無駄だった。

実験がうまくいきすぎたのだ。イライジャは隣に目をやった。しかし、スティーヴィーは助けにならなかった。従兄も轟くような大声を響かせ、けたたましく笑っている。イライジャは顔をスクリーンに戻した。男にだらしないルームメイトはすでに立ちあがり、犬はニヤニヤ笑っていた。もうこりゃ限界だ。笑いがあまりに激しすぎて、腹が破裂しそうだった。イライジャはみぞおちを押さえて立ちあがろうとした。しかし、立てなかった。

何人かの観客が振り返ってこちらを見た。彼らの苛立ちが色褪せた緑と薄い黄色となってイライジャのほうに押し寄せてきた。突然、場内が色彩で満たされ、さまざまな色のさまざまな感情がイライジャのなかに流れこんできた。ヒステリックな笑いの赤、甲高い笑い声の紫、爆笑の青。

頭がおかしくなるまえに映画館を出ないとまずい。狂ったように笑いこけながら、イライジャは無理やり立ちあがった。しかし、通路に向かって二歩進んだところで転倒してしまった。そのとたん、強烈な笑いがこみあげてきて、マシンガンのように暴発した。

イライジャはあえぎ、笑いをとめてなんとか息をしようとした。しかし、とても無理だった。ほんのかすかに残っていた生存本能が、最後の指令を発した。中央の通路にあおむけに倒れたまま、イライジャは頭をぐっとあげ、薄っぺらいカーペットが敷かれただけの床に思いきり打ちつけた。激しい痛みが走ったが、笑いはとまらなかった。

もう一度打ちつけた。さらにもう一度。イライジャがさらに頭をあげようとしたとき、二本の腕が彼の肩をつかんだ。イライジャの頭が男の鼻を直撃した。

「なにしやがんだ、クソ野郎！」男が金切り声をあげた。

ヒステリックなネオン・グリーンが、鮮やかに点滅する澄んだオレンジ色に変わった。

「なんかいったか？」イライジャは大声で怒鳴って立ちあがった。

「すわれ！」

「静かにしろ！」

あちこちから大きな声があがった。

「おまえのせいで鼻が折れちまったじゃないか、バカヤロー」鼻から血を流している男は、『ターミネーター』の怒り狂ったマイケル・ビーンにそっくりだった。

血まみれの男から悪意のこもった黄色い憎しみがあふれだした。それを吸いこんだとたん、暴力衝動が心のなかで花開き、アドレナリンがどっと放出された。男に背を向けてその場を去ろうとしたが、怒りがイライジャをつかんで離さなかった。彼は自分でも意識しないうちに口走っていた。

「鼻以外の場所も折ってやるぜ」

そう叫ぶと、イライジャはまえに飛びだし、男の腹に頭突きを食らわせ、床に叩きつけた。衝撃で男は息をつまらせたが、それでも怒りはおさまらなかった。イライジャは腕を引き、ぐずぐずの果肉と化した血まみれの鼻に拳を叩きこんだ。

拳が骨を砕く鈍い音が響き、男は痛みのあまり金切り声をあげた。腐敗した鮮紅色の苦痛が、イライジャの心のなかで閃光を放った。しかし、それさえも、彼を駆りたてている激しい憎悪を霞ませることはできなかった。

血まみれになった拳を引くと、男の鼻がグジュッと音をたてた。イライジャはもう一度拳を叩きこんだ。硬く握りしめた拳が男の折れた歯に当たり、皮膚が裂けた。誰かが後ろからイライジャの首に腕をまわし、無理やり立ちあがらせた。

イライジャは腕を振りまわし、やみくもにパンチをくりだした。しかし、拳は空(くう)を切っただけだった。蹴りあげた足が、誰かの腹にめりこんだ。首を絞めている腕にさらに力が入り、イライジャは息ができなくなった。

目のまえで色彩が爆発し、イライジャはあえいだ。しかし、酸素を吸いこむことはできなかった。気管に痛みが走り、世界が暗くなった。

忘却のかなたへ落ちていく寸前、イライジャの頭に理性的な疑問がひとつだけ浮かんだ。

スティーヴィーはどうしたんだろう？

第二十章

二〇〇七年十二月三十日　午後四時四十九分
（最後の審判の夜まであと三十一時間十一分）

ウィンターはタクシーに駆けこみ、力いっぱいドアを閉めると、座席にへたりこんだ。

「とにかく車を出して」

あれはわたしがやったんだ。

いいや、ちがう。ウィンターは首を横に振った。マイケルは心を病んでいたのだ。彼が飛び降りたのは、彼女の責任ではない。

わたしはまっすぐに彼を見つめていた。自分がとてつもなく悲しかったときのことを考えながら……

ちがう！

そんなふうに考えてはだめだ。彼女はマイケルに飛び降りてほしいと思ったわけではない。窓の外を過ぎゆく街を横目に、ウィンターは涙をぬぐった。運転手は鮮やかなネオンがきらめくブロードウェイを北に向かい、コロンバス・サークルをぐるっと迂回し、きらきら白く光るクリスマス照明がまだ残っている五番街をふたたび南に向かった。約一時間後、自殺衝動が去ったところで、ウィンターはタクシーをホテルに向かわせた。

もし肉体的にも精神的にも疲労困憊していなければ、ウィンターは自分のミスに気づいていただろう。しかし、ウォルドーフ・アストリア・ホテルの正面に敷かれた赤いカーペットのまえでタクシーが停まったとき、ウィンターはそこに待ちかまえていた尋常ではない人だかりに注意を払わなかった。

ウィンターがタクシーから一歩外へ出た瞬間、彼らは蜂の大群のようにどっと押し寄せてきた。四組のテレビ取材班が刺すようにまぶしいライトをいきなり点灯させ、フラッシュを焚くカメラマンと大声で叫ぶレポーターの一団が彼女を取り囲んだ。

「あの男が死んで嬉しいですか？」

「遺書はあったんですか？」

「あれはあなたがそそのかしたんですか？」

つぎつぎに質問が飛び、周囲でフラッシュが爆発した。目がくらんだウィンターはぎゅっとまぶたを閉じた。同時に、苦痛に満ちたけたたましい低音のメロディが心のなかで爆発した。

「ウィンター！　こっちを向いてください！」

「ウィンター！」

「ウィンター！」

「いいかげんにして！」かっとしたウィンターはこらえきれずに怒鳴り、激しい怒りをこめて彼らをにらみつけた。さっきまでの疲労がふつふつと泡立ち、憎悪に変わった。心のなかの歌がより大音量になり、より熱狂的になった。まるで、楽団員が全員アンフェタミンをやったオーケストラの演奏のようだ。ウィンターはまえに進もうとした。しかし、レポーターたちの群れは動こうとしなかった。

「お願い！　通してちょうだい！」

怒りの涙が頬を流れ落ちた。なにか起きそうだと察したカメラマンたちが、金になる写真を撮りそこなうまいとして、さらに近くに割りこんできた。突然、録音マイク用の金属棒が額に当たり、ウィンターはついにキレた。

頬が熱くなり、燃えあがった怒りが攻撃的な和音となって耳をつんざかんばかりに鳴り響いた。ウィンターはいちばん手近にいた二人のカメラマンのカメラをつかみ、道を切り開くために乱暴に押しのけた。そのあまりの剣幕に驚き、二人のカメラマンはよろよろとあとずさると、レポーターや撮影助手やカメラマンやプロデューサーたちのなかへ逃げこんだ。

つぎに起こったのは、完全な混乱状態だった。騒動が終わったあとで、彼らは全員、ウィンター・ロイスがいきなり荒れ狂ったのだと証言した。しかし、その晩、自宅に戻った彼らは（病院に入院せずにすんだ者たち、ということだが）、ベッドに入ってから、自分たちの罪悪感と良心がまったくべつの証言をするのを聞いた。

彼らの頭のなかには、そのときもまだ、耳には聞こえない怒りの歌が流れていた。

取材に駆けつけた三十七人がいっせいにあとずさり、足と肘と頭とマイクとカメラがぶつかりあった。誰もが乱暴に突かれ、叩きつけられ、押しつぶされ、突き飛ばされた。彼らはみな、これと似た状況を何十回となく経験していたが、今回はいつもと事情がちがっていた。

いま、彼らの脳のなかには、音楽が鳴り響いていた。そして、それが殺気だった緊張を一気にエスカレートさせた。ただし、その音楽は彼らが自分で頭に思い浮かべたものではなかった。ハリケーンのような激しさでいきなり頭のなかになだれこみ、耳をつんざくような怒りのメロディを轟かせたのだ。それは鋭いパーカッションと荒々しいギターに似ていたが、彼らがかつて聞いたどんな音よりも原初的だった。そして、それが彼らを変えた。

頭蓋骨のなかでその音楽が激しく鳴り響くと、彼らはコントロールを失い、野犬の集団のようにおたがいを攻撃しあった。

キャロル・ウィリアムソン（WABC7のレポーター）は拳を握りしめ、マイケル・エルドリッチ（FOX5の第二撮影班スタッフ）を殴りつけ、一・五カラットのダイヤの指輪でエルドリッチの顔をざっくりとえぐった。サラ・スティーヴンズ（UPN-9のアシスタント・プロデューサー）はスチュアート・グラスマン（《エンクワイアラー》の連載記事ライター）の股間を蹴りつけ、片方の睾丸を破裂させた。リチャード・オペル（《ニューヨーク・ポスト》のカメラマン助手）はジュリー・ブラム（WNBC4のチーフ撮影助手）に頭突きを食らわせ、鼻の骨をこなごなに砕いた。

さらにそこにほかの者たちもくわわり、蹴り、殴り、爪をたて、金切り声をあげた。事件のあとで、いったいなにが自分を駆りたてたのか憶えていた者はひとりもいなかった。記憶にあるのは、この世のものとは思えない刺すような音色だけだった。特ダネに飢えていた彼らは、ふと気づくと、こんどは血に飢えていた。そして、記憶はそこで消えていた。

ウィンターは狂ったような大混乱からなんとか抜けだそうとした。そこに、ひとりのカメラマンが突進してきた。ウィンターは無意識に拳を引き、顎にパンチを食らわせた。カメラマンの動きが一瞬鈍くなった隙に、小柄なブロンドが彼の喉につかみかかった。ほかの誰かが襲ってくるまえに、ウィンターはセントラルパークのほうに向かって六〇番ストリートを横切った。

四車線の通りに飛びだしたとたん、リムジンのタイヤが軋り、赤いＳＵＶが車線からそれ、猛スピードで走ってきたタクシーの脇腹に激突した。しかし、ウィンターは走りつづけ、凍てついた夜の空気を思いきり吸いこんだ。走りつづけているかぎり、刺すように痛む腿の筋肉と、焼けつくように熱い肺と、苦しいほど激しく鼓動している心臓に意識を集中していることができる。いまはほかのことを考えてはだめだ。とくに

（自分がたったいま引き起こしたことは）

たったいま起こったことは。

怒り狂った暴徒が自分のすぐあとを追いかけてきているにちがいないと思いながら、ウィンターは振り返った。しかし、彼らはいまだにおなじ場所で激しいつかみあいを演じていた。凍った雪が足の下でガリガリ音をたて、あえぐと息が凍って小さな雲になった。

マイケルの砕けた頭蓋骨のイメージがさっと頭をよぎった。いったいなにが起こったのだろう？

いったいなにが？　あなたを（彼らを）守ってくれる十字架がなくなったのよ。いったいなにが起こると思っていたの？

ウィンターはまた首に手をやった。これはすべてつながっているのだ。これまで、あのネックレスはただの幸運のお守りだと思っていた。しかし、もしかすると、なにかそれ以上のものだったのかもしれない。ウィンターは首を振った。そんなことは非現実的すぎる。

まだ五十二歳だった母が心臓発作で死んだことよりも非現実的だというの？　あなたに見つめられたマイケルが飛び降り自殺したことよりも？　あなたがタクシーを出たとたん暴動が起こっ

たことよりも?

しかし、あの暴動はウィンターがタクシーを降りてすぐに起こったのではない。録音マイク用の金属棒が額に当たった直後に起こったのだ。ウィンターの……怒りに火がついた直後に。

ウィンターは身体を震わせた。そんなことありえない……しかし、ありえなくなかったら? 凍るような寒さにもかかわらず、ウィンターは公園の奥へと入っていった。人生でこれほど怖かったことは

(あの脱出のときをべつにすれば)

一度もなかったが、自分がいま出した結論のおかげで、心は穏やかだった。もしこの都会の森のなかで誰かが彼女を傷つけようとすれば、その人間は予想を超えた反撃をうけることになる。

予想をはるかに超えた反撃を。

幕間 Ⅳ

二〇〇七年九月十七日
中央ヨーロッパ標準時夏時間・午前十時九分
（最後の審判の夜まであと百五日）

ゾーロトゥルンは胸に手を押しあてた。胸に下がった丸いメダルの感触は、青い制服の上からでもはっきりとわかった。ふと気づくと、彼はメダルに刻印された図柄をまた頭に思い浮かべていた。巧緻な彫りの蛇が完璧な円のなかでとぐろを巻き、自分の尻尾をくわえている。ヴァレンティヌスはそのエンブレムを〈ウロボロス〉と呼んでいた。地球に囚われた魂がなすすべもなく永遠につづける輪廻転生を象徴した、グノーシスのシンボル。

ゾーロトゥルンはその感触が気に入っていた。はじめてそのメダルを握りしめたとき、かすかなブーンという音が身体を駆け抜けていった。まるで、電気の通じている電線に触れたかのように。もしくは――

そのとき、廊下をこちらに近づいてくる足音が聞こえた。ゾーロトゥルンは気をつけの姿勢に戻り、重い斧槍が床と直角になるように柄の角度を正した。この古い宮殿には最新の警備システムが導入されているのだから、猊下(げいか)の私室前に常駐している警備兵が重い斧槍で武装しているのは少々時代錯誤だ。しかし、ゾーロトゥルンの上官たちは伝統を信じている——神や教義とおなじくらい熱烈に。

かつてはゾーロトゥルンもおなじくらい熱烈に信じていた。しかし、最近事情が変わった。いまのゾーロトゥルンはあらゆるものに疑問を覚えていた——自分の宗教、信仰、そして周囲の世界にまで。ヴァレンティヌスは正しかった。事実、地球はひどく残酷で欠陥のある場所だ。けさ、テレビでニュースを見たときも、頭のなかにヴァレンティヌスの言葉が反響した。すると、ものごとがこれまでとはべつの角度から見えてきた。

すべての悲劇は、なんの道理もなく、空から落ちてくるように思える。しかし、なぜ？　すべてはアダムがリンゴを食べたことが原因なのか？　それでは筋が通らない。こんなにも明白な真実に、なぜ自分は長いこと気づかなかったのだろう？

なぜなら、創造主が教義の裏に真実を隠したからだ。

その考えが頭のなかを駆け抜けたとき、ゾーロトゥルンは自分で自分が信じられなかった。おれは本気でそう思っているのか？　なら、自分がこれまで祈りを捧げてきた神は、ルシファーとおなじ堕天使だというのか？　イエス・キリストは神の子ではなく、真実を伝えるまえに惨殺された使者にすぎないというのか？

もしかしたら自分は、生まれてからずっと教えられてきたことを、ただ鵜呑(うの)みにしていただけなのかもしれない。

ゾーロトゥルン・フォン・アルティショーフェンは信仰と格闘しながら、温かくなった斧槍の柄を握る手に力をこめた。父やそのまた父のように、ゾーロトゥルンはスイス衛兵隊における自分の役目を大いなる名誉と考えていた。自分は神の仕事をあたえられ、神の羊たちを守るために、地上における時間を捧げているのだ——彼はそう信じるように育てられた。

しかし、もし自分がこれまでずっと間違っていたのだとしたら、いまついている任務は、高潔な仕事とはとてもいえない。自分は善の側ではなく、悪の側で働いていることになる。人間に最後の救済をもたらすために力を貸しているどころか、自分自身が最後の救済を阻害していることになるのだ。

第二十一章

二〇〇七年十二月三十日　午後六時十九分
（最後の審判の夜まであと二十九時間四十一分）

ギラギラまぶしい蛍光灯の光が、脳に突き刺さってくる。

イライジャは顔を横に向け、灰色をした規格品の壁を見つめた。腹から湧きあがってきた恐怖が、彼を朦朧（もうろう）とした意識の奥から引きずりだした。身体を起こそうとしたが、起こせなかった。そのとき、なぜ毛布がこんなにきつく感じられるのか、その理由に気がついた。拘束衣を着せられているのだ。パニックを起こし、イライジャは足を蹴ろうとした。しかし、足は革のストラップでベッドにきつく縛られていた。

それにこの色。とてつもなくたくさんの色が、岩場に当たって砕け散る波のように、頭のなかに押し寄せてくる。どの色も感情につつまれ、脈打ち、輝いている。

水晶のように青い喜び。サイケデリック・ピンクの興奮。煤（すす）のように黒い憎しみ。目もくらむようなオレンジ色のパラノイア。その極彩色のなかを、火のように黄色い恐怖が夜空の彗星のように駆け抜けていき、頭を苦悶でねじりあげた。イライジャは息を吸いこみ、悲鳴をあげた。

「助けてくれ！」

その声は耳障りで弱々しく聞こえた。自分がどこにいるのかも、なにが起こったのかもわからない。恐怖が鋼鉄の手のように心臓を締めつけてくる。ここから出なければならない。なんとしても――

低いガチャッという音がして、部屋の反対側にある金属製の重いドアが開き、ひどくやせた白衣のインド人女性が入ってきた。

「リラックスして、ミスター・グラス。わたしはドクター・シャンドライ」

ドクターの声は穏やかだったが、疲れがにじんでいた。まるで疲労困憊した親が子どもに説教をしているかのようだ。

「助けてください」イライジャはうめいた。恐怖のあまり声の震えを抑えることができなかった。

「すごく怖いんです。なぜ――」そのとき、記憶がはっと甦り、イライジャは言葉を切った。マイケル・ビーンにそっくりな男に押さえつけられたとき、彼は床の上で

（ヒステリックに）

笑っていた。それから――

「ぼくは誰かを傷つけたんですか？」

「自分では憶えていないの？」

「じゃあ、傷つけたんですね？」答えをせがむイライジャの声は、さっきよりも大きくなっていた。鮮やかな黄色の恐怖と強烈な鮮紅色の痛みが、身体のまわりを霧のように渦巻いた。意識を集中するのがむずかしかった。ドクターの目を覗きこむことも、彼女の声に耳をかたむけることも、思うようにならない。しかし、イライジャは知る必要があった。

「お、お、お願いです……」

ドクター・シャンドライは答えなかったが、その必要はなかった。イライジャには彼女の不快感が感じとれたからだ。彼は手を硬く握りしめた。手の甲が痛み、絆創膏を貼った傷がひりひりした。やがて記憶が戻ってきた。自分はマイケル・ビーンのつぶれた鼻に拳を叩きこみ、鼻の骨をこなごなにして――

ああ、なんてこった。

「ぼくは誰かを……殺したんですか?」

ウィンターは両手で二の腕をさすり、なんとか身体を温めようとした。最初は恐怖のせいで寒さを感じなかったが、凍った砂利を踏みしめながらセントラルパークの貯水池のまわりを三時間も歩いているうちに、冷気が体力を奪っていった。

寒さのあまり、ほかのことはなにも考えられなかった。凍てついた風が顔にしみる。骨の芯が痛む。指先と爪先が氷のような痛みで脈打っている。ウィンターはもう一度大きく息を吸い、冷えきった空気で肺を満たした。息を吐くと、一瞬、目のまえが白くなった。

涙をこらえながら、ウィンターは公園を取り巻く高層ビルを見上げた。どのビルも温かい明かりに輝いている。ここから歩いてもそう遠くない。十五分もあれば、セントラルパーク・ウエストにつけるだろう。そこまで行けばべつのホテルも見つかるはずだし、それに――

それに? 自分がまたべつの暴動を引き起こすまで時間をつぶすの? それとも、また誰か人を殺すまで待つつもり?

ウィンターは首を振った。戻ることはできない。なにが起こっているのか、つきとめるまでは。しかし、どうすればつきとめられるだろう? なにもかも、まったく筋が通らない。ウィンターは一連の事件を引き起こしたのは自分だと考えている。しかし、そんなことはありえない……そうではないか？　できることなら——

　突然、木の枝が折れる音がした。ウィンターは道の上で凍りつき、枝がこすれるかすかな音に耳をすませた。たぶんリスかネズミだ——彼女は自分にそういいきかせた。しかし

（齧歯類(げっしるい)のような感じはしない……あれは人間だ）

　そうでないことはわかっていた。脳のなかで響いているかすかなブーンという音が、間違いなく人間だと告げている。さっと振り返ると、男の姿が見えた。あの盲目の男だ。男は小道から三メートルほど離れた木の下に立っていた。わきには巨大なジャーマン・シェパードが控えている。月光を浴びた犬は、ニヤニヤ笑いを浮かべているように見えた。口を大きくあけているので、てらてら光っている歯がはっきりと見てとれた。

「あ、あ、あなたは誰なの？」ウィンターの声は震えていた。しかし、それが恐怖の高まりのせいなのか、寒さのせいなのか、自分でもはっきりわからなかった。

「わたしはラズロ・クエール」と、盲目の男は答えた。そのしわがれた声は低く、力強かった。

「きみは憶えていないだろう。しかし、わたしはきみの教師だった」

「いつ？」

「きみがまだほんの子どものころ」男はためらいがちに足を踏みだした。「十七年前だ」

第二部　ラズロとダリアン　一九九〇年

第一章

下着に赤黒い染みがついているのをはじめて見た日から一週間後、ジル・ウィロビーはそこにない色を見るようになった。それは太陽を見たあとで斑点が見えるのに似ていた。ジルはただの思い過ごしだと自分にいいきかせた。しかし、直観的には、実際に色がそこにあるのだとわかっていた。

そして、それらの色に意味があることも。

たとえばオレンジ――オレンジはどれも幸福感を意味する。夕陽のオレンジは純粋な喜び、目もくらむようなネオン・オレンジは悲しみの混じった嬉しさだ。それぞれの色が意味するものを自分がどうして知っているのか、ジルにはわからなかった。とにかく知っているのだ。色がいつ自分の意識に入ってきたかは、はっきり特定できた。しかし、じつはたんに表面の下に隠れていただけで、つねにそこにあったのではないかという気がした。

二度目の月のものがきたころには、色が自分の真正面にないときでも見えるようになっていた。まるで、ヘッドバンドのように頭を一周している目がついているみたいだった。壁も見通せる目。はじめのうち、ジルは秘密の能力を楽しんだ。これは神からの大いなる恵みなんだと思った。神がヨセフに、ファラオの夢を解き明かすことをお許しになったときのような。

サラ・マークスが教室のまえでレビ記十九章を朗読したのは、そんなある日のことだった。最初は、いつもの退屈な授業にすぎなかった。神は善きモーゼに戒律をさずけた――安息日を守らなければならない。偶像を仰いではならない。貧しき者にあたえなければならない。盗んではならない。嘘をついてはならない。神の名をみだりに唱えてはならない。

つぎにサラは二十六節を読んだ。

「あなたたちは血を含んだ肉を食べてはならない。占いや呪術を行なってはならない」

ジルははっとした。教室のまえに立った淡いブロンドの少女を通して、神が自分に直接語りかけている気がした。つづく四節は、売春と肉を切ることと髭の生やし方についてだった。しかし、サラはさらにこうつづけた。

「霊媒を訪れたり、口寄せを尋ねたりして、汚れをうけてはならない。わたしはあなたたちの神、主である」

ジルの心臓は凍りついた。自分はそれなのだろうか？　霊媒？　そんなのバカげてる。でも、だったら色が見えることをどうすれば説明できる？　正しい判断を下すには、もっと情報が必要だった。とはいえ、シスター・エレンやサリヴァン神父のところに行って、「わたしは霊媒なんでしょうか？」と訊けるほど、問題は単純ではない。

ジルは顔を下に向け、答えは目のまえにあることに気がついた。聖書にはこうした記述がたくさんあるはずだ。聖書を頭から終わりまでぜんぶ読むのはとんでもなく大変だが、やってできないことはない。それに、夕食のあとですることなど、それほど多いわけではなかった。ジルとキャロル――キャロルは自分とジルのことを〝みなしごアニーズ〟と呼んでいる――は、宿題を終えてしまうと、あとはたいていのんびりUNOやモノポリーをやるだけだった。

八年間も毎晩ゲームをつづけてきたのだから、ここらでほかのことをしてみてもいいはずだ。

そこで、九月のあいだは毎晩三時間、くたくたになった旧約聖書と新約聖書のページを繰り、霊媒や魔術や妖術に関する記述を探した。ジルの反社交的な行為に、ほかの少女たちは不平をいった。しかし、みんなが発している猛烈な青緑色を見れば、ほんとうにイラついているのではなく、たんに好奇心を刺激されているだけなのがわかった。

読み進めていくと、魔術に対する聖書の見方がはっきりしてきた。魔術や霊媒に関する記述は、ぜんぶで十一の書に出てきた。ほとんどはちょっと触れているだけだが、そのうちの四つの節はかなりゾッとする内容だった。

申命記には――

あなたの間に、自分の息子、娘に火のなかを通らせる者、占い師、卜者、易者、呪術師、呪文を唱える者、口寄せ、霊媒、死者に伺いを立てる者などがいてはならない。これらのことを行なう者をすべて、主はいとわれる。

ヨハネの黙示録には――

しかし、おくびょうな者、不信仰な者、忌まわしい者、人を殺す者、みだらな行ないをする者、魔術を使う者、偶像を拝む者、すべてうそを言う者、このような者たちに対する報いは、火と硫黄の燃える池である。それが第二の死である。

レビ記には――

男であれ、女であれ、口寄せや霊媒は必ず死刑に処せられる。彼らを石で打ち殺せ。彼らの行為は死罪に当たる。

そして出エジプト記には――

女呪術師を生かしておいてはならない。

ジルは最後の節をじっと見つめつづけた。その意味が明白なのは、聖書学者でなくてもわかった。もしジルが魔女なら、軽々しく考えていいような問題ではない。サリヴァン神父に相談するなどもってのほかだ。

そこで、ジルは自分の能力を隠しつづけた。

新しく身についた魔術は使わずにいられなかったが（色はいつでも見えた。寝ているときさえも）、告解でもその罪だけは告白しなかった。かわりに、ひざまずいて告解をするとき、主の祈りを二十回余分に唱えた。それでも、ジルにはわかっていた。自分の罪を告白しなければ、バスに轢(ひ)かれるかなにかして死んだときに、永遠の地獄に落とされることを。

そこでジルは、自分にできる唯一のことをした。祈りを捧げたのだ。輝かしい色が目のまえで踊るのを見るのは好きだったが、それが――現われたときとおなじように――突然消えることを、寝るまえにかならず祈った。

しかし、毎朝シスター・ケイトが起こしにくると、疲労の青と苛立ちの緑がどっと襲ってきて、目をあけもしないうちから、自分の祈りが叶えられなかったことがわかるのだった。こうして、ふたたび罪に満ちた一日がはじまる。その日のうちに死んだりしたら、まっすぐ地獄に落ちることになる。

そこで、ジルはできるかぎりいい人間でいようと努力した。通りを渡るときにはいつも左右をよく見た——バスがこないことを確かめるために。

第二章

シールで封をされたテスト冊子に、イライジャ・コーエンはＨＢの鉛筆でていねいに名前を書き入れた。クラスメイトたちから伝わってくる緊張はできるだけ無視し、教室にこもっている削ったばかりの鉛筆の心地よい匂いに意識を集中した。テストのときの教室は、いつもこの匂いがする。

イライジャは微笑んだ。たいていの十二歳の子どもとはちがい、イライジャにとってテストは楽しいものだった。

とはいっても、マゾヒストなのではない。挑戦をうけてたつのが好きなのだ。

こと学問に関していえば、イライジャは苦労というものをしたことがほとんどなかった。知識を吸収するのはいつだって簡単だった。友だちづきあいさえなければ、間違いなく中学生活を楽しんでいただろう。

カエルだって、羽さえついていれば、跳びはねたときに尻をぶつけたりしないぞ。

すくなくとも、スティーヴィーならそういうだろう。

しかし、スティーヴィーと自分を較べてもしょうがない。イライジャは普通とはちょっとちがっている。いわば、典型的な中学生の裏返しだ。ほかの子どもたちは休校やランチやスポーツが好きだが、イライジャはそうしたものがすごく怖い。ほかの者たちにとって、抜き打ちテストは歓迎されざるイベントだ。しかし、イライジャにとってはサプライズ・パーティのようなものだった。

テストのいちばんいいところは、発言を求められない点だった。とはいっても、イライジャにいうことがなにもないわけではない。それどころか、実際にはその反対だった。たいていの場合、質問に対する答えはすべて知っているし、放課後になるとイライジャに引き寄せられてくるいじめっ子たちに対しても、当意即妙にやり返す言葉の用意はいくらだってある。

しかし、なにかしゃべろうとすると、いつも決まって神経がおかしくなってしまうのだ。喉が百年前のスポンジみたいに乾ききり、どもらずにしゃべるのが精一杯になってしまう。イライジャは周囲の注目を浴びるのが嫌いで、背景に溶けこんでいるのが好きだった。世界に参加するより、観察しているほうがよかった。

ＴＡＧ――特別に才能のある生徒（タレンテッド・アンド・ギフテッド）――に選ばれたときは、さらにいじめの標的になった。ありがたいことにスティーヴィーも選ばれたので、すくなくともひとりは友だちがいた。クラスが変わって、すこしよくなった点もあった。たとえばミスター・クエールの授業だ。ミスター・クエールが相手だと、ほかの教師のときよりも神経質にならずにすんだし、発言を求められても（イライジャはほぼ毎日発言を求められた）、いつもほど硬直しなかった。

それでも、ミスター・クエールがきょうは全国共通テストを行なうと宣言したとき、イライジャはほっとした。しかし、冊子のシールをやぶいて最初の質問を読んだとたん、下腹からすっと力が抜けた。

以下の感情にいちばんふさわしい色を選びなさい。

①怒り

○黒　○緑　○赤　○青　○オレンジ　○白　○茶　○紫　○黄色

汗に濡れた手のなかで鉛筆がすべり、床に落ちて音をたてた。

身体をかがめて鉛筆を拾いながら、自分とおなじような反応を見せている者はいないか、周囲を見まわしてみた。しかし、いつものテストのときとおなじで、答えがわからなくて頭をかいたり、鉛筆の消しゴムで退屈そうに机をぽんぽんたたいたりしている者がいるだけだ。イライジャとおなじように感じている者はいないらしい。恐怖と不安に駆られているのは自分だけだ。

イライジャはもう一度テスト用紙に目を向けた。なんでこんな質問をするんだろう?

彼らは知っている。だからだ。そして、彼らが知っているということは、たぶん……

「ぼくだけじゃないんだ」イライジャは声に出してつぶやいた。

「なにかね、ミスター・コーエン?」ミスター・クエールが机から顔をあげた。教室の目がすべてイライジャに向けられた。

「い、い、いえ、なんでもありません」イライジャはテスト用紙に目を落とした。「すみません」

「問題がなければ、規則を守りたまえ」と、ミスター・クエールはいった。「みんなもよそ見はしないこと」

クラスメイトたちが顔を下に向けるかすかな音がした。教室の注目を浴びずにすみ、イライジャは思わずほっとした。そして、もう一度設問を読んで決断を下すと、気持ちが変わるまえに正解の丸を塗りつぶした。
紫。

ウィンター・ベケットはテストの第二部にさしかかるまで、イライジャがいった意味がわからなかった。色に関する第一部は馬鹿げているようにしか思えなかった。なにか見落としたのではないかと思い、もう一度設問を読んでみた。しかし、やっぱりなにも見落としていない。ウィンターは肩をすくめた。ここは勘で答えを選ぶしかない。

とりあえず、設問にあげられた感情を心のなかでイメージしてみた。怒りは黒い雲。幸せは黄色いスマイルマーク。愛は赤いハート。解答欄の丸を塗りつぶしながら、ウィンターはいったいこれはなんのテストなんだろうと思った。

しかし、ページをめくって第二部に入ったとたん、ウィンターはいきなり凍りついた。頭をくらくらさせながら、顔をあげてイライジャ・コーエンの後頭部を見つめた。ウェイヴのかかった豊かな髪が真っ赤なものだから、イライジャは〈ガリ勉ピエロ〉とあだ名されている。ほかのみんながイライジャをいじめているとき、ウィンターはけっしてその仲間に入らなかった。しかし、彼らがなぜイライジャをいじめるのかはよくわかった。身体はガリガリなくせにいつも汗をかいていて、しゃべるときにすこしどもるからだ。

まともに話をしたことさえなかったが、それでもウィンターは、いつもイライジャを守ってやりたいと感じていた。傷ついた小犬を見たときのように。しかし、イライジャとなにかを共有していると感じたことは一度もない。ただしそれは、七ページ目の最初の設問を読み、彼のつぶやいた言葉を思い出すまでだった。

ぼくだけじゃないんだ。

そのつぶやきを聞いたときは、イライジャ・コーエンがまたおかしなことをいっていると思い、まったく気にかけなかった。しかしいま、設問二十五を見つめながら、ウィンターはまったくおなじことを思っていた。学校でいちばん人気のある女の子が孤独を感じていると聞いても、たぶん誰も信じないだろう。しかし、ウィンターは孤独だった。

「採点に間違いはないの？」

「はい。わたしが自分でチェックしました。候補者は二人ともおなじクラス――ニューヨーク市のTAGプログラムに在籍しています」

「選抜方法は？」

「IQが百四十五以上の二百十八人の子どもを、TAGプログラムの教師のひとりが面接しました。彼はそのなかから二十人を選び、自分で教えています。その教師にはわかっていたのでしょう」

「彼の名前は？」

「ラズロ・クエールです」

「至急、ダリアンをここに呼んでちょうだい」

第三章

シスター・クリスティーナさえいなければ、ジルは敬虔深くしていられただろう。シスターはジルが持っていないものをすべて持っていた——ブロンドの髪、美しい顔、すばらしい身体の曲線。黒い僧衣を着ていても、完璧にまるい大きな胸とゴージャスなお尻がはっきりと見てとれる。聖ヨハネ教会でシスター・クリスティーナが教えはじめてからというもの、ジルはすっかり夢中だった。

化粧はしていないし、髪もほとんど覆われているが、シスター・クリスティーナはジルがこれまでに出会ったなかでいちばんフェミニンな女性だった。けれど、ジルが心を奪われたのは外見だけではない。シスターはものの感じ方も魅力的だった。感情が鮮やかな赤の喜びとビロードのようなアクアブルーの興奮に満ちているのだ。祈禱と福音に対するシスターの愛は純粋だった。ジルは自分の欲望を否定しようとした。しかし、反対に熱い想いがより強まっただけだった。しばらくすると、どんな場所にいるときでもシスター・クリスティーナが心のなかにしのびこんできて、ほかのことはなにも考えられないようになってしまった。

最悪なのは夜だった。ベッドに横になると、シスター・クリスティーナが横にいたらと願わずにはいられなかった。シスターのなめらかで甘い香りのする身体を愛撫したい。シスターにキスしたい。ようやくのことで眠りに落ちると、シスター・クリスティーナは夢のなかにまでしのびこんできた。

そんなある夜、ジルは汗びっしょりになって目を覚ました。手がネグリジェの下に這いこんでいた。やがて、指先がいくつかの行為におよんだ。怖ろしい色で彩られたその行為は、死ぬまで彼女の魂に影を落としつづけた。


ジルは上の寝台に頭をぶつけないように気をつけながら、そっとベッドから降りた。ジルは華奢だったが、足を踏みだすたびに古くなった廊下の床板が軋んだ。バスルームにつくと冷たい水で顔を洗い、目を閉じたまま、水が頬を流れて顎からしたたり落ちるにまかせた。

深く息を吸い、心の汚れを落とそうとした。建物のなかは静まり返っていた。いま見える色は、どんよりした青いかすみだけだ。ジルは息を吐きだし、めったにない平和なひとときを楽しんだ。十二人の少女と四六時中——食事のときも、祈禱のときも、勉強するときも、寝るときも——いっしょにいるのは、ジルにとって、色彩の不協和音で絶えず心をめったうちにされているも同然だった。こうしてこっそりとひとりでいる瞬間だけ、ジルは自分自身に戻ることができた。

突然、かすかにオレンジ色が混ざった暗緑色の波が、間違いなくはっきり感じられた。ジルはとっさに廊下へ足を踏みだし、もうすこしでシスター・クリスティーナと鉢合わせしそうになった。

「まあ、あなただったの」尼僧の顔に浮かんだ驚きの表情が溶けていった。「いったいなにをしているの？」

「あたし……その……トイレに行ったんです」

「ならしかたがないわね」シスター・クリスティーナは微笑んだ。「わたしは夜食をとりにちょっとキッチンへ行くところ」

「いっしょに行っていいですか？」ジルは勢いこんで訊いた。

「もう時間が遅いわ。ベッドに戻らないと」

「お願いです」ジルは頼みこんだ。「二人だけの秘密ってことで」

シスター・クリスティーナはためらった。ジルは自分の燃えるような黄色い欲望に、一瞬目がくらんだ。やがて、尼僧はささやいた。

「いらっしゃい」

二人はこっそり階段を降り、教会のキッチンとして使われている細長い部屋に入った。シスター・クリスティーナが明かりのスイッチを入れると、汚れひとつないステンレスのカウンターが照らしだされた。シスターはジルに向かって共犯者めいた笑みを浮かべ、リノリウムの床を大きな冷蔵庫のほうへ歩いていった。

冷蔵庫のドアをあけると、白く凍った空気が二人をつつんだ。ジルは冷たく新鮮なその空気を顔で感じた。シスター・クリスティーナはなかを手探りし、しばらくしてチョコレート・アイスクリームのカップをとりだした。

「これがわたしのたったひとつの弱点――罪深いでしょ？」と、シスター・クリスティーナはいった。「サリヴァン神父には内緒よ」

「もちろん」ジルは笑みを浮かべずにはいられなかった。

シスター・クリスティーナは近くの引き出しからスプーンを二本とりだし、ジルを手招きしてキッチンの奥にあるドアへ向かった。この孤児院でもう十四年も生活しているジルは、教会のことなら隅から隅まで知っているつもりだったが、この部屋は見たことがなかった。

　床には古びた黄色いカーペットが敷かれていた。部屋の片隅に小さな正方形のカードテーブルがあり、その両脇には色褪せた緑のソファがふたつおいてあった。シスター・クリスティーナは片方のソファにどさりと腰をおろした。下手に口を開いてこの瞬間を台なしにするのが怖くて、ジルはおずおずとその隣にすわった。

「あなたもどうぞ」シスター・クリスティーナはジルにスプーンを渡した。「あなたがたくさん食べれば、わたしの分が減る。そのほうがかえっていいの。わたしは神に仕える身だけど、いいプロポーションを維持してたいから」

「え？」

「ありがとうございます」ジルはスプーンですくい、くるっとまるくなったアイスクリームを口に運んだ。それから、尻ごみしてしまうまえにいった。「ほんとにいいです、シスターは」

「プロポーションがすごくいいってことです」ジルは自分がバカになった気がした。

「まあ、ありがとう」

　一分ほど、二人は無言のままアイスクリームを食べた。ジルはいまこの瞬間を楽しもうとしたが、それにはちょっと神経質になりすぎていた。授業以外のときにシスター・クリスティーナと会話をかわしたことなど、これまで一度もなかった。ほかの女の子たちがいないところで、二人いっしょに腰をおろしているなんて、まるで夢のようだった。

「ねえ、シスター。尼僧になるまえのことですけど、シスターは……その……シスターは……」

シスター・クリスティーナはスプーンをおいた。「わたしがなあに？」

「あるんでしょうか……恋をしたことが」

シスター・クリスティーナの頬が赤く染まった。「ほんとのことを打ち明けると、高校時代にひとりいたわ。心臓が一拍か二拍くらいスキップしちゃうような男の子が」

「それでシスターは……？　その、なんていうか」

「まさか」シスター・クリスティーナは首を横に振った。「相手はわたしが存在してることすら知らなかったんじゃないかしら。それに、当時のわたしは、ビリー・カーデリーニとの関係よりもっと大きな関係に目が向いていたから」

「もっと大きな？」と、ジルは訊いた。「誰との？」

「神さまよ」

「ああ、そうですよね」自分はなんてマヌケなんだろう、とジルは思った。

「なぜそんなことを訊くの？　誰かに恋でもしてるのかしら？」

こんどはジルが赤くなる番だった。ジルは手に持ったスプーンに目を落とした。

「聖マタイ教会の男の子？」そう訊くと、シスター・クリスティーナはジルの手に自分の手をのせた。「わたしを信じてちょうだい、ジル。誰にもいわないわ」

シスター・クリスティーナに触れられたとたん、ジルは息を飲んだ。シスターの手はあたたかくてなめらかで柔らかかった。これまで想像していたとおりだ。ジルは唇を噛んだ。心臓がとんでもなく大きな音をたてている。きっと、シスター・クリスティーナにも聞こえているにちがいない。

「どうしたの、ジル？」シスター・クリスティーナはジルの手をぎゅっと握った。「あなた、震えてるわよ」

なんとか落ちつかなければと思ったが、そう思えば思うほど、反対に震えが大きくなってしまった。ジルはシスター・クリスティーナのほうに顔を向けた。シスターと目が合った瞬間、ジルは泣きそうになった。色のついたさまざまな感情の洪水が身体を駆け抜けていった。喜び、恥じらい、悲しみ、そして突きあげるような激しい欲望。

欲望はほかの感情をすべて霞ませ、ジルの全身を満たし、肉体の奥でドラムビートのように脈動した。シスター・クリスティーナを見つめていると、自分の荒れた薄い唇をいま目のまえにあるゴージャスな口に押しつけたらどんな感じだろうとしか考えられなかった。舌をのばし、シスター・クリスティーナの舌に触れたら。シスターのシャツを一気に押し開いたら——

するとそのとき、驚くようなことが起こった。

シスター・クリスティーナが唇をすぼめ、身体を乗りだしてジルにキスをしたのだ。激しく、そして強く。シスターはジルの口に舌を押し入れてきた。いま食べたアイスクリームのせいで、シスターの舌は冷たく、チョコレートの味がした。しかし、その下にはあたたかみがあり、濡れて暗いシスター自身の味がした。

ジルはシスター・クリスティーナの頬に手をすべらせ、うなじに当てた。シスター・クリスティーナはジルを強く抱き寄せると、片方の腕を腰に巻きつけ、もう一方の手をジルの髪に走らせた。つづいて、シスターの手はジルの脚を膝まですべりおりていき、ネグリジェの下にしのびこんだ。

その手はゆっくりと腿を這いのぼってきた。ジルは歓びのあまり爆発しそうだった。全身がうずき、すべての毛穴から汗が染みだし、骨がゼリーのようにとろけ、頭が真っ白になってなにも考えられなくなった。やがて、シスター・クリスティーナの淫らで強烈なブルーが、ジル自身のブルーと混ざりあった。

さっきまでの不安はすべて消えていた。ジルは自分を解放し、シスター・クリスティーナの顔と髪を荒々しく愛撫し、その手を身体のほうへすべらせていった。ジルがシスターのパジャマのボタンをはずし、あたたかく豊かな胸に触れると、シスターの手がジルの腿の内側を這いあがってきた。

ジルは息を吸いこみ、さらに熱意をこめてシスターを抱きしめた。二人の身体が溶け合った。どこまでが自分の身体で、どこからがシスターの身体なのか、いまやそれさえわからない。わかっているのは、触れ合っている部分では二人がいっしょだということだけだ。突然、裸になりたいという激しい欲望が突きあげてきた。裸になれば、二人の肉体を阻むものはもうなにもなくなる。

二人は同時にたがいの身体を押しやった。ジルは体重を足にかけ、ネグリジェを引っぱりあげて頭から脱いだ。空気が肌に冷たかったが、シスター・クリスティーナが服を脱ぐのを見たとたん、寒さはすぐさま汗まみれの興奮にとってかわった。

シスターのたわわな乳房が、薄いコットンの生地から跳ねるように自由になった。ジルは生まれてこの方、なにかにここまで惹きつけられたことなどなかった気がした。ジルはシスター・クリスティーナを思いきり抱きしめるために立ちあがった。自分の身体でシスターをできるだけたくさん感じたかったからだ。シスターがジルを引き寄せ、背中のくぼみに短い爪を走らせた。

ジルは口を開いてシスターの首を噛み、舌をちらつかせて汗の味のする肉体を味わった。そのとき、突然物音がして、男の声が響いた。

「なんてこった！」

恐怖に満ちた鮮やかなピンクと猛烈に燃えさかるグリーンが目のまえで輝いた。一瞬、その色は氷のようなブルーの欲望と溶け合ったが、すぐにシスター・クリスティーナがはっと身体を離し、ジルは裸のままひとり取り残された。

ジルは目をあけた。パジャマを自分の身体に押しあてたシスター・クリスティーナと、彼女の腕をつかんだサリヴァン神父が見えた。たった一瞬で、ジルの人生における最高の瞬間は、最悪の瞬間に変わった。

胃から力が抜けた。あたたかみの最後のかけらと、うずうずするような歓びは消え、吐き気を催すような痙攣的な痛みが襲ってきた。サリヴァン神父の怒りがすぐに降りかかってくることはわかっていた。ジルはシスター・クリスティーナの視線をとらえようとした。もう一度だけでも親密な瞬間をわかちあいたかったからだ。しかし、尼僧はジルを見ることを拒否し、サリヴァン神父の首にかかった銀の十字架に目を向けた。

尼僧と神父はすばやく言葉をかわした。それから、神父は尼僧に出ていくように命じた。シスター・クリスティーナが神父から離れた瞬間、ジルは透明な白い憎悪の渦に飲みこまれて溺れそうになった。

「あなたがわたしになにをしたのかはわからない」シスター・クリスティーナは押し殺した声でいった。「でも、神さまがあなたを助けてくれるはずよ、ジル」

ジルが愛した女性は足音高く部屋から出ていき、叩きつけるようにドアを閉めた。ジルは神父と二人きりになった。なぜか、神父の感情は読むことができなかった。ジルは黒衣の神父を見つめ、彼には色がないことに気がついた。その瞬間、彼女はどんな救済も期待できないことを悟った。

ジルの能力は、神父には通用しないのだ。

第四章

「電波(ラジオ・ウエイヴ)」ラズロ・クエールは黒板にその単語を走り書きしながら、挑発するように訊いた。「これがなんだか、わたしに教えてくれるかな?」

「ロジャー・ウォーターズの〈RADIO K.A.O.S.〉から最初にシングルカットされた曲のタイトルです」と、ウィンター・ベケットが答えた。ウィンターのあどけない顔にかすかな笑みが浮かんだ。

ラズロは微笑んだ。英才児を教えていると、かならずこういう反応がつきまとう。全員が生意気で、やたらと知識をひけらかしたがるのだ。とはいっても、それが問題だというわけではない。それどころか、ラズロはこうした発言を奨励しているほどだった。ラズロは自分の教室を立入禁止区域がなにもないセーフゾーンにしたかった。TAGの子どもの多くは、頭がよすぎるせいでこれまでずっと仲間はずれにされてきたのだ。彼らの知的な軽口を禁止するつもりはまったくなかった。

「で、きみはロジャー・ウォーターズについてなにを知っているのかね、ミス・ベケット?」

ウィンターは椅子の上で背筋をのばした。自分の大好きな話題——音楽に関することならなんでも——を振られて嬉しいらしい。彼女は咳払いをした。

「ウォーターズはシド・バレットと一九六四年にピンク・フロイドを結成しました。ファースト・アルバムは〈夜明けの口笛吹き〉ですが、ブレイクしたのは〈狂気〉です。〈夜明けの口笛吹き〉の発表後、シド・バレットは精神を病んでグループを脱退してしまい、ウォーターズは彼に捧げた〈炎／あなたがここにいてほしい〉ってアルバムをつくってます。その後、〈アニマルズ〉〈ザ・ウォール〉〈ファイナル・カット〉なんかをリリースしたのち、ウォーターズはバンドを離れます。残ったメンバーはもう一枚アルバムを制作しました。〈鬱〉ってタイトルなんですけど、ウォーターズの詩がないとなんか空疎で、わたしの評価はCプラスです」

ラズロはかかとに重心をかけて身体を後ろにそらし、クラスの何人くらいが耳をかたむけているかをざっと見積もった。話の内容に注意を向けている者が三十パーセント、ウィンターに注意を向けている者が七十パーセントというところだろう。ウィンターは生まれながらの美しさを備えている。白い肌は染みひとつないし、手足が長いが、ぶざまには見えない。ウィンター・ベケットは人々が特別な注意を向けるタイプの少女だった。

「で、きみがいちばん好きなフロイドのアルバムはなにかね、ミス・ベケット？」

「〈アニマルズ〉です」ウィンターはためらうことなく答えた。

「そのアルバムは、ある古典小説が下敷きになっている。その小説はなにかな？」

ウィンターはまばたきをした。自分の知らない音楽トリビアがあったことに驚いているらしい。

「誰か知っているか？　フェリスはどうだ？」

フェリスというのは、学校をサボった高校生の一日を描いた映画の主人公だ。それを知っている数人の生徒が笑った。答えを知っていそうな顔はないか、ラズロは教室を見まわした。虚ろな顔の海に視線をさまよわせていくと、いざというときに頼りになる生徒の顔に行き当たった。

「ミスター・コーエン。ミス・ベケットに教えてあげてくれるかね？」

イライジャ・コーエンは椅子の上で身をすくめた。見ていて痛ましいほどの内気さを、ラズロは気の毒に思った。しかし、この少年は自分の殻から引きだしてやる必要がある。ラズロが教えている生徒のなかで、イライジャはもっとも優れていた。いつの日か、この不器用な少年は大金持ちになるだろう――当人自身が信じられないほどの。

「ジョ、ジョ、ジョージ・オーウェルの『動物農場』です」

「よろしい。説明してくれたまえ」

イライジャは顔を赤くして下を向き、木製のデスクに彫られた溝を見つめながら早口に答えた。

「えー、『動物農場』とおなじで、〈アニマルズ〉では人間が動物にたとえられています。〈アニマルズ〉に出てくる動物は三種類――犬と豚と羊です。犬は貪欲なビジネスマン。豚は腐敗した政治家。羊はそのほかの人間――従属的な人たちを象徴しています」

「すばらしい」ラズロは背中の後ろでポンと手をたたいた。「わたしたちはここで、ミス・ベケットのちょっとした脱線から新しい知識をひとつ学んだ。ミス・ベケット自身もだ」それから、黒板のほうを向き――「しかし、悲しいかな、いまは物理学に戻らなくてはならない」

ちょっとしたうめき声がもれたが、ラズロは気にしなかった。不満げなその声とは裏腹に、生徒たちからは好奇心の匂いがしたからだ。この教室の生徒の多くは、よすぎるくらいに頭がいい。それでいて、全員が驚くほどの探求心を持っている。ラズロにとってはこれが――なににもまして――毎朝ベッドから出るときの原動力になっていた。

「ミス・ベケット、ミスター・ウォーターズ以外のことで、なにか電波についてつけくわえることはあるかね？」

「いいえ」

「よし。だったら、ちょっとした歴史からはじめよう。ラジオを発明したのが誰か知っている者は？」

「ニコラ・テスラです」知ったかぶりのジョウナ・ハルスが得意げに答えた。

「ロックバンドのテスラとなにか関係があるんですか？」と、ウィンター・ベケットが訊いた。

「ああ、あるとも。バンドのほうはニコラ・テスラから名前をとったんだ」また話題がそれてしまわないように、ラズロはウィンターがさらになにかコメントするまえに先をつづけた。「一八五六年七月十日のきっかり真夜中に、テスラはクロアチアに生まれた」

日付を聞いた生徒たちが、ノートに鉛筆をすばやく走らせる音が響いた。

「五歳のとき、テスラは最初のモーターを設計した。動力源はピン歯車に接着剤で留めた十七匹の昆虫だった」

予想していたとおり、それを聞いた少女たちは「やだー」と顔をしかめ、少年たちは「スゲー」と声をそろえた。

「このモーターは、テスラの奇妙なアイディアの出発点にすぎなかった。そのほかのアイディアには、世界規模の旅行が簡単にできるように地球を一周する静止リングを設置するとか、郵便システムを改良するために大西洋を巨大な水力チューブでつなぐとかいったものもあったらしい。

大学に進んだテスラは、一日二十時間勉強し、睡眠は夜の一、二時間しかとらなかった。おかげで、一年生の終わりには、九つの言語を自由にあやつれるようになっていたという話だ。しかし、不運なことに父親が亡くなり、自活するために大学を中退しなければならなくなった。そこでテスラは、パリのコンチネンタル・エジソン社に就職して技師になった。

上司はテスラの才能に感心し、アメリカに渡らせてトマス・エジソンその人に会わせた。エジソンはその場でテスラを雇い、もしテスラがエジソンの直流――いわゆるＤＣ――発電機を徹底的に改良すれば、五万ドル支払うと約束した。テスラは交流――こっちはＡＣだな――のほうに興味があったが、自分の研究所を開設するための資金がほしかったので、プロジェクトを引きうけることにした。一年のうちに、テスラは改良に成功した。しかし、彼が五万ドルを要求すると、エジソンは契約をやぶった」

「ひょえー！」顔じゅうの毛穴からにきびを爆発させているスティーヴン・グライムズが叫んだ。

「トマス・エジソンはカス野郎だったってことですか？」

生徒たちといっしょにラズロも笑った。「歴史によれば、答えはイエスだ」

「スッゲー」グライムズは鼻の下を脂っぽい手でぬぐった。「先をつづけてくれていいですよ」

「それはどうもありがとう」と、ラズロはいった。

スティーヴン・グライムズはクラス一行儀のいい生徒ではなかったが、ユーモアのセンスと無敵のオーラとでもいうべきものがあり、ある意味でクラスメイトたちのヒーローになっていた。とくに、科学の授業では好き勝手にふるまっている。ほかの教師たちとちがい、ラズロがグライムズの暴言に耐えているからだ。ラズロにはふたつの選択肢があった――ジョークに笑うか、ジョークの対象にされるか。ラズロは前者を選んだ。

「テスラはエジソンのもとを去って肉体労働の仕事につき、排水溝や道路の建設などに数年ほど従事した。しかし、睡眠時間がほとんどいらなかったので、それまでどおり発明の仕事もつづけることができた。なんでも、たいていの場合は頭のなかで完全に設計作業を終えてしまい、わざわざ図面を引く必要もなかったという話だ。

一八八八年、ジョージ・ウエスティングハウスがＡＣの特許に対して六万ドルを支払った。ウエスティングハウスとテスラは、エジソンを相手どった〝直流交流戦争〟に身を投じ、ＤＣとＡＣのどちらがアメリカで普及するかを賭けて争った。

直流はつねに一方向に流れる連続性電荷だ。一方、波形をしている交流は、時間的に大きさと向きが変化する。エジソンの直流はテスラの交流を一歩リードしていたが、いくつかの問題をかかえていた。

直流は、遠い場所に送電しようとすると、電線が溶けてしまうことがあった。そのため、エジソンはワシントンとニューヨークのあちこちに発電所を建設しなければならなかった。直流のもうひとつの問題は、電圧を簡単に上げたり下げたりできないことだ。そのため、使用電圧のちがう電気器具に対応するために、べつべつの送電線を建設しなければならなかった。

交流の場合、こうした問題は起こらない。交流ならどんなに遠くにでも送電できるし、電線が溶ける心配もない。五ボルトの電球から百ボルトの工場機械まで、簡単に電圧を変えることもできる。

テスラのシステムのほうが優れていることを知っていたエジソンは、交流の評判を落とすために妨害宣伝活動を行なった。かくして、エジソン社の従業員によって、世界で最初の電気椅子がつくられた。当然のことながら、使用電力は交流だ。エジソンは交流がいかに危険かをデモンストレーションするために、その電気椅子を使い、メディアのまえで野良猫や野良犬を処刑してみせた。エジソンのメインディッシュは、コニーアイランドで行なわれた象の電気処刑だった。エジソンは電気処刑することを意味する〝ウエスティングハウスする〟という単語までつくりだした」

「話をつくってませんか？」興奮で目を輝かせ、スティーヴン・グライムズが訊いた。

「残念ながら、つくってはいない」と、ラズロはいった。「きみがさっき使った品のある言葉を借りるなら――エジソンはカス野郎だったんだ」

「まったくですね」

「エジソンは交流の評判を落とそうとしたが、交流のほうが利点が多いことは明らかだった。そのため、ナイアガラの滝に水力発電所を建設することが決まったとき、政府はエジソンのシステムではなく、テスラのシステムを選んだ。

あとはきみたちも知ってのとおりだ。世界中で、電気は交流が使われるようになった。直流は電池で動く装置にしか使われていない。しかし、なかには、通常は電池を使うが、アダプターを使えば交流でも使うことができる装置もある。こうしたアダプターはあるハードロック・バンドの名前にもなっているが、それはなにかな……ミス・ベケット？」

「AC／DCです」ウィンター・ベケットは大きな笑みを浮かべて答えた。

「そのとおり」

「でも、電波の話はどうなったんです？」と、ジェイムズ・ユルリッチが訊いた。

「ああ、そうだったな。ミスター・グライムズの〝エジソンはカス野郎だった〟のせいで、うっかり忘れていたよ。まずはラジオの発明の件だが、テスラは一八九七年にふたつの特許を登録した。ひとつは〈電気エネルギーの伝達システム〉、もうひとつは〈電気エネルギーの伝達機械〉だ。こうして、ラジオが公式に誕生した。

電波はその数年前に、ドイツの物理学者ハインリッヒ・ヘルツによって発見されていた。ハインリッヒ・ヘルツは、電波は電磁波の一種であり、波長が長すぎて人間の目には見えないことを証明したんだ」

突然興味が湧いてきたかのように、イライジャが椅子の上で身を乗りだした。「でも、電磁波は光なんじゃありませんか?」

「教科書を先のほうまで読んでいるようだな、ミスター・コーエン」と、ラズロはいった。「まあ、きみは半分だけ正しい。可視光線は電磁波のひとつだ。しかし、そのほんの一部でしかない。説明しよう。

光も電磁波も波の性質をもつ。それを図にするとこんなふうになる——」

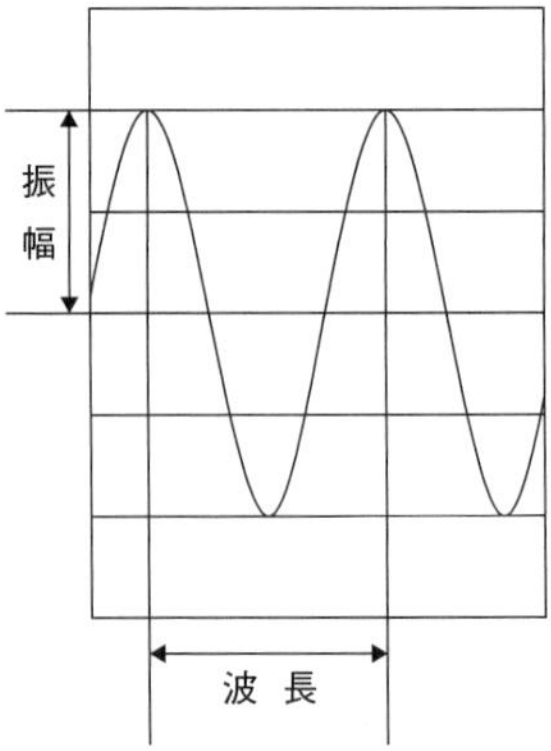

「波の動きが速ければ速いほど、一秒間の波の山と谷は多くなる。この数を周波数といい、単位記号にはヘルツが使われている。波が強ければ、振幅——山と谷の高さ——は大きくなる。
○(ゼロ)ヘルツの電磁波は、電池や直流発電機で発生させた電流だ。思い出してほしい。直流には波

がない。ただ連続した電気の流れがあるだけだ。

周波数三ヘルツから三〇ヘルツまでは極超長波といい、交流電流を伝えるときに使われる。音波の場合、人間の耳に聞こえるのは二〇ヘルツから二万ヘルツ。周波数があがると、音の高さもあがる。典型的な成人男性の声は八五ヘルツから一五五ヘルツ。一方、典型的な成人女性の声は、一六五ヘルツから二五五ヘルツもある」

「ちょっと待ってください」ウィンターが首を傾げていった。「人間には電磁波が聞こえるんですか？」

「そういうわけじゃない。音も電磁波と同じく波であり、同じように波として記述されるってことだ。人間に聞こえるのは空気の分子の音なんだよ」

「ブキミだな」スティーヴン・グライムズが底意地の悪い独裁者のように指をひねりくりまわしながらいった。

「そのほかの電磁スペクトルを見てみよう」と、ラズロはつづけた。「周波数が三〇から三〇〇キロヘルツの電磁波は長波だ。政府はこの周波数帯を航行衛星に使っている。これよりひとつ上が中波で、周波数は三〇〇から三〇〇〇キロヘルツ。この周波数帯はＡＭラジオの放送に使われている。

ここで登場してくるのが、われらがニコラ・テスラだ。テスラは自分が取得したふたつの特許を使い、音波を電磁波に変換し、空中を光速で飛ばす機械を設計した。ラジオのダイヤルをその電磁波とおなじ周波数に合わせれば、ラジオは電磁波を音波に再変換する」

「どうやって？」と、ウィンターが訊いた。

「ラジオは電磁波の波高と振幅を翻訳し、音波に変えるんだ。ここからＡＭラジオという名前が生まれた。AMは振幅変調(アンプリチュード・モジュレーション)の略なんだよ。もしきみたちがラジオのダイヤルを〈1010WINS〉に合わせたとしよう。このとききみたちは、実際には、周波数を一〇一〇キロヘルツに合わせているんだ。周波数を合わせると、ラジオは振幅変調を行ない、電磁波を可聴音に変換する。しかも、光速は秒速約二九・九七万キロだから、どのラジオも電磁波をほぼ同時に受信することになる。わかったかな?」

　ラズロの説明についてきているのは、クラスのほぼ半分だけだった。しかし、英才児クラスでは許容範囲内の損失だ。全員頭がいいから、いまはわからなくても、指定図書を読めば理解できる。それに、ちょっと混乱させてやるのは彼らのためでもある。頭のいい子どもたちは、たまに鼻を折ってやったほうがいいのだ。

「よし、ではつづけよう。周波数三メガヘルツから三〇メガヘルツまでは短波。つぎに、三〇メガヘルツから三〇〇メガヘルツは超短波。これはラジオのFM放送やテレビ放送のいくつかに使われている。そのつぎが極超短波で、周波数は三〇〇から三〇〇〇メガヘルツ。これも多くのテレビ放送に使われている。

　周波数三ギガヘルツから三〇ギガヘルツはセンチメートル波。これはマイクロ波の一部だ。そして最後に、周波数三〇ギガヘルツから三〇〇ギガヘルツのミリ波。以上で無線周波数はおしまいだ」

　生徒たちがかすかなため息をついた。それを聞いて、ラズロはさらにつづけた。

「しかし、電磁スペクトルの終わりというわけではない。ただ、あとは周波数をざっと挙げておくだけにしよう。どうやら、きみたちの忍耐力は限界に近づいてきているようだからな。

三〇〇から四〇〇テラヘルツは赤外線で、肉眼では見ることができない。四〇〇から八〇〇テラヘルツは、わたしたちが愛しているご存じ可視光だ。可視光の色は周波数が決定する。たとえば、赤は四〇五から四八〇テラヘルツ。紫は七〇〇から七九〇テラヘルツ、といった具合だ。そのあとに紫外線とX線がつづき、最後がガンマ線だ」

「ガンマ線って、ブルース・バナーが超人ハルクになる原因になったあれですか？」と、スティーヴン・グライムズが訊いた。

「そのとおり」と、ラズロはいった。「では、誰かきょうの授業内容を要約したい者は？　えー、ではミスター・コーエン。自発的に買ってでてくれてありがとう」

イライジャはラズロのお気に入りのジョークを聞いて顔をあげ（ラズロは手をあげていない生徒を指名するのだ）、要約をはじめた。

「で、で、電磁波は、〝波〟で、光もこの一部になります。その周波数によって、電磁波はさまざまな形をとります。超長波では電流。ちなみに音も同じように波。このとき、周波数があがればあがるほど、音のピッチは高くなります。

周波数が非常に高い電磁波は、AMラジオ、FMラジオ、テレビなどの放送に使われています。周波数がさらにあがると、電磁波は光になります。最初が赤外線、つぎが可視光線、さらにそのつぎが紫外線です。周波数がもっとも高い状態の電磁波は、X線やガンマ線です。

ああ、それと……テスラはラジオ放送用の装置をはじめて設計した人物で、無線周波数スペクトルのなかの電磁波を解明しました」

「それでぜんぶかな？」ラズロは注意を喚起した。イライジャに最後の華麗なシュートを決めさせてやりたかったからだ。この少年はそれだけの褒美（ほうび）に値する。

「ああ。そうでした」イライジャは授業がはじまってからはじめて微笑んだ。「エジソンはカス野郎です」

授業終了のベルが鳴ったとき、誰よりも最初に椅子から飛びだしたのはスティーヴィーだった。

「さあ、行こうぜ」

「ちょっと待ってくれよ」と、イライジャはいった。「ミスター・クエールに訊きたいことがあるんだ」

「ゴマスリ野郎が」スティーヴィーはあざけった。「おまえのロッカーんとこで待ってるぞ」

ほかの生徒が急ぎ足で教室を出ていくなか、イライジャはいちばん好きな先生におずおずと近づいていった。

「あの、い、いまいいですか？　ちょ、ちょっと気になったんですけど……ニコラ・テスラはどうなったんですか？　っていうか、なんでエジソンみたいに有名にならなかったんでしょう？」

「いい質問だ」ミスター・クエールは机の上の書類をまとめながらいった。「つぎの授業のときに質問しなさい。面白いディスカッションになるだろう」

「はい」イライジャは骨ばった肩にバックパックを背負った。「面白い授業をありがとうございました」

「それほど面白かったわけでもない」ミスター・クエールは共犯者めいた笑みを浮かべた。「きみがうけているほかの授業が退屈なんだ。じゃ、失礼するよ、これから五十枚の答案を採点しなければならないんでね。そういえば、きみはまた制限枚数を越えたみたいだな。きみが書き言葉くらい雄弁でないのが残念だ」

「ぼくは書くのが好きなんです」

「わたしが読むのが好きな人間で、きみは幸運だったな。なら、急がないと。ミスター・グライムズをあまり長いことひとりで待たせておくと、学校に火をつけかねない」

「はい。では、またあした」

「ごきげんよう、ミスター・コーエン」

イライジャはドアに向かいかけたが、途中で後ろを振り返った。「なんで生徒の名前に〝ミスター〟や〝ミス〟をつけるんです？」

「なぜきみはわたしをミスター・クエールと呼ぶんだね？」

イライジャは肩をすくめた。「社会規範です」

ミスター・クエールは笑った。「そう、わたしもそう思う。しかし、なぜ社会規範は存在するのかな？　人の名前に〝ミスター〟をつけて呼ぶと、なにが伝わる？」

「尊敬、ですか」

「それは質問かね、それとも答えかね？」

「答えです」イライジャは力強くいった。

「正解だ。生徒はわたしを尊敬してくれている。だからわたしも、生徒におなじ態度で接しているんだ」

「なら、ほかの先生たちは生徒を尊敬してないんですか？」

「そうはいっていない」と、ミスター・クエールはいった。「しかし、それはなかなか面白い推論だな」

第五章

キーが錠のなかにすべりこむ音を聞いて、ジルは振り返った。涙はとっくに乾いていたが、目が燃えるように痛かった。息を吸いこむと、思わず顔が歪んだ。叫びすぎたせいで、まだ喉がヒリヒリする。ジルは地下室の湿っぽくてカビ臭い空気を吸い、つぎにくるはずのものに備えた。

重い木のドアが手前に開き、古い蝶番(ちようつがい)が軋った。廊下からぎらついた光が差しこんできて、目が見えなくなった。やがて、サリヴァン神父が地下室の明かりをつけた。目を閉じると、まぶたの裏で黄色と緑の斑点が踊った。ジルは本能的に目を両手で覆おうとしたが、手首に縛りつけられたロープが肉にぐっと食いこみ、激痛が走った。

サリヴァン神父は部屋に入ってくると、結び目を調べ、ロープをきつく引っぱった。ジルははっと息を飲み、苦痛にかすかな悲鳴をあげた。

「痛むだろう」と、サリヴァン神父はいった。「しかし、いつの日か……おまえはわたしがこうしたことをありがたく思うはずだ」

「わかってます」ジルは小さな声でいった。

神父はジルを見つめた。神父が首からかけている銀の十字架が、ジルの上でゆっくりと揺れている。しばし沈黙してから、神父は後ろを向き、紫色の長い頸垂帯を肩から垂らしたまま、祈禱の言葉をささやいた。ようやくのことでジルのほうを向いたとき、神父はワイングラスを手にしていた。グラスは血で満たされているように見えた。

「時間だ」

　ドアが軋りながら開き、もうひとりの男が入ってきた。ジルはその男を見たことがなかった。背が低くてがっしりしており、いかにも力強そうな太い腕をしている。男はジルを見下ろした。その目にはショックと決意の色が浮かんでいた。ジルとおなじように、男も震えていた。しかし、恐怖からではない。興奮しているのだ。

　ジルは泣きはじめた。


　サリヴァン神父は嗚咽(おえつ)をもらしている子どもを見下ろした。いまにも心臓が破裂しそうだった。これほどまでの恐怖を感じたのは生まれてはじめてだ。神父はワイングラスを持った指に力をこめ、部屋の反対側の壁についている唯一の装飾品——十字架に磔(はりつけ)にされたキリストの小さなブロンズ像——に目をやった。そのイメージを見て、決意が固まった。そうとも、自分にはできる。

　それでも、マッキニー神父がいてくれて心強かった。きょうはマッキニー神父の力がどうしても必要になるだろう。この若い神父は身長がたった百六十八センチしかないが、ラインバッカーのように横幅がある。まるで、もともとは百八十八センチあったのに、神が頭をハンマーで打ちつけ、背を低くして横幅を広げたかのようだ。

　サリヴァンは目を閉じ、昨晩読んだ『ローマ典礼儀式書』の一節を思い出そうとした。しかし、頭に浮かんでくるのは、いまやすっかり暗記しているテキストの標題になっている不吉な単語だけだった。

その単語は、ギリシア語の前置詞であるekと、動詞のhorkizo――〝人に誓わせる〟、もしくは〝魂に宣誓させる〟という意味――に由来するものだ。文字どおりには、より大きな力への嘆願を通じてある存在を縛りつけ、あらゆる命令に従わせることを意味する。

ただし、命令はいつもひとつだった。

去れ。

その単語のことを、サリヴァン神父はあまり深く考えたことがなかった。しかし、いまはそれしか頭にない。その単語とは……

悪魔祓い（エクソシズム）だった。

第六章

「おまえ、ウィンターをぜったいデートに誘うべきだって」

「おいおい、もっとデカイ声でいってくれよ」イライジャは叩きつけるようにロッカーを閉めた。

「そんな声じゃ、中国に住んでる爺さんには聞こえないぞ」

「ちょっと落ちつけって」スティーヴィーは生徒でいっぱいの廊下のほうに顎をしゃくった。

「おまえの性生活に興味を持ってるやつなんかいやしないよ」

「きみをのぞけばな」

「だって、誰かが面倒みてやんなきゃなんないだろ。いまのペースだと、おまえは童貞も捨てられないぞ」

「スティーヴィー！」イライジャは押し殺した声でいい、従兄の肩を強く殴った。

「おい！　痛いじゃないか」

「痛くしたんだ」イライジャはとっとと歩きはじめたが、スティーヴィーは小走りであとについてきた。

「おまえが童貞だってこと、知らないやつがいるとでも思ってんのか？」

「公開討論会の議題になってるとは思わないな」

「ほう、そりゃいい考えかもな」

「最近きみが女の子といっしょのとこを見た覚えはないけど」

スティーヴィーはニヤリと笑った。「そりゃ、目立たないようにしてるからさ」

「たしかにきみは、下痢の象くらい目立たないよ」

「そうか？　なら、こいつを見ろ！」スティーヴィーはバックパックのジッパーをあけ、ポラロイド写真をとりだしてイライジャの顔につきつけた。

スティーヴィーがミシェル・カプランのシャツの下に手をつっこんでいる写真を見たイライジャは、さっと目をそらした。

「顔面矯正器とやったのか？」

「そんなふうに呼ぶのはやめろって！」

「自分がつけたあだ名じゃないか！」

「それとこれとは関係ない」

「いったいいつから……？」

「五日前だ」スティーヴィーは写真をひったくるように奪い返し、勝ち誇ったように微笑んだ。

「な、さすが目立たないようにしてただけはあるだろ？」

「ああ、あるある、たいしたもんだよ」イライジャは従兄に皮肉がきかないことをよく知っていた。スティーヴィーは頭が切れる。しかし、オッパイ関連の話題になると、ＩＱが一気に三〇ポイントほど下がってしまう。「で、その写真はどうやって撮ったんだい？」

「そこが天才の天才たるゆえんさ。おれはきのうの晩、ミシェルを屋根に連れてったんだ。そこなら流れ星が見えるっていってさ。彼女はえらく騙されやすいんだ。とにかく、おれたちはアレをはじめた。ポラロイドカメラはビデオデッキのリモコンで作動するようにセッティングしてあった。で、ここぞって瞬間にボタンを押し、写真を撮ったってわけだ」

「彼女、怒らなかったのか？」

「そこがこの話のいちばんいいとこさ。おれはいったんだ。あの閃光はきっと流れ星にちがいないって。あいつはすっかり信じこんでたよ！」

「いやはや感心するね。その限られた才能をいいことに使ってほしいもんだけどな。悪いことじゃなく」

「そんなことといってっから女とヤレないんだって。おまえ、ナンパを悪いことだと思ってんだろ」

「ちがうよ、嘘をつくのが悪いっていってるんだ」

「ナンパも嘘もおなじことさ。『バック・トゥ・スクール』でロドニー・デンジャーフィールドがいってるだろ。『おれを騙すな。女たちを騙せ！』って」

デンジャーフィールドは、スティーヴィーの守護聖人のようなものだった。イライジャにはどこか間違っているとしか思えなかったが、それをいったら、偶像視するにはふさわしくない人物などほかにもたくさんいる。「きみってやつは、まったく処置なしだな」

「で、ウィンターのことはどうなんだ？」

「向こうはぼくが存在してることすら知らないさ」

「知ってるって。きょうなんか、ミスター・クエールの授業のあいだじゅうおまえを見つめてたぞ」

「それは彼女がぼくの後ろの席だからだよ、バカ」

「でも、とっかかりにはなるじゃないか」

「たいしたとっかかりじゃない」

「それでどうすんだよ、彼女をデートに誘うのか誘わないのか」

「聞くまでもないだろ」

「スティーヴィーがイヤらしい目であんたを見てるよ」リズがさも嫌そうにいった。「あいつ、ほんとサイテー」

「そうかな」ウィンターはちらっと後ろを振り返った。カフェテリアの奥にいるスティーヴィーと目が合うと、向こうはさっと顔をそむけた。「ちょっと面白いと思うけど」

「なにいってんの？　まさか好きだとか？」

「ちがうわよ！」

「もー、あんたってちょっと怖い。アタマでっかちなやつらとつきあいすぎなんだよ」

「どういうこと？」

「わかってるでしょ」

「教えてよ」

「ったく、ウィンターったら。頭はいいくせして、あんたってほんとヌケてるんだから。TAGプログラムの連中なんかとつきあってると、社交界のシベリア行きになっちゃうってこと。あいつらみんなオタクなんだから」

「わたしもオタク？」

「ったくもう！　んなこといってないでしょ。わかってるくせに。あんたはたんにオタクのクラスにいるってだけ。ほかのときはあたしたちの仲間じゃん」

「あたしたちって？　クールでステレオタイプな連中？」

「ステレオって、音楽の話なんかしてないでしょーが」

「ごめん、忘れて」ウィンターはフライドポテトをつまんだ。

新しい学校に転校したとき、ウィンターは新しいスタートを切りたいと思っていた。自分とおなじレベルの友だちがもっとほしかった。しかし、かわいい女の子たちのグループに引きこまれることは避けられなかった。ウィンターが彼女たちを選んだのではないし、彼女たちがウィンターを選んだのでもない。たんに、はじめて登校した日のランチタイムに、彼女たちのテーブルに誘われたというだけだ。しかし、ウィンターの社交生活は、すっかりそれで決まってしまった。

男の子や服の話をするのは楽しかったが、自分がほんとうの自分ではない気がした。すくなくとも、完全には。ウィンターはいつも自分の役割を演じていた。ママとパパのまえでは無垢な娘。新しい友だちのまえではクールな女の子。教師のまえでは模範的な生徒。

ウィンターがほっとできる時間はたったふたつだった。

ひとつはオーケストラの練習だ。いろいろな授業のなかで、音楽だけはこまごました事実を暗記しないですむ。大切なのは芸術性と感情だった。楽器を演奏しているとき、ウィンターは生きていることを心から実感できる。

ほんとうの自分に戻れるもうひとつの時間は、ミスター・クエールの授業だった。ほかの教師とちがい、ミスター・クエールは教えることを楽しんでいるように見える。しかも、頭がいい。どんな質問だろうとたいていは答えてしまう。生徒がわざとむずかしい質問をして窮地におとしいれようとすると、ほかの教師のようにごまかしたりいらだったりせず、知らないと素直に答える。

いちばん嬉しいのは、ミスター・クエールがクラスを厳しく管理しようとしないところだ。手をあげなくても自由に発言させてくれるし、生徒に対して大人のように接してくれる。それに、生徒が脱線しても怒ったりしない。しかも、ミスター・クエールの授業の場合には、脱線がただの脱線に終わらない。テスラの話のようなちょっと奇妙な話題でも、かならずなにかしら得るところがある。

とはいっても、マーシーやティナやリズに、科学の授業が好きだとはとてもいえなかった。ほかの多くのことと同様、彼女たちはわかってくれないだろう。

第七章

サリヴァン神父は震えている少女を見下ろして息を吸い、力をあたえたまえと祈りを捧げた。それから、神聖なワインをすすり、キリストの血を身体にとりこんだ。ワインは心地よいぬくもりで身体を満たしてくれた。サリヴァン神父は十字を切り、テーブルの上に縛りつけられた少女に目を向けた。少女は彼を見上げていた。頬は涙で濡れている。唇は震え、恐怖に歪んでいる。あたかも、なにか怖ろしいものを待ちうけているかのように。

サリヴァン神父は指先で少女の熱い肌に触れ、すぐさま引っこめた。しかし、ほんの一瞬触れただけなのに、胸のなかで心臓が跳びはねるより先に、神父の心は目もくらむような色に満たされた。

少女に向かって十字を切ってから、灌水器の小さな杯の部分に指を浸した。聖水は冷たく、肌触りがさらっとしていた。サリヴァン神父は聖水を自分とマッキニー神父に振りかけてから、灌水器を持ちあげ、少女の頭の上にもっていった。

手が激しく震えているせいで、杯のなかの聖水が揺れ、縁からこぼれて少女の顔に跳ね落ちた。少女の肌が焼け焦げて煙をあげていることをなかば予期しながら、サリヴァン神父は下に目を落とした。しかし、焼け焦げるどころか、少女は唇に落ちた水滴をなめていた。

喉が渇いているのだ。

それも当然だろう。この十二時間、叫びどおしだったのだから。しかも、そうさせたのは、ほかならぬおまえではないか。

サリヴァン神父は息を吐きだした。マッキニー神父があえぐように息を吸いこんでささやいた。

「もし、からし種一粒ほどの信仰があれば、この山に向かって、『ここからあそこへ移れ』と命じても、そのとおりになる」

サリヴァン神父にはすぐにわかった。〈マタイによる福音書〉の十七章二十節。憑依（ひょうい）された少年の話だ。町の人たちは悪魔を追い払おうとするが、どうしても追い払えない。イエスはサタンの力のまえに信仰を失いかけている人々を叱責し、ほんのわずかな信仰があれば――たとえからし種のように小さくても――偉大なことが成し遂げられるのだと説いた。

マッキニー神父は正しい。この使命を成し遂げるための唯一の道は、揺るぎなき信仰を通してしかありえない。

「ありがとう」サリヴァン神父はささやいた。そして、汗に濡れた少女の眉に聖水を振りかけ、冷たく硬い石の床にひざまずいた。

サリヴァン神父は神に慈悲を乞うた。それから、諸聖人に祝福を求める連禱をひとつひとつ唱えはじめた。聖マリア。天主の聖母。聖ミカエル。聖ガブリエル。聖ラファエル。聖なるすべての天使および大天使。聖なる永福の霊の各階級。

つぎに、サリヴァン神父は彼らを罪より救いたまわんことを主に祈った。神の御怒りより。悪魔の罠より。怒り、憎しみ、その他すべての悪意より。落雷および暴風より。地震の災難より。疫病、飢饉および戦争より。終わりなき死より。

「主よ、わたしたちを試みにあわさず――」

「悪よりお救いください」マッキニー神父があとを引きとった。

サリヴァン神父は立ちあがって目を閉じ、キリストの容貌を強く心に思い浮かべた。立ちあがると同時に、その声も高くなり、力強く意気揚々としたものになった。

「主よ、あなたの土地を荒らす獣を震えあがらせてください。あなたの僕を勇気で満たし、堕落した竜と勇敢に戦わせてください。

その偉大な手で、あなたの僕ジル・ウィロビーより、彼の者を追放してください。彼の者の手から自由になれば、この少女はあなたとともに生き、あなたとともに栄えます。父と子と精霊の御名において、永遠に」

力と自信を感じ、サリヴァン神父は目をあけ、獣を見下ろした。獣は無力な子どもの目を通してにらみ返してきた。

「わたしはおまえに命じる、汚れし者よ。おまえはいま、配下の者たちとともに神の僕を攻撃している。われらの主イエス・キリストの顕現、受難、復活、昇天の神秘によって、名をなのれ。わたしはさらに命じる。厳密にわたしに従え。わたしは価値なき者なれど、神の司祭である！」

その声は小さな部屋に轟きわたり、あとにつづいた静寂をさらに力強いものにした。サリヴァン神父は息を殺した。少女は神父を見上げた。その目は血走り、涙で輝いていた。

「あ……あ……あたしは……なにをいえばいいんですか？」

「名をなのれ」サリヴァン神父は命じた。

少女は困惑して眉を寄せた。「あ、あたしの名前はジルです」

サリヴァン神父は首を横に振った。「おまえの器の名前ではない。おまえのほんとうの名前だ、デーモン！」

　少女はすすり泣きをなんとかこらえたが、瞳には涙が湧いていた。「悪いことをしたのは謝ります。でもお願い……お願いですから、もう許してください。あんなこと、もう二度とやりません」

　サリヴァン神父は獣を見下ろした。しかし、怪物は見えなかった。見えるのは、怯えた小さな少女だけだ。もしかしたら――あくまでもしかしたらだが――少女の口から出てくる声が、ほんとうに少女自身の声なのかもしれないという気がした。

「これはきみがやったことに対する罰ではない」サリヴァン神父は穏やかな声でいった。「きみは苦しめられているのだよ、ジル。きみのなかには悪霊がいて、きみに悪いことをさせている。それを感じられるかね？」

　ジルは鼻をすすり、首を横に振りはじめたが、やがてはっと身体をこわばらせた。

「と、と、ときどき感じます……あたしには見えるんです……奇妙な色が。感情みたいな色が」

「それだ！」サリヴァン神父は叫んだ。「それだよ、ジル。その感覚にはっきり目を向けるんだ。わたしに話してみなさい」

　ジルは目を閉じて震えはじめた。ほぼ一分ほどもたったところで、彼女は首を振った。

「祈りなさい、ジル。イエス・キリストに祈るのだ」

「あたし、怖いんです」

「恐怖に負けてはならない。信仰は悪魔の軛（くびき）からきみを自由にしてくれる。さあ、祈りなさい！」

　ジルは大きく息を吸い、目をぎゅっとつぶると、ささやきはじめた。

「めでたし、聖寵充（せいちょうみ）ち満てるマリア。主、御身とともにまします。御身は――」

「もっと大きな声で！」

ジルのかれた声が空気を切り裂いた。「めでたし、聖寵充ち満てるマリア！　主、御身とともにまします！」

「祈りを感じるんだ、ジル」サリヴァン神父は励ました。「言葉を叫ぶのではない。信じるのだ」

「御身は女のうちにて祝せられ」ジルはしゃくりあげ、はっと息を飲んだ。「御胎内の御子イエスも祝せられたもう。天主の御母聖マリア、罪人なるわれらのために、いまも臨終のときも祈り給（たま）え。アーメン」

「さあ」サリヴァン神父はいった。「悪魔に名前をいわせなさい」

ジルは首を振った。「できません！」

忍耐心を失い、サリヴァン神父は大きく腕を引くと、手の甲でジルの頬を張り飛ばした。ほんの一瞬、手がジルの肌に触れた。そのとたん、胃がぎゅっと締めあげられ、脳が不気味な色の数々に満たされた。ジルは大きくのけぞり、頭を激しくテーブルにぶつけた。

「お願い！　殴らないで！」

「名をなのれ！」

サリヴァン神父はもう一度ジルの頬を張り飛ばした。すると、ふたたび恐怖が彼の胃をつかみあげた。

「できません！」

「いうのだ！」

――バシッ。

「やめて！」ジルが叫んだ。「お願い！　やめて！」

サリヴァン神父はふたたび腕を振りあげた。そのとき、脇腹に突然鋭い痛みが走り、神父はうつぶせに倒れこんだ。額が石の床に叩きつけられ、歯と歯がぶつかって音をたてた。神父はなんとかあおむけになろうとした。しかし、とてつもない重みがのしかかってきて、まったく身動きができない。

なにかの力がサリヴァン神父の頭を後ろに引きあげ、床に叩きつけた。骨の砕ける音が響き、爆発するような激痛が鼻を襲った。ふたたび頭が引きあげられた。頭を床に叩きつけられる寸前、神父は顔の下にさっと手を差し入れた。

骨の砕けた鼻が手のひらに当たり、べとつく血が広がっていくのが感じられた。そのとき、またもや頭を引きあげられた。サリヴァン神父は悲鳴をあげ、後ろに手をのばした。その手が誰かの手をつかんだ。突然、神父はきらきらと光る鮮やかな紫色の暴力が波となって押し寄せてくるのを感じ、それから……なにも感じなくなった。顔のまんなかでずきずきとうずいている激しい痛み以外は。

「なんてこった」背後で息を飲む声がした。それから――「サリヴァン神父！」

重みが消え、ふたつの手がサリヴァン神父の身体を転がしてあおむけにした。鼻と口にどっと血が流れこみ、息がつまった。サリヴァン神父は激しく咳きこみながら身体を起こすと、自分を襲った――と同時に救ってくれた――相手に目を向けた。男の顔には一面に血しぶきがかかっていた。

「ジョン」サリヴァン神父はマッキニー神父の顔を見つめた。「どうして――」

「わからない……」マッキニー神父は震える声でいった。「わたしはきみを見ていた……この少女に平手を食らわすのを……すると突然、激しい怒りに駆られたんだ。わ……わたしは……すまない」

「きみのせいではないよ、ジョン」サリヴァン神父はマッキニー神父ごしに獣を見つめながらいった。「手を貸してくれないか。立ちたいんだ」

マッキニー神父はサリヴァン神父の手を引っぱり、一気に立ちあがらせた。年老いたサリヴァン神父は立ちくらみを覚えつつも、少女のなかに隠れている獣をにらみおろした。

「おまえのほんとうの姿を明かしたのは間違いだったな」それから、マッキニー神父に向かって、「今夜はここまでにしよう」

マッキニー神父の手を借りてサリヴァン神父がドアから出ると、獣が叫び声をあげた。

「神父さま、ごめんなさい！　そんなつもりは……あたしをおいてかないで！　あたしを――」

サリヴァン神父は重いドアを閉め、獣の声を断ち切った。そして、ずきずき痛む鼻を押さえながら、よろめくように廊下を歩いていった。獣は怖ろしい声で吠えていた。マッキニー神父が身体をこわばらせたが、サリヴァン神父はそのまま歩きつづけた。

後ろを振り返ることなく。

第八章

紫煙のたちこめた職員室にその女性が入ってきたとたん、ラズロはすっかり惹きつけられてしまった。チョコレート・ブラウンの肌はまるで輝いているかのようだし、彫刻を思わせるその顔には、ダイヤモンドの表面のように光が踊っている。しかもその歩き方は、この職員室もそこにいる者もすべて自分のものであるかのように、力強く、堂々としていて、誇らしげだった。

部屋には古くて薄汚れた茶色いソファがふたつおかれていた。そのあいだを巧みに通り抜けてくる彼女を、ほぼ全員の視線が追った。男の欲望をそそり、女の反感を買うタイプの女性だ。彼女はまっすぐにラズロのほうへ歩いてきた。

「あなたがラズロ・クエール?」

「そうですが」

「ちょっといいかしら?」

ラズロは目のまえにあるオレンジ色の椅子を身振りで示した。「どうぞ」

女性は腰をおろした。彼女のしなやかな身体を見ていると、その硬いプラスティックの椅子が、世界でもっともすわり心地のいい椅子のように見えた。部屋に響いていた話し声が消え、七組の耳が、なかばあからさまに彼女のほうへ向けられた。

「ダリアン・ワシントンです」彼女はそういって手を差しだした。ラズロはその手を握った。ダリアン・ワシントンの手はあたたかく、なめらかだった。ダリアンは握った手にぎゅっと力をこめ、すぐに引っこめた。二人の肌と肌が離れた瞬間、ラズロはびっくりするほど大きな落胆を覚えた。

「教育省からきました。わたしたちはアメリカ国内における英才教育プログラムの実態調査をしています。今回うかがったのは、あなたの授業を参観できないかと考えたからです」

「なにを調査をなさっているんです、具体的には？」

「授業方法、学級経営、生徒の成績……そのほかです」

「どういうわけか、最後の〝そのほか〟というのがあなたのいちばんの関心事だという気がするんですが、なぜでしょう？」

「あなたが非常に鋭いかただからでしょうね」

「どうやら、〝そのほか〟がなんなのか、教えてくださるつもりはないようですね」

ダリアンは微笑んだ。ラズロは深いブラウンの瞳を覗きこんだ。その瞳にはどこか猫を思わせるところがあった。いたずらっぽいが、怖いほど真剣だ。

「授業を参観させていただき、夕食をごいっしょして話をお聞きしたいんですが」

「勘定はあなたもちで？」

「まさか。ニューヨーク州もちで」

「納税者に感謝しましょう」

「よかった」ダリアンは音をたてることなく椅子を後ろに押しすべらせ、優雅に立ちあがった。

「五時限目にうかがいます。では、そのときに」

彼女が去ってしまうと、微積分法を教えている白髪のブラッドフォード・ピアースがラズロのほうを向いた。「いったいどういうことかね？」

「さあな」と、ラズロはいった。「しかし、どうなるか楽しみだよ」

授業開始のベルが鳴った。いつものとおり、いちばん最後に席についたのはスティーヴン・グライムズだった。ラズロは教室の後ろに静かに立っているダリアンに向かってうなずいた。

「授業をはじめるまえに、ミス・ワシントンを紹介しておこう。ミス・ワシントンはきょうの授業を参観する。だから、いかにも秀才に見えるように、みんなベストをつくしてほしい」

クラスの全員が振り返り、ダリアンを品定めした。まだ青臭い少年たちは、黒いスーツに身をつつんだダリアンの引き締まった身体に熱い視線を送り、少女たちは賞賛の混ざった嫉妬と不安の表情を浮かべた。

「ミスター・グライムズ」ラズロはダリアンから目を離すことなく、犯人のひとりを現行犯で逮捕した。

「は？」締まりのないニタニタ笑いを浮かべたまま、スティーヴン・グライムズが振り返った。

「ひとつアドバイスしておこう。きみはポーカーはしないほうがいい。さあ、授業をはじめるぞ。もうみんなミス・ワシントンのことはたっぷり見たはずだ。きのうはどこまでいったかな？」

「ニコラ・テスラです」と、ウィンター・ベケットがいった。ウィンターの声はよどみなく自信に満ちていた。

「ありがとう、ミス・ベケット。きのうの授業のあとで、ミスター・コーエンがテスラについてとてもいい質問をした。あの質問をまたここでくりかえしてもらえるかな、ミスター・コーエン？」

「えー」イライジャ・コーエンは決まり悪そうに机の上を見つめた。「ちょっと不思議に思ったんです。テスラはなぜエジソンみたいに有名にならなかったのか」

「そう、たしかに不思議に思うのも無理はない」といって、ラズロは説明をはじめた。「いちばんの理由は、テスラがルールどおりに行動しなかったことにある。テスラはエジソンよりもずっと才能のある科学者だった。しかし、ビジネスマンとしてはエジソンのほうが優れていたんだ。わかるかな。テスラの問題は、研究をいつまでもやめようとしない点にあった。やめたほうが大きな利益につながる場合でもね。

たとえば、電流戦争で交流が勝利をおさめたあとも、テスラは電力の供給方法を改良しようと、ほかの方法を模索しつづけた。とくに力を入れたのは、電気放送システムの開発だった。電気を空中に放射し、送信機とアルゴンガスのつまった球体——ちなみに、この球体は受信器として作動するはずだった——をつなごうとしたんだ。

テスラはこの新しい発明を多くの投資家に提案したが、興味を示したのはJ・P・モルガンだけだった。直流に投資して財産を失ったモルガンは、テスラに好意をいだいていなかった。しかし、それでも非常に低い額でオファーを出した。ところが、テスラはこの申し出を蹴った。その夜遅く、テスラの研究所は火事ですっかり焼け落ちた。テスラはすべてを失った——それまでの研究も、設計も、発明も。

誰が放火したかは証明されなかった。しかし、テスラはメッセージをはっきり理解した——電気放送システムは開発するな」

「テ、テ、テスラは、黙って引き下がったんですか？」と、イライジャ・コーエンが訊いた。その声には強い恐怖がこもっていた。

「答えはきみも知っているはずだ。街に行ったときに、ガスの入った球体を見たことがあるかね？　残念ながら、世界最高の科学といえども、資本主義には勝てないんだ」

「ベータ＝ＶＨＳ戦争みたいに」と、スティーヴン・グライムズがいった。

「そのとおり。そのことを念頭におきつつ、テスラの発明をもうひとつだけ紹介しておこう。伝説によると、テスラは一九一五年に、虚空から力を生みだす電磁力推進エンジンを開発したらしい。テスラはこれを〝エーテル・パワー〟と名づけた。

Ｊ・Ｐ・モルガンとジョン・Ｄ・ロックフェラーがテスラを憎んでいたので、銀行や投資家からの資金提供は望めなかった。そこでテスラは、特許を出願するまえに、実際に稼働するモデルを製作することに決めた。かくして、一九三一年、空気から動力を引きだすエーテル機関式自動車が完成した。実験に立ち合った従兄によれば、テスラはその車を時速百四十キロ以上で八十キロ運転したそうだ。

従兄が動力源はなんなのか訊くと、テスラは『謎の放射エネルギーだ』と答え、『どこからくるのかはぼくにもわからない。人類はその存在に心から感謝すべきだ』といったそうだ。

このころ、テスラは極度に秘密主義になり、被害妄想が激しくなっていた。そのため、エンジンの設計については人に話すことを拒否した。その後、死ぬまでの十二年間は、球電光とプラズマの研究にもとづいた〈テレフォース〉というシステムの開発に取り組んだ。テスラはこの装置を殺人光線という愛称で呼んでいた」

「そりゃクールだ」

「たしかにクールだな、ミスター・グライムズ。残念なことに、この武器が命を奪ったのはテスラ本人だけだった。一九四三年の一月五日、テスラはこの武器を米国陸軍省に売りつけようとし、その三日後、ホテルの部屋で死んでいるところを発見された。その後すぐ、ＦＢＩがテスラの研究書類をすべて没収した」

「で、どうなったんです？」スティーヴン・グライムズが興奮した声で訊いた。

ラズロは首を横に振った。「どうもならなかった」

「例の車は？」と、ウィンターが訊いた。

「殺人光線は？」と、グライムズ。

「テスラの研究資料がどこへ行ったかは誰も知らない。ロナルド・レーガン大統領が提唱したスター・ウォーズ計画の防衛システムは、テスラの殺人光線からヒントを得たものだと信じている者も多い。しかし、それもただの憶測にしかすぎない。では、この話の教訓はなにかな？　ミスター・コーエン、当てずっぽうでもいいから、なにかないかな？」

「行政当局には戦いを挑むなってことですか？」イライジャ・コーエンは自分でも疑わしそうにいった。

「それもひとつの解釈だな。わたしの解釈はそれよりもちょっとダークだ。行政当局に戦いを挑むことはできる――しかし、挑んだとしても、負けるのはおそらくこちらだ。実際、下手をすれば命を落とすかもしれない。もちろん、だからといって戦いを挑むなといっているわけじゃない。さて、教科書の百五十四ページを開いて……」

いくつかのうめき声があがった。授業の〝お楽しみタイム〟は終わり、〝テストに出るかもしれない部分〟に入ったからだ。それでも、ラズロは生徒たちの興味を引っぱっていった。彼はいつでも生徒を面白がらせようと努力している。しかも、きょうはさらに特別な動機があった。

ダリアン・ワシントンだ。

ラズロはダリアンが教室の最後列にすわっているのを意識しないようにした。しかし、生徒たちの頭越しにしょっちゅう目が合ってしまう。なんだか、自分が顕微鏡で観察されている気がした。三年連続で生徒たちから〈本年度最優秀教師〉に選ばれているにもかかわらず、ラズロは自分が教師に不向きなのではないかという不安を覚えた。

ようやくのことでベルが鳴ったとき、ラズロはほっとすると同時に、なんとなくがっかりした気分になった。生徒たちが教室から出ていってしまうと、ダリアンは椅子の背にもたれ、膝丈のブーツを机の上にのせた。そして、そのまましばらく天井を見つめていたが、やがてラズロのほうを向き、唇におどけた笑みを浮かべてみせた。

「あなたはたいした役者ね、ミスター・クエール」

「ありがとう」と、ラズロはいった。「このショウをひっさげてツアーに出ようかと思ってるんだ。〈ニコラ・テスラと名もなき科学者たちの珍騒動〉と題してね」

「生徒たちは真剣に耳をかたむけてた。あなたが選抜した英才児たちは、ほかの教師の授業のときはすごく騒がしいって聞いたわ。なのに、いまはとてもおとなしくしてた。なにか秘密があるの？」

「子どもたちは大人よりずっと敏感だ。見下されればすぐにわかる。英才児が相手の場合は、それがさらに厄介だ。彼らは指導者とされる者たちから、もうひとつ余分なハードルを課せられるんだからね」

「余分なハードル？」

「嫉妬だよ。わたしが教えている子どもたちは、たんに頭がいいだけじゃない。信じがたいほどの潜在能力を秘めた天才たちだ。わたしたち教師は偉そうにしているが、じつはただのベビーシッターにすぎない。彼らの面倒をみて、成長にもっとも適した環境を提供するだけだ。あの子どもたちは全員、わたしたち教師よりも偉大な人間になるべく運命づけられている。わたしたちにせいぜい望めるのは、いつの日か彼らが、自分のことを好意的に思い出してくれることくらいさ」

「あなたが自分のことをただのベビーシッターだと考えてるとは思えないけど」ダリアンはブーツをすべらせて床におろし、椅子から立ちあがった。「もしそんなふうに考えているんなら、あそこまで真剣に教えるはずないもの」

「これかい？」ラズロはそっけなくいい、チョークで汚れた背後の黒板に向かって手をひらひらさせた。「行き当たりばったりで適当にやっているだけだよ」

「なら、あなたは自分のことをなんだと思ってるの？」ダリアンはゆっくりとラズロのほうへ歩いてきた。

　ラズロはキャスターがついた緑の革の椅子にどさりと腰をおろした。あちこちがすり切れた椅子は、ラズロが背に寄りかかると軋んだ音をたてた。「そういうきみは？　わたしをディナーに招待してくれる美しい女性かい？　それとも、教育省からきたご婦人かな？」

　ダリアンは微笑んだ。「最初のほうね」

「わたしは自分のことを守護者と考えるのが好きだ。すべての子どもを自分で選抜し、普通の学校から連れだし、ここに連れてくる。もといた学校で、彼らのほとんどはいじめられていた。

友だちも多くなかった。しかしそれでも……わたしは彼らに対して、ある種の責任を感じている」

「ウィンター・ベケットは？　あの子は、どちらかというと学級委員長タイプに見えたけど」

「例外があるからこそ基本がわかる。ウィンターは非常に優れている。聡明で、信じられないほどのカリスマ性があり、優雅で……大人になったらとても美しい女性になるだろう。それに、彼女は並はずれた音楽家でもある。うちのオーケストラのコンサートをぜひ見るべきだ——約束するよ、よくある八年生の発表会とはレベルがちがう」

「でしょうね」ダリアンは学習机の上に腰をおろした。「なら、そういうこと？　あなたは守護天使ってわけ？　でも、子どもたちを永遠に守ってやることはできない」

「わかってる。しかし、わたしは普通の授業では教えないことを教えてやれる」

「たとえば？」

「自信だ。イライジャ・コーエンがそのいい例だよ」

「赤毛の神経質そうな子？」

「そう。まえにいた学校で、あの子はけっして手をあげなかったし、従兄以外には友だちがひとりもいなかった」そう話しているあいだにも、ラズロのなかには怒りがこみあげてきた。イライジャはラズロが教えてきたたくさんの子どもたちとおなじだった——正しく理解されていなかったのだ。もっと早く見つけてやっていれば、たぶんあの少年は自分の影に怯えるようになってはいなかっただろう。

「わたしにいわせれば、いまでもすごくシャイに見えるけど」

「ああ、そうだよ」ラズロはうなずいた。「けれど、自分の殻から出てきはじめている。クラス・ディスカッションにも参加しているし、きのうなどは、自分からわたしのところにきて質問をしたほどだ。ここにきたばかりの頃は、わたしの目もまともに見られなかったのに。

ただし、わたしはいまも努力をつづけている。授業のたびに彼を指す。彼は答える。自分もほかの生徒とおなじこのクラスの一員なんだってことを学びつつある。いや、それどころか、当人はけっして認めないだろうが、もっと大きなことを学びつつあるよ。あるがままの自分をうけいれつつあるんだ」

「あなたはほんとうに強い信念を持ってるのね」ダリアンは首を振った。

「それに関しては、たしかに弁解の余地はない」ラズロは両手をあげた。「きみはどうなんだい？　信じていない？」

「あら、信じてるわ」ダリアンは手をついて机からおりた。「ただし、ほかのことをね。で、今夜のことだけど、〈コーナー・ビストロ〉でどうかしら。場所は――」

「西四番通り。あそこなら知ってるよ。バーガーがすごくうまい」

「よかったかしら？」

「もちろん。いつも行ってる店だ。ただ、きみは布製のナプキンが出てくるような店に行くタイプだと思ってたんだ。ビールでべたついた床は好きじゃないんじゃないかとね」

「ええ、じつはそう。でも、今夜はべつ。勝手知ったる場所なら、あなたに有利になると思って」

「これはなにかの試合なのかな？」

「人生は試合よ」と、ダリアンはいった。「なら、今夜八時に」

ブーツのかかとで音高く床を鳴らしながら去っていくダリアンを見て、ラズロは思った。いったい自分はなにに足をつっこもうとしているのだろう？　しかし、そんなことはどうでもよかった。たとえそれがわかっていたとしても、彼女の魅力にあらがうことなどできなかっただろう。

第九章

サリヴァン神父にとって、きょうは人生最高の日になるはずだった。その朝、待ちに待った連絡がついに入ったのだ。アメリカ合衆国のローマ教皇大使であるジャン・ジャドー大司教から、司教省がボストン大司教区の補佐司教にサリヴァンを推薦した――そして、それを教皇庁が承認した――ことを知らされたのである。

サリヴァン神父はこの地位を手に入れるために、何年間も策を弄してきた。その夢が、いまついに現実になろうとしている。なのに、神父の一日には黒い影が落ちていた。この太陽が沈み、尼僧たちがベッドに入ったら、地下室で悪魔の相手をしなければならない。

皮肉なことに、大司教は電話を切るまえにこういった。「教皇がとくに感心なさっているのは、教会区の孤児に対するきみの仕事ぶりなのだ。誇りに思っていいぞ」

「ありがとうございます」と答え、サリヴァン神父はジルのなかにいる悪魔のことを考えた。「しかし、やるべき仕事はまだまだあります」

「つねにな」

その夜、教会の地下へと階段を降りていくとき、サリヴァン神父の頭には大司教の言葉がこだましていた。悪魔の監獄にふたたび足を踏み入れると、神父は息を吸いこんだ。部屋には排泄物と小便の臭いがこもっていた。少女の脚のあいだに、黒っぽい染みが見えた。

どうなっていると思ったのだ？　この娘は永遠に我慢できるとでも？

頭のなかを響く叱責の声は無視し、サリヴァン神父は用意してきた鋼鉄の鎖を天井から床までのびている太さ八センチほどの排水管に巻きつけ、テーブルの上にぐったりと横たわったジルのもとに戻った。

それから、茶色の紙袋をあけ、二組の手錠をとりだした。そして、片方の手錠の鎖に鋼鉄の鎖を巻きつけ、がっしりした銀の南京錠で固定し、その手錠をジルの両手首に――肌に触れないよう気をつけながら――はめた。

つぎに、もう一方の手錠を足首にはめ、ジルをテーブルに縛りつけている麻ひもを切った。すべての麻ひもを切り終わると、神父はすばやく後ろにさがった。獣はため息をついた。彼女はまっすぐ頭の上にのばされた腕をほんのすこしだけ持ちあげ、痛みに悲鳴をあげた。

「痛むだろう。ずっと固定したままだったからな。動かしていれば血行が戻る。もう一度ためしてみろ」

ジルは目をつぶって歯を食いしばり、震えている細い両腕をもう一度持ちあげると、肘をV字型に曲げ、身体のわきに引き寄せた。手錠をはめられた手首が、ドサッと音をたてて胸の上に落ちた。

ジルは荒い息をつきながら、しばらく休んだ。

それから、上半身を起こし、身体を縮め、ゆっくりと膝を引き寄せると、脚をテーブルからおろした。しかし、前かがみになったところでバランスを失い、石の床に激しく倒れこんだ。サリヴァン神父は駆け寄って助け起こしたい衝動をぐっと抑えこんだ。

神父はただそこに立ったまま、床にくずおれて嗚咽をもらしているジルを見つめた。長いストレートの髪が顔をほとんど覆っているせいで、表情は見えない。しかし、唇が震えているのはわかった。裸電球の光をうけて輝いている唇は、鮮やかな赤い血にまみれていた。

ジルのわきには、三角形の小さな白いものが落ちていた。歯が欠けたのだ。サリヴァン神父の心に、ジルへの同情と自分がやったことへの恐怖が湧きあがってきた。

これはただのトリックだ。こいつはおまえを罠にかけようとしているのだ。マッキニー神父に起こったことを思い出せ。彼女がマッキニー神父にさせたことを。心を強くたもて。信念を貫くのだ。

いまこの機会を利用すべきなのはわかっていた。おそらく、宿主が傷ついているいま、悪魔は弱っているにちがいない。しかし、この少女を――もしくは〝それ〟を――質問攻めにすることを考えると、胃がむかついた。神父は発泡スチロールのカップをテーブルの上におき、すばやく後ろにさがった。

「そこに水がある」サリヴァン神父はカップのほうを顎でしゃくった。しかし、少女は顔を床に向けたままだった。「あす話をしよう」

つぎの夜、サリヴァン神父はダッフルバッグとふたつのバケツを持って地下室に戻った。バケツのひとつは空だが、もうひとつは水がいっぱいに入っている。バケツが揺れ、なかの水が跳ねて床にこぼれた。神父は足もとにできた水たまりを無視し、静かに足を踏みだしてドアに耳をあてた。

木のドアはひんやりとしていた。サリヴァン神父はしばらくそのままの姿勢で耳をすませた。

しかし、聞こえてくるのはかすかなボイラーの音と、自分の心臓の鼓動だけだ。彼女は手錠をはずしたのだろうか？　ものの本によれば、悪魔は宿主に尋常ならざる力をあたえることがあるらしい。

あの少女が鎖を引きちぎり、ドアがあくのを待っているのだとしたら？　彼に飛びかかって首を絞めようとしていたら？

それどころか、もっと悪いことだって考えられる。

サリヴァン神父は首を横に振った。あまりにも馬鹿げている。

いたいけな少女を地下室に鎖で拘束するよりも馬鹿げているというのか？　本気でそう思っているのか？

恐怖に屈服するのを拒否し、サリヴァン神父はすばやくドアの鍵をあけた。ドアを引いたとたん、獣の姿が見えた。それがしていることを目にして、神父は息を飲んだ。

少女はひざまずいていた。薄汚れた髪を後ろで結び、頭（こうべ）を垂れ、手錠をはめられた両手を顔のまえで握り合わせている。彼女は祈っていた。

少女のやつれた頬は泥で汚れ、口の端には乾いた血がこびりついていた。身体はすでにだいぶやせこけている。そのため、汚物にまみれたネグリジェは二サイズほど大きく見えた。そんなありさまにもかかわらず、少女の目には偽りのない誠意が感じられ、それが神父をゾッとさせた。

怒りや憎悪や悲しみの色はどこにもなかった。ただ、後悔と受容があるだけだった。その目があまりに力強かったため、部屋の悪臭はきのうの晩の十倍近くにもなっているのに、サリヴァン神父はほとんどそれに気づいていなかった。

「こんにちは……神父さま」

「やあ……ジル」

サリヴァン神父はふたつの手錠と排水管までのびている鎖に目を走らせた。ジルがしっかり拘束されていることに満足すると、神父はダッフルバッグを部屋に運びこんでドアを閉めた。

「きみのためにと思って、いくつか買い物をしてきたんだよ」

サリヴァン神父はバッグのなかから、買ってきたものをひとつひとつとりだし、テーブルの上に並べた。

トイレットペーパー。白いハンドタオル二枚。透明プラスティックのピッチャー。発泡スチロールのカップを一パック。ブラウス。スカート。下着一組。聖書。そして最後に、ふたつのバケツをテーブルにのせた。神父はなみなみと水が入っているバケツにピッチャーを沈め、二リットル分の水をすくいだし、飢えた目で見つめているジルのまえでカップのひとつに水を注いだ。

一歩後ろにさがってから、サリヴァン神父はジルに手招きをした。ジルはよろけるようにまえに進みでたが、足首に手錠をはめられているため、小刻みに足を踏みださなければならなかった。テーブルについたジルは、カップをひったくって口に持っていき、ひと息に飲みほした。カップが空になると、それを床に落としてピッチャーを両手でつかみ、最後の一滴がなくなるまでひたすら飲みつづけた。

それから、ハンドタオルをバケツの水にひたし、顔に当てた。水を床にしたたらせながら、ジルは額を拭き、目を拭き、鼻や頬や口や顎を拭いた。顔をすべて拭き終わったときには、タオルは茶色く汚れていた。顔はいまやすっかりすべすべになり、幽霊のように白く輝いている。ただし、冷たい目だけはさっきまでとおなじままだった。

ジルは神父をちょっと見つめ、恥ずかしそうに目を伏せた。

「なにか……なにか食べものをもらえませんか？」

サリヴァン神父はゆっくりと首を振った。

「悪いが、きみには食事を断ってもらわなくてはならない。そのほうが集中できるからね。さあ、いっしょに祈りを捧げよう」

ジルはテーブルを杖がわりに使い、ゆっくりとひざまずいた。床に両膝をつけると、頭を垂れ、祈りはじめた。

「天にましますわれらの父よ、願わくは、御名の尊まれんことを……」

祈りを捧げるジルの横で、サリヴァン神父は思った。一時的にせよ、悪魔は少女をコントロールするのをやめたのだろうか？　ジルのふるまいは明らかにこれまでとちがっている。もしこれが――たんなる演技でないかぎり。

「ジル、わたしがなぜきみをこの地下室に閉じこめているかわかっているね」

ジルは頭を垂れて目をつぶったまま答えた。

「あたしが悪魔に憑かれていると思ってらっしゃるんでしょう？」

サリヴァン神父はためらった。「きみは自分が憑依されていると思うかね？」

ジルは顔をあげて神父のほうを向いた。しかし、目は床に落としたままだった。

「わかりません。もうひとりの神父さんにはなにが起こったんですか？……あの方が神父さまを襲ったとき、あたしはてっきり……てっきり自分がそうさせたんだと思いました。あのとき、あたしはすごく怒ってました。あたし……神父さまが死んでしまえばいいと思ったんです」ジルは鼻をすすった。「ごめんなさい、神父さま」

「いいんだよ。わたしに危害をくわえようとしたのはきみではない。きみのなかにいる悪魔だ」

ジルは目をあげてサリヴァン神父を見た。その白い頬を涙が伝い落ちていった。

「どうすれば彼を……それを……追いだせるんでしょう？」

「神を信じなさい。そして祈るのだ」

「なぜあたしなんです、神父さま？」

「わからない」サリヴァン神父は首を振った。「しかし聖書は、神が計画をお持ちであることを教えてくれている。すべてには理由があるのだ」神父はいったん言葉を切ってからつづけた。「憶えておきなさい。サタンとの戦いは時が生まれたときからつづいている。きみだけの試練ではない。われわれ人間すべてに課せられた試練なのだよ。しかしわたしは、きみなら悪魔を追い払えると信じている――もしきみがそれを望むなら」

「望みます、神父さま」ジルはすぐさま答えた。「どんなことよりも」

サリヴァン神父はうなずき、聖書を手にとると、〈エフェソの信徒への手紙〉の第六章を開いた。

「だから、邪悪な日によく抵抗し、すべてを成し遂げて、しっかりと立つことができるように、神の武具を身に着けなさい。なおその上に、信仰を盾として取りなさい。それによって、悪い者の放つ火の矢をことごとく消すことができるのです――これがどういう意味かわかるかね？」

「神だけがあたしを救えるってことです。神と……信仰だけが」

「そのとおりだ、ジル。神を信じなさい。神もきみを信じている」

それからの三時間、二人は並んで石の床にひざまずいて祈った。ただし、サリヴァン神父はひざまずくとき、ジルの手が届かないだけの距離をとることを忘れなかった。

第十章

「ベーコン・チーズバーガーをミディアム・レアで」

「わたしもおなじものを」とラズロはいい、ダリアンに追いつくためにビールを飲みほした。

「それと、ビールをもう一杯ずつ」

「すぐお持ちします」ウェイトレスはつぎのテーブルに向かいながらいった。

「なら、ベジタリアンではないんだな」

「肉食動物には見えない？」ダリアンは犬歯をきらめかせて訊いた。

「じつをいえば、見える」

ビールのお代わりを運んできたウェイトレスが、一パイント・ジョッキをふたつ、中身がこぼれるほどの勢いでテーブルにおいた。ダリアンはなめらかな身ごなしでジョッキを持ちあげ、一口ぐっと飲み、唇についた泡をなめた。

「あの英才児たちはどう選んだの？」

ラズロは眉をあげた。「時間を無駄にしないんだな」

「わたしは〝まずは世間話から〟ってタイプじゃないの」ダリアンは肩をすくめた。「あなたもそうじゃない？」

「ああ」と、ラズロはいった。「ただ――」

「オーケー。好きなアルバムはパティ・スミスの〈ホーセス〉。好きな本はスティーヴン・キングの『キャリー』。好きな映画は『エイリアン』。政治には興味がない。生まれも育ちもニューオリンズ。あなたは？」

「オーケー」ラズロは天井を見上げた。「そうだな……好きなアルバムはザ・フーの〈四重人格〉。好きな本はハーパー・リーの『アラバマ物語』。好きな映画は……うーん、ちょっとむずかしいが、『荒野の用心棒』かな。クリントはあのころが最高だった。支持政党は民主党。生まれも育ちもブルックリン」

「ならあなたは、ちょっとした孤独に苦しんでる楽観的な理想主義者ってわけね」

「で、きみは暗いペシミスト」ラズロはやり返した。「同時に、ちょっとした孤独に苦しんでる」

「誰だってそうなんじゃない？」ダリアンは微笑み、またビールを飲んだ。「さ、これでおたがいのことはわかったわけだから、肝心な話をしましょ。あなたは十五カ所で二百人以上の生徒を面接した。どうやって判断を下したの？」

「具体的な規準をリストにしてあるんだといいたいところだが、実際にはたんに勘で決めてるだけだ。候補者の生徒がドアから入ってきたほぼその瞬間にわかるんだ」

「その判断が間違っていたことは？」

ラズロはしばし考えてから首を振った。「ない。スティーヴン・グライムズがボーダーラインだが、彼はワンセットの一部だからね」

「どういう意味？」

「イライジャ・コーエンの従兄で、唯一の友人でもあった。イライジャの母親は、息子がそれまで以上に孤独になることを心配していた。そこでわたしは、ミスター・グライムズも受け入れざるを得なかった」

「スティーヴィーを自分のクラスに入れてもいいと思ったわけ？」

「彼は非常に聡明だよ。わたしが探し求めているタイプではないというだけでね。それに、ミスター・グライムズがくわわったおかげでクラスが楽しくなった」

「イライジャ・コーエンを引き抜くことがそんなに重要だった？」

「ああ」ラズロはためらうことなく答えた。「そうだ」

「なぜ？」

ラズロが答えるまえに、ウェイトレスがふたつの紙皿を持って戻ってきた。それぞれの皿にはフレンチフライが山盛りになっており、まんなかに巨大なハンバーガーがのっている。その重みで、紙皿はすっかりたわんでいた。ダリアンはハンバーガーをいったん皿の端におろし、ボトル四分の一分のケチャップでフレンチフライを溺れさせてから、ハンバーガーにかぶりついた。

ラズロはそれを見て微笑んだ。女性が肉をいかにもおいしそうに食べている様子は、どこかセクシーなところがある。もちろん、ダリアンなら歯の治療をうけているときでもセクシーに見えるだろうが。

「わたしが食べるところをそのまま見てるつもりなら、質問くらいには答えて」ダリアンはからかうようにいった。「イライジャ・コーエンのどこがそんなに特別なの？」

ラズロははっとした。ダリアンの質問はとくに意味のないものだと思っていたが、はたしてほんとうにそうなのだろうか？

「なぜそこまでイライジャに興味があるんだね？」

ダリアンはあいまいに肩をすくめた。「職業的な興味、かしら」

「嘘だな」

ダリアンは驚きをうまく隠したが、ラズロは彼女の鋭く刺すような恐怖を嗅ぐことができた。つぎに打つ手を失ったダリアンは、十秒ほどしてから微笑んだ。「なぜそんなに答えをはぐらかすの？」

ラズロは肩をすくめた。「職業上の秘密だ」

「いまや、わたしたちは二人とも嘘をついている」

「きみは教育省からきたんじゃないんだな？」

「ええ」ダリアンは悪びれることなくいった。「ちがうわ」

こんどはラズロが驚く番だった。いまのはただでたらめにいったにすぎない。図星だとは予想もしていなかった。ダリアンはラズロの目をまともに見つめ返してきた。

「あなたがほんとうのことを話せば、わたしもほんとうのことを話すわ」

ダリアンの顔はいかにも正直そうに見えた。しかし、ラズロはその下に隠された欺瞞を――暴風雨のあとの折れたばかりの草のような匂いを――嗅ぎつけた。それでも、ラズロは興味を引かれずにはいられなかった。

「こうしたらどうかしら」ダリアンは誘惑するようにグラスの縁を指でなぞりながらいった。「ゆっくり一晩寝てから答えを出すの。朝食のときに話してくれればいいわ。もちろん、話さなくてもいい」

ラズロはダリアンの瞳を見つめた。「世間話はもうさっきしたはずだ。イライジャ・コーエンの件でなければ、いったいなにを話すっていうんだい？」

「映画。哲学。天気。なんだってかまわない。さもなければ、ただお酒を飲んで酔っぱらってもいい」

ラズロは微笑んだ。「とても断わりきれない申し出だな」

「そうこなくちゃ」ダリアンはジョッキのビールを飲みほし、ウェイトレスに向かってうなずいてみせた。「お代わりをお願い」


ダリアンは信じられないくらい美しかったが、ラズロがいちばん心を奪われたのは、彼女の態度――あらがいがたいまでの傲慢な陽気さ――だった。バーテンダーにラストオーダーを告げられたとき、ラズロはもうそんなに時間がたったのかと驚いた。歩いてダリアンの家へ行くまでの道すがら、彼女はあたかも当然のようにラズロの手を握り、ドアのまえにつくと彼をなかに引っぱりこんで階段をあがった。

部屋に入ってもなにもいわず、明かりもつけなかった。ごまかしや見せかけはいっさいせず、まっすぐにラズロをベッドルームに連れていった。そこで二人ははじめてキスをした。電流が走った。唇が触れたとたん、すべてが静止した。その瞬間、そこにはダリアンしかいなかった。ほかの人間のことなどどうでもよかった。これほどまでにラズロの心を奪った女性は――

ダリアンがはじめてだった。

髪はイチゴの香りがした。肌はなめらかで柔らかく、ラズロは頭が空っぽになった。考えられるのは、彼女のなかに入りたいという信じがたいほど強烈な欲望だけだった。しかし、ラズロはぐっとこらえた。先走りそうになる自分を必死に抑え、ゆっくりと服を脱がしていき、その下のすばらしい肉体に目を向けた。ダリアンの身体は、窓から差してくるかすかな光をうけて輝いていた。

　それから、二人はひとつに溶け合った。ダリアンの脚がラズロの腰に強くからみついた。二人の愛の行為は、優しいと同時に奔放だった。ダリアンはラズロの顔に柔らかなキスを何度も浴びせ、ナイフのような爪を背中につきたてた。ラズロは首筋をそっと噛みながら、彼女の奥深くへと押し入った。

　ダリアンは喘ぎ声をもらしてラズロの肩をつかみ、彼を引き寄せ、押し離し、引き寄せ、押し離した。最初はゆっくりだった動きが、やがてどんどん速くなっていき、ラズロがいまだかつて経験したことのないほど大きなエクスタシーの波のなかで、二人は同時にクライマックスに達した。その後、ダリアンは横になったままラズロの腕のなかでそっと泣きはじめた。ラズロは彼女を強く抱きしめた。

　眠る子をあやすように優しく揺らしてやると、ダリアンの頰を伝い落ちた涙がラズロの胸に落ちた。その夜、二人はもう二回愛し合った。どちらもなかばまどろんだまま身体を押しつけ、おたがい腕のなかでふたたび意識を失うまで、すべてを成り行きにまかせた。

　翌朝、ブラインドから差してきた太陽の光が、ラズロの顔に優しい風のように落ちかかった。ラズロはダリアンに目を向け、これまでに聴いてきた安っぽいラブソングの数々を突然理解した。彼女は素敵だ。彼女は美しい。彼女は謎めいている。

　そして、彼女は彼のものだった。

第十一章

日を追うにつれ、ジルはひょろっとしたかわいい少女から、やつれた屍鬼に変貌していった。頬が落ちくぼみ、皮膚が張りつめているせいで、目が眼窩(がんか)から飛びだしてきそうに見える。指はほとんど骨だけになり、両手は骸骨のようだ。骨ばった不格好な腕と脚はさらに細くなり、スカートとブラウスから棒のように突きだしていた。

もうじゅうぶんだ、とサリヴァン神父は判断した。ジルを見ているだけで、締めつけるような飢餓感が胃をねじりあげた。十二日目の晩、神父はパンとリンゴを運んでいった。地下の牢獄に入ったとたん、ジルは神父が手にした皿に目を向けた。

「悪魔を追いだすには、断食しなければならないはずですよね」ジルはリンゴに目を据えたまま、抑揚のない声でいった。

「断食はそのための手段だ。目的ではない。すこしくらいの食事が、きみの信仰に大きな影響をあたえるとは思わない。このパンとリンゴは、戦いをつづけるための力をあたえてくれるはずだ」

ジルはいぶかしげにサリヴァン神父を見た。「間違いないですか?」

「食べなさい、ジル。きみには栄養が必要だ」

ジルはうなずいて手をのばした。まるで水中にいるかのように、その動きはひどくゆっくりしていた。ジルはリンゴをつかみ、唇に持っていった。しかし、リンゴを噛んだとたん、すぐさま痛みに顔をしかめ、リンゴを落とした。リンゴはのろのろと部屋の隅に転がっていった。

「痛っ！」ジルは叫び、手を口に当てた。

サリヴァン神父は目を伏せ、おのれを恥じた。ジルの歯が欠けていることを忘れていたからだ。神父はリンゴを拾ってくると、ポケットからアーミー・ナイフをとりだし、すばやく薄く切りわけた。

ジルはそのうちの一切れをためらいがちにつまむと、小さくかじってから、おそるおそる噛んで飲みこんだ。つぎに、パンをかじった。食べ進めるにつれ、ペースが速くなっていった。五分もしないうちに、皿の上にはパン屑ひとつなくなっていた。リンゴの芯も果肉をすっかりこそげ落とされ、茎と種しか残っていなかった。

数秒ほど、どちらも口を開かなかった。やがて、ジルが訊いた。

「それはなにを望んでるんですか？　それって、悪魔のことですけど。あたしになにを求めてるんです？」

「サタンがわれわれすべてに求めていること。わたしたちを間違った道に導くことだよ」

「なぜ？」

「〈ヨハネの黙示録〉によれば、サタンは神に対して戦争をしかけた。しかし、ミカエルとその天使たちによって、神の国から追放された。

この巨大な竜、年を経た蛇、悪魔とかサタンとか呼ばれるもの、全人類を惑わす者は、投げ落とされた。地上に投げ落とされたのである」

「悪魔は地獄に住んでいるんだと思ってました」

「ちがう」と、サリヴァン神父はいった。「悪魔はわたしたち人間のなかにまぎれこんでいるのだ。この地上をうろつきまわり、ヨブにしたように、人間を試している。人間は神の愛に値しないことを証明するために」

「なら、あたしがシスター・クリスティーナにさわったとき……」

「それはサタンだ。サタンがきみを罪に導こうとしたのだ」

「もしあれが罪なら……」ジルは下を向いた。「なぜあんなに気持ちがいいんでしょう?」


ジルは目を覚ますと、壁にもうひとつ印をつけた。印の数はすでに二十二。それぞれの印が、この地獄で過ごした一日を表わしている。ジルは骨のようにやせ細った腕を見下ろした。サリヴァン神父に手錠をされてすぐのころは、輪の部分が手首に食いこんで痛かった。いまではすっかりゆるゆるで、肘まですべらせることができる。手錠の輪が当たりつづけて擦れた部分は、皮膚が剥けて赤い傷になっていた。

石造りの壁から、ジルはゆるんだ石材をひとつ抜いた。石材のあった場所に、ぽっかり小さな穴ができた。奥にはしなびたセロリが二本入っていた。それを二本ともいっぺんに頬ばりたい衝動をこらえ、ほんの一部分だけを裂くようにちぎると、できるだけ汚れを拭いとり、端をすこしだけかじった。泥のような味がしたが、そんなことはどうでもよかった。なにもないよりはずっとましだ。

サリヴァン神父から最後の食事――セロリのスティックを八本、クラッカーを二枚、そしてピーナッツバターをほんのすこし――をあたえられてから、すでに六日がたっていた。いったいつ

ぎの食事が

（もしあるとして）

いつになるかはわからない。

ジルはセロリがぬるぬるの嚙みだまりになるまで咀嚼しつづけ、味がまったくなくなったところで飲みくだした。喉が乾ききっているせいで、嚙みだまりは糖蜜のようになかなか落ちていかなかったが、いまやジルはなにも飲まずに食事をすることに慣れていた。

なによりも怖いのは、水がなくなることだった。食べものとちがい、水はたくわえておくことができない。どこにも隠すところがないからだ。バケツを持ってきてしばらくのあいだ、サリヴァン神父は水が四分の三の目盛りよりも減るとかならず補給してくれた。しかし、今週はただ減っていくにまかせている。ジルはもっとほしいと頼みたかった。いや、身を投げだして請い願いたかった。しかし、そんなことをしたら、残りの水まで奪われてしまうかもしれない。

こうして二人は、毎晩祈りを捧げながら、どちらも真実に気づいていないふりをした。ジルは自分がゆっくりと死につつあることに気づいていないふりをし、サリヴァン神父は、自分がゆっくりとジルを殺しつつあることに気づいていないふりをした。しかし、バケツがほとんど空になったとき、ジルは意を決してサリヴァン神父につめよった。

「悪魔が去らなかったらどうなるんですか？」三時間にわたる祈りが終わったところで、ジルは静かな声で訊いた。

「きみが信仰心さえ持っていれば、かならず去る」と、サリヴァン神父は答えた。

「でも、もし去らなかったら？」

「ジル！　きみに信じる気持ちがなければ、悪魔はぜったいに去らない」

「で、そのときは?」

サリヴァン神父は苛立ちを飲みこむかのように、大きく息を吸いこんだ。それから、立ちあがって身をかがめ、膝をもんだ。

「おやすみ、ジル」

神父はおぼつかない足どりでドアまで歩いていき、ジルの視界から消えた。ジルはバケツに目をやった。水なしで人間が五日以上生きられるとは思えない。とすれば、自分にはあと六日しか残されていないことになる。

六日以内に悪魔から解放されなければ……自分は死ぬ。

いつの日か逃げだせるのではないかと期待して、ジルは床にのびている鎖を輪のように巻き、実際よりも短く見えるようにした。こうしておけば、祈りを捧げるとき、サリヴァン神父が自分の手の届くところにひざまずくかもしれないからだ。

この罠を思いついたのは、ほんとうに自分なのだろうか? それとも……誰かべつの存在が思いついたのか?

あたしのなかの悪魔だ。

でも、悪魔などいないとしたら?

いいえ。サリヴァン神父のいうとおり。あたしは憑依されてるんだ。でなきゃ、どうして色が見えるの?

ジルには説明できなかった。悪魔に憑依されていると考える以外、説明はなにひとつ思いつかない。自分に残された道は、神を信じることだけだ。

でも、もしサリヴァン神父が間違っていたら? そしたらどうなる?

いまジルがおかれているのはまったくの袋小路だった。もしジルが神を信じなければ、悪魔の手からはけっして逃れることができない。しかし、たとえ信じても、悪魔がいないのなら、彼女は死ぬ。自分の持っている力のほんとうの意味を知ることなく。

ジルは目を閉じて祈りはじめた。しかし、ジルが神に乞うたのは、過去の行ないに対する赦しではなく、自分がこれから犯そうとしている罪に対する赦しだった。


日にちを数えているのは、ジルだけではなかった。サリヴァン神父も数えていた。ただし、神父が心配しているのは、いつ水が底をつくかではなかった。最終期限の十二月九日が、九日後に迫っているのだ。その日、ヴァチカンがサリヴァンの任命を正式に公布するのである。

いったん補佐司教に任命されれば、聖ヨハネ教会の日常執務がいつ自分の手を離れるかわからない。何カ月も先かもしれないが、大司教がサリヴァン神父の仕事を誰か若い神父にまかすつもりなら、それこそ一週間後かもしれない。

いずれにしても、ジル・ウィロビーの悪魔憑きの件は、早急にどうにかしなければならなかった。ジルを監禁しているのは、神の意志を遂行するためだ。しかし、司法当局の世俗的な人間たちが、おなじようにものを見るとはかぎらない。しかも、悪魔を完全に祓わないかぎり、あの少女は地下室で起こったことを当局の人間に証言するだろう。

そんなことになったら、聖ヨハネ教会はとてつもないスキャンダルにまみれることになる。サリヴァンの補佐司教任命の直後となればなおさらだ。さらに、自分はこれまでの人生を捧げて手に入れたものをすべて失ってしまう――それもキャリアの頂点で。そのとき、突然サリヴァンは気がついた。

いまこのときにジル・ウィロビーが悪魔に憑かれたのは、偶然ではない。虚偽の祖サタンが悪魔を送りつけ、教会におけるサリヴァンの出世を妨げようとしているのだ。悪霊が遣わされたのは、あの少女を破滅させるためではなく、サリヴァンを破滅させるためなのだ。神父は頭を垂れた。選択の余地はない。来週中にジルは悪魔から自由になって地下室から出ていく。さもなければ、サリヴァン神父は自分の知っている唯一の方法で悪魔の目的を阻止するつもりだった。

宿主を殺すことによって。

第十二章

暗い部屋の闇のなかで、デジタル時計の血のように赤い数字が光っている。ダリアンは天井を見つめ、ラズロが深い眠りに落ちるのを待った。たぶん、彼女がベッドからそっと抜けだしても気づかないだろう。いっしょに寝るようになってほぼ三週間、いまのダリアンは、ラズロがぐっすり眠るタイプなのを知っていた。

十二時五十二分、ダリアンは毛布をはいだ。そして静かに服を着こみ、こっそり部屋を出た。階段を一段抜かしで駆けおり、ロビーに急いだ。あと二分以内に九二丁目の公衆電話まで行かなければならない。電話に出そこなったら、一一〇丁目の公衆電話まで歩き、一時三十分まで待つことになる。このじとついた雨の日に、そんなことはなんとしても願い下げだった。

向こうが番号を教えてくれればずっと簡単なのだが、あの組織はそういう活動方針をとっていない。とはいっても、ダリアンは組織について詳しいことを知っているわけではなかった。わかっているのは、巨額の資金を持っていることと、スパイじみた陰謀を偏愛していることくらいだ。通常、ダリアンはジンザーとだけ連絡をとっている。しかし、今夜は〈委員会〉の希望で、彼らに直接報告することになっていた。

角を曲がったとき、電話はすでに鳴りはじめていた。ダリアンは最後の数メートルをダッシュし、プラスティックの受話器をひったくって耳に当てた。

「ダリアンです」かすかに息が切れていた。

「あたりに人は？」ジンザーが訊いた。

「いません」ダリアンは声に怒りが出ないように努力した。ダリアンにいわせれば、彼らのパラノイアぶりは笑止千万だった。それでも彼女は、誰もいない空っぽの通りを見まわした。

「では――」と、ジンザーはいった。「みなさん、どうぞお話しください」

「ミスター・クエールについて説明してくれ」ぶっきらぼうな声が響いた。

「彼はわたしたちのひとりです」ダリアンはいったん言葉を切り、〝わたしたち〟の意味を、いまさらながらに噛みしめた。「それに、彼は子どもたちのことを知っています」

「子どもたちを選んだとき、ミスター・クエールは彼らの能力に気づいていたのか？」際立った声の男が訊いた。

「確言はできません。でも、そうだと思います」

「いつまでにはっきりわかる？」南部訛りでゆっくりしゃべる男が訊いた。

「一週間。遅くても二週間」

「ミスター・クエールは組織に参加するだろうか？」

ダリアンは一瞬考えた。ダリアンのためなら、ラズロはどんなことでもやるだろう。それには自信がある。しかし、いまの彼女がやっている仕事をやるかどうかは疑わしかった。たとえ彼らがどれだけの金を積もうとも。

「どうなんだね、ミス・ワシントン？」南部訛りが訊いた。「あの男は参加するかな？」

「真実を知れば、しないでしょう」

居心地の悪い沈黙が生まれた。自分は間違ったことを口にしたのだろうか、とダリアンは思った。相手とおなじ部屋にいれば、こんな疑問に心を悩ます必要はない。たぶん、だから彼らは電話を使うのだろう。そのほうが――すくなくとも彼らにとっては――より安全だからだ。ようやくのことで、ぶっきらぼうな声がいった。

「あの男に知らせる必要はない」

「彼に隠しごとはできません。すくなくとも、長いことは」

「その心配はわれわれがする」

「話は変わるけど、またべつな子どもが見つかったの」と、ジンザーがいった。彼女がチェシャ猫のような笑みを浮かべるのが、ダリアンには実際に見える気がした。「あした資料をすべて送るわ。木曜日に飛行機で引き取りに向かって」

「そんなにすぐに？」

「今回の子どもには、両親がいないの」

第十三章

つぎの夜の祈りのあとで、ジルはこっそりとサリヴァン神父の様子をうかがった。神父は聖書を閉じてそっと床におきながら、目の隅でジルを見た。それから、右の手のひらを聖書の上にあて、そこに体重をかけながら立ちあがった。

それこそ、ジルが待っていた瞬間だった。ジルは自分でも驚くほどのすばやさで飛びかかり、サリヴァン神父の首をつかんで手前に強く引っぱった。老人はつんのめり、頭を床にぶつけた。ジルはすぐさまのしかかり、胸の上に馬乗りになった。

サリヴァン神父が反撃に出るより早く、ジルは神父の喉に鎖を巻きつけ、強く締めあげた。鎖の環が首に食いこみ、神父は咳きこみながら、鎖と皮膚のあいだに指をすべりこませようとした。

「傷つけたいわけじゃないの！」ジルは叫んだ。「話がしたいだけ！」

ジルは鎖をゆるめ、サリヴァン神父に息をさせた。二人はどちらも激しくあえいでいた。身体をたったすこし激しく動かしただけで、骨のようにやせ細ったジルはすっかり疲労困憊していた。

「なにが……」サリヴァン神父がようやく口を開いた。「望みなんだね？」

「鍵を渡して」

「それはできない」

「嘘、できるはずよ！」ジルは泣きじゃくった。「お願い！　ぜったいここには戻ってこないから、約束する。手錠をはずして、このまま行かせて」

「それは……できない」サリヴァン神父は首を振り、おなじ返事をくりかえした。「鍵は……上の階にある」

ジルは神父を見つめた。騙している気配はない。彼女はへたりこんだ。なぜこんなにも馬鹿だったのだろう？　計画はすべて、神父が鍵を身につけているという前提で立てたのに。

「あたしはここを出る必要があるの」ほかになんといえばいいかわからず、ジルはくりかえした。

「なぜ行かせてくれないの？」

「理由はわかっているはずだよ、ジル」

「そんなのフェアじゃない！」

「わかっている」サリヴァン神父はジルを見上げた。「しかし、きみにできることはなにもない」

「あなたをこのままここにとどめておくことはできる。そしたら、誰かが探しにくるわ」

「いいや、誰もこない。地下室には誰もきてはならないと、厳しくいいわたしてあるのだ」

「でも、いつかはきっと――」

「しかし、そのまえにきみの水がなくなるだろう」

ジルは振り返り、汚れた緑色のバケツを見た。たしかにそのとおりだ。ジルがサリヴァン神父をここにとどめておいても、一週間たって誰もこなければ……。

「きみはわたしを行かせるしかないんだ」

ジルは首を振った。「いいえ、行かせない」

「そんなことをしたら、わたしたちは二人とも死ぬことになる」

「ひとりで死ぬよりいいわ」ジルは鼻をすすった。

「そんなことはない」と、サリヴァン神父はいった。「わたしはきみの心を知っている。きみはそんなことなどしたくないはずだ」

ジルは唇を噛み、神父の言葉をじっくり考えた。昔の自分なら、たしかにそんなことはしなかっただろう。どんなに背徳的な想像にふけったときでも、人を殺すことなど思い浮かべたことさえなかった。ましてや、サリヴァン神父を殺すことなどもってのほかだ。ジルは神父が大好きだった。

しかし、いまの自分は、心のどこかでサリヴァン神父を傷つけたがっている。神父に襲いかかったときには、不安を覚えつつも、喜びが大きな波となって身体のなかに広がっていくのを感じた。それが悪いことなのはわかっていた。しかし、薄汚れた床で苦痛に耐えている神父を見るのは、間違いなく気分がよかった。

いまや襲撃は成功し、神父を生かすか殺すかは自分しだいだ。ジルは吐き気に襲われた。自分に神父を殺すことはできない。神父のやったことは間違っていたかもしれないが、すべてはジルを助けたい一念だったことに偽りはない。それにひきかえ、いまの自分がやろうとしているのは、ただの復讐にすぎない。

そして復讐は——たとえどんなに正当化しても——罪であることに変わりはない。

無言のまま、ジルは鎖にかけていた力を抜き、神父の首からはずした。彼女は神父を自由にするために片方の脚をあげた。そのとたん、激しい痛みがとつぜん頭に炸裂した。ジルは両手をのばした。するとこんどは、拳が顎に叩きこまれた。

下顎が床に激突し、ジルは苦悶の悲鳴をあげた。前歯の一本が砕け、先のとがった破片が四つ、舌の上に落ちた。口のなかが熱く塩辛い血でいっぱいになった。ジルは血を飲みくだし、喉に水分が補給されたことを感謝した。砕けた歯の破片をうっかり飲みこんでしまったが、吐きだしたいという衝動はなんとか抑えこんだ。そんなことをして、貴重な水分まで失いたくなかったからだ。

サリヴァン神父は這うように立ちあがり、ドアのほうへあとずさっていった。そして、しばしドアのまえで立ちどまり、首のまわりについた鎖の赤い跡をさすりながら、大きく息を吸った。その手には聖書が強く握られていた。すり切れた革の表紙に、赤い小さな染みがひとつついている。血だ。

あの男は聖書で殴りつけたんだ。聖書を顔に叩きつけやがったんだ。上等じゃないか。ありゃ本物の聖人だぞ。そうじゃないか、ジル？

歯を食いしばって痛みに耐え、ジルはその場にしゃがみこんだ。疲れと痛みに頭が泳いだが、自分に鞭を打ち、サリヴァン神父の目をひたと見据えた。

「あたしはあなたを放そうとしたのに」ジルはささやいた。「なぜ……」

サリヴァン神父はジルを見つめた。その顔はほとんど紫色になっていた。神父の声は静かで、隠しきれない怒りに震えていた。

「あなたたちは、悪魔である父から出た者であって、その父の欲望を満たしたいと思っている。悪魔は最初から人殺しであって、真理をよりどころとしていない。彼の内には真理がないからだ」

「ちがいます」ジルはすすり泣いた。「ごめんなさい、神父さま。あたしは……あたしはただここから出たかっただけなんです……お願いですから……」

サリヴァン神父は大きく息を吸って吐きだした。それはあたかも、自分の怒りをすべて吐きだしたかのようだった。神父の表情が柔らかくなり、憎しみから同情に変わった。

「わたしも謝るよ。わたしはきみを救えなかった。イエスよ、マリアの子イエスよ、大いなる救い主イエスよ、恩恵と慈悲をお見せください」神父は言葉を切ってジルを見つめた。まるで、彼女の顔の造作をすべて記憶にとどめようとするかのように。「さようなら、ジル」

それから、もう言葉を発することなく、サリヴァン神父は背を向けて去った。ジルにはわかっていた。神父がもう二度と戻ってこないことを。

第十四章

青みがかった灰色の空を背にしてそびえる教会の尖塔は、スーパーリアリズムの絵のように見えた。ダリアンは大きな石の階段を登りながら身体を震わせた。教会を見ると、いつも自分が価値のない存在のように思えてしまうのだ。

薄暗いひんやりした教会内に足を踏み入れると、ひとりの尼僧が近づいてきた。尼僧ははっとするほど美しかった。瞳は悲しげなグリーンで、僧衣の下からはブロンドの髪が突きだしている。ただし、性的なエネルギーはまるで感じられない。

「シスター・クリスティーナです」尼僧は自己紹介した。「サリヴァン神父がお待ちです。どうぞこちらへ」

ダリアンは尼僧のあとについてがっしりした木製の信徒席を通り抜け、祭壇の後ろの狭いドアに入った。二人は前後一列になって狭いらせん階段をのぼっていった。縦にのびている石造りの空間に、二人の足音が大きく響いた。階段の上には大きい頑丈なドアがあった。シスター・クリスティーナは部屋の人間が目を覚ましてしまうことを怖れてでもいるように、ドアをそっとノックした。

「入りなさい」と、疲れた声がした。歓迎している気配はまったくない。

シスター・クリスティーナはドアをあけ、ダリアンをなかに招じ入れた。部屋は思ったよりも大きく、巨大なオーク材のデスクにくわえ、すわり心地のよさそうな椅子が数脚と小さなソファまでおかれていた。窓のステンドグラスからは太陽の光が差しこみ、部屋に天界のような雰囲気をあたえている。

神父はいらいらと手を振った。ダリアンに椅子を勧めているらしいが、同時にそれは、シスター・クリスティーナに対する〝もうさがっていい〟という合図にもなっていた。ダリアンの背後で、シスターがそっとドアを閉めた。

「わざわざおいでいただいて申し訳ないが、電話でもお話ししたとおり、ジルはどなたとも面会しないのですよ」

「なぜなのか、理由はおっしゃいませんでしたが」

「ええ、説明しませんでした」神父は革張りの大きなウィングチェアの上で居心地悪そうに身体を動かした。「それがあなたになんの関係があるのかわかりませんな」

ダリアンは心の目を大きく開いた。しかし……なにも感じられなかった。まるで、この男はここにいないかのようだ。これまでの経験から、感情がほかの人間よりも鋭い人間がいることをダリアンは知っていた。なかには感情がより明確な者や、感情を他人に伝える力のある者さえいる。しかし、完全に空っぽの人間には会ったことがない。ダリアンは意識をすべて集中し、神父を守っているつるんとした表面を探った。

息が苦しかった。部屋の空気は冷たいのに、服の下は汗でびっしょりになっている。誰かをひねるのにここまで力をふりしぼったことは、これまで一度もなかった。

本能的に、ダリアンは身を乗りだして神父の手を握った。神父の心の周囲に張りめぐらされた壁が崩れ、雑然とした感情の数々が、いきなりむきだしになった――じっとりした冷たい疲労、燃えるような鋭い忠誠心、ギザギザの切れるような恐怖。

　こうした感覚は、すべて神父の頭のなかにあるだけだ。それはわかっている。しかし、だからといって、苦痛が減るわけではなかった。ダリアンの脳のなかで爆発しているシナプスは、〝現実の感覚〟と〝感情移入能力で知覚した感覚〟を区別しないからだ。ダリアンはいま、腕に氷を押しつけられているわけではない。炎の燃えさかる穴の上で身体を焼かれているわけでもないし、刃渡り三十センチのギザギザしたナイフで足を切り刻まれているわけでもない。

　そんなことなど、実際にはなにも起こっていない。ダリアンはそれを知っている。なのに、神経伝達物質は悲鳴をあげていた。ただし、ディートリッヒが〝物質的知覚〟と名づけた肉体的な感覚とはちがい、精神的な感覚ならコントロールすることができる。ダリアンは苦痛やエクスタシーのレベルを絶叫するほどの強度まであげることもできるし、ほんのわずかな不快感を覚える程度のレベル――肩に蝶がそっととまったくらいの強度――まで下げることもできる。

　しかし、誰か他人の感情をコントロールしたければ、まず相手の感情を自分のなかに取りこみ、ひねりあげて形を変え、こんどはそれを相手の心に投射しなければならない。当然のことながら、このときダリアンは、相手の感情を自分でも生々しいほど克明に感じることになる。これはどうしても避けられない。ダリアンは神父の感情をコントロールするために、神父の本質中の本質を吸収した。

「お願いです」ダリアンは神父の恐怖をひねり、リラックスした丸い無関心に変えた。「ジルの話を聞かせていただけませんか？　もちろん、他言は絶対にしないと誓います」

　ダリアンは温かく穏やかな信頼を神父に投射した。神父の丸い無感動は平たくなり、硬くなめらかになった。

「まあ」サリヴァン神父は表情をやわらげた。「とくに問題はないだろう。ただ、この話を聞いたら、あなたはわたしが狂っていると思うだろうがね」神父は言葉を切って大きく息を吸った。「ジル・ウィロビーは悪魔に憑依されているのだ」

まったく予想外の話に、ダリアンは思わず虚をつかれた。ダリアンにいわせれば、宗教など愚かな人間のためのものでしかない。これはその四百五十三番目の理由だった。彼女は軽蔑をぐっとこらえ、冷静で硬い穏やかさを投射した。

「狂ってるだなんて、そんな」ダリアンは柔らかで控えめな口調でいった。「教えてください。なぜジルが憑依されていると考えたのですか？」

「あの子は他人の……行動をあやつることができるんだよ」

「たとえば、なにをさせるんです？」

「悪しきことだ」神父はささやいた。「普通、わたしは誰かを〝救いようのない人間〟と呼んだりは決してしない。しかしあの少女は……あれは神の子ではない」

炎のような不安の閃光が神父の身体を駆けめぐった。ダリアンは燃えるような感覚が自分の身体を走るのを感じたが、歯を食いしばって椅子から動かなかった。そして、その不安を払いのけると、優しいひんやりした信頼を投射した。サリヴァン神父は穏やかに息をついてつづけた。

「今年の夏から、ジルを教えている教師の何人かが不安を訴えてくるようになった。ジルといっしょにいると……おかしな気分になるというんだ。訴えてきたのがひとりなら無視していただろう。しかし、相談にやってきた尼僧は五人いた。それも、全員べつべつにやってきたんだ。

彼女たちは、自分があの少女に惹きつけられるのを感じたという。ジルは非常に聡明で、子どもたちのあいだでも人気がある。しかし、ここでいう惹きつけられたというのは、それとはちょっとニュアンスがちがう。そこでわたしは、彼女に目を光らせることにした」

「ジルがどこか人とちがっているのを、ご自身で感じたことは？」と、ダリアンは訊いた。サリヴァン神父自身も人とちがう知覚能力を持っているか興味があったからだ。

「わたし自身は感じなかった」と、サリヴァン神父は答えた。「ただし、気づいたことはある。ジルが近くにいると、その場のムードがほとんどいつもおなじになるんだ」

「というと？」

「ご存じのとおり、ティーンエイジャーの少女たちは自分の感情を隠すのがうまくないし、とても気まぐれだ。例外なく、誰かの気分が上向きになれば、誰かの気分が下向きになる。しかし、ジルがいると、周囲の者の気分がまったくおなじになるんだ。全員が楽しそうだったり、全員が悲しそうだったり、といったようにね。まるで、彼女が周囲の子どもたちをなんらかの形でコントロールしているかのようだった」

さもなければ、ひねっているのだ。

「そんなある晩のこと、わたしは……」声が尻すぼみになり、神父は恥ずかしそうに下を向いた。ふたたび話しはじめたとき、神父は自分の口から出る不快な言葉をできるだけ早く消し去りたいとでもいうように、早口になっていた。「ジルと尼僧のひとりがロマンティックな行為をしている現場をつかまえた」

ダリアンは眉をあげ、驚きと好奇心を隠した。

「わたしはシスター・クリスティーナの——罪を犯した尼僧の——腕をつかんだ。その瞬間、わたしは肉欲で目がくらんだ。頭のなかで肉欲が激しく燃えあがり、さまざまな色を放ったんだ。

それは不自然だった。しかし、シスター・クリスティーナを少女から引き離したとたん、その感覚は——そして色も——消えた」

　神父は玉のような汗に濡れた額をさすった。

「そこでわたしは悟ったんだ。あの少女が彼の支配下にあることを」

「彼？」

「悪魔だよ」その言葉を口にしてほっとしたかのように、神父は息を吐いた。「わたしが感じたのは、純粋で生々しい誘惑だった。悪魔の具象化だ。わたしは自分のすべきことを悟った」いまやサリヴァン神父は、さっきよりもさらに早口になっていた。ダリアンは、神父が恐るべき秘密を打ち明けようとしているのを感じることができた。

「わたしはマッキニー神父とともに悪魔祓いを行なったが、成功しなかった。獣はわたしをコントロールすることには失敗したが、マッキニーを捕えた。幸いなことに、わたしはマッキニーをつかんだ怪物の手をふりほどくことができた。

　それがほぼ二カ月前のことだ。以来、わたしはその少女とともに何度も祈りを捧げ、キリストを信奉することを説き、悪魔を追い払おうとした。しかし、これまでのところは不成功に終わっている」

「ジルの影響力は、あなたにはおよばないのですか？」

「そうだ」神父は首から下がっている銀の十字架を不安げにもてあそんだ。「わたしには免疫があるらしい」

「なぜなんでしょう？」

「わたしもその質問をくりかえし自分にぶつけてみた。そして、ひとつの結論に行きついた。わたしの信仰だ。この教会区のメンバーはすべて信仰心が篤い。しかし……なんというか、自分自身を誰かと較べたくはないのだが、しかし……わかるだろう」

「もちろん」ダリアンはそういいながら、心のなかで神父を嘲笑った。この男は自分が卓越した存在だとほのめかしているのだ。

それから……ほんの一瞬……ダリアンは思いをめぐらせた。この神父のいうことに一抹の真理があるとしたら？　この神父の信仰心が実際に彼を守っているのだとしたら？　もしそうだとすれば、ジルの力は――ひいてはダリアン自身の力も――悪魔的なものだということになる。たしかに馬鹿げた考えだが……しかし、絶対にありえないといいきれるだろうか？

雑念を振り払い、ダリアンはつづけた。「で、いまジルはどこに？」

「教会の地下だ。貯蔵室に監禁してある。正直なところをいうと、もう万策つきてしまってね。わたしが試してみたことはすべて失敗に終わった。誰かほかの人間をあそこへ連れていく危険は冒せない。あの獣がその人間を支配する怖れがあるからだ。そうなったら、わたしの力ではとめられないかもしれない」

ダリアンはシルクのように柔らかな容認とゼリーのような希望で神父を圧倒した。「わたしなら力になれると思います」

サリヴァン神父が鋼鉄で補強されたドアをあけたとたん、ダリアンは思わずあとずさった。紙ヤスリのようにザラついた苦痛と悲嘆が、矢となってどっと飛んできたからだ。同時に、冷たく湿った憎悪の波が、凍てついた風のように顔を張り飛ばした。地下室につづいている階段のじめついた空気が肺に流れこみ、ダリアンは激しく咳きこんだ。

「だいじょうぶかね?」と、神父が訊いた。

目を閉じ、意志の力でむかつきが去るのを待った。それから、大きく息を吸いこみ、力強くうなずいた。

「だいじょうぶです」ダリアンはささやき、手すりをぎゅっと握りしめた。

「きみにも感じられるだろう?」と、サリヴァン神父が訊いた。

「ええ」ダリアンの声はほとんど聞きとれないほどだった。

「あの獣を地下室に閉じこめて以来、ここにくると奇妙な感覚に襲われる者がいるらしい。耐えられるのはわたしだけだ。しかし、そのわたしでさえ、邪悪なものを感じる」神父はダリアンから目をそらした。「ほんとうに下に行くかね?」

「ええ」ダリアンは意志の力をふりしぼり、穏やかな声できっぱりと答えた。

サリヴァン神父はしかたがないというようにため息をつき、階段をおりはじめた。ダリアンの靴が硬い石に当たり、こもった音をたてた。階段を一歩おりるごとに、氷のような憎悪がどんどん強くなってくる。階段の下についたダリアンは、激しい憎悪のなかにほかの感情が混じっていることに気がついた。なめらかですべすべした悲しみと、ギリギリするような鋭い希望——ただし、その希望は楽天的なものではなく、底知れぬ不穏さを秘めていた。

ダリアンは足をとめた。「ちょっと待っていただけますか?」

「もちろん」サリヴァン神父は床に目を落とした。できるだけダリアンをそっとしておこうということらしい。ダリアンは目を閉じ、どうすべきか考えた。

こいつはかなりヤバい。地下室の少女は毒に満ちている。しかも危険だ。いまやラズロはダリアンの意のままだし、イライジャとウィンターが手に入るのも時間の問題でしかない。この少女

のことは忘れて、きょうはこのまま帰ったほうがいい。

——でも、わたしならこの子を助けられる。自分の能力をいかにコントロールするかを教えてやれる。それがわたしの義務なのでは？

なんとまあ、なにをいいだすことやら。義務なんかどうでもいいくせに。ほんとは金のことしか考えてないんでしょう？

——それがそんなに間違ってる？

稼いだ金を使うまえに死んだら、もとも子もないのよ。

ダリアンはその場に立ちすくんだまま、欲と恐怖のあいだで戦った。一方には、獲物を捕獲したときに支払われる十万ドルがある。しかし、そのまた一方には、この小さな怪物には危険を冒すだけの価値はないという確信もあった。もしかしたら、この少女はほんとうに悪魔に憑かれているのかもしれない。教会の地下室に閉じこめたままにしておくことが、この少女にとって——そしてほかの誰にとっても——いちばんいいのだ。

根拠がまったくないのはわかっていたが、ダリアンは自分が生涯で最悪のミスを犯そうとしているという感覚を振り払うことができなかった。のちに、ダリアンはべつの監獄の床に横たわり、出血多量で死に向かいながら、この瞬間を振り返り、本能の声を無視した自分を激しく責めることになる。

これから起こることがもしわかっていたら、ダリアンは少女をここに残し、見殺しにしていただろう。しかし、いまのダリアンにはっきりわかっていることは、たったひとつだけだった。もしここで歩み去ったら、自分は人生最大の稼ぎをフイにすることになる。ちょっと不安があるからといって、そんな馬鹿な真似はできない。

いまや、問題の少女はここからたった十メートルほどのところにいるのだ。ダリアンは目を開くと、心に防御シールドを張り、少女が発している腐敗した波を跳ね返した。

「さて、プリンセスを救いにいく時間ね」

第十五章

厚いがっしりした木製のドアのまえまでくると、サリヴァン神父は足をとめた。ダリアンはドアの木目に走っている不規則な縦の筋にそって指をすべらせながら、ドアの向こうの少女の心を探った。少女は人の気配を察知し、反射的に憎悪をみなぎらせた。しかし、すぐに憎悪の渦から抜けだすと、ためらいがちに心の触手をのばし、杖を持った盲人のようにあたりを手探りしはじめた。

「そこにいるのは誰？」思ったよりも甲高い声だった。厚いドアにさえぎられ、その声はくぐもって聞こえた。「お願いだから助けて。お願いだから……」少女はすすり泣きはじめた。

突然、ダリアンは柔らかな悲しみを感じた。そこには、骨を砕くほど激しい切なる思いが混じっていた。しかし、その切迫した思いと憂鬱の下には、純粋な絶望の霧がそっと漂っている。歪んだドアの向こうにいるのは、無垢な少女ではない。自暴自棄になった凶暴な獣だ。

いまからでも遅くない。引き返せ。

内なる抗議の声を無視し、ダリアンはいった。「ドアをあけてください」

神父は落胆したように肩をがっくり落とした。しかしそれでも、やたらと大きな銀のキーリングを持ちあげ、ぴかぴかの現代的な錠前――明らかに最近新しく取りつけられたもの――に鍵を差しこんだ。デッドボルトが低い音をたててスライドし、ドアが手前に開いた。

少女が神父の姿を目にしたとたん、石造りの湿った部屋のなかから、混じりけのない憎悪が炎となって噴きだした。しかし、ドアが完全に開き、少女がダリアンの姿を認めると、その憎悪は火ぶくれができそうなほど激烈な希望にとってかわった。

自分が心で感じたものと少女の外見が一致しないことは予想していたが、ジルの平凡で邪心のない顔を見たダリアンは、それでも大きな衝撃をうけた。ジルの汚れた顔や、緑の混じった灰色の瞳は、いかにも純朴で誠実そうだった。

餓死寸前まで追いこまれていなければ、きっとかわいいにちがいない。ストレートの髪はダークブラウン。薄汚れた白い袖からはやせこけた腕が突きだし、ダークブルーのスカートのすり切れた縁からは、骨ばった膝が顔を見せている。ジルがダリアンの目を見つめた。と同時に、息苦しいほどの期待が雪崩をうって押し寄せてきた。

「こんにちは」口を開くと、前歯が折れているのが見えた。ジルは汚れてもつれた髪を不安げにもてあそんだ。手首から垂れている太く重い鎖が、床に当たって音をたてた。

「こんにちは」ダリアンは自分が心にいだいている恐怖と打算を、実際には感じてもいない薄くもろい好意の下に隠した。「わたしはダリアン」

「ジルといいます」ジルは鼻をすすり、猛烈な期待をこめて口走った。「あたしを連れていってくれるの？」

「そうしてほしい？」

「ええ」眉を悲しげにひそめ、ジルはうなずいた。その目はどこまでも無垢だった。

「ちょっとサリヴァン神父と話をさせてくれるかしら？」

「はい」ジルはさらに同情を引こうと、下唇を噛み、薄汚くなった素足に目を落とした。

神父は外に出るとドアを閉め、すぐに鍵をかけた。それから、黙って階段を指さし、ダリアンを後ろに従えて独房から歩み去った。階段をのぼりながら、ダリアンは刺すような深い怒りと、むずむずするような激しい苛立ちを感じ、ふと気づくと拳を固く握りしめていた。

ジルは怒り狂ってる。ここから出るチャンスをあの神父につぶされたくなくて。

ダリアンは息を吸いこみ、新たに芽生えた畏敬の念をこめて神父を見た。あの少女の猛攻撃に、この男はいったいどうやって抵抗してきたのだろう？

忘れたの？　信仰心が篤いから耐えられるのよ。

たわごとはやめて！

「最初にお話ししたとおり、わたしが運営している施設は、問題をかかえている――ジルのような――子どもたちを引きとっています」ダリアンは言葉を切り、戦いに向けてギアをシフトアップした。「わたしたちは多くの精神科医をスタッフにかかえています。そのほかに、非常に経験の豊かな理学療法士や作業療法士も――」

「だめだ」神父の声は固い決意につつまれていた。「あの子をここから出すわけにはいかない。彼女は危険すぎる」

「ではどうするんです？　あそこに永遠に閉じこめておくんですか？」

「もしそうしなければならないなら……答えはイエスだ」

「それは現実的な解決法じゃありませんね」

「きみの解決法もだ」と、サリヴァン神父はいった。「医師に悪魔を祓うことはできない」

「でも、あなたにもできなかった」

「だからこそここに留めておくべきなのだ。たしかにわたしは、彼女を癒すことができないかもしれない。しかし、収容しておくことはできる」

もう遅すぎる。ジルのことは神父にまかせておきなさい。すべて神父に……

ダリアンは神父の手をつかんだ。その瞬間、神父の感情がダリアンのなかで爆発した。ずっしりした岩のように固い恐怖と、ぶるぶるとわななく決意が。

「彼女をこのままここにおいておくわけにはいきません。そのことは、あなたにもわかっているはずです」ダリアンはなめらかな氷のような確信にほんのかすかな悲しみを混ぜ、神父に投射した。そして、しばらく沈黙をつづけ、動かしがたい事実を神父が認識するのを待った。「もしそんなことをしたら、ジルはすべてを破壊するでしょう。なによりもまず、司教になろうというあなたの野心を」

最後のひとことはただの当てずっぽうだったが、どうやら大当たりだったらしい。熱く湿った恐怖がサリヴァン神父からにじみだしてきた。この男は明らかに権力と名声をほしがっている。

ダリアンはさらに押した。

「いつか事実が露見し、スキャンダルが疫病のようにこの教会を襲うでしょう。児童保護機関が介入し、子どもたちはすべて連れ去られる。新聞はあなたを怪物と書きたてる。ジルが鎖でつながれていた現場の写真も掲載されるでしょうね。そしてあなたは、小児性愛者として告発されることになる」

ダリアンは神父の焼けつくような恐怖を煽った。

「わたしはあの子にいっさい触れていない」と、神父はいった。「彼女だけではない。どんな子どもにも触れたことがないんだ」

「彼らは信じないでしょう」ダリアンは神父の手を握り、脈動する恐怖をどっと送りこんでだめ押しをした。「地下室のジルが見つかったら、あなたの信用はすべて地に落ちます。教会からは破門され、有罪を宣告される。そして、その後の二十年間を、刑務所でレイプされて過ごすのです。

いったいなんのために？　ジルの逃亡を阻止するため？　わかりませんか？　警察がジルを見つけたら——いうまでもありませんが、彼らはかならず見つけだします——あの少女は自由になり、あなたは監獄行きになる。ジルはこのままあなたに監禁されることを望んでいます。なぜなら、彼女にとって、それがあなたを破滅させる唯一の方法だからです」

いまや神父は、ほとんど過呼吸寸前になっていた。その目はジルの独房とダリアンのあいだを激しく行き来している。

「しかし、あの子の力に対抗できるのはわたしだけだ」神父は訴えるような口調でいった。「もし彼女をきみに託したら、彼女は……彼女は……きみは彼女の力がどれだけ強いかわかっていないんだ」

「わたしにはあの子をコントロールできます」

「どうやって？」

「信じてください」ダリアンは神父に投射していた恐怖を引っこめ、こんどは温かい優しさにあふれた信頼感を植えつけた。神父の息が落ちつき、目が穏やかになった。「信じるのです。神があなたとジルをどちらも救いたいと願っていなければ、わたしがここにくることはなかったでしょう。これは神のご意志なのです」

サリヴァン神父は黙ったまま、ダリアンの言葉をじっくり考えた。ダリアンには神父が頭を回転させているのがわかった。その下ではさまざまな感情が激しく吹き荒れている。ダリアンはそうした感情には干渉せず、刺すようなむきだしの疑念を抑えるだけにとどめた。ようやくのことで、神父は大きく息を吸ってうなずいた。

「あの子を優しく扱うと約束してほしい……それと、用心だけはおこたらないように」

「約束します」ダリアンは柔らかい大波のような心の平静を投射した。

「いっしょに祈ってくれるかね？」

「もちろんです」

ダリアンはまだサリヴァン神父の手をきつく握ったままだった。神父が身をかがめてひざまずくと、ダリアンはそれにならった。神父は目を閉じて頭(こうべ)を垂れ、固く握りしめた拳を額にあててラテン語をささやきはじめた。神にわが身を捧げている聖職者を見て、ダリアンは電球のソケットに指をつっこんだときのようなショックをうけた。

神父の感情が自分のなかに流れこみ、喉と目が焼けついた。これほどまでに善良で純粋な心に接したのは、生まれてはじめてだった。神父の祈りのなかには、あいまいな表現がなにひとつなかった。感覚は豊かで力強かった。ダリアンはサリヴァン神父の感情――感謝、決意、希望、そして受容――の波に乗り、彼が祈りを終えるのを待った。

神父の心の平穏をつかんだまま、ダリアンは彼の手を離した。神父の心はふたたび闇のなかへと後退し、ダリアンはジルの自暴自棄な怒りとともにひとり取り残された。サリヴァン神父は銀のキーリングを差しだしかけたが、ダリアンがそれをつかむまえに引っこめた。

「ここで起こったことは誰にも明かさないと誓ってほしい」神父は不安げにいった。「事情を知らない人たちには……理解してもらえないだろう」

「誓います」

「これだ」サリヴァン神父はキーリングを差しだした。「きみが彼女を連れていくとき、わたしはその場にいたくない」

ダリアンはじゃらじゃら音をたてている鍵をつかんだ。

「すべてが終わったら、鍵はおいていってほしい。出ていくときには裏口を使うように。きみに神のご加護があらんことを」

それ以上はなにもいわず、サリヴァン神父は十字を切って足早に階段をのぼっていった。ダリアンはジルの独房を振り返った。まるで自分が、ベッドの下に怪物がいないかチェックする子どもになった気がした。ただし、いまのダリアンは、怪物が本物であることを知っていた。

どうにかして、あの子を気絶させられればいいのだが、とダリアンは思った。すくなくとも、研究所に戻るまでは意識を失っていてほしい。べつの感情移入能力者(エンパス)を怖れる日がこようとは、これまで考えたこともなかった。しかも、相手はほんの子どもなのだ。

頭を振って恐怖を抑えつけ、心を脈打たせているジルのもとに向かった。地下室へと歩いていきながら、ダリアンは柔らかい綿毛のような安心感と平静心を積み重ね、ジルをできるだけ落ちつかせようとした。じゃらじゃらいうキーリングを鍵穴に近づけると、ジルは砂のようにざらついた喜びにつつまれて舞いあがった。どうやら、自分を監視しつづけていた神父が去ったことはすでにわかっているらしい。

ダリアンが鍵をひとつひとつ試していくにしたがい、少女の興奮はさらに高まっていった。ようやくのことで正しい鍵が見つかった。鍵が鍵穴にすっと入ると、巨大な波が襲ってきた。ダリアンは飛びかかろうとうずくまっているトラを想像した。

覚悟を決め、ダリアンはドアをあけた。ジルはなにかを待っているかのように、部屋のまんなかに立っていた。ダリアンの後ろに誰か立っていないか確認しようと、ジルは首をのばした。

「彼はいないわ」と、ダリアンはいった。

安堵の波が伝わってきたが、それはすぐに疑念にとってかわられた。

「あなたは誰?」と、ジルは訊いた。

「あなたに似た人間よ」

ジルは一歩後ろにさがった。汚れきった蒼白い顔が、さらに蒼ざめた。「なら、あなたも……憑依されてるの?」

ジルは真剣だったが、ダリアンは思わず笑わずにはいられなかった。不安にひきつった笑みが顔に浮かぶのはなんとか避けられたものの、口もとが一瞬だけゆるんだ。ジルは気分をそこねて顔を曇らせ、反抗するように顎をあげた。ダリアンは口に手をあて、かすかな笑みを覆い隠した。

「ごめんなさい。笑うつもりはなかったの」

「なら、なぜ笑ったの?」

「あなたのいったことがおかしかったから」ダリアンはさっきこの地下室にきたときよりもずっとリラックスしていた。

ジルはたしかにとてつもない力を持っている。しかし、まだほんの子どもだ。ダリアンは独房に足を踏み入れると、腐敗臭に鼻をしかめながら、すこしずつ近づいていった。

「あたしをどうしたいの?」

「まず、ここから出してあげる」

ジルは一瞬沈黙したが、すぐさま激しく泣きだした。最初の涙が頬を伝い落ちるよりも早く、ダリアンは脳天に巨大なハンマーを叩きこまれたかのような衝撃をうけた。目が燃え、喉がつまった。息を吸いこみ、なんとか心を閉ざそうとしたが、悲しみを帯びた少女の激しい安堵感は隙間から染みこみ、ダリアンを引きずり倒した。

この子に対抗してはだめ。いっしょにならなければ。

そうだ。ジルの悲嘆に打ち勝つことはできない。しかし、それをくつがえすことはできるかもしれない。ダリアンは自分自身の奥深くに目を向け、楽しい記憶のいくつかを呼びだした。いまは亡き父さんと最後に祝った六歳の誕生日……〈エメラルド〉ではじめてストリップをした夜にお金を数えたこと……最初のボーイフレンドとセックスしたこと……ディートリッヒの被験者のひとりをひねり、死ぬほどビビらせたこと。

いくつものイメージが、頭のなかを走馬燈のように駆け抜けていった。ダリアンはそのひとつひとつから感情を吸いとり、声をあげて泣いている子どもに投射した。喜びの感情が少女の悲しみを圧倒していくにつれ、頭に乗っていた重みはゆっくりと消えていった。

感情のやりとりは一分もつづかなかったが、まるで永遠のように感じられた。力を出しきったダリアンは、全身にびっしょり汗をかいていた。しかし、そんなことは気にならなかった。大切なのは、少女の信じがたいほどの悲しみが上向きになったことだ。

ダリアンの目のまえに立ったジルは、酒でも飲んだかのように、かすかに左右に揺れていた。笑みがその口もとをぐっと引っぱりあげている。ぞっとするような暗い喜びにひたっている少女を見て、ダリアンは不安を覚えた。しかし、すばやく身震いしてから、偽物の幸福感でその不安をかき消した。

いや、偽物なんかじゃない。偽物の感覚などというものは存在しない。人がなにかを感じたと

すれば、それがすなわちリアルな感覚なのだ。

そんな屁理屈になんの意味があるの？　いまはただ、このアダムズ・ファミリーの小娘みたいな子を相手にパニックを起こさなければ、それでもうじゅうぶんではないか。

「わたしはあなたを助けたいだけ」ダリアンはそっといった。「わたしが働いている施設の人たちは、能力を持った子どもを専門に保護しているの……あなたのような子どもをね」

「その人たちは怖がらない？」

「なにを？」

　答えは明らかだとでもいうように、ジルは困惑してまばたきをした。「悪魔よ」

「怖がらないわ」ダリアンは微笑んだ。ただし今回は、馬鹿にしていると誤解されないように、安心感をあたえる笑みを心がけた。

「どうして？」

　ダリアンはためらうことなく答えた。「悪魔なんていないから」

「でも……サリヴァン神父から……話は聞いたでしょ？」

「サリヴァン神父はあなたを二カ月間この地下室に閉じこめた。わたしにいわせれば、あの人の判断能力はそれだけで疑わしいわね。そうじゃない？」

「ええ」ジルはうなずいた。「それは……だったらどうして……あたしにはわからない」

「わたしがぜんぶ説明してあげる。でも、ここではないところで」ダリアンはさらに一歩近づいた。ジルとの距離はもう一メートルもない。いまやむかつくような息の臭いがはっきりと嗅ぎとれる。「もしここから出してあげたら、わたしといっしょにくる？」

「ええ」ジルはきっぱりと答えた。

ダリアンは最後の一歩を踏みだした。いまや二人は数センチしか離れていない。ジルは黙ったまま、手錠をかけられた手首をゆっくりと差しあげた。重い鎖がその下でゆっくりと揺れた。ダリアンが鍵をはずすと、手錠はカチッと音をたてて一気に開いた。ジルは腕をおろし、薄汚い銀の拘束具を床に落とした。

ダリアンは目を下に向け、顔をしかめた。ジルの汚れきった手首に、赤くただれた傷口が見えたからだ。ダリアンが強烈な喜びを投射しているにもかかわらず、ジルからは精神的苦痛と混乱が巨大な波となって打ち寄せてくる。

ほかのなによりも、この少女はハグを必要としている。しかし、ジルのやせ細った身体を両腕で抱きしめることを考えると、ダリアンは身をよじりたくなった。彼女には、肩を優しくたたいてやるのが精一杯だった。

「なにもかもうまくいくわ」

ジルはいぶかしげな目でダリアンを見上げた。「約束してくれる？」

「もちろん」と、ダリアンはいった。それが嘘なのは自分でもわかっていた。ただし、どれくらい途方もなく大きな嘘なのかはわかっていなかった。

第十六章

ジルがモーテルの部屋でシャワーを浴びているあいだ、ダリアンは大急ぎで地元のKマートに行き、着るものをいくつか買った。ジルの影響圏内から出たときには、思わず安堵のため息がもれた。頭痛は去らなかったが――幸福な記憶を呼び起こして気をそらしていなければ、おそらくもっとひどくなっていただろう――いまは苦痛さえもが喜びをあたえてくれる。すくなくとも、いま感じているのは自分自身の苦痛だ。心のなかに入ってきた誰かの感情ではない。

これまでに自分がひねってきた者たちのことを思い、ダリアンは後悔の念に駆られた。彼らのなかにも、いまの自分が感じているのとおなじ精神的二日酔いに苦しんだ者がいたのだろうか？　ダリアンは罪悪感を振り払おうとした。ジルの感情をまともにうけいれていたせいで、すっかり調子が崩れている。あの少女を研究所まで連れていくつもりなら、ここはしっかり気を引き締めなければならない。

所長のジンザーにはすでに連絡を入れ、状況を簡単に説明してあった。ただし、問題の少女に死ぬほどビビらされたことは話していない。ジンザーにはすべて自分で確認してもらうのがいちばんだ――こちらが報酬をうけとったあとで。

部屋に戻ってみると、ジルはベッドで眠っていた。そのやせ細った身体にはモーテルの安っぽいタオルが巻きつけられている。ジルを起こすのは気が進まなかったが、飛行機の時間が九十分後に迫っていた。その便を逃せば、この少女とさらに何時間か余分に過ごさなければならない。そう考えると、恐怖に打ち勝つことができた。

「さあ、ジル。出かける時間よ」

ジルの身体に直接触れないように、背中を覆っているタオルをそっとたたいた。ジルは文字どおりベッドから飛びだし、タオルをつかんでぎゅっと胸に押しあてると、目を大きく見開いて部屋を見まわした。ようやく正気に戻ったのは、さらに数秒してからだった。

「さあ、これを着て」

ジルは黙ったまま服をうけとってバスルームに引っこみ、数分後に出てきた。手入れをしていない髪、ひょろ長い手足、新しいスカートとブラウスからはまだ値札がぶらさがっている。まるで、どこか外国からやってきた難民のようだ。

「すてき」ダリアンは嘘をつき、少女の服からすばやく値札をひきちぎった。「用意はいい？」

「どこへ行くの？」

「世界で最高の場所」ダリアンはブラウスの袖をそっと引っぱってジルをうながした。「ニューヨークよ」

飛行機に乗っているあいだじゅう、ジルは一睡もせずに窓の外を見つめていた。ダリアンは背もたれに寄りかかって目を閉じ、ジルの感じている氷のように冷たい驚嘆に身をまかせた。抵抗するよりずっと楽だったし、疲れすぎていてなにかする気になれなかったからだ。

飛行機が雲から出ると、興奮したジルの気分が周囲の乗客に反響し、ドミノがつぎつぎに倒れていくように、キャビン内をさざ波が走った。飛行機に乗っている全員の気分が軽くなった。キャビンアテンダントまでもがおなじ気分に感染し、彼女たちの顔から作り笑いが洗い流され、もっと純粋な笑みが浮かんだ。

飛行機が着陸したとたん、乗客は地元チームがワールドシリーズで優勝したかのように歓声をあげた。ジルは窓から振り返ってにっこり笑った。目の落ちくぼんだジルが欠けた歯を見せて笑うと、まるでゾンビのようだったが、ダリアンはなんとか自分も笑みを返した。

ゲートにはささやかな歓迎団が待ちうけていた。ダリアンは研究所の警護員が三人いるのをすぐに見てとった。しかし、さらに近づいたところで、思いもかけないものが目に飛びこんできた。待っていたのは三人の大柄な警護員だけではなかった。なんと、サマンサ・ジンザーもいっしょだったのだ。研究所の外でジンザーに会うのはこれがはじめてだった。急ぎ足で通りすぎるビジネスマンや再会を喜ぶ家族に混じって立っているジンザーを見て、ダリアンは神経を逆なでされるような不快感を覚えた。

ジンザーはいかにもらしくない手の振り方をした。まるで、古くからの友だちに手を振っているかのようだ。ダリアンは手を振り返し、刺々(とげとげ)した生ぬるいシールドで自分の意識を覆った。金をうけとるまでは、少女になにかおかしな真似をされたくなかったからだ。

「ダリアン」ジンザーが手を差しだした。「元気そうね」

ジンザーはダリアンの手をぎゅっと握り、頬にすばやくキスをした。冷淡で生真面目なジンザーからこんな挨拶をうけるとは、夢にも思っていなかった。つぎに、ジンザーは少女を見下ろして微笑んだ。これまでにジンザーが微笑むところを見たことがあっただろうか、とダリアンは思った。

サマンサ・ジンザーは魅力的にふるまっていた。ただし、その顔に浮かんでいる大きな笑みと、ドクドクと激しく脈打っている内心の興奮とは、まったく乖離していた。そのせいで、ジンザーの顔はびっくりハウスの鏡に映っているかのように歪み、ひどく醜く見えた。

ダリアンはあわててジンザーに誠意を投射した。ジンザーの表情がすぐさまやわらいだ。笑みはすこし小さくなったが、さっきよりも誠実な輝きを増している。完璧ではないが、少女を騙すためのカモフラージュとしてはじゅうぶんだろう。

「あなたがジルね」ジンザーは手を差しだした。「わたしはサマンサ」

「こんにちは」ジルはちょっと抜けた笑みを浮かべた。

「あなたに会えて、すごく嬉しいわ」ジンザーが大げさにまくしたてた。「預けた荷物は？」

ジルはとまどってダリアンを見上げた。

「いま着てる服だけ」と、ダリアンは答えた。

「なら問題はなにもなしね」ジンザーは出口に通じている広い通路のほうを身振りで示した。

「さあ、おうちに帰りましょう」


ヴァンはいつまでたっても研究所に着かなかった。ジンザーはジルから質問をされるたびに、まわりくどいだけで答えにはまったくなっていない答えを返しつづけている。ダリアンは正気を失わずにいるのが精一杯だった。彼女としては、ジルの感情投射をできるだけやわらげ、少女の粗暴で不快な興奮とおめでたい喜びを鈍らせ、ジンザーたちを落ちつかせておきたかった。しかし、その努力は徒労に終わった。

ダリアンがいくら妨害しても、ジルの投射を食いとめることはできなかった。ジンザーは壊れたおしゃべり人形のように猛烈なスピードでしゃべりまくっている。影響をうけているのは、ジンザーだけではない。普通なら寡黙でストイックな三人の警護員も、ひとりは口笛を吹き、ほかの二人は大きな笑みを浮かべている。

ジルの幸福の海の底には、強烈な稲妻のような恐怖と、硬いブロックのような怒りが、断続的に揺らめいていた。しかし、それをはっきり感知しているのはダリアンだけだ。少女の感情が立体的に噴出すると、そのたびに胃がひっくり返り、ダリアンは奥歯を嚙みしめた。

ジルの心にはじめて触れてからたった五時間しかたっていないのに、それが永遠にも感じられた。ダリアンは自分とジルを遮断したかった。しかし、どうしてもできなかった。少女の感情は毒ガスのようにダリアンの脳に染みこんできた。

ようやくのことでヴァンが停まった。ダリアンは勢いよくドアを引きあけ、よろめくように地下駐車場に出ると、五歩進んだところで、コンクリートのなめらかな床に激しく嘔吐した。傷んだチーズと酸っぱくなった牛乳の臭いがした。ダリアンはもう一度吐いた。半分ほど消化されたパスタを吐き散らしながら、彼女はどろどろした黄色っぽいオレンジの嘔吐物から目をそむけた。

もう吐く心配はなさそうだと判断すると、ダリアンは唇をぬぐって後ろを振り返った。ヴァンに乗っていた全員が、サーカスのフリークスでも見るような目をこちらに向けていた。

「あなた、だいじょ――」

ダリアンは手を振ってジンザーの言葉をさえぎった。「心配しないで。だいじょうぶよ」

最後の力をふりしぼり、なめらかで冷たい幸福感をジルに向かって投射した。ジルの顔がほとんど一瞬にして明るくなり、彼女をつつんでいた刺々しい不安と緊張が霧散した。ダリアンには、ジルの感情投射が拡大鏡を通した太陽光のように強度を増すのが見えた。ジンザーの浮かべていた驚きの表情が消え、リラックスした満足の笑みにとってかわった。警護員たちも同様に表情を変え、困惑したようにヴァンから降りてきた。

いまがチャンスだ。

「あなたの麻酔銃を貸してくれる？」ダリアンは警護員のひとりに声をかけ、黙って従うように心をひねった。同時に、ジルに向かって無関心な気分を投射した。

「いいとも」警護員はずっしりした黒い武器を差しだした。

ダリアンはその警護員をわきに押しやり、銃をかまえて引き金を引いた。軽い反動とともに銃口からダーツが発射された。ダーツがジルの腿に命中したとたん、ダリアンは刺すような痛みと、火のような熱い困惑と、突きあげるような怒りに襲われ、もうすこしで昏倒しそうになった。しかし、そうした感情は現われたときとおなじくらいすぐに消えた。ジルはその場にくずおれた。

ダリアンもその場にくずおれておかしくなかったが、そんな幸運にはめぐまれなかった。倒れこむより先に、警護員のひとりが体当たりしてきたからだ。冷えきったコンクリートに頭が激突し、ゴンという不気味な音をたてた。しかし、ダリアンは気にしなかった。頭を打った痛みなど、ジルの感情が爆発したときの苦痛に較べたらなにほどのものでもない。

ジンザーがつかつかとダリアンに歩み寄った。「立たせなさい」

警護員がダリアンの腕を乱暴に引っぱり、無理やり立ちあがらせた。

「これはどういうこと？」瞳を燃えあがらせ、ジンザーが問いつめるように訊いた。

「もう我慢できなかったの。あの子の投射能力は強すぎる」

ジンザーは眉をひそめた。「わたしはなにも感じなかったわ」

「それってなにかの冗談？　クリスマスの朝の子どもみたいに興奮しまくってたくせに」ダリア

ンは振り向き、腕を万力のように締めあげている警護員にいった。「あなたはのんきに口笛を吹いてたわよね」

警護員はまばたきをし、目を伏せた。自分のしたことを思い出し、恐怖と羞恥心に駆られたのだろう。ジンザーは微笑んだ。それは本物の笑みだったが、ダリアンは身体の芯までゾッとした。

「離してやりなさい」

ダリアンは身をよじって警護員の手を振り払い、腕をさすった。そのとき、ふと疑問が頭をよぎった。もっと早く思いつくべきだったのに、なぜこれまで見過ごしていたのだろう？　ジンザーに任務を説明されて以来、頭にあったのは金のことだけだった。ようやくのことで素朴な疑問が湧きあがったのは、意識を失ったジルの細い手足を見下ろしたときだった。

「この子を使ってなにをするつもり？」

「まだわからないわ」と、ジンザーはいった。

明らかに嘘だ。しかし、所長がなにを隠しているにしろ、疲れすぎていてどうでもよかった。いま、ジルは意識をなくしている。それだけでじゅうぶんだ。

第十七章

　ダリアンはコーヒーを一杯と煙草を一本だけ許されたものの、すぐさま任務報告に呼びだされた。いつものとおりディートリッヒが参加し、電極をダリアンの頭に六つ、胸に四つとりつけ、テープで留めた。うわべを取りつくろうような社交儀礼はいっさいなかった。ダリアンはたんに金で雇われただけの人間だ。それ以上の存在ではない。

　ジンザーは細かい点まですべて知りたがった。ダリアンが感情投射能力を持つ子どもを研究所に連れてきたのは、今回のジルがはじめてだったからだ。ジンザーはダリアンの報告を黙って聞いていたが、直接手に触れないとサリヴァン神父の感情を感知できなかったという話を聞くと、はじめて口をはさんだ。ジンザーは激しく興奮していることを隠そうともしなかった。

「そういう人間にこれまで会ったことは？」ジンザーは身を乗りだした。まるで、二人の距離をつめれば、真実をよりよく理解できるとでもいうかのようだった。

「いいえ。一度も」

「その神父は、ジルに対しても免疫があったわけね？」

「自分ではそういってたわ」

「なら、きみだけじゃなかったわけか」ディートリッヒがぽつりとつぶやいた。報告がはじまってから、彼が口をきいたのはこれがはじめてだった。

「ええ」ダリアンはディートリッヒのほうを向いていった。なまっちろい大柄な科学者は、盛大に汗をかいていた。ビーズのように小さい目は、ピンク色のまるまる太った顔になかば埋もれている。彼はダリアンを見てまばたきした。

「その神父の心が読めなかったのはなぜだと思う?」

「それは……わからない」

ディートリッヒはダリアンのためらいに気づき、ずらりと並んだモニターのほうに目を向けた。

「なにもかも隠さずに話してくれないか、ダリアン」

「たいしたことじゃないわ」

「いいから話して」と、ジンザーがいった。

「神父がいうには……」なんだか馬鹿みたいな気がして、ダリアンは言葉を切った。「信仰心が自分を守っているんだそうよ」

「信仰心?」ジンザーがあざけるような声でいった。

「馬鹿げてるのはわかってる。だから話さなかったのに」

「話してくれ」ディートリッヒの声はまじめだった。「きみはそれを馬鹿げたことだと思うかい?」

気でも狂ったのかという顔をして、ジンザーがディートリッヒに目をやった。しかし、科学者の顔に浮かんだ表情を見ると、ダリアンにふたたび注意を戻した。

「わたしは神を信じてない」ダリアンはゆっくりといった。「でも、サリヴァン神父に関しては……なにを信じていいのか、よくわからない」

ディートリッヒはモニターに目を落とし、ひとりでうなずき、先をつづけるように身振りで示した。任務報告はそれからさらに二時間つづいた。ジンザーはひどく細かい部分まで問いただしたが、なにか気になることがあるらしく、どこか注意散漫になっていた。どうやら、この聴取を早く終えて、どこかべつの場所に行きたいらしい。

その〝どこかべつの場所〟がどこなのかは、はっきりわからなかった。ダリアンは疲れすぎていて、ジンザーの心の内など心配している余裕はなかった。それが失敗だった。

ジンザーはモノクロの警備モニターに目を向け、ゆっくりと廊下を遠ざかっていくダリアンを見つめた。ダリアンはエレベーターに乗りこむと、壁にもたれかかって笑みを浮かべ、監視カメラに向かって手を振った。あれだけの仕事と任務報告を終えたあとだというのに、あの女はいまだに生意気さを失っていない。

ジンザーは気にしなかった。あの揺るぎない傲慢さがあるかぎり、ダリアンはこのまま組織を見くびりつづけるだろう。こちらとしてはそのほうがありがたい。ジンザーはディートリッヒのほうを振り返った。

「神父をどう思う？」

「ダリアンは自分が知覚したことを正直に話してます。それ以外のことは、ぼくにはまったくわからない」

「仮説でいいから」

「データはなにもない。どうとだって考えられますよ」

「仮説でいいから」ジンザーは頑としてくりかえした。

ディートリッヒは天井を見上げて考えをめぐらせてから、ジンザーに視線を戻した。

「可能性は基本的にふたつでしょうね。ひとつは、神父自身に原因がある場合。その神父が特別な脳内化学物質を持っていて、ダリアンが心を読むのを邪魔していたのかもしれない。食べているものが理由だってこともありえます。もしかしたら病気なのかもしれないし、薬物治療をうけているのかもしれない。徹底的な精密検査をしてからでなければ、なにもいえません」

「ふたつめの可能性は?」

「建物自体になにか理由があって、脳波の伝達を妨害している場合。教会が建っている場所の磁場が関係しているのかもしれない」

「でも、もしそうだったら、ダリアンはあの少女の感情も読めなかったはずでしょ?」

ディートリッヒはまた肩をすくめた。「さて、どうですかね。ぼくたちにかろうじてわかっているのは、ダリアンの心がどう機能しているかだけだ。じゅうぶんな情報はないってことに話はつきる」

「わたしを喜ばせてよ、ドクター」ジンザーは苛立ちをつのらせながらいった。「ただの当て推量でいいの。想像してちょうだい……いまあなたの頭には銃が突きつけられてるって」

ディートリッヒは唇を噛んだ。一瞬、ジンザーは彼が泣きだすのではないかと思った。以前、実際に何度か泣かしてしまったことがあるのだ。ただし、これまでの場合は、もっと状況が苛酷だった。最後に泣かしたのは、この男がかつての同僚と共同研究をするために休暇を願い出たときだった。ジンザーはにべもなく却下した。ディートリッヒは研究所を辞めると脅してきた。ジンザーが辞職は選択肢に入っていないことをはっきりさせると、彼は泣きだした。

それ以来、ディートリッヒはいつも泣きだしそうに見える。ただし、仕事のほうはしっかりやっているので、ふさぎこんだり癇癪を起こしたりといったことは大目に見てやっていた。たまに鬱憤を爆発させてもらったほうが、なにか思いきったことをされるよりずっといい。ジンザーはディートリッヒの心理分析結果を見たことがあり、自殺の可能性がまったくないわけではないことを知っていた。

　ジンザーは歯を食いしばって待った。ディートリッヒが答えをあたえてくれるのはわかっていた。この男はいつだって答えを出してくれる。たんなる〝当てずっぽう〟にすぎない場合でも、いつだって示唆に富んでいる。ディートリッヒはため息をつき、やっとのことで口を開いた。

「ぼくはマクロ環境が原因だとは思わない。ダリアンは修道女のひとりに会ったといっていた。原因がなにか場所に関係したものだとすれば、その修道女の感情を読むこともできなかったでしょう。それに、神父が執務室にいるときも地下室にいるときも感情は読めなかったんだから、建物自体が原因とも思いにくい。とすれば、その男自身になにか原因があるんだ」

「彼の生理機能ということね」

「たぶん」ディートリッヒは言葉を切った。「彼の信仰心でないんなら」

「まさか本気じゃないでしょ?」と、ジンザーは訊いた。「神がその神父を守ってると考えてるの?」

「もちろんちがいますよ」ディートリッヒはかすかに気分を害したらしかった。「でも、もし神父がそう信じているんなら、それがジルの攻撃をかわすのに役立っているのかもしれない」

「答えを出す方法はひとつ」と、ジンザーはいった。「サリヴァン神父をもう一度訪ねてみるしかないわね」

「またダリアンを送りこむんですか?」

「いいえ。今回の仕事に彼女は必要ないから」

「もしサリヴァン神父がぼくらの検査に協力するのを拒否したら?」

「しないわ」

「でも……でも、相手は神父なんですよ」

ジンザーは肩をすくめた。「わたしが通ってる教会の神父ってわけじゃないわ」


ぎくっと目を覚ましたとたん、強烈な光に目がくらんだ。サリヴァン神父は顔をそむけ、自分がどこにいるのか見きわめようとした。まるで十字架に磔にされているかのように、むきだしの両腕が左右にのばされていた。どちらの腕も、革のストラップできつく縛りつけられている。両脚もむきだしで、まったく動かせない。足首と腰と首も、似たような革のストラップで固定されている。

目の隅に白い影が映った。顔をそちらに向けると、白衣を着た男がクリップボードになにやら書きこんでいるのが見えた。ときどき手をとめては、ピーッと音をたてているモニターに目を向けている。男はサリヴァン神父を見たが、気づいていないふりをした。

「ここはどこだ?」

医者は書きこみをつづけている。

「わたしは病気なのか?」

医者はクリップボードから目を離さなかったが、手がとまった。どうやら自分の良心と戦っているらしい。サリヴァン神父はそれとおなじ表情をこれまでにも見たことがあった。

「お願いだ、話だけでもしてくれ」サリヴァン神父の声は、この数時間——それとも数日間だろうか?――に起こった出来事のせいで、すっかりかすれていた。車のトランクに放りこまれたことはかすかに憶えている。その後、何度か目を覚ましたが、そのたびにまた意識を失ってしまった。

「頼む、なにかいってくれ」

医者はクリップボードを下におろし、サリヴァン神父の目を見つめた。医者の顔の下半分は、外科用のマスクで覆われている。しかし、そのうるんだ目が神父の知るべきことをすべて物語っていた。この男は怖がっているのだ。

「いくつか検査をする必要があるんですよ」と、医者はいった。「それさえ終われば、あなたは自由になります。リラックスしてください」

「なんの検査なんだね?」

医者はその質問を無視し、検査台をまわって歩いてくると、サリヴァン神父の頭の下にそっと手をあてて持ちあげた。医者が頭の下になにかをすべりこませているあいだ、神父の目に映ったのは自分の内臓だった。医者は神父の頭をおろしてクッションにのせた。クッションは左右が高くなっているため、首をまわすことができなくなった。

つぎに、医者は神父の額に革のストラップをまわし、動かないようにしっかり留めた。

「なにをしているんだね?」

「口をあけてください」

指示に背くのが怖くて、サリヴァン神父はいわれたとおりにした。医者は神父の歯のあいだにスポンジを手荒く押しこんだ。

「舌を噛まないようにするためです」医者は事務的にいった。

そして、こんどは神父の顎にストラップを巻いた。

「さて、これからあなたの頭骨を切断します。ただし、麻酔は使えません。あなたの生体化学反応を変化させたくないんでね。一時間はかからないでしょう。動かないようにしてください。動くと、手術が長引くだけです。申し訳ないですが、痛みますよ」

サリヴァン神父の耳に、なにかが回転する甲高い音が聞こえた。つぎに、ドリルが見えた。神父は叫ぼうとしたが、スポンジのせいでくぐもった唸り声がもれただけだった。医者がドリルを神父の頭に近づけた。サリヴァン神父がほんとうに叫ぶ必要に駆られたのは、そのあとだった。

第十八章

ラズロにとって、それからの二カ月間はまさに夢のようだった。彼とダリアンは、ベッドに倒れこむのとおなじくらい簡単に、おたがいの生活になじんでいった。

ラズロにはダリアンの心を読むことができたが、ダリアンのほうも、それとおなじくらいラズロの心を読むことができた。ラズロが口を開くよりも先に、なにがいいたいのかわかるのだ。いっしょにいるときの二人は黙りがちだった。普通なら、沈黙は居心地が悪いものだが、二人にとっては魔法のように魅惑的だった。

ただし、ダリアンはラズロのプライベートな生活に入ってくると、プロの生活からは去っていった。もう授業を参観することもなかった。なんの説明もなしに、あっさりと消えてしまったのである。事実、二人の関係は熱烈なものだったが、平日に会うことはめったになかった。ダリアンは仕事でどこかに出かけていたからだ。平日の夜に帰ってくることもときどきあったが、そんなときのダリアンは、期末テスト週間の学生のように、精神的にすっかり疲れきっていた。しかし、どうしてそんなに疲れているのか訊くと、ダリアンは猫のような目でラズロを見ていうのだった。

「あなたのを見せて。そしたらわたしのも見せてあげる」

会話はそこで唐突に終わってしまう。もし自分が質問に答えれば、ダリアンがすべてを話してくれることはわかっていた。しかし、ラズロにはその心構えができていなかった。こうして二人の秘密は宙に浮いたまま、言葉にされることなく終わった。

もしこれがほかの誰かだったら、ラズロは不安になっただろう。しかし、ダリアンが相手だと安心していられた。ダリアンが真実を隠していることが、表面的にではあるものの、ラズロの気持ちを楽にしてくれた。相手にプレッシャーをかければ、反対に自分もプレッシャーをかけられてしまう。

おかしなことに、しばらくすると、二人の関係はごく自然なものに思えてきた。ラズロもこれまで、ひとつの秘密をかかえて生きてきた。ダリアンが秘密を持っていてなにが悪い？　それに、鍵を握っているのはラズロだった。もし自分が秘密をわかちあえば、彼女もわかちあうだろう。なら、不平をいう権利などどこにある？

ラズロはダリアンへの質問をわきにおき、自分がこんなにすばらしい女性と出会った幸運に目を向けた。妙な話だが、二人のあいだに謎があるおかげで、ラズロはダリアンとの結びつきが強まる気がした。ダリアンと出会うまえ、ラズロはいつも孤独だった。しかし、彼女といっしょなら……

彼は満ち足りていた。

ジルと過ごした最初の数週間は、ダリアンにとって人生最悪の期間だった。のちになってからも——自分自身が監禁される羽目になったときでさえ——ダリアンはその期間のことを思い出すと寒気がした。ジルと四六時中いっしょにいるのは、苦痛以外のなにものでもなかった。

ジルから半径三メートル以内に近づくと、自分が水中に閉じこめられ、歪んだ声で口々に叫ぶ群衆に囲まれている気がした。感情はすべて歪んだ――そばにいる人間の触感と感覚がにじんで混ざり合い、苦痛に満ちた不協和音となって全身を駆けめぐるのだ。しかも、ジルの感情がその不協和音を切り裂き、救急車の一大部隊のような音でけたたましく響きわたるのである。

ジルの感情はあまりにも激しく、正気をたもつには、半分心を閉ざさなければならなかった。おかげで、ほかの人間の触感はぐっと小さくなり、指先がひりひりするのがかすかに感じられるだけになった。さらに悪いことに、ジルの思考はひどく不規則で、行き当たりばったりだった。たったいままで燃えあがるように熱い金属的な喜びを感じていたかと思うと、つぎの瞬間には、自殺的なほど冷たく陰鬱になっている。おかげで、ダリアン自身の感情は川を流れるコルクのようにもみくちゃにされた。

ジルの気分を追っていると、自分自身の気分がぐらついた。少女の気分の揺れには経験的な知識にもとづく前後関係が欠けているため、どうしても頭が混乱し、精神的に疲弊してしまう。しかし、いちばん腹立たしいのは、ジルの感情的な混乱と錯乱がいかに激しいかを知っているのが、自分ひとりである点だった。

ダリアンは周囲の人間の心を読めるし、悪党と聖人を見わけることもできる。そうした能力を持っている人間はめったにいない。だから、孤独を感じることには慣れていた。しかし、ここまでイカレていながら、周囲の人間にはまったく気づかれない人物に出会ったのは、今回がはじめてだった。たいていの場合、人は狂気を感じれば、どこかおかしいと気づくものだ。

しかし、ジル・ウィロビーが相手だと、周囲の人間の感情はみな麻痺してしまう。実際、誰もがジルを愛した。愛はジルが自在にポンプで汲みだせる感情のひとつだった。ダリアンはありったけのエネルギーをふりしぼって棘だらけの強烈な恐怖を投射し、ジンザーやほかの者たちがジルの身体を抱きしめるのを押しとどめた。ジンザーは慎重だったが（ジルをできるだけひとりにしておき、ダリアンが疲弊しきってしまったときには、セッションを終了することを許してくれた）、それでもダリアンは、自分の心を失ってしまうのではないかと不安になった。

毎晩、午後六時になると、彼らはジルに鎮静剤を投与し、ダリアンに気力と体力を回復する時間をあたえてくれた。このときだけ、ダリアンは精神的な防御シールドをおろし、自分を取り巻く世界の柔らかくシンプルな触感を心から楽しんだ。ときどき、ダリアンはラズロの待つ自宅に帰った。彼の穏やかで優しい心は、ダリアンにとって唯一の避難港だった。

しかし、ほとんどの夜は、研究所で文字どおり気を失うように眠りについた。また一日を生き抜いたことに感謝しながら。

第十九章

サリヴァン神父は裸のまま、ひんやりした白い部屋に立っていた。金属製の長いテーブルと、その上にのった小さな段ボール箱以外、部屋にはいっさいなにもない。裸なのが恥ずかしく、サリヴァン神父は局部を手で隠していた。部屋の反対側の壁は鏡になっており、肉のたるんだ蒼白い自分の身体がそこに映っているのが見えた。

「神父さん、わたしの声が聞こえますか？」

いきなり声が響き、サリヴァン神父は飛びあがった。部屋を見まわすと、天井のそばについているスピーカーが目についた。インターコム越しに話しかけてきた男は、その質問しか口にしなかったが、神父には誰の声かすぐにわかった。彼の頭に穴を穿（うが）った医者だ。あれはもう何日もまえのことになる。もしかしたら何週間もまえかもしれない。神父は時間の感覚を失っていた。

「ああ」サリヴァン神父はスピーカーを見上げて答えた。「聞こえる」

「箱をあけて、中身をとりだしてください」

神父はゆっくりとまえに進みでた。なにが入っているのだろうと不安を覚えつつ、段ボール箱のなめらかな表面をそっとなでてみた。それから、息を吸いこみ、上蓋部分の細い隙間に指先を入れると、目を閉じて上蓋を持ちあげた。爆発かなにか、ひどく怖ろしいことが起こることをなかば覚悟していたが、なにも起こらなかった。

目を開いたとたん、自分が馬鹿に思えた。箱の中身は密封されたいくつかのビニール袋で、それぞれの袋のなかには服が入っていた。サリヴァン神父は上着のカラーを見て、それが誘拐された日に自分の着ていた司祭服であることに気がついた。ビニール袋をテーブルに並べたあとで、残りのこまごました装身具類をとりだした。

靴が一足。十字架がついた銀のネックレス。猊下から拝戴した、イエスの像が刻印された大きな指輪。この指輪は神父がもっとも気に入っている所有物で、目にしただけで笑みがこぼれた。これをまた目にする日がくるとは思ってもいなかったからだ。

「まずは服を着て、つぎに、装身具をいつもどおりひとつひとつ身につけてください。なにかひとつ身につけたら、ぼくが指示するまでそのまま待つように。わかりましたか?」

「ああ」サリヴァン神父はスピーカーを見つめて答えた。

「はじめてください」

時間を無駄にすることなく、サリヴァン神父は白いボクサーパンツの入ったビニール袋を引きやぶった。そして、片方ずつ脚を通してはくと、インターコムの小さな丸い穴を見上げ、指示を待った。

「つづけて」数秒後に声がした。

サリヴァン神父は左のソックスをはいて待った。ふたたび、声がつづけるように指示した。つぎに右のソックス。待つ。つづける。アンダーシャツ。ズボン。神父はひとつずつ服を着ていった。さっきまで鏡に映っていた裸の怯えた実験ネズミは、かつての自分に似た男へと変化していった。わたしはかつての自分にふたたび戻ることができるのだろうか、と神父は思った。

テーブルに最後に残ったのは指輪だった。サリヴァン神父は手をのばしてゆっくりと指輪を握りしめ、指にすべりこませた。指輪は肌に冷たかったが、なじみになった重みが心地よかった。神父はインターコムを見上げてつぎの指示を待った。一分近くも沈黙がつづいた。つぎに聞こえてきたとき、声にはどこか興奮している気配があった。

「ゆっくりと指輪をはずして、テーブルにおいてください」

神父はいわれたとおりにした。また全裸になるまで服を脱がせていくつもりだろうか？ これもまたなにかのテストなのか？ 精神的にへたばらせるための拷問？ 服を一枚ずつはぎとることで、人間としての最後の尊厳まで奪おうというのか？ いったいなにが望みなのだ？ え？

「指輪に触れてください。ただし、テーブルから持ちあげないように」

サリヴァン神父は人差し指の先で銀の指輪に触れて待った。十字架の刻印を見下ろしながら、神父は祈った。解放してくださいと祈ったわけではない。解放が選択肢に入っていないことはわかっていた。かわりに、罪の赦しを乞うた。

赦しを乞うたことなら何度もあるが、今回はこれまでとはちがっていた。今回は、心のなかでひときわ明るく燃えさかっている罪がひとつある。ジルに対して犯した罪だ。白い部屋にたったひとりでいるいま、神父は自分がジルに対してやったことが原因で罰されているのだとわかっていた。

ジルと同様、サリヴァン神父は監禁されている。拷問をうけている。自分の人生をコントロールする力を奪われている。自分に残されたものはただひとつ、祈禱だけだ。ジルもいまの自分とおなじくらい怖かったのだろうか、と神父は思った。自分は間違いを犯したのだろうか？

「手を離して」

興奮した声が響き、物思いにふけっていたサリヴァン神父はビクッとした。手を引っこめながら、神父は信じがたいほどの怒りに駆られた。脈拍が速くなり、顔が歪んだ。彼は歯を食いしばり、鼻で息をしはじめた。その音は雄牛の鼻息のように荒かった。

こんなふうにあしらわれるいわれがどこにある？　わたしは神に仕える身だ。やつらにはなんの権利もない。なんの権──

「指輪を手にとって」

あれを聞いたか？　まるで犬に命令しているようではないか。やつらにいわれたとおりにするつもりか？　ちんちんをして懇願するのか？

「ああ、わかったとも」サリヴァン神父は小声で毒づき、金属製の重い指輪を指でつまんだ。その瞬間、接続が──**いったいなんの？**──切れた気がしたが、神父は手をとめなかった。かわりに、指輪をぎゅっと握りしめ、大きく腕をふりかぶると、鏡に向かって力いっぱい投げつけた。

指輪が宙を飛んでいくのを見ながら、サリヴァン神父は自分が分裂するのを──意気揚々たる怒りと、青くちらちら光る突発的な恐怖に引き裂かれるのを──感じた。つぎの瞬間、そのふたつはひとつにつながった。指輪が激しいガッという音をたてて鏡にめりこみ、そこを中心にギザギザのひびが一本走った。神父はひびの入った自分の姿を見つめた。ばらばらになった顔に浮かんだ酷薄な笑みのせいで、彼は非人間的に見えた。

背後のドアが激しい勢いで開き、ダークグレイの制服を着た大柄な男が二人、部屋に飛びこんできた。二人はすぐさま神父の横に駆け寄り、両腕を背中にねじりあげて鏡に叩きつけた。割れたガラスで頬が切れたが、神父はほとんど痛みを感じなかった。

感じたのはショックだけだった。割れた鏡の向こうに部屋が見えた。その部屋に、神父はふたつの影のような顔を認めた。ひとつは神父の頭を切開した医者の顔。もうひとつは、神父がもっとよく知っている人間の顔だった。この命がつきるまで、あの灰色と緑の目を忘れることはけっしてないだろう。

ジル・ウィロビーは憎悪と優越感の混ざった目で神父を見ていた。その瞬間、サリヴァン神父は自分がどこにいるのかを知った。いまは不安を――いや、恐怖を――感じて当然だったが、実際に感じたのは安堵だった。いま神父は理解した。ここを脱出するという夢は捨てていいと。いまいるこの場所に、自分はずっとずっととどまりつづけるのだろう。おそらくは、永遠に。

ここは地獄なのだ。

第二十章

ドアにノックの音が響いたとき、ダリアンはぼんやりと天井を見つめていた。

「どうぞ」

疲労困憊したダリアンは、顔をドアのほうに向けもしなかった。液体を思わせるジンザーの存在は、一キロ離れていても感知することができた。

「いいニュースよ」ジンザーの声は明るくほがらかだった。「もうあなたにジルのベビーシッターを頼む必要はなくなったわ」

ダリアンは目を大きく見開いて跳ね起きた。「あの子を出ていかせたの？」

「まさか」ジンザーの心を湿っぽい苛立ちがかすめた。「あの子から身を守る方法を開発したの」

ダリアンはジンザーの触感を注意深く探った。どうやらほんとうのことをいっているらしい。ただし、〝あの子から〟といったときだけ、ジンザーの心のなかを欺瞞のきらめきが矢のように飛び去っていった。

もしここまで疲弊しきっていなければ、それがなにか見当がついていただろう。しかしいまのダリアンは、頭を働かせて推理するには疲れすぎていた。

「すると、わたしはどうなるの？」

「ミスター・クエールに専念できるわ」

「彼とあの二人の生徒をリクルートするときがきたってこと？」

「それはまだ」と、ジンザーはいった。「いまはゆっくり楽しんで。長くはつづかないから」

ダリアンはラズロに話を切りだすのをセックスのあとまで待った。ジンザーは巧妙な嘘をつくってあった——第三者に組織の説明をするときの嘘を。しかし、それを口にしようとすると、ダリアンは刺すような罪悪感を覚えた。

これまでだって、何人もの男を踏み台にしてきたじゃない。もうひとり増えたくらいで、なんの違いがあるっていうの？

いいや、違いはある。これまでの目的はもっとシンプルだった。美しいネックレスだとか、ティファニーのショーウィンドーで目にとめた装身具とか。しかし、いまはちがう。今夜はラズロをいいくるめなければならない。これはなにかもっと……

邪悪なこと。

でも、はっきりそういいきれるだろうか？　ダリアン自身は、組織の目的は生徒たち全員を小さなガンジーに育てることだと聞かされている。

そのとおり。だったら、おまえはマザー・テレサだ。

それがどうだというのか？　ラズロはもう大のおとなだ。自分の面倒はきっちり自分で見ることができる。ダリアンがそばにいなければなにもできない、これまでの恋人たちとはちがう。以前つきあっていた男たちは、そのほとんどが金と権力を持っていたが（俳優やビジネスマン、一度などは下院議員とつきあったこともある）、みな弱く、簡単に人に影響された。

彼らの多くが才能を持っていたのはほんとうだ（カリスマ性がなければ、いまの地位までのぼりつめることはなかっただろう）。しかし、ラズロ・クエールほどの能力を持った者は皆無だった。ラズロとちがい、彼らは自分の才能にまったく無自覚だった。彼らは自分のことを魅力的で説得力のある男だと考え、部下や支持者が献身的で情熱的なのは、自分のすばらしい考えと並はずれた個性のせいだと思いこんでいた。

しかし、ダリアンは真実を――ものごとがどう機能しているかを――知っている。〝科学的な発見は共有する〟というのが、組織と契約を交わしたときの取引の一部だったからだ。ディートリッヒの報告書は素人向きの内容とはいいがたかったが、ダリアンの知的レベルは非常に高かったから、とくに問題なく理解することができた。

もちろん、ディートリッヒの報告書をすべて読んだわけではない。自分がそのうちのいくつかを見せてもらっていないことはわかっていた。それでも、すでに期待以上のことを学んでいた。残念なことに、知識が増えたからといって、ダリアンの能力が増すことはなかった。事実、ジンザーは実験に必要な被験者をその後もつぎつぎに供給してきたが、自分の限界を知ったダリアンには、ひどく邪悪な実験さえもが退屈になってしまった。

そこでダリアンは、自分が鏡の反対側に立たされるまえに去ることを決意した。いつどうやって組織を辞めるかをじっくり考えていたとき、組織がラズロの存在を知った。タイミングは完璧だった。ラズロと二人の天才児を銀の皿にのせて差しだし、報奨金をうけとったらそのまま姿を消す。組織の畜舎に新しい三人の被験者が入れば、彼らはダリアンを失ってもなんとも思わないだろう。

そこでダリアンは、ラズロをひねって自分になびかせた。しかし、それが自分の感情にどう影響をあたえるかまでは考えに入れていなかった。最初のうちは、ラズロの感情から自分を守ることができた。しかし、二人で過ごす時間が増えていくにつれ、ラズロの気持ちにあらがえなくなっていった。三カ月が過ぎたいま、嘘としてはじまった関係は、まったくべつのものになっていた。

とはいえ、組織を去る決意がそのせいで鈍ることはなかった——反対に、ダリアンの気持ちはさらに固まった。

「ねえ、いつまでこれをつづけるの？」

「ちょっと待ってくれないか。回復したら教えるよ」

ラズロは微笑んだ。ダリアンの長い髪はラズロの裸の胸に広がり、二人の腿は柔らかいコットンのシーツの下でそっと重なっている。ラズロはその感触が好きだった。

「そのことじゃないの」ダリアンはからかうようにラズロの胸を爪でなぞった。「わたしがいってるのは、いつまでこのままごと遊びをつづけるのかってこと。おたがいの秘密を無視したまま」

ラズロは笑みを消した。二人のどちらかがいつか我慢の限界にくることはわかっていた——しかし、まさかダリアンのほうが先に音(ね)をあげるとは思っていなかった。

「なぜぼくのクラスをスパイしてたのか、いつ教えてくれるんだい？」

「あなたのクラスを監視してたんじゃないわ」ダリアンの声は抑揚がなかった。「あなたを監視してたのよ」

ラズロはひやりとした。ダリアンの言葉に嘘がないことが感知できたからだ。しかし、誰かが彼の監視にダリアンを送りこむことなど考えられない。もしも彼らが――**知っているのでなければ**。

ラズロはベッドから飛びだした。

「いったいきみは誰なんだ？」

「落ちついて」ダリアンは身体を起こし、両手を挙げた。「武器は持ってないわ」

ラズロはダリアンの裸の胸に目を走らせた。しかし、もはや性的な興味はまったく感じていなかった。ベッドのなかにいるのは見知らぬ他人だった。

「本気だぞ、ダリアン。きみは誰なんだ？」

ダリアンはゆっくり立ちあがり、ラズロのほうに足を踏みだした。「あなたにいったとおりの人間よ。ダリアン・ワシントン」

「かわい子ぶるな」

「わたしがあなたの授業を参観しに行ったのは、あなたが特別だと知っていたから。イライジャのように。そして、ウィンターのように」ダリアンはもう一歩足を踏みだした。「それとも、わたしがなぜここに――あなたのベッドルームに――いるのか知りたい？　だったら、答えは複雑じゃないわ」

ダリアンは最後の一歩を踏みだし、ラズロの顔からたった数センチのところまで自分の顔を近づけた。「わたしはあなたを愛してるの」

ダリアンは身体をまえに倒し、なめらかな頬をラズロの胸にあずけ、肩に両腕をまわした。ラズロはなにも考えずに自分もダリアンの身体に腕をまわした。二人は立ったまま、暗いベッドルームで抱きあった。

「話してくれてもだいじょうぶ……」ダリアンはささやいた。「わたしはもう知ってるから」

開いたままの窓から冷たい空気が流れこんでいたが、ダリアンの身体は汗に濡れていた。誰かをひねるのにこれほど力をこめたのははじめてだった。ラズロの意志は強く、感情は激しかった。――氷のように冷たい濡れた欲望、べとついた硬い忠誠心、煙っぽいひんやりした恐怖。ラズロの感情は感知できたものの、その裏に隠された実際の思考を特定することは、ダリアンの能力をもってしてもさすがに無理だった。しかし、推測はできる。この一年というもの、ダリアンは組織の研究所で被験者をひねりつづけてきた。おかげで、他人の心を読む能力も、以前より高まっている。

ダリアンはラズロの心を読んだ。激しい欲望をいだいているのは……ダリアンの口を割らせたいからだ。敵意のこもった防御的な忠誠心は……子どもたちに対するもの。心を覆っている恐怖は……ダリアンに裏切られるかもしれないという不安に根ざしているのだろう。ダリアンはそうした感情をすべて吸いこみ、ラズロの意志を曲げるために必要な理解が得られるまで分析した。

数秒もしないうちに、ダリアンは自分の腕のなかの男と精神的に混ざり合っていた。つぎに彼女は水門を開き、ラズロの無防備な心に投射した。ラズロは即座に反応した。ラズロが自分の心に侵入してきた新しい感覚をすべて吸収しているあいだ、ダリアンは感情がまったく存在しない空間にいた。それから、まるで津波のように、感覚がどっと戻ってきた。

ダリアンは静かに息を吸い、焼けつく喉の奥へ無理やり空気を飲みこみながら、ラズロの激しい感情をトーンダウンさせ、ゆっくりと自分の受容強度を下げていった。ラズロの精神の残響がおさまると、引き絞った筋肉から力を抜き、彼の身体にもたれかかった。

ラズロは腕に力をこめ、ダリアンを支えた。その瞬間、突き刺すような感情がダリアンの心を殴りつけた。

ダリアンはたくさんの男をひねり、自分に恋をさせてきた。しかし、相手がラズロほど強力だったことはない。突然、自分はとてつもない間違いを犯したのではないかという疑念がよぎった。いまやラズロは本気でダリアンを愛している。自分はこのまま彼をつきはなしていられるだろうか……それとも、ラズロの感情がゆっくりと自分の感情のなかに侵入してくるのだろうか？


ラズロはすっかり圧倒されていた。ここまで圧倒的な感覚に襲われたのは、生まれてはじめてだった。いいたいことがたくさんあった。質問したいことも数えきれないほどあった。しかし、考えられるのはダリアンの言葉だけだった。

わたしはあなたを愛してる。

濡れた塊が喉の奥からせりあがってきた。嗚咽はこらえたが、小さな涙が頬を伝い落ちていった。ラズロはダリアンをぎゅっと抱き寄せ、自分の身体を押しつけた。ダリアンの温かいシルクのような肌がぴたりと張りついてくる。いったいどれくらいそうやって抱きしめていただろう？それさえわからなかった。わかっているのは、とうとう身体を離したとき、自分の決心がついたことだけだった。ラズロはダリアンを信じることに決めた。

その決断を、彼は死ぬまで後悔することになる。

第二十一章

自分が他人とはちがっていると気がついたときから、ラズロは自分の秘密を誰かに打ち明けることをずっと夢見てきた。しかし、いまこうして現実に直面すると、身体が凍りついた。

「自分で考えているほど、あなたは特別じゃないの」ダリアンは言葉を切り、ラズロの手をとった。「わたしも人の感情が感知できる」

ラズロはまばたきをした。ダリアンはすでにラズロの世界をひっくり返してみせた。しかし、いまのひとことは、文字どおり彼を吹き飛ばした。

「いったいどうやって……どうやって知ったんだ?」

「知ってたわけじゃないわ。すくなくとも、確信はなかった——そうだろうとはにらんでたけど」

ラズロは言葉を探したが、なにも出てこなかった。ラズロの困惑を見てとったらしく——さもなければ感知したのかもしれない——ダリアンはつづけた。

「わたしはある組織のために働いているの。その組織の目的は、特別な子どもたちの研究を通して、人間の心が持つ能力を調査すること」ダリアンは言葉を切った。「そうした子どもたちを見つけだすために、組織はあるテストをつくり、およそ五万人の子どもにうけさせた。パスしたのはたった百人。ただし、これまでのところ、全員が擬陽性だったわ。例外はたった二人——ウィンターとイライジャだけ」

「英才児開発試験か」と、ラズロはいった。パズルの最後のピースが、カチリと音をたててはまった。

「そう」

ラズロはテストのことを思い返した。テストは五つのセクションにわかれており、それぞれが五感のひとつに——視覚、聴覚、嗅覚、触覚、味覚のどれかに——あてられていた。最初、ラズロにはどの質問もまったく馬鹿げているとしか思えなかった。しかし、第三セクションに目を通したところで考えが変わった。そこには嗅覚に関する質問が並んでいた。

「きみの組織はあのテストで、五感のそれぞれがどんな感情に対応するかを調べた。それは、ある種の……ぼくたちのような人間が、嗅覚を通して他人の感情を知覚するからなんだな？」

「あなたは嗅覚を通じて知覚するの？」ダリアンははじめて驚いた顔をした。

「きみもだろう？」

「いいえ」ダリアンは首を振った。「わたしの感情移入能力は触覚を経由してる。他人の感情を肉体的な皮膚感覚として経験するの。ウィンターは感情を聴く。イライジャは見る。感情移入能力を持っている人間がこの世界をどんなふうに経験しているかは、それぞれちがってるのよ。でも、能力の根幹にあるものは変わらない——それが共感覚。

共感覚は一般に〝感覚の混同〟と定義されてるわ。ディートリッヒは、共感覚を引き起こすのは脳の回線の混線だろうって考えてる。たとえば、視覚を司ってる脳の部位と、嗅覚を司ってる部位はちがうわけでしょ？　それが混線によってつながってしまうわけ。視覚共感覚者は、音楽をさまざまな色や形をしたものとして、文字どおり〝見る〟ことができる。わたしの場合は、感じることができるの」

「音楽はどんなふうに感じられるんだい？」触覚でものを感知するというのがどんなものなのか、ラズロにはまだはっきりと想像できなかった。

「曲によるわ」ダリアンは目をつぶっていった。「ラブソングは重く硬く感じる。煉瓦（れんが）の壁みたいに。ロックは羽根で肌をくすぐられるみたいな感じだし、ポップソングは、針がいっぱい突きでた拳みたいに鋭い感じ」ダリアンは遁走（とんそう）状態からわれに返ったかのようにまばたきをした。

「あなたもおなじ？　ちがうタイプの曲はちがう匂いがするの？」

「ああ。感情を引き起こすものはなんでも――歌でも、絵でも、匂いでも――それぞれの香りを持っている。ただ、それぞれの感情の匂いは一致する。たとえば、喜びのさまざまなバリエーションは、幸福感も、恍惚感も、至福感も、どれも似たような匂いがする」

「なら、喜びはどんな匂い？」

「焦げたタマネギだ」ラズロは哀れっぽい笑みを浮かべてみせた。「たしかに、きみが思っていたのとはちがうだろう。感情の匂いは、予想とはまったく一致しないんだ。怒りは、激しい雨が降ったあとの通りの匂いに似ている。悲しみは甘ったるいハチミツのような匂いだ。奇妙に聞こえるだろうが、きみが感情を肌で物理的に感じるという話も、ぼくには奇妙に聞こえる」

ラズロはそこで言葉を切り、ふと思いついた疑問をダリアンにぶつけた。「きみは触覚でしか感情を知覚できない。なのに、どうして視覚や聴覚のテストをつくれたんだ？」

「ディートリッヒはこう考えたの。共感覚者がどんなふうにこの世界を知覚するかは、ひとりひとりちがっている。だったら、感情移入能力者（エンパス）が他人の感情をどんな形で知覚するかも、ひとりひとりちがっているんじゃないか。だから組織は、怒りは雨のような匂いがすると〝知っている〟子どもを探すのではなく、回答の整合性に目を向けることにしたの。

テストには、感情に関する質問が百五十ほど出題されてるでしょ。たとえば、怒りについて質問するにしても、ただ怒りについてだけ訊くわけじゃない。同時に、不快感や、苛立ちや、激しい憤りなんかについても質問する。視覚セクションのさまざまなタイプの怒りに関する質問では、ほかの生徒たちはてんでばらばらの色を選んだのに、イライジャはすべて紫を選んだ。

視覚セクションにおけるイライジャの回答は、九十三パーセントの整合性があった。一方、ほかのセクションの回答の整合性は、平均が十六パーセント。ウィンターの場合もおなじよ。ただし、彼女のスコアが急激に高まったのは聴覚セクションだった。そこでわたしたちは、二人がエンパスの可能性を持つ共感覚者だと判断したの」

「〝可能性〟っていうのは、確信はないということかい？」

「あなたの授業を参観するまではね。教室に足を踏み入れた瞬間、わたしにはわかった。でも、それはあなたもおなじでしょ？　だからあなたは面接をする。あなたは彼らを探していた。自分に似た子どもたちを」

ラズロは目をしばたたいた。自分は意識的にエンパスを探そうとしていたわけではない。しかし、ダリアンのいっていることは正しい。彼はこれまでずっと目を光らせてきた。生まれてからずっと、自分には仲間がいないのだろうかと自問自答をつづけてきた。しかし、イライジャ・コーエンと出会ったとき、すべてが変わった。少年がおどおどと教室に入ってきた瞬間、ラズロには彼が普通の子どもとはちがうことがわかった。確信は持てなかったものの、自分とおなじ能力を持っているにちがいないと思った。

「きみは確信しているのかい？　イライジャとウィンターが……ぼくたちとおなじだってことを」ラズロはそこで言葉を切った。生まれてからずっと孤独だった自分がグループの一員になることが、ひどくシュールに感じられた。

「ええ」

「でも、どうしてわかったんだ？」

「二人の感情の烈しさよ。あの子たちの感情は、信じられないくらい荒々しく突き刺さってくる。あなたも感知したでしょ？」

「ぼくの場合は刺すような感覚じゃない。しかし、たしかに強烈だな」

「それに、イライジャはほかの子どもたちにすごく大きな影響をあたえてる」

「それにはぼくも気がついていた……あの子がいると、その場の空気が微妙に変わる。とくに遊び場では」

ダリアンはうなずいた。「イライジャは受信者で、とても鋭敏なの。ほかの子どもの感情を拾いあげるのよ。とくに、ネガティブな感情を」ダリアンは顔をしかめた。「憎悪と恐怖は、肌を深く切り裂く感じに似てるわ。イライジャはこのふたつの感情を自分のなかに吸収してから、周囲の人間に投射するの」

「だからよくいじめられていたわけか。ほかの子どもたちは、自分の不安な感情が跳ね返ってくるのを感知していたんだ」

「そう。悪循環の罠に陥ってたのね。イライジャはネガティブな感情を吸収して発信するタイプなのよ。いじめられると不安や不快感を激しく募らせ、それを周囲に向かって投射していたわけ」

ラズロはうなずいた。だからイライジャはいつもあんなに傷ついているように見えたのだ。ラズロはいつもあの少年に同情していた。しかし、いまは……ラズロは首を振った。「きみはあの子を救えるのかい？」

「あなたといっしょなら、たぶん」

「ウィンターは？　なぜ彼女はイライジャみたいにならないんだ？」

「ウィンターの能力は善循環なの。彼女は感受者(レセプター)でもあるけど、強力な投射者(プロジェクター)としての性格のほうが強い。さらに重要なのは、生まれつき幸せな子どもだってこと。ウィンターの喜びは内から輝きでて、周囲に伝染する。だから、たいていの場合、彼女が人からうける感情は――」

「ポジティブなものというわけか」ラズロはダリアンの言葉をひきとった。

「そう。ウィンターは幸せで、充足していて、自信に満ちていて、そうした感情を周囲に投射している。ほかの子どもたちはそれを感知して、彼女のまわりに集(つど)って輝きを浴びようとする。そうすることで、彼らは自分自身に対してポジティブな気持ちをいだく。こうして循環はつづいていく」

「ほとんどおなじ能力が、百八十度ちがう結果をもたらすってことか」ラズロはそういって首を振った。「結果はなんに左右されるんだ？　彼らひとりひとりが持っている投射能力や感受能力か、それとも、本来そなわっている性格か？」

「正直いってわからない。どれもすべて要因の一部だけど、ぜんぶがぜんぶではない」

「彼らは知っているのかい？　イライジャとウィンターだよ。あの二人は自分が能力を持っているのを知っているのかな？」

「あの子たちくらいの歳のとき、あなたは知ってた？」

ラズロは首を振った。「いま思い返すと、自分が他人に影響をうけやすいのはわかっていた。しかし、匂いと自分が感じているもののあいだに関連があるのに気づいたのは、十四のときだ」

「わたしが気づいたのもおなじくらいのときだった」と、ダリアンはいった。「思春期って、ほんと厄介」

「なら、彼らはちょうどいま気づきはじめてる頃だと？」

「たぶん」ダリアンは肩をすくめた。「でも、はっきり確認する方法はひとつしかない」

「なんだい？」

「当人に訊いてみるのよ」

第二十二章

エリオット・ディートリッヒは、血に濡れた手袋を医療廃棄物用のゴミ箱に投げ捨てた。早くシャワーを浴びたくてたまらなかった。それと、精神安定剤がすこしほしい。もはやあれなしには眠れなくなっている。目を閉じると脳がとどまることなく回転をつづけ、おなじことをひたすら考えてしまう。自分はなにをはじめてしまったのか？　いったいこれはいつまでつづくのか？

おまえが死ぬまでだ。

そうは信じたくなかった。しかし、ディートリッヒが「組織はそんなことをしない」と自分を説得するたびに、きまってジンザーがなにか怖ろしいことをしでかす。たとえば、あの神父の誘拐がいい例だ。ディートリッヒは自分が契約した〝組織〟がどんなものかを、いまさらながらに思い知らされた。

彼らが最初に接触してきたとき、ディートリッヒはCIAのMKウルトラ計画からはずされたばかりだった。あのときのディートリッヒにとって、組織は救世主だった。私企業。無制限の資金。気前のいい給料。科学的な自由。ディートリッヒは契約書の所定の位置にサインをし、けっして後ろを振り返らなかった。

すくなくとも、最初のうちは。自分の研究所を開設できることに興奮し、ほかのことは目に入らなかったのだ。政府に雇われていたときとちがい、委員会もなければ、おびただしい事務手続きも、いつ果てるともしれない説明も必要なかった。ただ頼みさえすれば、なんでも手に入った。

はじめて疑いが頭をもたげたのは、自分がＣＩＡにいたときに集めたデータにアクセスできれば、と口にしたときだった。一週間後、メモとコンピュータのプリントアウトを綴じた厚いバインダーが十二冊、デスクの上にきれいにそろえて積まれていた。ジンザーにそのことを訊くと、彼女はまばたきさえせずにいった。

「なにか欠けているものがあった？」

「いいえ」と、ディートリッヒは答えた。「すべてそろってます。ただ……あの情報はどれも極秘扱いのはずです。どうやって手に入れたんです？」

数秒ほど、ジンザーは無表情でディートリッヒを見つめていた。それから、ようやく口を開いてこう訊いた。「ほかにもなにか必要なものがあるの、ドクター？」

ディートリッヒは質問をくりかえそうとしかけたが、ジンザーの目に浮かんだなにかがそれを思いとどまらせた。

「いいえ」

ジンザーは背を向けて立ち去ろうとした。ディートリッヒは彼女を呼びとめた。

「じつは、もうひとつお願いがあるんです。非常識かもしれませんが……」

「なに？」

「たしか、ニコラ・テスラが死んだとき、彼のメモはすべてＦＢＩが押収したはずです。できればそれが見たいんですが」

「今週の終わりまでに用意するわ」

ジンザーはぶっきらぼうに請けあったが、ディートリッヒは彼女が約束を守れるとは思っていなかった。テスラの神話的なメモは、科学界におけるレプラコーン（自分を捕まえた者に宝のありかを教えるといわれる小妖精）だったからだ。いまだにその存在を信じている狂信者もいたが、問題のメモを実際に目にしたことのある者はひとりもいない。

しかし、四日後、ディートリッヒはそれを目にすることになった。

埃をかぶった箱が五つ、オフィスの床におかれているのを目にしたとき、ディートリッヒは首を傾げた。研究用の器具は、もう一カ月以上も注文していない。それに、箱はとんでもなく古かった。どう見ても医療品会社から送られてきたものではない。ディートリッヒが箱の正体に気づいたのは、まぎれもないＦＢＩの記章が封印にスタンプされているのを見たときだった。

いやがうえにも興奮が高まったが、クリスマスの朝の子どものように、箱をすぐさまあけたい衝動を抑えこんだ。そして、引き出しからペーパーナイフを持ってくると、封印をひとつずつ慎重に切っていき、震える手で一冊目のフォルダーをとりだした。ディートリッヒは胸を高鳴らせ、なにも書かれていない表紙をまる一分近く見つめてから、ようやくのことでなかを開いた。

まず目に飛びこんできたのは、ページ一面にびっしり書きこまれたぞんざいな手書き文字だった。最初は、わけのわからないたわごとが書いてあるのかと思った。しかし、よく見ると、巨大なブロックのような段落のあいだに、大きな楕円や長方形に囲まれた公式がはさまれていた。

つぎのページも、最初のページとおなじくらい狂気に満ちていた。しかし、じっくり眺めていると、狂気のなかに秩序が見えてきた。この情報をすべて検討するには、おそらく何カ月もかかるだろう。しかし、組織のおかげで、時間と資金はどちらもたっぷりある。ディートリッヒの直観は、自分の探している秘密（彼自身の研究とテスラの初期の仕事をつなぐ橋となるもの）は、テスラのメモのなかにあるはずだと告げていた。

ディートリッヒは正しかった。

五カ月後、研究はついに臨床実験段階に入った。すると、ジンザーが驚くようなことを申し出た（ただし、いまにして思えば、驚いた自分が馬鹿だったのだ）。不正入手された極秘文書をうけとって以来、ディートリッヒはいつも、組織はどこに一線を引くのだろうと思っていた。その夜、ジンザーが研究室に入ってきたとき、ディートリッヒはその一線が自分の考えていたよりもずっと遠くにあることを知った。

いや、もしかしたら、そもそも一線など存在しないのかもしれなかった。

「残業？」ジンザーがずかずかと研究室に入ってきて訊いた。

「ほかのみんなが帰ってから仕事をするのが好きなんです」と、ディートリッヒは答えた。「ゆっくりものが考えられるんで」

それはほんとうだったが、朝の三時まで仕事をしているほんとうの理由は、このところ自分の部屋――研究室の二階下にある小さいが機能的なベッドルーム――で眠るのが、どんどんむずかしくなっているからだった。

「あなたの報告書を読んでいたんだけど」ジンザーは研究室の黒いなめらかなデスクをなでながらいった。「あなた、壁に突き当たってるんじゃない？」

ディートリッヒは眉をひそめた。「どういう意味かわかりませんが」

「これまでのところ、サルを使った実験しかしていないでしょ」ジンザーはディートリッヒの目を見据えていった。「被験体に人間を使ったら、もっとスピードアップがはかれるんじゃないかしら」

「遺体を使うってことですか？　そりゃダメですね。いま必要なのは、生きた組織なんです」

「誰も遺体の話なんかしてないわ」

「いまはまだ、長期被曝のテストをしているんです。それにはサンプルが必要だ」ディートリッヒはガラスのドアがついた冷蔵庫のほうを顎でしゃくった。そこには、着色した脳組織のスライドが五十枚ほど保管されている。

「で？」

「で……」ディートリッヒはためらい、ジンザーを見つめた。「たとえあなたが探しても、何週間も拘束される仕事をうけてくれるボランティアが見つかるとはとても思えません。しかも、そのあとで侵襲的な脳手術をうけなきゃならないんですからね。もちろん、食品医薬品局にどっさり書類を提出しなきゃならない。それだけでも二年はかかるはずだ」

「食品医薬品局のことは忘れて。一般市民に提供する薬を開発しようっていうんじゃないんだから」

「ぼくはライセンスを失ってしまうかもしれない」

「機密資料を持っていることを誰かに知られたら、あなたは刑務所行きなのよ」

ディートリッヒは胃がぐっと落ちこむのを感じた。「なにがいいたいんです？」

「いいたいんじゃないわ。いってるの。早急に結果を出すためなら、手段を選ばないでちょうだい。もし近道をする必要があるなら、近道をとって。食品医薬品局のガイドラインを無視する必要があるなら、遠慮なく無視して。被験体に人間が使いたいなら、わたしにいって。必要なものはすぐに用意するから」

「でも、どうやって？」

「それはわたしの問題。あなたのじゃないわ」

「それじゃなんか気持ちが——」

「なにも包み隠さずにいうわね、ドクター。あなたの気持ちなんか、わたしにはどうでもいいの。あなたは雇われている身。雇っているのはわたしよ。真の科学的発見は、真の犠牲のうえにしか達成されない」

「無理強いされて連れてこられた被験者を相手に仕事はできません。自分の意志で参加してくれるんじゃなきゃ」

ジンザーは微笑んだ。「もちろんよ」

「いいでしょう」ディートリッヒは目のまえにいる女性にというより、なかば自分自身に向かっていった。「わかりました」

「何人必要なの？」

ディートリッヒはためらうことなく答えた。「二十五歳から三十五歳までの男性を六人」

「手配するわ」

「ありがとうございます」と、ディートリッヒはいった。ほかにどういっていいかわからなかったからだ。

「あら」と、ジンザーはいった。「お礼をいうのはこっちよ」

三週間後、ディートリッヒは被験者たちに会った。全員ガリガリにやせていて、歯の衛生状態は劣悪だった。おそらく、つい最近までホームレス生活を送っていたのだろう。ひとりめの男を診察したとき、ディートリッヒは報酬はいくらなのか訊いてみた。

「一万ドルだよ」

「どんなテストをするか知っているかね？」

「知らねぇし、知りたくもないやね。一万ドルのためなら、脳ミソだって差しだすさ」男はディートリッヒに向かって、薄気味の悪い満面の笑みを浮かべた。

ディートリッヒは微笑み返さなかった。

第二十三章

終業のベルが鳴り、生徒たちがいっせいに立ちあがってしゃべりはじめた。

「ミスター・コーエンとミス・ベケット、ちょっといいかな？」と、ラズロが声をかけた。

ほかの生徒たちは一瞬足をとめ、イライジャとウィンターを見つめた。それから、さっと目をそらしてふたたびおしゃべりをつづけた。教室が空っぽになってしまうと、ダリアンは最後列の席から立ちあがり、ゆっくりとまえへ歩いていった。授業のあいだ、ダリアンはイライジャ・コーエンとウィンター・ベケットの二人を吸いこみ、それぞれの感情的ペルソナを分析していた。

二人のうち、ウィンターのほうがずっと力が強かった――すくなくとも、投射に関しては。ウィンターのすぐ後ろの席にすわるのは、焚き火から数センチのところに立っているようなものだった。ウィンターの本質をなにかにたとえるとしたら、とてつもなく鋭いガラスの破片を磨りつぶした透明のかけらだ。ウィンターの心に触れたダリアンは、肌を紙やすりでこすられ、顕微鏡でなければ見えないほど微細な傷を何百万も負った気がした。

一方のイライジャは、ウィンターとは正反対といっていいくらい違っている。強力なオーラを発しているにもかかわらず、イライジャの感情を周囲の生徒たちの感情と区別するのは、気が狂いそうなくらいむずかしい。イライジャが周囲の子どもたちの感情を吸いこみ、それをすべてごたまぜにした感情の渦巻きを投射しているからだ。

ウィンターが剃刀(かみそり)だとしたら、イライジャは糖蜜だ。すべての感情の下にはなにか濃密でべとつくものがあり、ダリアンは身体にどろっとした接着剤をかけられた気がした。イライジャの心から逃げるのは、沼地を歩いて進むようなものだった。

ダリアンは二人の子どもに近づいていきながら、強い羽毛のような優しさを投射した。若いエンパスたちはこれをどう感じているのだろう？　イライジャの目にはどんな色と形が見えているのか？　目もくらむほど明るいのか、それとも暗い影のようなのか？　柔らかなカーブを描いているのか、それと直線を描いているのか？　ウィンターの心にはどんな音が鳴っているのだろう？　鐘の音か？　それとも、金属にガラスをこすりつける音だろうか？

とはいえ、どんなふうに見えようが、どんな音がしようが、じつのところはどうでもよかった。ダリアンにとって重要なのは、二人の子どもとラズロに、自分のほんとうの感情を——組織からうけとることになっている三十万ドルに対する冷たくざらざらした欲望と、ラズロが真実に気づいたらどうなるだろうといううくすぐったい恐怖を——見抜かれないことだった。

しかし、ダリアンはラズロの心の表面をざっと調べ、その恐怖を忘れることにした。疑念はどこにもない。感じられるのは、イライジャとウィンターの未来に対する熱い喜びに満ちた不安と、ダリアンに対するずっしりした愛の壁だけだ。二人の子どもとの距離をつめながら、ダリアンは激しい喜びと安堵の泡を飛ばし……

微笑んだ。

ラズロは椅子から立ちあがったダリアンに微笑み返した。ウィンターはラズロの向かいに腰をおろし、ピンクのスカートをそっとなでている。その隣にすわったイライジャは、誰かに殴られることを怖れてでもいるかのように背中をまるめている。

「二人とも、ミス・ワシントンのことは覚えているね？」

「はい」ウィンターはダリアンのほうを振り返り、大きな笑みを浮かべた。「こんにちは」

「どうも」イライジャが自分の胸に向かってぼそりといった。

「どうも」ダリアンがイライジャの声を真似ていった。しかし、からかっている感じはなく、数年来の友人のような親しみがこもっていた。イライジャはダリアンのざっくばらんさに驚くと同時にほっとしたらしく、彼女の目を見つめた。ダリアンが生徒の誰かと直接触れ合うのを、ラズロははじめて見た。ダリアンはなにをするときでも優雅さと自然さを感じさせる。いまも例外ではなかった。

「わたしは英才児開発試験の件でここにきているの」

子どもたちの目に反応が現われるよりわずかに早く、ラズロは緊張の甘ったるい匂いを嗅いだ。

「リラックスして」と、ダリアンがいった。「わたしは話がしたいだけ。この部屋で話し合われたことは、ここだけの秘密。いい？」

「ええ」と、ウィンターがいった。

「も、も、問題ないです」イライジャはそう答えると、ほんとうに問題がないことを自分に納得させるかのようにうなずいた。

「あのテストがなんの目的で行なわれたのか、あなたたちには、たぶんわかってるはずだと思う」ダリアンは慎重にいった。「自分たちがそれにパスしたことも」

イライジャが大きく目を見開き、ウィンターのほうに目を向けた。ウィンターのほうは、信じられないという顔でイライジャを見つめ返している。イライジャは唇を嚙み、ダリアンのほうを向いた。

「ぼ、ぼくが狂ってるんじゃないことはわかってたんだ……あのテストはなんのためのものなんです？」

「他人の感情を読む能力を持つ人間を見つけるためよ」

誰も口を開かなかった。

「あなたたち二人は、どちらもきわめて知性が高い」ダリアンはつづけた。「もし自分の秘密を知られたくなければ、わざと間違った答えを書くこともできたはず。でも、そうはしなかった。それはふたつのことを意味している。まず、あなたたち二人は、自分で思っているよりもずっと勇気があるってこと。もうひとつ——自分で気づいているかどうかはわからないけれど、あなたたちはこうしたことが起こることを望んでいた。

だから、おめでとうといわせてもらうわ。わが家へようこそ」

ダリアンは二人の反応を感じながら待った。

イライジャは怯えている。ダリアンの肌には、その怯えがひんやりした微風のように感じられた。イライジャは膝を小刻みに動かしながら大きく息を吸い、涙っぽい目でダリアンを見つめた。ウィンターも怯えているが、彼女の不安は興奮に——柔らかく心地よい熱に——やわらげられていた。

ダリアンは二人の不安を自分のなかに吸収した。すぐさま身体が反応し、心拍数があがって汗がにじんできた。湧きあがる恐怖を無視し、ダリアンは不安をひねって喜びに変え、微妙なニュアンスをしっかり調整してから子どもたちにそっと投射した。

ほとんどすぐに、イライジャが膝を動かすのをやめ、ウィンターの顔から不安の表情が溶け去った。ダリアンは息を吸った。これでもう、いうべきことをいってもだいじょうぶだ。

「わたしはある非営利組織に所属しているの。組織の目的は、すぐれた能力を持っている——あなたたちのような——子どもを助けること」

「助けるって、どうやって？」と、ウィンターが訊いた。

「あなたたちが自分の能力を十全に使い、探求し、いまよりもさらに伸ばしていける環境を提供することで」

「なぜ？」こんどはイライジャが訊いた。

「そうすれば、あなたたちはもっとたくさんのことを学んで——」

「いや、そうじゃなくて」イライジャは首を横に振った。「組織はなんのためにそんなことをするんです？」

ダリアンははっとしたものの、苦もなく驚きを隠した。その質問がラズロから出ることは予想していた。しかし、思春期の少年から訊かれるとは思っていなかった。

「組織の目的は、科学的な発見と教育の向上にあるの。資金援助をしているのは、人間の心をより深く理解することを望んでいる裕福な慈善家たちよ」

「ぼくらを研究することで？」

ダリアンは首を傾げた。「もしかして、邪悪な組織じゃないかと疑ってる？」

「『ファイアスターター』だと、政府は母親を殺して、父親と少女を誘拐し、少女を殺そうとしますよ」

「現実はスティーヴン・キングの小説とはちがうのよ、イライジャ。誰もあなたのことを誘拐なんかしない。もしわたしの申し出に興味がないなら、話はいまここでおしまい。しつこく勧誘はしないわ」

「申し出って?」と、ウィンターが訊いた。

「おなじ能力を持つ子たちといっしょに、特別な学校に通うこと」

「X－メンみたいに?」イライジャが興奮して訊いた。

ダリアンは眉をひそめた。

「コミック・ブックですよ。ミュータントたちがウエストチェスターの特別な学校に集められて、スーパーヒーローになるための訓練をうけるんです」

「たしかに似ている部分もあるわね」ダリアンは考え考えいった。「あなたは自分の能力をもっとうまく使う方法を学ぶことができる。ただし、すぐに犯罪に立ち向かうわけにはいかないと思うけど」

イライジャは微笑んだ。この少年はもうこっちのものだ……ただし、ウィンターのほうはまだ尻込みしている。

「なにを考えているの、ウィンター?」

「なにをってこともないんですけど、ただ、その……まえの学校からここに転校するのは、けっこう大変だったんです。来月のコンサートではソロをとることになってるし……」ウィンターは膝に目を落とし、ゆっくりといった。「馬鹿げてるとは思うんですけど」

「そんなことないわよ」と、ダリアンはいった。「学年のなかばに新しい学校に移るんですもの。わたしならすごくワクワクするなんて嘘をつくつもりはないわ。いくつか犠牲にしなきゃならなだし。

いこともある。でも、知ってる子がいないわけじゃない。あなたたち二人はもう知り合いなわけ

それより重要なのは、隠す必要がないってこと。もう自分を偽る必要がなくなるの。自分を偽ってるかぎり、たとえどんなにたくさん友だちがいても、あなたは孤独な道を歩むことになる。おなじ道を歩んできたわたしがいうんだから、間違いないわ」

「どういう意味です?」ウィンターが期待をこめて訊いた。

「じつは」と、ダリアンはいった。「わたしもあなたとおなじなの。ミスター・クエールもね」

二人の子どもから興奮と好奇心の波が伝わってきた。

「やっぱりね!」イライジャが感情を爆発させた。いつもとはちがい、その声には自信がこもっていた。「最初に会った日から、先生がほかの人とはちがうのははっきりわかってましたよ、ミスター・クエール! 何度か考えたことがあるんです。先生が……その、わかるでしょ……でも、ほんと信じられない!」

ダリアンはイライジャの激しい幸福感と安堵感に圧倒されそうになった。彼女は息をとめ、イライジャの喜びをウィンターに投射した。しかし、その必要はなかった。イライジャは無意識のうちに自分の喜びを周囲に投射していたのだ。しかも、彼の喜びには伝染性があった。

ウィンターは微笑み、目を輝かせてラズロとダリアンを見上げた。

「ほんとにもう孤独じゃないのね」彼女は静かにいった。

「ええ、そうよ」ダリアンは少女の手をとった。ウィンターの至福感が自分の意識のなかで開花すると、ダリアンはそれが身体の隅々まで流れていくにまかせた。それから、深く息を吸ってイライジャのほうを向いた。「あなたもね」

ダリアンが手に触れると、イライジャはさっと顔を赤くしたが、手を引っこめはしなかった。イライジャの手は温かく、女性的な感触だった。少年の性的な欲望が頭をもたげるのを指先で感知したダリアンは、それをかきたててやり、柔らかな陰謀めいた笑みを送った。

「わたしを信じてくれれば、あなたたちはもう孤独を感じないですむわ。どう？　信じてくれる？」

二人はためらうことなく、声をそろえた。「はい」

第二十四章

ジルは薄暗い明かりのともった部屋に入り、椅子に腰をおろした。部屋の壁のひとつは、緑色のビロードのカーテンで全面を覆われていた。カーテンの向こうから、極度の緊張感に満ちた、嘔吐物のような色の恐怖が伝わってくる。やがて、かすかなブーンという音をたててカーテンが左右に開き、天井から床まである巨大なガラスの壁が現われた。ガラスの向こう側には、ひとりの男が立っていた。

男は痛ましいほどやせていた。ほとんど、骨と皮しかないといっていい。

サマンサに救われるまえのあたしみたい。

ジルは首を振った。できれば、地下室に監禁されていたときのことは考えたくない。そこで、ガラスの向こうの男に意識を集中した。男はやせこけているだけではなかった。茶色の長い髪はもつれ、歯は黄色くなっている。どうやらホームレスらしい。むきだしの胸と頭にはリード線が何本か留められ、それが腰のベルトの小さな金属ボックスまでのびている。

男は怯えた動物のようにその場を行ったり来たりしていた。ときどき自分の身体をぎゅっと抱きしめ、温めようとするかのように両手で腕をさすっている。自分の身体を抱いていないときは、震える手をそわそわと開いたり握ったりしている。

いかにも寒そうなのに、男は汗をかいていた。透きとおるように白い肌がうっすらと濡れて光っている。誰かがくるのを待っているのか——もしくは、出ていかせてもらえるのを願っているのか——しきりにドアのほうに目をやっている。

「ジル、あの男の感情を感知できる？」

ジルは唇を嚙んで心を開くと、自分ではこれまで悪魔だと考えていた部分を解放し、男に触れた。男はうずくような痛みと吐き気を感じていた。まるで、オレンジのつまった麻袋でさんざん殴りつけられてから、無理やりジェットコースターに乗せられたかのようだ。ジルは汗をかきはじめた。身体が震え、息が浅くなり、ハッハッとあえいだ。唇をなめてつばを飲みこもうとしたが、喉がからからに乾いていて、どうしても飲みこめない。

「教えてちょうだい、ジル。いまどんな気分？」

ジルは拳を握り、サマンサの質問に答えるために男から自分を引きはがそうとした。

「痛い」ジルは無意識のうちに腕をさすっていた。「あたしは……じゃなくて……彼は……なにかほしがってる。痛みを消してくれるものを」

「たぶん……薬だわ」

「そう」ジルは力強くうなずいた。「あの人にあげてくれますか？」

「まだだめ」

「お願い。ちょっとでいいんです」ジルは自分の声にこもった訴えるような響きにほとんど気づいていなかった。「痛みを消してくれるのは、あれしかないんです」

「あなたが消してあげればいいわ、ジル」サマンサが説きつけるようにいった。「彼を……すっきりさせてやって」

ジルはうなずいた。自分自身のなかに深く沈んでいたため、サマンサの言葉はほとんど耳に入っていなかった。男と自分の心をむすぶ細い糸が切れないように気をつけながら、ジルは男の意識からほんのわずかに身を引き、自分自身を癒した。そわそわと歩きまわっている骸骨から目は離さなかったが、ジルの注意はすべて内部に向けられていた。

ジルの心拍数が――ゆるやかになった。

息苦しさが――やわらいだ。

じとじと汗ばんだ肌が――乾いてきた。

胃の痛みが――薄らいだ。

指の震えが――おさまった。

肉体的な反応をジルがひとつひとつ攻撃していくと、彼女の／彼の／彼らの痛みは、ゆっくりと消え去っていった。背後におかれた装置のビッビッという連続音がゆるやかになったが、ジルは気づいていなかった。自分のなかで――彼のなかで――起こっていることを知るのに、効果音は必要なかった。

これとおなじことは、ほかの被験者を相手に何度もやっていたが、ここまで力を振り絞ったのははじめてだった。この弱々しくてかぼそい男ほど激しく反撃してきた被験者は、これまでひとりもいない。しかし、負けるつもりはなかった。サマンサを失望させるわけにはいかないからだ。

ジルは男の心をつかみ、力いっぱいひねった。自分の感じている抵抗が依存症患者の全面攻撃だということを、ジルは知らなかった。男の心は蹴り、叫び、鋭くとがった鉤爪をたて、ひたすら攻撃してきた。鉄のような鉤爪を放すまいという意志は狂暴だった。しかし、ジルは屈しなかった。

野獣が激しく襲いかかってくるたびに、ジルはさらに激しく反撃した。だんだんとジルが優勢になっていった。おぞましいオレンジ色をした男の精神のまんなかに、ジルは白い点を無理やりつっこんだ。やがて、その白い点が輝きはじめた。

それから、肉体的な徴候が徐々に現われてきた。痙攣しているようなステップがゆっくりとしたけだるいワルツに変わり、手から震えがすっかり消えた。男は肌が濡れていることにはじめて気づいたかのように、ぼんやりと眉の汗をぬぐった。道化師のメイクを拭い去ったかのように、蒼白い皮膚に生気が甦って見えた。

しばらく、男は目を閉じていた。その目を開いたとき、変身は完了していた。うるんで血走っていた目はいまや落ちつき、白く澄んでいる。男はちらちら光る紫の安堵に濡れ、マジックミラーに映る自分の姿を見ようとまえに足を踏みだした。

「すごいじゃない、ジル」サマンサがジルの後ろで息を飲んだ。「あなたはまだ……彼をつかんでいるの？」

「はい」と、ジルはいった。「ほかの被験者たちのときは、あたしがひねると彼らは……もうそれ以上の助けがなくても、そのままの状態を維持できました。でも、この人は、あたしが離したら、跳ね戻ってしまうと思うんです」

「わかったわ、そのままつかんでおいて。わたしたちは賭け金をあげるつもりだから」サマンサはジルの答えを待たずにインターコムのボタンを押した。「その男にあたえてやって」

それから、サマンサはジルのほうに向き直った。「アダムにリンゴを食べさせちゃだめ」

不可解な言葉の意味をジルが質問するより早く、白い部屋のドアの下についているパネルが開き、プラスティックのトレイが押しだされた。それを目にしたとたん、男の心臓が喉まで跳ねあがった。

とてつもない強風がまえから吹いてきたかのように、ジルは椅子に押しつけられた。いまや、男の心を離さずにいるのが精一杯だった。突然、男のなかに潜んでいた野獣がふたたび目を覚まし、激しく檻（おり）に飛びかかった。野獣は檻に体当たりし、歯を鳴らし、鉄格子を揺さぶった。しかし、ジルは自分自身の心のなかでぎゅっとつかんだ男の心を離さなかった。

それでも、男は足早にプラスティックのトレイのほうへ歩いていった。そして、トレイをとりあげると、テーブルに運んでいった。ジルはトレイに赤ん坊がのっているところを思い浮かべた。すると男は、トレイを優しくテーブルの上においた。しかし、男がとりあげたのは赤ん坊ではなく、皮下注射器だった。男は金属とガラスでできた器具を、それが世界でもっとも美しいものであるかのように見つめた。

ジルは自分の制御力がぐらつくのを感じた。男の手が震えはじめ、頭のてっぺんに汗の粒がにじみだした。男が深淵へと落ちていくのを食いとめるべく、ジルは唇を嚙み、男の心を力のかぎり引っぱった。

男の手がふたたび震えはじめた。しかしこんどは、いらついているのでもなければ、期待に心を躍らせているのでもない。原因は男のなかで演じられている葛藤にあった。腕の血管を浮きあがらせて注射器の針を突き刺したいという激しい欲望と、ジルが男のなかに投射している注射器への嫌悪感が戦っているのだ。ジルが男をつかまえておこうと精神を集中すると、脳波計と心電計が狂ったように切迫した音をたてはじめた。

突然、男が嘔吐し、注射器とトレイの上に黄色と茶色の混じった嘔吐物をまき散らした。しかし、男は注射器を離さず、まばたきもせずに見つめつづけた。

永遠とも思える時間が過ぎ、男は注射器を下において後ろにさがった。バケツで水を浴びたかのように汗をかいているが、これまで自分を支配していたものを見つめる目は澄み、力強く――狂暴でさえあった。

「もうやめだ」男はささやき、首を横に振った。

男は部屋の隅にしゃがみこみ、両脚を胸に引き寄せ、安堵のあまりそっと泣きだした。ジルは自分の胸にこみあげてきた嗚咽をこらえ、大きく息を吸い、消耗しきった男からあふれだしてきた自尊心を浴びた。

「すごいわ、ジル」と、サマンサはいった。「さあ、こんどは彼を離して」

ジルはショックをうけてサマンサのほうを向いた。「でも――」

「データが必要なの」サマンサは冷たく言い放った。「離して」

ジルは鼻をすすってうなずき、鏡張りになった壁のほうを向いた。

「ごめんなさい」ジルは口だけ動かし、心の拳を開いて男の精神を解放した。

変化はほとんど即座に起こった。男はハイエナのように頭をあげ、狂ったようにまばたきをした。それから、脱兎のごとく部屋を横切り、嘔吐物にまみれた注射器をつかむと、震える腕に針を突き刺した。ジルの目に、かぎりなく美しい泡が見えた。青っぽい黄色の至福に満ちたその泡が自分に向かってきて……

無が残った。

第二十五章

ダリアンは凍るように冷たい水で顔を洗った。今夜のディナーを切り抜けるには、集中力を総動員しなければならない。普通の状況でも、四人の人間を同時にコントロールするのはむずかしい。それをラズロのすぐ目のまえでやるのだから、むずかしいどころの騒ぎではなかった。しかも、ダリアンのほうから感情をひねることなく、ラズロに前向きな気持ちになってもらう必要がある。そうでなければうまくいくはずがないからだ。

ダリアンはタオルで顔を拭き、バスルームから出た。ラズロがあたたかい笑みを投げてきた。

「きみはほんとうにきれいだ。知ってるかい？」

「あなただって、ダサいってわけじゃないわ」ダリアンはラズロの頬に軽くキスをした。「さあ。ご両親に会う時間よ」

食前酒が運ばれてくるまで、彼らは世間話をした。話の盛りあげ役はおもにラズロが担当した。二組の夫婦の子どもをほめちぎらなかったとしても、ラズロは穏やかでカリスマ性があるから、彼らの心をつかんでいたにちがいない。ウェイターが手作りのトルテッリーニの載った四角い皿を運んできた頃には、ラズロは自分がウィンターとイライジャをいかに高く買っているかをほとんど語りつくしていた。

　ダリアンは甘く柔らかいパスタを食べながら親たちの心をざっと探り、もう話を切りだしてもいい頃だと判断した。

「ということで」と、ダリアンはいった。「用件もお伝えしなかったのに、こうしてお会いいただいて、とても感謝しています」

　父親たちの熱意を維持するのは簡単だったが、ダリアンはすでに母親たちの変化を感知していた。ロザリンド・ベケットは口を閉ざしているし、アビゲイル・コーエンのほうは膝の上で両手を握り合わせている。その手が痛いほど強く握りしめられているのを、ダリアンははっきりと感じることができた。

「いまラズロがご説明したとおり、ウィンターとイライジャは驚くほどの能力を持っています。ただ残念ながら、二人の才能は完全には発揮されていません」

「どういう意味かしら？」と、ロザリンド・ベケットが訊いた。「PS12のTAGプログラムは、この街で最高のはずでしょ」

「でも、この国で最高というわけではありません」ダリアンはきっぱりといった。

「そうかもしれないが」と、ジョエル・コーエンがいった。「しかし、わたしたちはこの国のべつの場所に住んでいるわけじゃない。ブルックリンに住んでるんだ」

「たしかに、そのとおりです」ダリアンは彼らのショックにそなえた。「しかし、お子さんまでブルックリンに住んでいる必要はありません」

　ダリアンはいちばん不快な点を最初に話してしまうことに決めていた。夢のような学校のすばらしさを最初に並べたててから悪いニュースを伝えるより、まずはどん底に突き落としてから天国に引きあげたほうがいい。

「ウィンターを遠くにやるってこと?」ロザリンド・ベケットが思わず声をあげた。「でも、あの子はまだ十三歳なのよ!」

「イライジャはたったの十二よ」アビゲイル・コーエンがつけくわえた。

「あの子たちが若いのはわかっています」ダリアンは親たちのざらざらした粗い表面をなめらかにし、つややかで冷たい穏やかさに変えた。「でも、答えを急ぐまえに、わたしたちになにが提供できるかを聞いてください」

　ダリアンはソフトレザーのブリーフケースから四冊のパンフレットをとりだし、一同にまわした。表紙を飾っている美しいキャンパスの写真に両夫婦が目を向けると、ダリアンは強烈な憧れの念を投射して彼らをひねった。

「これがオッペンハイマー・スクールです」

　四人がパンフレットをぱらぱらめくり、緑の芝生や石造りの校舎、笑顔を浮かべた子どもたちなどの美しい写真を見ているあいだ、ダリアンはこのチャンスがいかにすばらしいものかを滔々と語り、彼らの欲望を増幅した。と同時に、四人の内部温度を慎重に監視し、自分の説明のなにかが誰かの興味を刺激したときには、それをさらに詳しく語った。

　アビゲイル・コーエンの興味を刺激したのは、一対一の授業だった。ロザリンド・ベケットの場合は、教師陣のなかにコンサートで経験を積んだヴァイオリニストがいることだった。ジンザーが念には念を入れてでっちあげたパンフレットには、必要な要素がすべて盛りこんである。ダリアンはその中身を頭から終わりまですべて暗記していた。親たちが今夜家に帰ってからパンフレットを見返したときに（見返すことはほぼ確実だ）、ダリアンの説明は事実であることが証明されることになる。

「なんだか、いいことずくめだな」スタンリー・ベケットが未練がましくパンフレットを閉じながらいった。「しかし、ぶしつけなことを訊くようだが、これにはいったいいくらかかるんです？　コーエンさんのお宅がどうかはわからないが、うちはウィンターを大学へやる学費を用意するだけでもいっぱいいっぱいでね。私立の学校にやるなんて、とてもとても」

「授業料は一学期一万二千五百ドルです」ダリアンはいったん言葉を切り、厳しい現実が四人の頭にしみこむのを待ってから、悲嘆の地獄に落ちた四人を天国へと引きあげた。「ただし、ウィンターとイライジャには、奨学金が全額支給されます」

ダリアンが強烈な安堵感の波を投射すると、アビゲイル・コーエンがあえいだ。

「それに、寮費と旅費も」

「この学校はどこにあるんです？」

「オレゴン州のベンドです。それだけ遠いと、どの生徒も土地に馴染むまでにすこし時間がかかります。しかし、子どもたちの多くは西海岸がとても気に入っています。そのまま西海岸に残ることを選ぶ子もいます。去年の卒業生十八人のうち、六人はスタンフォード大学に進みましたし、二人はカリフォルニア大工学部を選びました。残りは東部に戻ってきました。ハーヴァード大学に三人、ジュリアード音楽院に三人、そしてマサチューセッツ工科大学に二人。ああ、それからオックスフォードに行った子もひとりいます」

ダリアンは微笑んだ。わざわざ大学の名前を並べたてたのは、とくにイライジャの父親に向けてだった。ダリアンが〝大学〟という言葉を口にするたびに、ジョエル・コーエンは身体を緊張させせた。この男にとっては、明らかにそれが最大の関心事なのだ。

「すごいな」ジョエル・コーエンは感嘆の声をもらした。「言葉もないよ」

「イエスといってください」ダリアンは満足そうに喉を鳴らし、シルクのような感触の熱い興奮を投射した。

二人の父親が、同時にそれぞれの妻のほうを向いた。どちらもすばやくうなずいた。

「イライジャは行きたがるだろう」と、ジョエル・コーエンがいった。「行きたがらないとはとても考えられない。わたしたちの答えはイエスだ」

「うちもだよ」スタンリー・ベケットもうなずいた。

「それでは」ダリアンはワインのグラスを掲げた。「乾杯をしましょうか。ウィンターとイライジャの輝かしい未来を祝して」

グラスが触れ合う音が響くなか、ダリアンは四人の親をざらざらした冷たい多幸感でつつんだ。いまこの瞬間、四人はこの夕べを生涯でもっとも幸せなときのひとつだと考えていた。しかし、一年もしないうちに、生涯最悪の瞬間として深く後悔することになる。

第二十六章

ジンザーは正しかった。人間を被験体に使うことで、研究のスピードは一気にあがった。科学界の一般的な慣習がどれだけ足かせになっていたか、ディートリッヒはこれまでまったく気づいていなかった。ＣＩＡの秘密研究所で働いていたときでさえ、ここまでの自由が許されたことは一度としてなかったからだ。

どんな化学薬品であろうと、開発には三つのステップを踏むことが要求される。失敗の原因の完璧な検証、書類の提出、そして失敗防止策の徹底的な究明。二十世紀の化学は手続きの泥沼にはまっているのだ。

歴史の学徒であるディートリッヒは、ＤＮＡの有名な二重らせんを発見したワトソンとクリックとともに働く自分をしばしば空想した。もちろん、ワトソンとクリックでなくてもかまわない。もっと時代をさかのぼって、アイザック・ニュートンでも、ニコラ・テスラでも、ジェイムズ・クラーク・マクスウェルでもいい。彼らは真の〝科学の人〟だった。

しかし、地下室で研究をつづける天才的な一匹狼の時代は過ぎ去った。いまや、科学的な発見がなされるのはすべて、巨大な製薬会社の研究所か、ベンチャーキャピタルをバックにしたバイオテクノロジー会社だ。すくなくとも、〝組織〟で働くまえのディートリッヒはそう信じていた。

人間を被験体として使うという、科学における究極のタブーをやぶることは、恐怖と同時に解放感もあたえてくれた。いったん一線を越えたら、もう後戻りできないのはわかっていた。いまのディートリッヒは、これまでずっと望んできたとおりの方法で科学を研究している。これこそ科学研究のとるべき道だった。大切なのは本能だ。頭で考えるだけではなく、勘に従うのだ。

もちろん、被験者に対して非道なテストをするときには、罪悪感を覚えることもある。ディートリッヒはそれをぬぐい去ろうと、自分自身にいいきかせる。ぼくが偉大な頭脳であることは、いつか歴史が証明してくれる。それに、ぼくの発見は数えきれないほどの人間を救うだろう。しかし、そうした正当化は、結局のところ、ただの正当化でしかなかった。

ほんとうのことをいえば、歴史が自分の正当性をどう判断しようが知ったことではない。組織が博愛主義者の団体だとも思っていない。研究をつづけているのは、たんになにかを発見するのが好きだからだ。ディートリッヒは他人が知らないことを知りたかった。

誰よりも先に事実を解明したい——新発見を世界に知らしめるためでも、ノーベル賞を受賞するためでもなく、たんに理解するために。ディートリッヒを駆りたてているのはそれだった。そのほかの楽しみ——金、名声、女——は、むなしい幻想でしかなかった。そんなものはリアルじゃない。すべて自己の外側に存在するものだ。

ディートリッヒの探求は、純粋に利己的なものだった。だから後悔はない。知識は究極の快感だ。たしかに、被験者にやっていることに対する罪悪感が消えることはないが、それは事業を行なうための経費だ。ディートリッヒはその経費を喜んで払うつもりだった。

ディートリッヒは錠剤を一錠とりだして粉になるまですりつぶし、ダイエットコークで飲みほした。それから、服も脱がずに研究室の隅のソファに横になり、しわくちゃの毛布を身体にかけた。自分の部屋に帰って眠るのは、とうの昔にあきらめていた。あそこだと脳がリラックスしないのだ。

この研究室で、ブーンと音をたてている機械や、つねにランプのついているモニターに囲まれていると、気が休まった。自分のデスクから何歩も離れていないので、なにかひらめいたらすぐに駆けつけられる。それに、わが家に帰っても、妻や子どもが待っているわけではない。クソッ、そもそも自分にわが家などないのだ。そんなものは、組織と契約を交わしたときにあきらめていた。

以前、ディートリッヒは自分がどれほど孤独かわかっていなかった。しかし、こうして外界との接触をほとんど断っているいまは、どうしても自分の孤独に目を向けざるを得ない。ただし、監禁された当初のショックから立ち直ってみると、孤独はたいして苦痛ではないことがわかった。

実際、組織に〝拘束〟されている状態には、どこかカタルシスを感じさせるものがあった。起きているあいだじゅう仕事をしていることに罪悪感を覚える必要もないし、冷凍食品のつまった冷蔵庫以外なにもないわびしいアパートメントに帰る必要もない。金を払わずにセックスしたことが一度もない自分を憐れむ必要もなかった。

組織はそうした罪悪感や自己嫌悪からディートリッヒを解放してくれた。彼らはディートリッヒから選択権を奪い、彼がこれまでつねに成功をおさめてきた道だけを歩ませた――この研究の道を。ディートリッヒは目を閉じ、マジックミラーに叩きつけられた神父の姿を思い浮かべた。血まみれになったその顔は凄惨だったが、ディートリッヒには大きな安堵をもたらした。

なぜなら、あの瞬間、どうすればダリアンとジルの感情移入能力をコントロールできるかがわかったからだ。これによってディートリッヒは、自分がまだまだ有用であることを組織に対して証明してみせた。おかげで、これからもまだまだ働きつづけられる。

ディートリッヒは天井を見つめ、自分の未来に待ちかまえているはずのさまざまな発見を夢想した。ジンザーの望みを完璧にかなえたのだから、自分の研究を広げることができるかもしれない。MKウルトラ計画とそのサブプログラムをすべてここで再構築することだって考えられる。先達たちとはちがい、ディートリッヒは議会の目を心配する必要がない。制約はほとんどないのだ。

それどころか、オーフン作戦に従事した者たちが信じていたように——制約などないのかもしれない。

まったくなにも。

第二十七章

翌日、ダリアンは朝早く目覚めた。イライジャとウィンターの両親はすでにまるめこんだ。おかげですっかり肩の荷がおりた気分だった。ダリアンはベッドから跳ね起き、タンクトップとスウェットパンツをすばやく着こんだ。

ラズロが目を開いて微笑んだ。「どこへ行くんだい？」

「貯水池を一周してくるわ」

「まかせたよ」ラズロは寝返りをうった。「どうなったか、あとで教えてくれ」

ダリアンはラズロに投げキスを送り、一段おきに階段を駆けおりていった。せっかくついた勢いを殺ぐのがいやで、一階についてもスピードを落とさずにそのまま走りつづけた。そして、ロビーを駆け抜け、防護ドアから歩道に飛びだすと、身の引き締まるような冷たい空気を吸いこんだ。

ダリアンはこの時間のこの街が好きだった。太陽はすでに顔を見せているが、早朝の通りに人影はまったくない。日曜のこの時間は、押し寄せてくる他人の感情に邪魔されない数少ない機会だった。まだ眠っている百万もの心の、けだるくリラックスした穏やかさがあるだけだ。

バス停のわきを走りすぎながら、ダリアンはバスを待っている男にうなずきかけた。男は笑みを浮かべたものの、硬くてべとついた恐怖と、温かく濡れた驚きを放っていた。最初は、彼女がアパートメントからいきなり飛びだしてきたことに驚いたのかと思った。しかし、たんに驚いただけなら、動揺はほんの一瞬で消えるはずだ。なのに、ダリアンが遠ざかっていくにつれ、男の不安はなにかもっと大きなものになっていった。ダリアンは背筋にさむけが走るのを感じた。

さっと振り返ってみたが、男は目をそむけたままだった。あたかも――

自分が誰か気づかれるのを怖れているかのように。

湧きあがってきた不安を本能的にカモフラージュしながら、ダリアンは走りつづけた。あれは誰だろう？　男の顔を思い浮かべ、記憶を探った。これといった特徴のない白人で、髪の生え際が後退しており、額が広く、鼻が横に広い――印象にまったく残らないタイプだ。昨夜行ったレストランにいた男の半分は、みなあの男とおなじような顔をしていた。

ダリアンの心臓が跳ねあがった。あの男はレストランにいた。彼女から見て三つ右のテーブルだった。これが偶然とは思えない。ダリアンたちが食事をしたのはイーストヴィレッジだ。ダリアンを尾行しているのでないかぎり、朝の七時にアッパー・ウエストサイドで――それも彼女のアパートメントのすぐまえで――バスを待っているはずがない。しかし、なぜなのか？

ダリアンは足をとめた。いきなりスピードを落としたせいで、あやうくつまずくところだった。男の目的はわからない。しかし、誰が送り込んだかははっきりしている。組織のやつらだ。自分はなぜこんなに無邪気だったのだろう？　愚かにも、これは遊びではないことをいまさらながらに思い知らされた。自分は宝くじを当てたわけではない。いかがわしい人間たちの下で働いているのだ。彼らは、ダリアンが裏切ろうとしたら――もしくは彼らのもとを去ろうとしたら――敵対的な行動に出るはずだ。

ダリアンは首を振り、無理やりランニングを再開した。もしかしたら、被害妄想に陥っているだけかもしれない。ダリアンが組織を去るのを阻止したいとしても、彼らになにができるだろう？　ダリアンは彼らにとって、死に値するほど価値のある人間ではない。

絶対にそうだといいきれる？　ディートリッヒなら、わたしの頭を切開して観察したがるかも。

ダリアンは息を吸い、身の毛のよだつ考えを忘れ、頭を空っぽにしようとした。

そうだ。頭を空っぽにするのだ。頭蓋骨から脳をとりだして……

まさか。そんなことにはなりっこない。第一、彼らがなにかをたくらんでいるのだとしたら、向こうが動きはじめるまえに感知できるはずだ。最悪、もし隙をつかれて捕まったとしても、たんにひねって自由を取り戻せばいい。彼らに自分をとめることはできない。それとも……できるのだろうか？

そうは思えなかったが、組織の仕事を請け負うのはこれで最後にすることに決めた。ラズロと二人の子どもを引き渡し、金をうけとり、姿を消す。これからの数日間でそれをすべてやりとげれば、あとは悠々自適。楽勝だ。

すくなくと、ダリアンはそう考えていた。

けさは人生でいちばんハッピーでいいはずなのに、ダリアンはみじめだった。

いまはとにかくお金のことだけを考えるの。三十万ドルのことだけを。**それだけあればなにができる？　どこへだって行ける。なんだってできる。どんなことでも……ラズロといっしょにいること以外は。**

なら、それが問題なのか？　ダリアンはこれまで、自分の将来をほとんど考えたことがなかった。それどころか、気にかけたことさえほとんどない。しかし、いまはちがう。いまのダリアンには気にかかる存在がいる。ほとんど自分自身よりも大切に思える存在が。

ほとんど。

「おはよう、サンシャイン」ラズロがダリアンをぎゅっと抱きしめ、毛布をさっとはらいのけた。「興奮しすぎて、きのうはほとんど眠れなかったよ」

ラズロはベッドに身を乗りだしてダリアンにキスをした。ダリアンは自分の悲しみと罪悪感にすばやくシールドを張った。

「これはなにかすばらしいことのはじまりなんだ。ぼくにはそれが感じとれる。きみに感謝しないとな」ラズロは言葉を切って微笑んだ。「愛してるよ、ダリアン」

「わ……わたしも愛してるわ」ダリアンはそういって、自分で自分に驚いた。彼女はこれまで、この言葉で数えきれないほどの男を騙してきた。しかし、いまはそこに真実がこもっていた。

ほとんど自分自身よりも大切、ってわけ？

そう。ほとんど、ね。

「いい子にしてるのよ、いいわね」ミセス・コーエンはイライジャをぎゅっと抱きしめた。

「母さんったら」イライジャは恥ずかしくてたまらなかった。なぜミスター・クエールはウィンターを先に拾ってきたのだろう。先にこっちへ寄ってくれればよかったのに。ちらっと目をあげると、ヴァンの窓からこちらを見つめているウィンターが見えた。

「手伝ってやろうか、大将？」父親がイライジャの足もとの巨大なダッフルバッグを指さして訊いた。

「だいじょうぶだよ、父さん。自分で持てるから」

イライジャはバッグの把手を引っぱったが、あまりの重さに思わずよろけてしまった。たぶん、母さんがありったけの服をぜんぶつめこんだのだろう。イライジャは歯を食いしばり、膝をかがめてバッグのストラップを華奢な肩にかけた。ストラップが痛いほど肩に食いこんだ。いまにもつんのめりそうになりながら、イライジャはライトブルーのヴァンの後部によたよたと歩いていった。

ミスター・クエールは後部ドアをあけて一歩わきにどき、イライジャの面子をたててくれた。これがミスター・クエールのいいところだ。いまはなにをすべきか、いつだってわかっているのだ。最後の力をふりしぼり、イライジャはバッグをヴァンに放りこんだ。しかし、バッグはしっかり奥まで入りきらなかった。後部ドアから半分外に突きだし、あやうくバランスをたもっている。いまにも地面に落ちてしまいそうだ。しかし、そのときミスター・クエールが進みでて、すばやくなかに押しこんでくれた。

イライジャは目をあげ、いまのをウィンターに見られたか確認した。しかし、彼女はミス・ワシントンと熱心に話しこんでいた。こんどはバックパックをおろし（ダッフルバッグほどではないが、これもじゅうぶん重かった）、巨大なダッフルバッグの上においた。イライジャがすばやくうなずいてみせると、ミスター・クエールは叩きつけるようにドアを閉めた。

「出発するまえに、もう一度だけハグしてちょうだい」母親が大きな胸にイライジャをかきいだいた。数秒後、イライジャはもがくように抱擁を逃れ、またヴァンにちらっと目をやった。今回、ウィンターはこっちを見ていた。

「がんばれよ、イライジャ」大人を相手にするときのように、父親が改まって手を差しだした。

誇りと恥ずかしさの入り交じった思いで、イライジャは父の手を握った。「ありがとう、父さん」

「向こうについたら、忘れずに電話をするんだぞ。母さんが心配するから」

「わかった」

イライジャはヴァンに乗りこみ、ドアを閉めた。それからすばやく手を振り、背を向けた。

「や、やあ」なんとか無頓着を装って、イライジャはウィンターにうなずいた。

「うちの親を見せてあげたかったわ。ママなんかいきなり泣きだすし」

「ほんとかい？」自分の両親のふるまいを恥じていたイライジャは、ちょっとだけ気が楽になった。

「ほんとほんと。恥ずかしいったらなかった」

「なにか忘れものはない、イライジャ？」エンジンをかけながらミス・ワシントンが訊いた。

「ええ、だいじょうぶです」イライジャはそう答えてから、母親に向かってうなずいた。窓の外に立ったミセス・コーエンは、ほんの数十センチしか離れていない息子に向かって、狂ったように手を振っていた。

ミス・ワシントンがヴァンを出し、イライジャのアパートメントから離れた。ミス・ワシントンの後頭部を見つめながら、イライジャは突然不気味な思いにとらわれた。自分はもう二度と両親に会えないのではないかと。

第二十八章

「あの男はどんな様子だね？」

「まだ精神安定剤に依存しています。お訊きになりたいのがそのことなら」

「神父を実験台に使うことに難色は？」

「最初は嫌がっていましたが、もうおとなしくしています」

「まさにペーパークリップにうってつけの人材だな。ただし監視はつづけるように。ルールに縛られない人間は、度を超すことがある」


サマンサ・ジンザーは電話を切った。

——ペーパークリップ。

ジンザーはその言葉を頭のなかで転がした。あの委員の考えは正しかった。事実上、組織はすでにペーパークリップ作戦を復活させている。上院の聴聞会は、結局のところ死刑宣告ではなく、ただの中断にすぎなかったのだ。

自分の手にもたらされる最大の遺産がナチからのものだとは、ジンザーは夢にも思っていなかった。しかし、事実に議論の余地はない。かすかに罪悪感は覚えるものの、自分がやっていることはトルーマン大統領もやったのだと考えてわが身を慰めるしかない。

　しかも、トルーマン大統領は、彼らのうちでも最高のひとりだった。


　すべては一九四五年の夏にはじまった。

　ドイツ最高司令部が無条件降伏に調印をした直後、米国国防総省はオーバーキャスト作戦を開始し、その後しばらくして、ペーパークリップ計画と名称を変更した。その任務は――南米とヴァチカンを経由し、アメリカ合衆国にナチおよびファシスト党の科学者とスパイを秘密裡に入国させることだった。

　もっとも重要なスパイのひとりは、ヒトラーのもとで対ソ連諜報を担当した情報庁長官ラインハルト・ゲーレンだった。ワシントンに到着したゲーレンは、四人の男から個人的に事情聴取をうけた。その四人とは――トルーマン大統領、〝ワイルド・ビル〟・ドノヴァン将軍、ＯＳＳ（戦略事務局）の局長、そしてアレン・ダレスという名の情報将校だった。

　事情聴取の目的は、アメリカの諜報コミュニティをいかに人目につかない組織に再編するかを決定することにあった。ブレインストーミングの結果、一九四六年に中央情報グループ（CIG）が設立された。一九四七年にトルーマン大統領が国家安全保障法を承認すると、中央情報グループは中央情報局（CIA）と改名された。情報将校のアレン・ダレスは、のちにＣＩＡ長官に就任した。

　ダレスはペーパークリップ計画を続行し、最終的に千五百人のドイツ人科学者を入国させた。そのうちの八百人は、報復兵器第二号と呼ばれるドイツの超音速弾道ミサイル（通称Ｖ２ロケット）の設計にたずさわった技術者だった。これは最終的に、ＮＡＳＡと大陸間弾道ミサイル・プログラムの誕生へとつながった。アメリカのロケットは、サターンＶからアポロ十一号まで、すべてV２の設計がもとになっていたのである。

しかし、ペーパークリップ計画の目的はロケットだけではなかった。秘密裡にアメリカに入国したのは技術者だけではなく、七百人近い精神科医、心理学者、行動学者も含まれていた。そのなかに、クルト・ブローメという頭脳明晰なナチ党員がいた。ブローメは強制収容所の収容者を使ってペスト・ワクチンの実験を行なったことを認めたにもかかわらず、あの悪名高いニュルンベルク裁判で無罪となった。

二カ月後、ブローメは合衆国に連行され、キャンプ・デービッドで細菌戦に関する事情聴取をうけた。ホワイトハウスの事情聴取が終わると、ブローメの身柄はＣＩＡにあずけられた。ダレスの監督のもと、ブローメは暗号名チャッター計画と呼ばれる極秘作戦に着手した。

ダレスがチャッター計画を開始したのは、ソビエトがいくつかの自白薬を開発したという情報を入手したからだ。ドクター・ブローメの任務は、尋問に使用する薬品をテストすることだった。こうして、ナチの人体実験はＣＩＡによって継続されることになった。

一九五〇年のチャッター計画につづき、ＣＩＡは国防総省と共同でブルーバード計画を開始した。ブローメは精神科医のチームとともに、北朝鮮人捕虜をはじめ、アメリカの軍人と子どもまで使って実験を行なった。ブルーバード計画にはいくつもの目的があったが、最大の任務はマインド・コントロールだった。

ブローメたちはリセルグ酸ジエチルアミド（ＬＳＤ）やバルツビール、ベンゼドリン、さらには催眠術も使い、人為的に多重人格をつくったり、被験者の脳に偽の記憶やトリガーを挿入しようと試みた。こうしたいくつものテストののち、実験作業の記憶を消去するため、被験者には電気ショック療法が行なわれた。

一九五一年、ブルーバード計画から派生したアーティチョーク計画が開始された。その目的は、ダレスに提出されたメモに簡潔に説明されている。

「任意の人間をコントロール下におき、自分の意志や自然界の基本的な法則――たとえば自己保存本能――に反した命令に従わせることができるか？」

この時点で、シドニー・ゴットリーブというブロンクスの化学者が、技術サービス局に参加した。技術サービス局は、機械装置、武器、各種の偽装用具、偽造文書などの製作を担当するＣＩＡの一部門である。くわえてこの局は、尋問戦略のリサーチも担当しており、合成化学物質、天然化学物質、催眠術をはじめとする心理的テクニックなどの使用も行なっていた。

ゴットリーブの専門は毒物で、技術サービス局内では〝卑劣漢〟もしくは〝黒い魔術師〟と呼ばれていた。ゴットリーブはユダヤ系だったが、ブローメのチームに選抜され、アーティチョーク計画をさらに進化させた計画を指揮することになった。この新しいプロジェクトの暗号名〈ＭＫウルトラ〉は、英語とドイツ語の組み合わせからつけられたものだ。

Ｍは英語の mind、Ｋはドイツ語の kontrolle からとられた。要するに〝マインド・コントロール〟だ。

その後の二十年間、ＭＫウルトラ計画は、四十四の大学、三十六の政治団体、十五の民間研究施設、十二の病院、三つの刑務所に仕事を下請けに出した。

このプロジェクトはさらにいくつものプロジェクトに枝分かれしていった。海外におけるマインド・コントロール生化学実験の拡大と、外国工作員の尋問を担当した〈ＭＫデルタ〉、被験者を無力化（もしくは殺害）する細菌戦工作員を育成した〈ＭＫナオミ〉、薬物や催眠術を使って一般市民を暗殺者に変貌させるべく活動したメキシコシティの〈ＭＫマインドベンダー〉、ヨーロッパ人およびアジア人に対して無断でＬＳＤを投与した〈サード・チャンス〉と〈ダービー・ハット〉、暗示にかかりやすくする薬やセックス・パターンを変える薬を研究した〈ＭＫサーチ〉、ニューヨークとサンフランシスコで精神異常状態を引き起こす合成薬のテストを行なった〈ビッグ・シティ〉、ロボトミー処置をした類人猿を使って高周波エネルギーの大量被曝をテストした〈レザレクション〉。

一九六九年、技術サービス局の後身である科学研究開発局（ＣＩＡ内では〝異端局〟と呼ばれた）が、ＭＫウルトラなど退屈に思えるほど突飛な実験をはじめた。生化学チームは危険なバクテリアに紫外線を照射することで致死性の病原体をつくりはじめ、精神科医と行動学者たちは超自然現象の研究に着手したのである。

こうして生まれたのがオーフン作戦だった。科学研究開発局は占い師、手相見、霊能力者、星占い師、透視者などを雇い、その能力を対敵情報活動に利用しようと試みた。七〇年代はじめには、スタンフォード研究所で行なわれていた遠隔透視の研究に重点がおかれるようになった。

しかし、一九七四年にニクソンが退陣してフォードが政権を握ると、ＣＩＡの極秘活動に関する情報が《ニューヨーク・タイムズ》にリークされた。《ニューヨーク・タイムズ》に掲載された一連の記事がきっかけで、連邦議会による捜査が開始され、大統領諮問委員会が設置された。一九七六年、フォード大統領は情報活動に関する大統領命令を出し、事前に同意を得ないかぎり人間を被験体に使った実験を禁止した。のちに、カーター大統領とレーガン大統領がこの命令を拡大し、一九八二年には、たとえ事前の同意を得ても、人間を被験体に使った実験は違法となった。

そこで、ＭＫウルトラはさらに地下にもぐった。科学者たちは古いデータ——廃棄処分されなかった資料――の閲覧を制限され、チンパンジーや類人猿を使ったテストだけをくりかえした。驚くにはあたらないが、研究は遅々として進まなかった。このプログラムには人体実験が必須だったからだ。しかしそこに、研究を進歩させた科学者がひとり現われた。この男は新たに課された厳しい制限に苛立ちを覚えていた。

心理検査の結果、この科学者は感情移入の能力を完全に欠いていることがわかった。政府の制約から自由にしてやれば、その男はＭＫウルトラを現代化できるとサマンサ・ジンザーは考えた。政府機関に勤務しているその男を解雇に追いやるには、いくつかの電話をかけ、陰でちょっと糸を引いてやるだけでよかった。組織の研究を指揮する仕事をオファーすると、男は一も二もなく飛びついてきた。

その男こそ、エリオット・ディートリッヒだった。

それまでの前任者たちとはちがい、ディートリッヒは被験者にまったく異なったアプローチをとった。ブローメとゴットリーブは、化学薬品を投与することで人間の心をコントロールできると信じていた。しかし、ディートリッヒの考えはその反対だった。ある人間にじゅうぶんな化学薬品を投与すれば、その人間は他人の心をコントロールできると考えたのだ。

政府はディートリッヒの理論を却下した。しかし、〈委員会〉はその理論に夢中になった。ディートリッヒは組織に迎えられ、自分の説をさらに推し進めることになった。彼はニコラ・テスラのメモを参考にしながらＬＳＤと高周波の実験を重ね、鍵となるのは知覚作用だという理論をうちたてた。そして、この世界を一般人とはちがった形で知覚している人間を探しはじめた。

すなわち――共感覚者である。不運なことに、共感覚者を探すのはほとんど不可能だった。ただし、ディートリッヒはＣＩＡに在籍していたとき、数人の共感覚者に出会ったことがあった。

〈委員会〉はいとも簡単に極秘ファイルを手に入れ、ディートリッヒが数年前に共感覚者だとはっきり確認した九人の被験者の足どりを追った。最初の八人は行き止まりに終わった。しかし、九人目はちがった。

その人物はダリアン・ワシントンといった。彼女を見つけたことで、すべてが変わった。

第二十九章

ダリアンは土の道にヴァンを乗り入れ、車が行きかう舗装道路をあとにすると、地図に目を落とし、周囲を松の木に囲まれた平原にラズロたちを連れていった。一帯は信じられないほど平らで、どちらの方向に目を向けても、優に一・五キロはなにもない。ダリアンはエンジンを切った。

「さあ、着いたわよ」ダリアンがドアをあけて外に出た。

ラズロはいったいどういうことか訊こうとしたが、そのときどこか遠くからくぐもったエンジン音が聞こえてきた。

「見て！　あそこ！」ウィンターがフロントガラス越しに空を指さした。

まだなにも見えずにいるラズロを残し、ウィンターはヴァンのドアを引きあけて草地に飛びだした。いまやエンジン音は耳をつんざくほどになっていた。ラズロが目をあげたちょうどそのとき、頭上を小型ジェットが飛びすぎていくのが見えた。

「さあ、ミスター・コーエン！」ラズロは爆音に負けない声で叫んだ。「迎えがきたようだ！」

ラズロが外に飛びだすと、すぐあとにイライジャがつづいた。風が叩きつけて髪を後ろに吹き飛ばし、地面を震わせた。小型ジェットは機体を横に傾け、着陸すべく平原へと降下してきた。ジェット噴射の甲高い轟音とともに、銀色の小型機は速度を落として大きく旋回し、彼らのほうにゆっくりと戻ってきた。

　操縦席でパイロットが小さく手を振っている。

「あれ、ほんとにわたしたちのためにきたの?」と、ウィンターが訊いた。

「ええ」ダリアンがうなずいた。「オッペンハイマー・スクールのやり方には、ちょっと派手なとこがあるの」

「すごい」イライジャは息を飲んだ。「ほかに言葉もないよ」

　四人はその場に立ったまま、小型ジェットが十五メートルほど先で停止するのを眺めた。電気的なウィーンという音とともにドアが開き、キャビンの空気圧が正常に戻るシュッという音が響いた。

「用意はいい?」と、ダリアンが訊いた。

　ウィンターとイライジャは顔を見合わせ、同時に大きな笑みを浮かべた。そして、なにもいわずに小型ジェットに向かって全速力で走りはじめた。

「待ちなさい!」ラズロは叫んだ。「バッグを忘れてるぞ!」

　子どもたちははっと足をとめ、ヴァンのほうに駆け戻ってきた。ラズロはバッグをヴァンからおろし、ウィンターとイライジャにひとつずつ渡すと、残りのふたつは自分の肩にかけ、荷物を二回にわけて運ぶ気まずさからイライジャを救ってやった。ラズロの鼻に、イライジャの安堵感が紫のクレヨンを思わせる匂いとなって漂ってきた。イライジャはありがとうと口を動かした。

　ラズロたちがジェットに近づいていくと、パイロットがドアからタラップをおろした。

「ここでいったんお別れね」後ろからダリアンの声がした。

「きみはこないのかい?」と、ラズロは訊いた。「ぼくはてっきり……」

ダリアンは首を振った。「わたしは戻って研究所で仕事をしないと」彼女はいったん言葉を切って微笑んだ。「そんな悲しそうな顔をしないで。たった一週間のことじゃない。いまは子どもたちをうまく学校に慣れさせることだけを考えて」

「そうだな」ラズロはうなずいたが、落胆を隠すことはできなかった。いまやダリアンにすっかりぞっこんになった彼にとって、一週間は永遠にも思えた。

ダリアンは身を乗りだし、すばやく頬にキスしながらささやいた。「あなたがいないと寂しいわ」

「ぼくもだよ」

「ミスター・クエール！」ウィンターの叫び声が二人を現実に引き戻した。「なかに入っていい？」

ラズロがダリアンに目を向けると、彼女は子どもたちにすばやくうなずいてみせた。ウィンターは一瞬たりとも時間を無駄にせず、ダリアンがうなずき終えるより先にタラップをのぼりはじめた。イライジャがすぐそのあとにつづいた。ラズロはダリアンにもう一度キスをし——今回は口に——小型ジェットに乗りこんだ。

外は冷たい冬の風が吹きつけていたが、キャビンのなかは暑くてむっとするほどだった。すぐさま、ラズロは閉所恐怖に襲われた。バッグをおろし、襟のボタンをはずしてみた。しかし、気分はよくなるどころか、反対に悪くなるばかりだ。額の汗をぬぐい、大きく息を吸おうとしたものの、ぜいぜいとあえぐことしかできない。

「ミスター・クエール」イライジャがこちらを見上げていった。「だいじょうぶですか？」

ラズロはうなずいたが、ちょっと動くだけで吐き気がこみあげてきた。自分を壁が取り囲んでいるイメージを頭に思い浮かべ、リラックスするようにつとめながら、汗ばんだ手をイライジャの肩においた。

「すまないんだがね、ミスター・コーエン」ラズロはなんとかささやいた。「新鮮な空気が吸いたいんだ」

ラズロはさっと振り返り、キャビンのドアから外に飛びだした。タラップを駆けおりていく途中で足がもつれた。ダリアンが腕を支えてくれなければ、顔から地面に激突していただろう。

「いったいどうしたの？」

冷たい新鮮な空気を吸いこむと、すぐに気分がよくなった。体内で燃えていた炎が氷になり、身体じゅうを覆っていた汗が冷え、ラズロは震えはじめた。ダリアンがシャツの袖でラズロの額をぬぐい、両腕を彼の身体にまわした。ラズロは震えながらダリアンにすがりつき、呼吸に意識を集中した。たっぷり三十秒ほどしてから、そっとダリアンを押し離した。

「なにが起こったんだかわからない」ラズロはジェットを振り返った。「なかに入るまではなんでもなかったんだが」

「閉所恐怖症なの？」

「いや……どうかな……これまでこんなことはなかった。しかし……」

そのとき、イライジャとウィンターがジェットのドアのところに立っているのが目に入った。ラズロはなんとか笑顔を浮かべようとした。しかし、二人の背後の暗いキャビンが目に入ると、身体に震えが走った。またあそこに入ることを考えただけで吐き気がこみあげてくる。

「なんだか無理みたいだ」ラズロはダリアンを振り返っていった。

「無理って？」

「子どもたちと向こうに行くことだよ……あれに乗って」ラズロはダリアンの肩の向こうを指さした。「たった五秒ももたなかったんだ。五時間なんてとても無理だ」

「絶対に？　もう一度乗ってみたら？」

ラズロはジェットに目をやった。不合理な恐怖を克服してイエスと答えたかったが、キャビンに閉じこめられることを思うと、ほとんど息さえできなくなった。ダリアンがラズロの怯えを感知し、肩をつかんでジェットから目をそむけさせた。

「ラズロ、わたしを見て」ダリアンは命令口調でいった。「息をして。だいじょうぶよ、ジェットのことは考えずに、わたしの声だけに意識を集中するの」

ふたたび心臓の鼓動が穏やかになり、落ちつきが戻ってきた。

「なんてこった」ラズロは息を吸いこんだ。「いったいどうしちまったんだろう？」

「だいじょうぶ。たまにあることだから。心配しなくていいわ」

ラズロは目を閉じ、身をかがめて額をダリアンの額に押しあてた。ほんの一瞬、二人の肌が溶け合い、ラズロの鼻をオレンジピールの香りがかすめた。しかし、その欺瞞の匂いは、ラズロがはっきりと確かめるまえに消えていた。

「なにか問題でも？」

聞き覚えのない声に、ラズロは振り返った。ドア口に立った子どもたちの後ろにパイロットの姿が見えた。

「十分以内に離陸しなきゃなりません。嵐がこっちに向かってるんでね。そいつにつかまるまえに、巡航高度に達していたいんです」

どうしていいかわからず、ラズロはパイロットからダリアンに視線を移した。

「ちょっとだけ待って」ダリアンが大声で叫び返し、ラズロのほうに身を乗りだした。「ハニー、あなたはここに残るべきよ。いっしょに研究所へ行きましょ」

「それはできない」ラズロは首を横に振った。「子どもたちへの責任がある」

「責任があるのはあなただけじゃない。わたしにもあるわ。それに、あの子たちならだいじょうぶ。校長のロジャーが簡易着陸場まで迎えにくるから。彼なら安心してまかせられる。保証するわ」ダリアンはラズロを見つめた。イライジャは何時間かウィンターと二人きりになれたら喜ぶはずよ。そして、彼が気乗り薄なのを感知したらしく、ささやくようにつけくわえた。「それに、でしょ？」

ラズロは思わず微笑まずにはいられなかった。「たしかにそうだ」

ラズロはもう一度子どもたちに目をやった。二人が気の進まない顔をしていたら、ラズロはたぶん行かせなかっただろう。しかし、二人は——とくにイライジャは——興奮に顔を輝かせていた。ラズロは心を決め、ジェットのほうに足を踏みだした。ただし、今回はタラップをあがってなかに入る気はなかった。これほど強い不安を感じたのは生まれてはじめてだ。ラズロは咳払いをした。

「ミス・ベケット、ミスター・コーエン。ここでちょっと告白しなきゃならない——どうやらわたしは強度の閉所恐怖症を起こしてるらしい。向こうに着くまで、わたしがいなくてもだいじょうぶかね？」

ウィンターは無表情のまま肩をすくめ、イライジャは大きな笑みを浮かべた。

「どうやら〝イエス〟ということらしいな」ラズロはタラップを一段だけあがり、二人の生徒と握手をした。「きみたち二人のことは、心から誇らしく思ってる。気をつけるんだぞ」

「はい」イライジャはなんのためらいもなくパイロットのほうを向いた。「飛行中に映画の上映はあるんですか?」

イライジャの質問を聞いて、ラズロは笑いをこらえた。数分後、ジェットが甲高い音をたてて平原を走っていき、木々の上を飛び去っていくのを、ラズロとダリアンは腕を組んで見送った。そのとき、ダリアンが疲れきったようにため息をつき、一瞬、ラズロはペパーミントの匂いを嗅いだ。今回はただの思い過ごしではないという確信があったが、なぜダリアンがそんなに安堵感を覚えているのかは理解できなかった。

十週間後、ラズロはその理由を知ることになる。

そして、ダリアンが手ひどく彼を裏切ったことも。

離陸から一時間後、パイロットはハンドセットをとりあげた。コントロールパネルとハンドセットをつないでいる黒いスパイラルコードは、ゆったりとしたUの字を描いている。

「二人とも眠っています」

「いいわ」と、声が返ってきた。「到着予定時刻は?」

「二十分後です」

「睡眠薬はすべて投与した?　着陸前に目を覚ますようなことはないでしょうね」

「問題ありません」

「二人の腕時計を変更するのを忘れないように」

パイロットはハンドセットを戻し、副操縦士のほうを向いた。「話は聞いたな」

副操縦士は背をかがめたままゆっくりと立ちあがり、時計の針を変えるためにキャビンへ向かった。極度の恐怖を感じていたが、なんとかリラックスしたふりをしようと努力した。意識を失っている子どもに触れるのは好きではない。とくに女の子は。さっき、あの子の首に指をあてて脈拍をはかったときなど、なんだか……ひどく奇妙な感じがした。まるで、自分が誰か他人になったような気が。

二人がどんな子どもなのかは知らなかったし、知りたいとも思わなかった。とにかく早く目的地に着きたかった。そしたら金をうけとって、その場を去るのだ。

第三十章

ラズロが想像していたのは、磨き抜かれたガラスと曲線に彩られた美しいモダンな建物だった。しかし、実際の研究所は、世界でいちばん巨大なコンクリートの箱といったほうが当たっていた。三階建ての建物のそれぞれの面には、線のように細い窓が二列、垂直に上から下までつづいているが、立方体の表面は完全に不透明だった。

こんもりした林を走るヴァンから、ラズロは建物の周囲に配置されている警備員を見た。ダリアンは二台のジープのあいだにヴァンを停め、エンジンを切った。

「用意はいい？」どこか心ここにあらずという声でダリアンがいった。

突然、自分は間違いを犯したのではないかという思いがラズロを襲った。オレゴンのキャンパスどころか、イーストコーストにあるオッペンハイマー研究所さえ見ていないのに、イライジャとウィンターの両親にオッペンハイマー・スクールを強く勧めてしまったが、はたしてそれでよかったのだろうか？　いま目のまえに広がっている景色は、パンフレットの美しい写真の数々とはまったくちがっていた。

「なぜ警備員があんなにたくさんいるんだい？」

「オッペンハイマー研究所はプライバシーを重視してるの。企業スパイに研究の秘密を盗まれたくないのよ」

「非営利機関なのに？」

「教えてあげることもできるけど」と、ダリアンはいった。「そしたら、あなたを殺さなきゃならない」

突然、ラズロの鼻を芳醇なチョコレートに似た恐怖の匂いが満たした。それは、ラズロ自身の恐怖だった。

「冗談よ」ダリアンがラズロの肩をゆすった。「あなたの質問にはサマンサがすべて答えてくれるわ。約束する。それでいい？」

ダリアンはラズロの手に自分の手をすべりこませ、ぎゅっと握った。安心させようというつもりだろうが、ラズロには彼女の緊張感と疑惑——焦げたポップコーンと、うっとりするほど濃厚な甘いハチミツの匂い——が嗅ぎとれた。

「ダリアン……なにかぼくに隠していることがあるのかい？」

「まだ話してないことはあるけど、これからすぐにわかることだけ」と、ダリアンは答えた。「さあ、行きましょ。サマンサは待たされるのが嫌いなの」

ヴァンを降りると、ラズロは先にたって歩いていくダリアンについていき、立方体の隅にある鋼鉄製の両開きドアからなかに入った。外装は予想に反して殺伐としていたが、内装はモダンだった。壁は薄緑がかった涼しげな青で塗られており、ダークグレイの床は鏡のように磨きあげられ、天井の照明の形がぼんやりと映りこんでいる。

ロビーには家具類がいっさいなく、受付係もいなかった。壁のひとつにまた鋼鉄製のドアがついているだけだ。ドアにはノブがなく、かわりにキーパッドがついていた。ダリアンが歩いていって六桁のコードを入力すると、一瞬の間があってからカチッという金属音が響き、ドアが内側に向かって開いた。

「なんだか、『それゆけスマート』みたいだな」ラズロは不安をジョークでまぎらわそうとした。「じつは研究所じゃなくて、ＣＩＡの秘密施設なんじゃないのかい？」

「まさか」と、ダリアンはいった。「ただし、将来的にどうなるかはわからないけど」

ダリアンはラズロを廊下のつきあたりのエレベーターまで連れていった。彼女がボタンを押すと、二人のことを待っていたかのように、即座にドアが開いた。二階は企業のロビーというより、どこかのアパートメントのように見えた。

床に敷かれた厚いグレイのカーペットは、足で踏むとへこむほどふかふかだ。壁に飾ってある額入りの人畜無害な風景写真は、地方の小さなホテルにあったほうが似合いそうだった。

「ちょっと変わってるわよね」ラズロが感想を口にするより先にダリアンがいった。「彼らは心地いい家庭的な雰囲気を出したいのよ。でも――」

「失敗してる」

「そう、それもかなりね」

ダリアンは短い廊下を歩いていき、飾り気のない木製の黒っぽいドアをそっとノックした。

「どうぞ」

ダリアンは金メッキのノブをまわしてドアをあけた。なかに目をやったラズロは眉をひそめた。そこは高級で都会風なリビングルームと精神科医のオフィスを足して二で割ったような部屋だった――マホガニーのデスク、茶色い革のソファがふたつ、ダークウッドの壁、床いっぱいに敷きつめられた濃い赤のカーペット、そして柔らかな白い光を放っている真鍮製のフロアランプがふたつ。

「ダリアン、元気そうね」デスクの向こうでやせた女性が立ちあがった。彼女は読書用の眼鏡をはずし、二人のほうに二歩足を踏みだした。そして、「なら、あなたがラズロね」といって手を差しだした。「わたしはサマンサ・ジンザー。お会いできて嬉しいわ」

「こちらこそ」

二人はすばやく握手した。ラズロが手を離すと、サマンサ・ジンザーはぱたんと手をわきにたらした。彼女にはどこか風変わりなところがあった。なんというか……ラズロはかすかに首を傾げ、花を思わせる軽い香りが風呂の湯のように自分を洗い流していくのを感じた。まるで子どもの心に触れたときのようだ——このジンザーという女性は、率直さと誠実さにあふれている。

ラズロは微笑んだ。たったいま不安を覚えた自分が馬鹿に思えた。自分とおなじように寛いでいるだろうと思いながら、ラズロはダリアンに目をやった。しかし、彼女は煉瓦の壁のように硬直していた。ラズロの心にかすかな酸っぱい不安感がさっと飛びこんできた。しかし、リラックスした穏やかさがすぐにそれをわきに押しやった。

ジンザーのそばにいるとなんだか……安心できる気がした。


会話は果てることなくつづいた。ジンザーは嘘八百を——真実を巧みに織りまぜ、笑みを浮かべながら——滔々とまくしたてた。一方のラズロは、マヌケなでっかい笑みを浮かべて聞き入っている。普通なら、ラズロは他人の話を簡単に鵜呑みにはしない。しかし、いまの彼はコントロールを失っていた。

ジルの存在が邪悪な力となって襲いかかってくるのがわかった。ダリアンはあらんかぎりの力をふりしぼり、少女の心を抑えつけた。ジルの力は、ダリアンが二カ月前にこの研究所につれてきたときよりもさらに強くなっていた。

なにを期待していたの？　彼らは訓練でジルの力をのばしているのだ。わたしを訓練したように。

ダリアンは舌を嚙み、鋭い痛みに意識を集中した。酸っぱい血が口のなかに流れだしたが、彼女はうめき声を抑えこんだ。そして、そのまま血を飲みこみ、意識がそれたことに感謝した。ジルがダリアンをひねるのをあきらめ、退却していくのが感じられた。おそらく、ラズロをおべっかづかいの子どもに変えるのに集中力を使い果たしたのだろう。ダリアンは心をジンザーに向けた。

ジンザーにはどこか奇妙なところがあった。まるで、この場に存在していないかのようなのだ。ラズロと握手するところをこの目で見ていなければ、3Dのホログラムかと思うところだ。ダリアンはさらに意識をのばし、ジンザーの心をつかもうとした。しかしそれは、煙をつかもうとするようなものだった。

でも、だからどうだっていうの？　ただ金をうけとって、さっさとここから立ち去るだけの話じゃない。

自分の直観に従うべきなのはわかっていたが、恐怖につかまれて動くことができなかった。いまは自分の立ち位置を知る必要がある。ジンザーをひねれないなら、金を払わせることはできない。さらにいえば、この場から立ち去ることも。

だめだ。彼らは……

彼らがなんだというのだ？　彼らが約束したか？　マヌケなのは誰だ？

クソッ。

ダリアンは切れた舌を歯に押しあて、痛みを増幅した。そして、ジンザーに意識を集中し、ずきずきする痛みを鋭くとがったナイフにして押しだした。

さあどうよ、クソ女。これに耐えられる？

しかし、手ごたえはゼロだった。ジンザーの心のなめらかな〝表面ではない表面〟は、穏やかな湖面のごとく、さざ波ひとつたたない。

いいわ。ゲームはもうおしまい。

息が速くなるのを意識しながら、ダリアンは憎しみのこもった痛みの波を放った。これだけ強烈な攻撃をうければ、ジンザーは飛びあがり、木製のコーヒーテーブルをひっくり返すにちがいない。ダリアンは身がまえた。

しかし、こんども反応はまったくなかった。

いったいどういうこと？

ダリアンは退却し、自分の心に防御シールドを張って気持ちを落ちつけた。自分は能力を失ってしまったのだろうか？　いいや、それはありえない。ラズロの心も、壁の向こう側に身を隠しているジルの心も、はっきりと感知できる。自分の能力はしっかり機能している。

ということは、ジンザーになにか問題があるのだ。

いや、問題ではないかもしれない。もしかしたらたんに……ちがっているのかもしれない。ダリアンはここ二カ月間のことを思い返した。これまで、しばらく研究所にこなかったのは自分の意思だと思っていた。しかし、いまは確信が持てなかった。研究所に戻ってこいとジンザーが一度も連絡してこなかったのはすこし妙だ。ディートリッヒはすでにダリアンを怖ろしく徹底的に検査していたが、普通なら、いまごろまた新しい検査を思いついていいておかしくない。**彼らはなにか思いついたのだ。自分自身を守る方法を。**

恐怖に胃をわしづかみにされ、身体にさむけが走った。これまでのダリアンには、つねにひとつだけ有利な点があった。彼らはダリアンに嘘をつくことができなかった。たしかに、ジンザーは真実に嘘を巧みに織りまぜたが、ほんとうの悪意をダリアンが感知したことは一度もなかった。しかしいまや……ゲームのルールは根底から変わってしまったのだ。

「どう思う、ダリアン？」

ジンザーとラズロが彼女を見下ろしていた。二人はいつのまにか立ちあがっている。ラズロは文字どおり幸福感で輝いていた。

「わ……わたしは……」ダリアンはしどろもどろになりながら、無意識に聞いていたここ数秒の会話を頭のなかでリプレイした。ラズロに協力してもらい、エンパシー能力を持った子どもをさらに探そうという話だった。

「そ、そうですね、ええ、すばらしいと思います」ダリアンは無理やり笑みを浮かべていった。

「なら、それでいいわね」と、ジンザーはいった。「ラズロを検査室に連れていって。わたしもあとからすぐに行くから」

ダリアンは動かず、どうすべきかすばやく考えた。できれば、あなたの能天気な優越感などただのベニヤ板にすぎないと、ジンザーにいってやりたかった――しかし、なんのために？　この女のはったりを指摘しても、それが引き起こす危険には、まだこっちの準備ができていない。

「なにか問題でも？」ジンザーが辛辣な調子で訊いた。

「いいえ、サマンサ」

「ならいいわ」ジンザーの顔には氷のような偽りの笑みが貼りついていた。「じゃ、すぐあとで」

「こっちよ、ラズロ」ダリアンは立ちあがってドアに向かった。この怖ろしい場所へラズロを連れてきたことを後悔しながら。

第三十一章

ジンザーはたっぷり一分待ってから不格好なリモコンをとりあげ、小さな電子センサーに向けた。ガチャンと大きな音が響き、幅一メートルほどの壁の一部が手前に開いた。

ジンザーがなかに足を踏み入れると同時に、蛍光灯がまたたいて点灯し、暗い部屋を荒涼とした白い光が照らしだした。やせこけた少女は小さなモノクロのスクリーンのまえにじっとすわったまま、両手を膝の上で組んでいる。少女は何度かまばたきし、まぶしさに目を慣らしてからジンザーを見上げた。

ジルは喜びに満ちた笑みを浮かべていた。憎んでいる相手がひどい目にあったのを知った人間の、満足げなニヤニヤ笑いだ。自分がジルの投射から守られていることはわかっていたが、この少女のそばにいると、どうしても不安な気分になってしまう。

ジンザーは腰をおろした。

「とてもよくやってくれたわ。ラズロはすっかりこちらの言いなりだった。かなり力が必要だった？」

「いいえ。部屋に入ってきたときには、半分こっちになびいてた。すこし神経質になってたけど、興奮のほうがまさってたし。あの人、そもそもあなたを信じたがってたわ」

「でもあなたは……背中を押したんでしょ？」

少女はさらに大きな笑みを浮かべてうなずいた。

ラズロに会うのははじめてだから、あの男がいつも顔に笑みを貼りつかせたマヌケなのかどうかはわからない。しかし、あれだけ熱意にあふれていたのは、ジルが背中を押したからだろう。ダリアンとちがい、ジルはほどほどという意識がまるで欠落している。ダリアンが糸を引いている場合、その人間はなめらかで何気ない変化しか見せないが、ジルの影響下にある人間は、ぎくしゃくしたマリオネットのようにふるまう。

しかし、それだけの代価を支払う価値はあった。ダリアンを永遠に綱でつないでおくわけにはいかない。遅かれ早かれ、あの女はここを去るだろう。彼らがほかのエンパスを必死に探していたのは、ダリアンの後釜を探すことも目的のひとつだった。まだ子どもなので、ジルはずっと御しやすい。

「で、ダリアンは？」

ジルの顔が曇った。「彼女はあたしが好きじゃない」

これがほかの娘だったら、そんなことないわと諭していただろう。しかし、当然のことながら、ジルはほかの娘とはちがう。彼女は真実を知っているのだ。それに――ジルのダリアンに対する嫉妬は利用価値があるはずだ。

「彼女はどんなふうに感じていたの？」

「最初は、どこか不安そうだった。怖がってるんじゃないけど……なにかに負い目がある感じ。罪の意識かな」

「ほかには？」

「彼女に向かって投射しようとしたんだけど、抵抗されちゃった」ジルは首を横に振った。「わたしが押すと、押し返してくるの。彼女は強すぎる」

「それは問題ないわ。彼女、ほかにはなにを感じてた？」

「傷ついて怒ってた」ジルは顔をしかめた。「自分の痛みをあなたに投射しようとしてた」

「なんですって？」ジンザーはうっかり声をあげた。驚きのあまり、不安が声に出るのを隠すことができなかった。

「でも、いくらがんばっても投射できなかった。で、彼女は怖くなったの」ジルはこみあげる喜びを隠そうともしなかった。「彼女はすごく紫だった……このまま吐いちゃうんじゃないかと思ったくらい」ジルは腹を押さえた。しかし、それがダリアンの真似なのか、無意識の反応なのか、ジンザーにはわからなかった。「それから、なんかコソコソしてた。なにかたくらんでるみたいに」ジルの声が低くなった。「どうするつもり？」

「彼女をとめて」ジンザーはすばやく考えをめぐらせながらも、即座に答えた。「今夜」

ジンザーはそっとネックレスをなでた。これで身が守れることはディートリッヒから保証されていたが、実地テストに生き抜いたことで、さらに気分がよくなった。あの神父を見つけだせたのは、まったく願ってもないほどの幸運だった。

サリヴァン神父は、ジルの精神的な攻撃に自分が耐えられるのは、信仰の深さが理由だと考えていた。しかし、実際に神父を守っていたのは、たんなる宗教的な装身具——神父がしていた指輪——だった。

ディートリッヒがもっと早くそれをつきとめていれば、神父の頭を切開する必要もなかったのだ。しかし、それはどうでもいい。自分はとっくの昔に地獄行きの特急券を買った身だ。組織の目的を達成するためなら、手段を選ぶつもりはない。自分の信じるもののためにすべてを――自分の魂さえも――危険にさらす意志がなければ、なんの意味があるだろう?

とにかく、もう過ぎたことだ。用済みになった神父は、教会の正面においてきた――指輪だけをいただいて。投射された思念とおなじ共振周波数を持った磁場を指輪が発していることをつきとめたディートリッヒは、すぐにネックレスの形をした複製品をつくった。ネックレスのほうが、指輪よりも隠すのが簡単だからだ。

彼らは被験者にネックレスをあたえた。ジルは、ネックレスをした被験者が自分の心の目から完全に消えてしまったと報告した。それこそまさにジンザーの望んでいたことだった。しかしそこで、ディートリッヒがジンザーの喜びに水を差した。おかげでもっと厄介な問題が持ちあがったというのだ。

「じゃあ、きょうからネックレスを使いはじめましょう、みたいなわけにはいきませんよ」ディートリッヒはにべもなくいった。

いつもながらのディートリッヒだった。この男はいつだって勝利の瞬間を敗北の瞬間に変えてしまう。いまや、ジンザーにはディートリッヒのあらゆる点が――厚い肉のついたぶよぶよの手から、従順で悲観的な態度までが――すべてうとましかった。しかし、この男がいなければ、プロジェクトはどこにも進んでいかない。それにしても、この男はなぜここまで鬱陶しいのだろう。

「ジルの知覚地図からぼくらがすっかり消えてしまったら、あの子はどうしてだろうと不思議に思うはずだ。ぼくらがブロックしてるんだって気づくのは時間の問題です。でも、こっちが偽のイメージをつくりあげれば、あの子も騙されるかもしれない。偽の感情を投射するんですよ」

「そんなことができるの？」

「たぶんね」ディートリッヒは両手の人差し指をいらいらと打ち合わせた。「テスラの箱を使うんです」

「でも、あれは失敗に終わったはずよ」ジンザーは六カ月にわたる試行錯誤を思い出しながらいった。ディートリッヒはテスラのメモをもとに、誰でも自分の感情を投射できる機械を設計した。もしどんな人間でもエンパスに仕立てることができるなら、子どもをスカウトしてくる必要はなくなるし、プロジェクトはもっと簡単になるはずだった。

「あれは失敗なんかしてない。あなたの望むレベルが高すぎたんだ」ディートリッヒはてかてか光っている蒼白い額をぬぐった。「テスラの箱はちゃんと感情を投射できる。出力が弱くて、周波数がひどく狭いってだけで」

「で、あれがどう役に立つの？」ジンザーはディートリッヒがすでに問題を解決していることを願った。

「あの箱がうまく機能しなかったのは、特定の人間にしか投射ができなかったからで――」

「要点だけでいいわ。ドクター」

「投射を特定の感情の複製に限定して使えばいいんです。基本的に、ぼくは幸せな気分でいるときのあなたを〝レコーディング〟できる。それをもとに装置をプログラムして、幸せな感情を際限なくループして投射すればいい。ネックレスがこちらのほんとうの感情を隠してくれるから、ジルには事前にレコーディングした感情しか見えない」

「すぐにとりかかって」

翌日、ストレッチャーに横たわったジンザーの頭にディートリッヒが八個の電極を設置し、レコーディングが開始された。ただ困ったことに、相手を騙そうという気持ちや不安を消すのは、ピンクの象を思い浮かべずにいるくらいむずかしかった。

ジルと一対一で会わなかったのもおなじ理由からだった——自分自身の本質はコントロールできないからだ。相手がダリアンなら、気にする必要はない。ダリアンは自分のことしか頭にないハンターであり、ジンザーの真の姿を知ったところでやる気を失ったりはしない。そもそも、組織がダリアンの能力を手に入れたのは、信頼ではなく金の力なのだ。

しかし、ジンザーはジルにもっと多くのものを求めていた。この自分が師になれば、ジルの世界を見る目を思いどおりに変えることができる。しかし、自分のほんとうの感情を隠す方法が見つかるまでは、ダリアンを同伴せずにジルに近づくことは絶対にしなかった。

ジンザーは学者を雇って少女に授業をうけさせ、自分は有線テレビでその様子を観察した。同時に、ジルにプレゼントした特別製の腕時計やイヤリングを使い、彼女の生体マトリックスをモニターした。装身具は少女の生命徴候を計測し、感情の状態に翻訳した。こうした装置は、ジル自身の能力に較べれば原始的なものだったが、宗教に洗脳されたジルの洗脳解除があまりうまくいっていないことがわかるくらいには役に立った。

教会の孤児院で育ったせいで、ジルの心は歪められ、傷を負っていた。それをもとに戻すには、ジルの心に触れる必要があった。だが、それにはまずジルの信頼を得なければならない。こちらの心を丸裸にされ、シリアルの箱の成分表のように読まれては、信頼など得られるはずもなかった。

冷たい金属製のストレッチャーに横たわり、ディートリッヒの機械につなげられたジンザーは、あたたかい気持ちをいだくように努めた。ジルに向かって投射する〝感情〟のスペクトラムをレコーディングするため、最終的にディートリッヒは、メチレンジオキシアンフェタミンを投与してジンザーの心を解放しなければならなかった。

翌日、ジンザーはネックレスを首にかけ、黒い長方形の小型投射機をベルトに装着し、はじめてジルの隣にすわった。女同士、顔をつき合わせて。もしジンザーがエンパスだったら、ディートリッヒの装置が投射している親密さには、愛情も混じっていることに気づいていただろう。

ジンザーの魂をのぞきこんだジルは、生まれてからずっとほかの女性に求めていたものをそこに見た。こうして、ジンザーは自分でも気づかないうちに、ジル・ウィロビーを誘惑しはじめたのだった。

第三十二章

ラズロを案内して研究所内をまわりながら、ダリアンはすべての科学者がジンザーとおなじ偽の感情をベニヤのように張っているのに気がついた。それぞれの個性はちがっているが、どれも一様に平面的で反復的だ。ループしている感情が奔流のように押し寄せてくるせいで、所内を案内し終えるころには、なかば見当識を失いかけていた。なんとか遮断しようと努力したのだが、わけのわからないおしゃべりのような感情のゆるやかで規則的なリズムに引き寄せられてしまい、痛む歯を舌の先で探るように、つい意識を向けずにはいられなかった。

ジンザーのオフィスに戻ったときには、すでに心は決まっていた。朝になったら、ラズロとともにここを出ていく。たとえ金が手に入らなくても。突然、ダリアンは信じがたいほどの興奮の高まりを覚えた。最初は混乱したが、すぐに理由がわかった。これは自分の感情ではない。ジルの感情なのだ。

ダリアンは怖ろしい予感に襲われた。そのときシャンペンの瓶が目にとまり、予感の意味を悟った。

「ちょっとした乾杯にふさわしいと思うの」と、ジンザーがいった。その身体から、陶酔感に満ちた喜びの雲が、大きな波となってリズミカルに押し寄せてきた。

ジンザーはほっそりした瓶をとりあげ、テーブルにおかれた三つのワイングラスを満たした。そして、華奢な細身のグラスをダリアンとラズロに渡し、自分のグラスを掲げた。

「エンパシー能力の未来に」

ラズロは自分のグラスをジンザーのグラスに軽く当て、つぎにダリアンのグラスに当てた。ダリアンはその手からグラスを叩き落としたかったが、ラズロがグラスを干すのを、ただなすべくもなく見つめるしかなかった。ジンザーがそれにならい、シャンペンをちょっとすすった。ラズロが自分のほうに顔を向けたとき、ダリアンはすでに薬の効き目を感じはじめていた。まるで、どっしりした重みが身体にのしかかってきたようだった。ラズロはまばたきし、目の焦点を合わせようとした。

「ぼくは……なんだか……」手からグラスが落ち、テーブルに当たって大きな音をたてた。

ダリアンはグラスを投げ捨て、ラズロが床にくずおれる寸前に両脇をつかんだ。ラズロの意識は、ピリピリする感覚の熱風のなかに消えていった。ぐったりしたラズロの身体の重みによろめいたダリアンにジンザーが手を貸した。二人はラズロを床に横たわらせた。昏睡状態のラズロの身体をはさんで、ダリアンはジンザーをにらみつけた。

「こんなふうにしなくてすめばよかったんだけど」と、ジンザーはいった。

ちょうどそこへ、二人の警護員が入ってきた。ダリアンは本能的に二人の心を探ったが、そこにはなにもなかった。科学者たちの心をバリアしているベニヤさえない。完全な空白が、四方に果てしなくのびる壁となって、彼らの思考を囲っている。

「無駄な手間をとらせるようなことはしないで」ジンザーは後ろにさがった。

ダリアンはラズロの弛緩した顔を見下ろし、頬を叩いた。「いったいなにをしたの？」

「彼は幸せになるわ」と、ジンザーはいった。「わたしが請けあう」

ダリアンは立ちあがり、壁を指さした。「それって、あの子が請けあうってことでしょ」

ジンザーはそっけなく肩をすくめた。ダリアンはキレた。ふと気づいたときには拳を握り、パンチをくりだしていた。拳がジンザーの顎に当たった瞬間、鋭いギザギザの痛みが走った。

ほんの一瞬、ジンザーのベニヤが溶け、偽りの幸福感の切れ間から、鋭く冷たい驚きの混じった、恐怖のじとつく霧が見えた。しかし、ジンザーの頭がガクンと後ろにのけぞると同時に、うんざりするまがいものの感情が戻ってきた。二人の警護員がダリアンの腕をつかみ、後ろにぐいと引っぱった。

「彼女はあなたを利用してるのよ、ジル！」ダリアンは叫んだ。「彼らがわたしにやったことを見て！　いつかあなたにもおなじことをするわ！　いいように使われちゃ――」

「黙らせなさい！」ジンザーが叫んだ。「早く！」

警護員のひとりがダリアンの口を手でふさいだ。その瞬間、ダリアンの心のなかで、鋭くとがった興奮の霧が爆発した。いまがチャンスだと気づいたダリアンは、気も狂うような恐怖の波動をむきだしのまま投射した。警護員は怖ろしさのあまり悲鳴をあげ、灼熱した石炭をつかんだかのようにさっと手を引っこめ、大声で叫びながら部屋から走り去った。

もうひとりの警護員が反応するまえに、ダリアンはくるっと振り返り、相手の首をつかんだ。ダリアンは警護員の困惑をひねり、溶融した金属の怒りに変えた。

「あなたの奥さんを殺させたのは、あのクソ女よ」ダリアンは警護員の顔をジンザーのほうに向け、べとつく強い確信を投射した。「あなたも殺されるわ」彼女は確信に怒りを混ぜあわせた。

「先にあなたが殺さなければ」

言葉がダリアンの口から出るより早く、警護員は彼女をわきに突き飛ばし、ジンザーに向かって突進していくと、がっしりした腕に満身の力をこめてパンチを放った。ジンザーはすんでのところで頭を下げた。警護員の拳がジンザーの頭をかすめ、空を切るブンという鈍い音が響いた。「スティーヴ、やめなさい！」ジンザーが叫んだ。「あなたはこの女に騙されてるだけ！　自分の意志を取り戻して！」

警護員はスピードを落としたものの、そのままジンザーの喉をつかみあげた。ダリアンはドアに向かってダッシュした。しかし、外へ足を踏みだすまえに、底知れぬ深い悲しみにとらわれた。灼けるように熱い涙を流しながら振り向くと、警護員がジンザーを床に放りだすのが見えた。

ジンザーはあえぎ、痣のできた首に片手をあて、もう一方の手でダリアンを指さした。「あの女を……叩き……のめして！」

警護員は記憶喪失から目を覚ましたかのようにまばたきをし、いったんジンザーのほうを向いてから、ふたたびダリアンに目を向けた。今回、ダリアンに突進してくる警護員にためらいはなかった。彼はテーブルから半分空になったシャンペンの瓶をひったくり、大きく振りかぶって叩きつけてきた。すさまじい音が聞こえ、それと完璧に同時に、信じがたいほどの痛みが頭蓋骨に走った。

床に激突したダリアンが最後に目にしたのは、邪心のないラズロの顔だった。まっさかさまに闇へと落ちていきながら、最後の思考がダリアンの頭を駆け抜けていった。

ごめんなさい。

スティーヴが近寄ってくるのを見て、ジンザーはひるんだ。がっしりした警護員がすでにダリアンの影響下から脱しているのはわかっていた。しかし、それでも身体が反応してしまう。警護員は大きな手を差しだしたが、ジンザーはそれを叩くように払いのけた。

「わたしならだいじょうぶ」しわがれた声でいい、ソファに手をかけて立ちあがった。

部屋がぐるぐるまわるのがおさまるまで待ってから、痛む喉をそっとさすった。危なく気管をつぶされるところだった。警護員を責めたいところだったが、非はダリアンの決意の固さを見くびっていた自分にあった。

ジンザーはうつぶせに倒れたダリアンの身体を見下ろした。腕と脚がねじれており、片方の耳が血だらけになっている。おそらく、しばらくは意識を失っているだろう。しかし、ここはいかなるリスクも冒したくなかった。

「手錠をして」ジンザーはかすれた声で噛みつくように命じた。

「はい」スティーヴはダリアンの身体をあおむけにし、手首に銀の手錠をはめた。ジンザーはほっと息をついた。ダリアンの両腕が拘束されたことにも満足したが、特別に設計されたこの手錠の真の目的は、感情の投射を封じることにあった。

「医務室に運んで。意識を取り戻されたくないの。ドクター・ジュにそう伝えて」

「この男は?」スティーヴがラズロのほうに顎をしゃくった。

「おなじよ」

ジンザーは警護員に背を向け、髪を整えると、黒いリモコンを拾いあげてボタンを押した。隠しドアが開くと同時に、ジルが飛びだしてきてジンザーにぎゅっと抱きついた。ジンザーは恐怖を飲みこみ、少女の背中を優しくさすった――素肌には触れないように気をつけながら。

「だいじょうぶだった、サマンサ?」

「シィーッ。わたしならだいじょうぶよ、スイートハート」

「なぜダリアンはあんな――」

「彼女は病気なの」ジンザーは少女の質問をさえぎった。「わたしたちが彼女を傷つけようとしてると思いこんでるのよ。こっちはただ助けてあげたいだけなのに」ジンザーはそっとジルを押し戻し、肩をぐっとつかんだ。「わたしはあなたを傷つけたりしないわ、ジル。わかってるでしょう？」

ジルはジンザーの目を見つめ、うなずいた。「わかってる。愛してるわ、サマンサ」

ジンザーは悲しげな笑みを顔に貼りつけたままいった。「わたしもよ」

少女はふたたび抱きついてきた。もしこの子が真実を知ったらいったいどうなるだろうと思わずにはいられなかった。ディートリッヒの考えているとおり、ジルの能力がこのまま強くなりつづけたら、ダリアンの反抗など、子どもの癇癪くらいにしか思えなくなるにちがいない。しかも、ネックレスがジルの投射を防ぎきれなくなったら、そのときなにが起こるかは……

神のみぞ知るだ。

第三十三章

「イライジャ、ここがきみの部屋だ」

校長のロジャーが芝居がかった身振りでドアをあけ、イライジャに道をあけるために一歩わきにさがった。なかに入ったイライジャはぽかんと口をあけた。

部屋は驚くほど広かった——寄宿舎の部屋というより、スタジオ・アパートメントのようだ。しかも、家具類もすべて完璧にそろっている。クイーンサイズのベッド、ダークグレイのソファ、カラフルなビーンバッグ・チェアが三つ、ステンレス・スチールのデスク、学校の先生が使うようなカッコいい回転式のオフィス・チェア。しかし、部屋の広さよりもさらにすごいのは、部屋の中身だった。

左側の壁には、床から天井まである本棚が並び、SFやファンタジーのカラフルなペイパーバックであふれ返っている。イライジャの大好きな作家たち——アイザック・アシモフ、J・R・R・トールキン、C・S・ルイス、ピアズ・アンソニー、フランク・ハーバート、ロジャー・ゼラズニイ、テリー・プラチェット——の作品もあるが、そのほとんどは名前も聞いたことのない作家のものだった。たとえ一年間ここに閉じこもったとしても、全体の十分の一も読めないだろう。

本棚の反対側の壁は、ビデオゲームのコンソール型キャビネットになっていた。インテレビジョン、オデッセイ、コレコビジョン、ニンテンドー64、さらにはアタリ2600まで、さまざまなゲーム機がそれぞれ専用の台におかれている。壁のまんなかから下半分には、ビデオゲームのカートリッジがぎっしりつまっている。なかには古典的な作品――ドンキー・コング、ミズ・パックマン、ザクソン、ギャラガ――などもあったが、そのほとんどは最新のゲームだった。

壁のまんなかから上には、巨大な36インチのテレビが設置されていた。こんなに大きいテレビを見るのははじめてだ。しかし、イライジャがなによりも息を飲んだのは、ドアから入って正面の壁だった。そこは床から天井まで、映画のビデオテープでぎっしり埋めつくされていた。ビデオはタイトルのアルファベット順にきちんと並べられている。その多くは古典だったが、なかには『トータル・リコール』『シザーハンズ』『ダイ・ハード2』といった最新作も混じっていた。

「なにこれ、マジでスゴイじゃん」イライジャは言葉づかいに気をつけるのを忘れ、うっかりそうつぶやいた。あわてて取り繕おうとしたが、ロジャーは笑っただけだった。

「気に入ってくれたようだな」

「気に入ったどころじゃないです」

「ああ、それから、もし退屈したらケーブルテレビもある――チャンネル数は四十以上あるはずだ」

「退屈なんかもう二度とするとは思えませんけど」イライジャは思ったことをそのまま口にした。

「これ、ぜんぶぼくのなんですか?」

「そうだ」

「わたしも自分の部屋を見ていいですか?」

イライジャはすっかり舞いあがっていて、ウィンターがいることさえ忘れていた。

「もちろんだ」と、ロジャーがいった。「イライジャ、いっしょにくるかい？　それとも、夕食までここにいるかな？」

イライジャは完璧な部屋に熱い視線を送り、それからウィンターに――完璧な女の子に――目を戻した。こいつは究極の選択だ。しかし、イライジャに迷いはなかった。

「ここに残ります」イライジャはすこし恥ずかしさを感じながらいった。「もしきみがそれでよければだけど、ウィンター」

「もちろん」と、ウィンターはいった。「じゃ、あとでね」

ロジャーはドアを閉め、イライジャはひとり残された。この世の楽園に。


「男の子はおもちゃに目がないからね」ロジャーが微笑みながらいった。

「ええ」ウィンターは幸運のおまじないに指と指を交差させ、自分の部屋が人形やドレスといった女の子のほしがるものであふれていないことを祈った。男の子たちは単純だ――みんな映画やビデオゲームが大好きなのだ。それでもウィンターは、たとえ部屋になにが並んでいようと、イヤな顔はするまいと心に決めた。

ロジャーは廊下をどんどん進んでいき、明るいピンクに塗られたドアのまえで足をとめた。

「用意はいいかね？」

ピンク――あまりいい徴候ではない。ウィンターは失望を顔に出すまいとした。ロジャーのまえで、甘やかされた子どもみたいな真似はしたくない。彼はスーパー・キュートだ。といっても、映画スターっぽいわけではない。トム・クルーズみたいなキュートさとはちがう。でもそれでいて……

「はい」ウィンターはうなずいた。

ロジャーは鍵をあけてドアをさっと開くと、自分はわきに寄った。

「レディー・ファーストだよ」

なにを目にしても表情は変えまいと決めていたが、それは無理な相談だった。

「うわ、すごい!」

まさにすごいのひとことだった。まるで、誰かがウィンターの心のなかから直接イメージを引き抜いてきたかのようだ。ドアこそピンクだったが、部屋のなかはウィンターが秋のパーティに着ていったドレスに似た、緑がかったブルーで塗られていた。家具はイライジャの部屋のものと似ている——大きなベッド(ただし、ウィンターのベッドには天蓋がついている)、すわり心地のよさそうなソファ、すべて枕でできているような座椅子がいくつか、そして部屋の隅にはデスクがある。しかし、似ているのはそこまでだった。

壁のひとつは、レコードとカセットとコンパクトディスクでぎっしり埋めつくされていた。ウィンターは棚に駆け寄り、タイトルを見ていった。すべてあった。モーツァルト、バッハ、チャイコフスキー、ベートーベンといったクラシックの名作から、ザ・フー、ビートルズ、ローリング・ストーンズ、ピンク・フロイド、レッド・ツェッペリンといったクラシック・ロック。さらには、ベル・ビブ・デヴォー、マドンナ、シンニード・オコナー、ジャネット・ジャクソン、フィル・コリンズ、ポーラ・アブドゥルといったアーティストの最新CDまで。

隣の壁には、十本のヴァイオリンがかけてあった。個人のコレクションというより、まるで楽器店のようだ。しかも、目のまえには白い小型グランドピアノがおかれている。ウィンターは駆け寄り、鍵盤に指を走らせた。調律は完璧に合っていた。

三番目の壁は全面がガラス張りで、反対側は小さな部屋になっていた。ひと目見ただけで、ウィンターにはそれが録音スタジオだとわかった。天井からはいくつかのマイクが下がり、それがすべて、譜面台のまえにおかれた椅子に向けられている。

メインルームには、壁にそって八個のスピーカーが設置されていた。ケーブルは壁のなかへと消えており、ステレオの基部の床からふたたび出てきている。こんなに高級なステレオを見るのははじめてだった。コンポーネントはぜんぶで六つ——ターンテーブル、ダブル・カセットデッキ、CDを五枚収納できるCDチェンジャー、ラジオチューナー、それにメインアンプとプリアンプ。

「どうかな?」

「どうかなって」と、ウィンターはいった。「死んで天国にきたみたい!」

「夕食まで、ここでゆっくりしていられそうかな?」

「そりゃもう!」ウィンターは興奮が声に出るのを抑えることができなかった。

「すばらしい。なら、一時間ほどしたらまたくるから」

ウィンターはその言葉をほとんど聞いていなかった。すでにピアノのまえにすわり、和音をいくつか弾き、部屋のすばらしい音響効果を大いに楽しんでいた。ピアノを弾いていると、顔に笑みが広がった。ここ以上にいたいと思う場所など、まったく想像できなかった。

第三十四章

ラズロはまばたきをした。息を吸いこもうとしたが、口がからからに乾ききっていた。

「これを飲みなさい」サマンサ・ジンザーの顔が視界にすっと浮かびあがった。

ラズロが口を開くと、サマンサは唇のあいだにプラスティックのストローを差しこんだ。ラズロは氷のように冷たい水をそっと吸いこみ、乾ききった喉をゆっくり流れていくにまかせた。

「あなたは気を失ってたの。わたしが悪かったわ。あなたはドクター・ディートリッヒに血を抜かれたばかりだったんだから。アルコールなんて飲ますべきじゃなかった。ほんとにごめんなさい」

「ダリアンは？」

「出かけたわ」と、サマンサはいった。「インディアナ州でまたべつのエンパスが見つかったみたいなの。それをチェックに行ったのよ」

さよならをいう暇さえないほど急いでいたのだろうか、とラズロはいぶかしく思った。しかし、すぐに強い確信が肩にのしかかってきた。彼は自分を見下ろしているサマンサに目を向けた。この女性は信頼できる。もしそうでなければ、ダリアンが自分をここに連れてくるはずがない。それに、なぜサマンサが嘘をつく必要がある？

「わかっているでしょうけど、あなたがここにきてくれて、わたしたちはとても喜んでいるの」

「ありがとう」ラズロは思わず喉がつまりそうになった。「わたしもです」

それは本心だった。ここなら真の自分を隠さずにいられるのだ。これほどすばらしいことはない。ラズロはサマンサの瞳をのぞきこんで微笑んだ。

彼女は、懐しいわが家のような感じがした。


ダリアンはむくんだまぶたを開き、あたりを見まわした。部屋にいるのは彼女だけだったが、ドアの網入りガラス越しに男のシルエットが見えた。ダリアンは男に向かって心をのばしてみた。しかし、なにも感じられない——ループ状に反復している偽の感情さえも。

いったい……彼らはなにをしたんだろう？

あなたの能力を奪ったのよ。やつらがそのまま解放してくれると思ったの？

そう、じつは思っていた。自分はいつだって姿を消せるものと高をくくっていた。まったく、なんて愚かだったんだろう。

普通の人間には、これが当たりまえの状態なのだ。いったい、どうして耐えられるのか？　こんな孤独にいつまでもさらされていたら……

ダリアンは唇を噛み、叫びたいのをこらえた。やつらにしたって、こんなふうにいつまでも閉じこめておけるはずがない。

閉じこめておけるはずがない？　彼らはあなたに子どもたちを誘拐させたのよ。なに寝ぼけたことをいってるの？

ダリアンは拘束服を着せられた身体に目を落としてから、天井に視線を走らせ、監視カメラを見つけた。

「ジンザーに、こっちは話し合いの用意ができたと伝えて」ダリアンはレンズをまともに見据えていった。

壁の時計の針がゆっくりと時を刻んでいくのを眺め、ダリアンは待った。たったの四分が永遠にも思えた。ようやくのことでガチャッという音が響き、ドアが軋みながら開いた。

「窓から監視していて」ダリアンに聞かれないように声を低めもせず、ジンザーが警護員にいった。「わたしが拘束者を解放しようとしたら、わたしたち二人に鎮静剤を打ちなさい。そして、すぐにわたしを診療室へ運んで」

「はい」

ジンザーが部屋のなかに足を踏み入れると、警護員がドアを閉じた。本能的に、ダリアンはジンザーの心を探ろうとした。しかしいまのダリアンにとって、それはエンパイアステート・ビルを押し倒そうとするようなものだった。

「わたしになにをしたの？」

「もしあなたが協力すれば、すべてもとどおりにもできるのよ」

「そっちの望みは？」

「ラズロ」

「もう手に入れたじゃない」

「ただ、あなたが突然姿を消した理由を説明できずにいるの」

「手を貸す気はないわ」

「いいえ。貸すことになるわ。さもなければ、あなたはここから出られない。それも、とてもとても長いあいだね」ジンザーは言葉を切った。「しかも、ほかの人間を感じることはもう二度とない」

　ダリアンはジンザーの冷淡な顔を読もうとしたが、生まれてからずっと相手の心を直接見てきたので、表情からは感情を見きわめることができなかった。

「ラズロを解放して。そしたら、誰かべつの人間を探すから」と、ダリアンはいった。「もっと力の強い人間を」

「交渉の余地はないわ。わたしはもうあなたを信用していないの」

「でも、わたしにはあなたを信用しろと?」

「一晩あげるから、ゆっくり考えるのね。あすの朝、答えを聞かせて」

　ジンザーは警護員に合図してドアをあけさせ、外に出ると、ドアの窓についているスライドパネルを閉めた。二秒後、明かりが消え、部屋は完璧な闇に閉ざされた。突然、ダリアンは気がついた。自分はこれまで、闇にひとりきりになったことが一度もないことに。なぜなら――ダリアン・ワシントンは一度としてひとりきりになったことがないからだ。

　目を閉じたときには、いつも心安らぐ感覚があった。身体に押しつけられてくるさまざまな心の揺らめきがあった。しかし、いまはなにもない。なんの感覚もない。ダリアンは深く息をし、肺に空気が流れこんでいく音に慰めを見いだそうとした。

おまえはひとりぼっちだ。ひとりぼっち。ひとりぼっち。ひと――

だめだ!　呼吸に意識を集中しなければ。吸って……吐いて……吸って……吐いて。

闇にひとり。無。生きたまま埋葬されたも同然だった。さもなければ死だ。死はこんなものなのだろう。無が永遠につづく。なにも見えず、なにも聞こえず、なにも感じない。ただ空っぽの

漆黒。たったひとり。それが永遠につづき、そして——

いったいなにを考えてるの？　あなたは二十四歳なのよ！　暗闇にたった数時間も耐えられないっていうの？

しかし、数時間ではなかったら？　数日だったら？　さもなければ、数週間だったら？　数カ月？　それどころか……数年間だったら？　もし——

わたしには耐えられる。わたしには耐えられる。わたしには——

いったいなに馬鹿なことをいっているの？　まだほんの五分もたっていないのに、もう気が狂いかけてるじゃない！　数日もたったらどうなると思う？　世界から隔絶され、完璧にひとりぼっちで、永遠に。永遠に。永遠に……

そのとき、音が聞こえた、傷ついた動物のような、かすかなかぼそい鳴き声。数秒ほどして、ダリアンはようやくのことで気がついた。黒板を爪でひっかくようなこの音は、自分の喉から漏れているのだ。つづいて、彼女は叫びはじめた。いったいどれくらいのあいだ叫んでいたかはわからない。わかっているのは、誰もこないということだけだった。

そして、無が永遠に広がった。

第三十五章

朝食を終えると、校長のロジャーがイライジャとウィンターを教室に連れていってくれた。といっても、たいして歩いたわけではない。施設はとんでもなく広かったが、二人の生活圏は〈レベル1〉のほんの一画にかぎられていた。

教室に入ると、イライジャはすぐに落胆した。普通とちがっているところはどこにもない。黒板、教師用の机、小さな木製の机と椅子、壁は地図と歴史上の人物の肖像画でほとんど埋めつくされている。唯一変わっているのは、教室に窓がないことだけだった。

施設のほかの部屋もすべてそうだが、建物の外を見渡せるガラス窓がひとつもないのである。かわりに、四つの壁のひとつが半透明のプレキシガラス張りになっていて、裏から光が当てられている。即席の太陽光――ただし、実際にはこれもただの電灯にすぎない。イライジャとウィンターは教室のまんなかに隣り合わせにすわった。まわりを空っぽの机に囲まれていると、なんだか居残りをさせられているような気分だった。

二人が腰をおろしたちょうどそのとき、ドアがあいてひとりの女性が入ってきた。白いブラウスに紺のブレザーと黒いスカートという地味な服装で、背が高く、魅力的だった。ロジャーと同様、ものすごく優しそうだ。イライジャには、渦を巻いている深く豊かなブルーと、そこに混じっている輝くような深紅の筋が見えた。

「おはよう」その女性は黒板に向かって歩きながらいった。「わたしはサマンサ・ジンザー。このオッペンハイマー・スクールを運営しています。きょうわたしがここにきたのは、あなたたちを歓迎すると同時に、この学校の目的と、あなたたちがなにを求められているかを説明するためです」

ミズ・ジンザーは教師用の机の後ろにまわって腰をおろし、長い脚を組んだ。「ここはかなりさばけた学校だから、質問があったら、遠慮しないでどんどんしてちょうだい」

イライジャはおずおずと手をあげた。ちょっと馬鹿みたいな気もしたが、ミズ・ジンザーの話を邪魔したくなかったのだ。

「手をあげる必要はないわ。なにかしら？」

「ミスター・クエールは授業をうけもってくれるんですか？」

ミズ・ジンザーの笑顔がほんの一瞬だけ曇った。しかし、色はすこしも変わらなかった。「ミスター・クエールはいまべつのプロジェクトを手がけているの。ただし、また近いうちにここにもこれるはずよ」

「ミス・ワシントンは？」と、ウィンターが訊いた。

こんどは明らかに顔がこわばり、笑みが凍りついた。その目からは楽しげな表情がすべて消えている。もしミズ・ジンザーの喜びに満ちた色がはっきり見えていなければ、イライジャは怒ったのだと誤解していただろう。

「ミス・ワシントンも都合が悪いの」ミズ・ジンザーはいったん言葉を切ってからつづけた。「説明をはじめるまえに、まず紹介しておきましょうね。ダリ――ミス・ワシントンから聞いているかもしれないけれど、オッペンハイマー・スクールの生徒はあなたたち二人だけではないの」

イライジャとウィンターはさっと視線をかわした。ウィンターの目には期待の色が浮かんでいたが、イライジャはすこし不安だった。ほかにも生徒がいるということは、派閥ができることを意味する。派閥はのけ者を生む。となれば、ウィンターとのあいだに育ちつつある友情は、あっけなく終わりを迎えるかもしれない。

ちょうどそのとき、教室のまえのドアが開き、背の高いやせこけた少女が入ってきた。背の高さからすると、イライジャたちよりも歳が上らしい。たぶん高校一年くらいだろう。彼女は疑うような目つきでイライジャとウィンターを見ると、ミズ・ジンザーのほうを向いた。

「完璧なタイミングね」ミズ・ジンザーが少女にいった。「ちょうどあなたのことを話していたところよ。こちらはジル・ウィロビー。ジル、こちらはイライジャ・コーエンとウィンター・ベケット。二人はあなたといっしょにここで勉強することになったの」

「こんにちは」と、ジルはいった。

ジルは顔を歪めて礼儀正しい笑みを浮かべてみせたが、イライジャはその顔の下に、怒りに満ちた明るい紫色の嫉妬を見てとった。ジルはイライジャの目をひたと見返してきた。イライジャは顔をそむけたが、精神的にはそのまま見つめつづけた。ジルの豪奢(ごうしゃ)な色から、心の目をそらすことができなかったのだ。

突然、イライジャは激しいプレッシャーを感じた。まるで、目に見えない手にぎゅっと握られ、生命力を絞りとられているかのようだった。しかし、やがてジルの色が薄くなっていき、最後にはちらつく影でしかなくなった。イライジャは息を吸いこんだ。ジルはイライジャが見つめているのに気づき、自分を遮断したのだ。

当然じゃないか――彼女はぼくらの仲間なんだから。

しかし、おなじ能力を持つ者同士だとわかったのに、ジルのことを見ても、ウィンターやミスター・クエールに感じるような親近感は湧いてこない。イライジャが感じたのは、親近感とはまったくべつのもの――

恐怖だった。


部屋に光があふれかえり、ダリアンは目を開いた。重々しい金属音を響かせながらドアが開いた。地下の独房に入ってきたジンザーは、断固とした厳しい目でダリアンを見据えた。

「決心はついた?」

「ええ」ダリアンはひりつく喉からしわがれた声をしぼりだした。いったい、どれくらい叫びつづけていたのだろう。一晩? それとも二晩だろうか? ダリアンにはわからなかった。わかっているのは、それが何年にも感じられたことだけだ。「手を貸すわ。だから……だからもうひとりきりにしないで」

「いいわ」と、ジンザーはいった。

ダリアンは震える息を吐きだした。「なにをすればいいか教えて」

黒い電話が鳴った。ディートリッヒが受話器をとり、すぐにラズロに差しだした。

「あなたにです」

ラズロはティッシュペーパーで覆われた検査台から飛び降りると、ガウンの背中が開かないように押さえたまま歩いていき、冷たいプラスティックの受話器を耳にあてた。

「もしもし？」

「ハイ、ハニー」ダリアンの声がした。その声は耳障りなほどかすれていた。「さよならもいわずに出かけてごめんなさい。でも、サマンサが有望そうな少年を見つけたものだから。しかもその子は……精神病院に入れられてたの」

ラズロは精神病院に監禁されている自分を想像した。常軌を逸した脈絡のない思考が、つぎつぎと頭に流れこんでくる。そしてついには正気を蝕まれ……ラズロは身震いした。

「事情はわかった。いつ戻れるんだい？」

「あす」ダリアンの声がかすかに割れた。「ラズロ、わたし……愛してるわ」

「ぼくもだよ」

ラズロはダリアンがなにかべつのことをいいかけた気がしたが、かすかなカチリという音とともに通話は切れてしまった。それでもラズロは、しばらく受話器を耳から離さなかった。

「なにか問題でも？」

ラズロはディートリッヒのほうを振り返った。ドクターは激しく汗をかいていた。どうやら、この男にとってはそれが普通らしい。午前中はいつもいっしょに過ごすのだが、そのあいだこの男は、額をぬぐったり、白衣で手のひらを拭いたりばかりしている。

「なにも」と、ラズロは答えた。しかし、自分の言葉を心の底から信じてはいなかった。

「なら、つづけていいですか？」

喜びに満ちた興奮がどっと身体を駆け抜けた。「もちろん」とラズロは答えた。彼がクッションのついた検査台にふたたび腰をおろすと、尻の下でティッシュペーパーがかすかな音をたてた。

「つぎはどうすればいいのかな？」

翌朝、ラズロは早い時間に目を覚ました。部屋に窓がないのではっきりはわからなかったが、すくなくとも、まだ朝早い気がした。彼は左腕をのばし、うめき声をあげた。注射のせいでまだ痛む。ごろっと横に転がってあおむけになり、完璧なほどなめらかな白い天井を見つめた。ここには個性というものがまったくない。ダリアンのベッドルームの天井は、何度もペンキを塗り直したせいで、一面に細かいひびが入っていた。

ラズロはダリアンが恋しかった。おかしなものだ。二カ月前の自分は、孤独にすっかり満足していたというのに。しかし、いまはすべてが変わった。この組織の一員になれたことには喜びと興奮を感じていたが、ダリアンといっしょにいるときとは較べものにならなかった。ちょうどそのとき、ドアをノックする音がした。

「どうぞ」

ノブがまわるのが見えた。サマンサ・ジンザーが顔をひきつらせて廊下に立っていた。ラズロは深い悲しみを感知した——邪悪な雲のように渦巻いているサワーミルクの臭いだ。

「どうしたんです？」ラズロはシーツを払いのけて立ちあがった。

「あなたに見てもらいたいものがあるの」

ラズロはすばやくスウェットの上下を着こみ、サマンサについて廊下を歩いていった。

「ダリアンですか？　まさかなにかあったんじゃないでしょうね？　それとも子どもたち？　いったいどうしたっていうんです？」

サマンサは答えなかった。ラズロは彼女の心を探ったが、その深い憂鬱には染みひとつなく、ほんのわずかなさざ波さえ立っていなかった。二人はサマンサのオフィスに入った。以前は心地よく思えた部屋が、いまは暗く不吉に感じられた。

無言のまま、サマンサはテレビのスイッチを入れた。ザーッという大きなノイズが響きわたり、サマンサはすばやくボリュームを下げた。真っ黒な画面が明るくなり、白いホワイトノイズが映しだされると、サマンサはラベルの貼られていないビデオテープをデッキに挿入した。

いくつかボタンを押すとモーターのかすかな回転音が響き、テレビの画面いっぱいにストイックな雰囲気の白髪のニュースキャスターが映しだされた。

「――はハミルトン・センターです。現場のサラ・サンダーズを呼んでみましょう。サラ？」

画像が化粧の濃すぎる黒髪の女性に切り替わった。女性の背後ではビルが炎上している。漆黒の夜空をバックに、窓の奥で黄みがかったオレンジの炎が燃えさかっている。

「はい、こちら現場です！」レポーターはサイレンの音に負けまいとしてマイクに向かって叫んだ。「わたしはいまテレホートのハミルトン・センターにきています！　ご覧のように、ビルは炎につつまれています！　警備システムの故障で、百三人の患者と五十七人のスタッフはなかに閉じこめられたままです！　現在、必死の救助活動が行なわれていますが、ビル内の人たちの生存は絶望視されています！　さらに詳しいことがわかり――」

サマンサがリモコンのボタンを押し、テレビの画像が小さな光る点になって消えた。サマンサはラズロのほうを振り返った。

「残念だわ」

「どういう意味です？」ラズロは真実をうけいれることができなかった。

「ダリアンはあそこにいたの。少年を救いだすためにあそこへ行ったのよ。彼らは脱出できなかった」

「そんなはずは」ラズロは首を振った。「まだはっきりしたことはわからないじゃないですか」

「生存者はいなかった」

「そんな……だって……彼女は……」

「残念だわ」

　やがて、自分が真に愛した唯一の女性が死んだという動かしがたい事実が、ラズロの心をぎりぎりと締めつけはじめた。

　そこから十五メートル下で、ダリアンは独房のなめらかな白い壁を見つめていた。突然、焼けつくような悲嘆が彗星のように虚空を貫いた。それを見て、ダリアンは泣きはじめた。


（下巻につづく）

心理学的(しんりがくてき)にありえない　上

二〇一一年九月十五日　第一刷

著　者　アダム・ファウアー
訳　者　矢口(やぐち)　誠(まこと)
発行者　飯窪成幸
発行所　株式会社文藝春秋
〒一〇二-八〇〇八
東京都千代田区紀尾井町三-二三
電話　〇三-三二六五-一二一一
印刷所　大日本印刷
製本所　大口製本

万一、落丁乱丁があれば送料小社負担でお取替えいたします。小社製作部宛お送りください。
定価はカバーに表示してあります。

ISBN978-4-16-380860-4